Si las princesas hubieran usado Tinder

Si las princesas hubieran usado Tinder

María Monrabal Pacheco

VERGARA

Papel certificado por el Forest Stewardship Council®

MIXTO
Papel procedente de fuentes responsables
FSC® C117695
FSC
www.fsc.org

Primera edición: mayo de 2020

Printed in Spain – Impreso en España

ISBN: 978-84-18045-06-6
Depósito legal: B-4.332-2020

Compuesto en Comptex & Ass., S. L.

Impreso en Black Print CPI Ibérica
Sant Andreu de la Barca (Barcelona)

VE 1 5 0 6 6

Penguin
Random House
Grupo Editorial

A mi madre y a mi hermana
Amparo, mis dos refugios

Índice

El primer *match* nunca se olvida

Era 2 de febrero, lo que significaba que Madrid ya estaba inundado de cupidos en todos los escaparates, ofertas en cada restaurante para ir a cenar en pareja y más personas en Tinder de las que diciembre o enero pudieran haber acumulado juntos.

El «amor». Estábamos en esa época del año en la que unos se vendían a precio de saldo y otros solo querían mendigar cariño, hacerse con alguno de esos corazones en rebajas para luego dejarlo olvidado en el fondo de su armario.

¿Dónde había quedado eso de perder la cabeza por alguien? Lo de estar dispuesto a querer tan de verdad y tanto. Lo de imaginar a partir de una conversación cómo sería vuestra primera cita, qué tal sonarían vuestros apellidos juntos o, no sé, en qué barrio podrían crecer vuestros tres hijos, felices, junto con Tico, el schnauzer que adoptaríais con tres meses. Por ejemplo.

Bueno, vale, igual todo eso era demasiado. Pero qué bonito era arriesgarse a querer y qué bonitos eran los principios de esas relaciones en las que creías. Aquellos principios en los que aún no sabías suficiente de esa persona y podías dibujar en tu lienzo en blanco todos los (im)posibles y maravillosos finales, dignos de cualquier cuento de princesas. Si las princesas hubieran vivido en el siglo XXI y hubieran usado Tinder, claro.

La verdad, hacía bastante que llegué a la conclusión de que la mejor parte de cualquier historia de amor se quedaba en el principio. Todas las relaciones eran iguales. Con el tiempo cada uno empezaba a reclamar su espacio. Era como si aquella persona que antes parecía ser tu media naranja, de repente, te tuviese totalmente exprimido. Como si de un día para otro toda esa «conexión única» se hubiese desdibujado para hacerte sentir atrapado al lado de alguien que te impedía ser tú mismo. Una fuga de libertad y tiempo que, al descubrir haber perdido, exigías de vuelta.

Después de los primeros principios, es decir, las primeras conversaciones, los primeros planes, las primeras bromas, los primeros viajes, etc., todo se volvía monótono y aburrido. Y cuando eso pasaba, se intentaba reavivar la llama buscando otros nuevos inicios. Es decir, haciendo cualquier cosa por primera vez, por ridícula que fuera, con tal de no asumir que la relación ya estaba más que muerta. Cosas como acudir a ese fantástico concierto del tío que toca la flauta con la nariz, organizar una escapada para subir a no sé qué monte juntos porque «cariño, estas experiencias unen» o ir a aquella exposición taaan guay donde el artista refleja la decadencia de nuestro siglo desperdigando migas de Cheetos por el suelo. Increíble. Muy impactante.

A ver, no tacho esto de malo, al contrario, los principios son necesarios para cualquier relación. Tener siempre algo nuevo que hacer que te ilusione. Pero es que los principios ya son emocionantes por sí mismos. Si lo articulamos todo alrededor de ellos, es casi como hacer trampa. Enfrentarse a la rutina es lo que realmente determina si algo va a funcionar o no. Y, asumámoslo, la mayoría de las veces no da resultado. Si no, todas las relaciones serían perfectas y saldrían a la primera.

Yo, en mi caso, teniendo todo esto en cuenta, había dejado de preocuparme por los finales, porque todos ellos venían seguidos de otros principios emocionantes.

Esto no quería decir que fuera yo de hielo, ni mucho menos, o que estuviese suplicando en cada nueva relación que todo se acabara para empezar con el siguiente; pero viendo cómo estaba el patio, era casi mejor pensar en lo bonito que sería todo con el próximo que preocuparme de la pendiente cuesta abajo sin frenos en la que me encontraba con el de turno.

Si dibujase una gráfica de la curva de mis relaciones, todas tendrían el mismo patrón. Empezaban siendo perfectas, la persona de mi vida —curva ascendente al principio—; después, las cosas se estabilizaban, se normalizaban, se quedaban en un punto muerto por un corto período de tiempo y, al final, todo caía por su propio peso —curva descendente—: el agobio de la rutina, la falta de ganas al tener que narrarle tu día a día, cualquier razón que implicara un repentino distanciamiento, una persona nueva, una persona anterior, una falta de respeto que jamás hubieses esperado, etc. En fin, cualquier motivo que de repente hiciera que esos cimientos que parecían tan estables se tambaleasen y se vinieran abajo en cuestión de segundos.

Cuando querías darte cuenta, ya no estabas pensando en el modelito de la próxima cita, en vuestros apellidos juntos ni en el barrio en el que criar a vuestros hijos. Y casi a la vez y sin proponértelo, empezabas a pensar en cómo sería el siguiente, sin haber desocupado del todo el espacio del anterior en tu cabeza.

Total, que ahí estaba yo. En Tinder. Sí. Tras superar mis prejuicios —«¿Qué le pasa a la gente que solo puede encontrar a alguien gracias a una *app*?»— y adoptar una actitud más abierta —«Voy a probar, porque, total, es que no tengo tiempo para conocer a nadie de otra forma»—, decidí crearme un perfil.

Me lanzaba al mundo de los principios fáciles y los finales aún más fáciles, y lo hacía buscando ¿qué? Ni idea. ¿Realmente pensaba encontrar al hombre de mi vida ahí?, ¿quería solo distraerme con la atención que me prestase cualquiera?, ¿me apetecía acostarme con un tío que me pusiera? No lo sabría hasta que entrase de lleno en el mundo del «amor» virtual y recibiese la «atención» virtual que necesitaba para subir mi autoestima después de mi última ruptura.

Así que empecé con mi perfil. La aplicación ya se había descargado. Próximos hombres dispuestos a decepcionarme, ¡allá iba!

Vale... Me preguntaba mi nombre. Paula. Continuar. *Qué soy*: mujer. Continuar. *Mi centro de estudios es*: ¿de verdad tenía que responder a eso?, en fin... Universidad Rey Juan Carlos. Genial, ahora todos iban a pensar que me habían regalado el título. Cifuentes, cuánto daño has hecho. Continuar. *Mi mejor foto es*: Venga, cuál es... Ahora era cuando me tocaba revisar toda la galería del móvil, pasar por los mil intentos que no borré hasta conseguir el *selfie* perfecto que subí a Instagram poniéndole, además, algún filtro para ocultar ojeras.

Tenía que escoger una en la que estuviese mona pero natural, una de esas que no diera pie a un comentario del tipo «¡Qué diferente estás en persona!». Joder, diferente en qué sentido. ¿Esperabas más?, ¿te he sorprendido para bien?... Bueno, sí, lo de la foto. Una en la que saliese sola. Tirar de efecto animadora podía hacerles pensar que yo era la que peor estaba del grupo.

Había una reciente... No estaba subida en ningún sitio. Me la hizo mi amiga Julia. Aparecía en una cafetería de Malasaña, sonriendo; mi sonrisa es bonita, o eso me dicen. Además, era buena hora. Me daba el sol de lado y mi pelo parecía más rubio; estaba perfectamente recogido en uno de esos moños hechos con las prisas que, sin saber cómo, te quedan impecables. Algo despeinado pero formal. La luz resaltaba bastante mis ojos verdes y mis pestañas parecían infinitas gracias a la máscara Lash Paradise de L'Oreal. Bendito rímel. Llevaba mi suéter preferido, uno de cuello alto color verde botella, y mi abrigo largo *camel*, del que solo se alcanzaba a ver la parte superior, ya que la foto acababa en mi cintura. Genial, esta.

Bien, ahora Tinder quería acceder a mi ubicación. ¿Habría alguien interesante cerca? Yo vivía en Malasaña, hogar del polvo fácil y del amor a medias tintas. Idealista, dime que escogí el barrio correcto. Continuar. ¿Recibir notificaciones?: No, ¿no? A ver si estando en el curro me hablaba el tío de turno y todos pensaban que era una desesperada al ver un mensajito de Tinder. Mejor no.

Verifica tu dirección de correo electrónico: La hostia... Diez años para abrirse un perfil... Se me iba a pasar el arroz... ¡Uy, dentro! Bufet libre de tíos.

Quimo, 31 años, periodista. Qué mala pinta. ¿Por qué la gente sube fotos abrazando a sus gatos? Además, no a un solo gato. A dos gatos. ¿Estaban él y esos gatos por la calle? ¿Serían sus gatos o se los habría encontrado por ahí? No sé qué me parecía peor... A ver, el chico era mono, pero... ¿quedaría con alguien que abraza gatos callejeros para hacerse una «buena» foto? No. Siguiente. Hummm... Max. «*Here for the weekend.*» Sinónimo de sexo. Está bien. No es de aquí... Nadie se enteraría. Podría ser un *affair.* ¡Podría amortizar mi DIU! Qué ilusión. Venga, *like*. Siguiente. Jaime, 26 años. No. Alex, 29. No. Pedro, 25. «Si no eres interesante, ni te molestes en hablarme», y justo arriba, dos fotos suyas tumbado en la cama sin camiseta; la tercera, en el espejo, en calzoncillos, marcando rabo —ese se había puesto ahí un calcetín, porque, si no, qué puto miedo—; la cuarta, besando una medalla de oro de la que colgaba un cristo. ¡Con la Iglesia hemos topado! No. ¡Oye! Gonzalo, 27, publicista, *copywriter*. Le gusta escribir, será que tiene algo interesante que contar, ¿no? A ver sus fotos... Ninguna sin camiseta; eso le da puntos. Una sentado en el mirador del Golden Gate. Bah, no parece pretencioso, sale bien y ya. La siguiente, sonriendo en una calle cualquiera de Madrid. Me gusta cómo viste. Es atractivo. Tiene algo. Cuatro años más que yo... Está bien, es una buena edad. Venga, *like*. ¡Mi primer *match*! Joder, qué rápido...

Volví a mirar sus fotos y me saltó una notificación de su chat. Me preguntaba si era de Madrid. Preferí esperar para contestarle. Así, como aparentando que tenía vida.

Abrí YouTube y me puse a remolonear mirando vídeos en el teléfono para hacer tiempo. Al tercer clip de Ellen DeGeneres, me entró una llamada. Era mi amiga Andrea.

—Tía, ¿te pillo bien?

—Sí, claro, estaba adelantando unas cosas del curro, pero ya he acabado. —Soy tonta, ¿por qué le miento? Bah, ya le contaría en otro momento que estaba en Tinder.

—Es que me ha pasado algo muy *heavy*. Estaba con Raúl, que hemos ido a ver una exposición de unos robots que hacían en Fundación Telefónica. —Raúl era el tío que le gustaba desde hacía unos meses—. Y, de repente, nos encontramos con una chica supermona. Pero guapa guapa. En plan, me quedo hasta yo embobada pensando: «Ojalá yo...», y veo que Raúl se le acerca. Yo, rayadísima, porque pensaba que estábamos en una medio cita. Creía que igual hoy acabaría pasando algo. Total, que se le acerca y le da un abrazo por detrás. La tía se sorprende, se gira y le planta un beso. A ver, un beso... Un beso en la mejilla, pero supercariñoso, y yo, ahí, mientras, mirando y sonriendo a lo lejos, rollo: «¿Qué hago, me acerco?, ¿me espero aquí como si la puta exposición me importase?, ¿me echo a llorar delante de todos y le grito a Raúl que es un cabrón por crearme ilusiones?». En fin, que vuelve hacia mí y yo, con mis dotes de actriz, hago no solo como si no me importase, sino como si, además, estuviera contentísima porque se hubiera encontrado con una amiga y le digo: «Ay, me suena esa chica, ¿cómo se llamaba?». No me sonaba de nada, pero lo dije para ver si le podía sacar algo de ella. Y me dice el tío: «¿Sí?, puede ser, vive cerca de ti». Al parecer, es una tal Sara que conoció en Tinder y se ve que es la tía perfecta. Han quedado varias veces; han follado, evidentemente. La chica es ingeniera de no sé qué mierdas, tiene pasta que flipas (esto ya lo sé porque le he *stalkeado* todas las redes sociales, incluyendo LinkedIn)... Bueno, bueno. La mujer diez. Y yo, pensando: «Qué casualidad que se la haya encontrado aquí». Ella venía sola. Lo más probable es que haya visto algún *story* o algo que acababa de subir Raúl en la exposición y, como no salía yo, ha decidido aparecer de repente, como por casualidad, para coincidir con él. Y tía, ya hablando de todo, ¿qué coño hace Raúl en Tinder?, ¿qué pasa, que no conoce a nadie que le pueda gustar? Yo, por ejemplo.

—A ver, tía, igual está esperando a dar el paso contigo y, mientras, está conociendo a más gente.

—Eso me lo dices para hacerme sentir bien, Paula. ¿Tú qué piensas? Dime la verdad, aunque me siente mal.

La verdad que no iba a querer escuchar Andrea era que Raúl la veía solo como una amiga, que habían salido de fiesta mil veces y él siempre había acabado yéndose a casa con otra tía. Que eso ya no eran simples señales de que no le gustaba, eran hostias de realidad que ella no quería ver.

—Mira, Andrea. Yo creo que Raúl y tú sois amigos desde hace mucho. No estoy segura de que las cosas puedan dar tanto la vuelta como para que lleguéis a algo más. Que ojalá sí, y a lo mejor me equivoco y él está pilladísimo por ti y queda con otras para olvidarte... —No le iba a decir que dudaba de que aquello fuera así, pero bueno—. El caso es que no estáis en un punto en el que parezca que vaya a pasar algo más. Creo que deberías conocer gente nueva, tía. Centrarte en ti o en otros tíos, yo qué sé. Con él no tienes nada. Sí, vale, te gusta, pero puedes quedar con otras personas, ¿no? ¿Y si aparece alguien que no esperabas que es la hostia y que hace que te acabes dando cuenta de que Raúl no era para tanto? Igual solo estás idealizándolo para no sentirte sola... No sé. Pero, independientemente de eso, creo que deberías dejar de pensar en él.

—Ya... Creo también que me he podido pillar porque no conozco por ahora a nadie mejor. Es como si pensase que él es el tío perfecto.

—Andrea... Siento decirte que eso no existe.

—Ya...

—Lo digo en serio. Estoy convencida de que no existe una «única persona ideal», sino que podemos coincidir con mil tipos de personas que encajen con nosotros. Y está claro, como Raúl no habrá otro, pero es que igual hay otros mil también únicos que podrían ser «la persona perfecta». Además, para que alguien sea la persona ideal, parte de la ecuación es que quiera estar contigo. Si no, es imposible que lo sea. Yo creo que es solo un tío al que has idealizado y punto. Lo que te gusta es la relación que te imaginas con él, no la que hay. Porque la que hay no existe. Y dicho así puede parecer que yo siempre sepa cómo actuar en estas situaciones, cuando no es así, porque a mí también me pasa que me pillo, me encapricho y no veo a nadie más. En realidad, no hay necesidad de tal drama. A otra cosa y adiós muy buenas. Esa es mi nueva filosofía de vida.

—Tía, ¿has conocido a alguien? Te veo muy positiva.

—Venga, la verdad: me he hecho Tinder.

Y en ese momento no pudimos evitar soltar las dos una carcajada. Tanta reflexión filosófica para concluir que nada como una *app* para curar el mal de amores y encontrar más amor del malo.

—Eres la hostia. ¿Y cómo es eso, a ver? Yo aún no me he atrevido.

—Pues, la verdad, me lo acabo de abrir. Sé que es una forma muy superficial de conocer gente, que solo entra en juego el físico de una persona, blablablá... Y que puede ser que un tío no tan atractivo, luego sea lo más y que el tío más guapo, luego sea un imbécil...

—Pues tampoco parece tan distinto a la vida real, ¿no? —me cortó Andrea entre risas.

—Ya, la verdad es que no. No tengo ni idea. Igual ni siquiera acabo quedando con nadie, pero aún no conozco tanta gente en Madrid fuera de mi círculo de trabajo; lo dejé con Óscar al mes de estar aquí. Bueno, me dejó él para poder seguir tirándose a su vecina sin remordimientos y, vale, reconozco que lo pasé mal, pero es que... resulta que soy joven y soltera en una ciudad como esta, que vivo sola y no tengo que dar explicaciones ni poner excusas sobre si quiero traerme a alguien a casa. Voy a verle el lado positivo. Y si me gusta cualquiera, bien; si no, también. Si me vuelven a romper el corazón, ya se recompondrá él solo, y si encuentro a una persona que merezca la pena, oye, bienvenido sea.

—¿Y ya has hablado con alguien?

—Pues justo me acaba de hablar un chico. Gonzalo, se llama. Es publicista. *Copy*.

—¿Qué? ¿Eso qué es? ¿Como un becario? Me suena a sacar fotocopias.

—No, no, *copywriter*, se llama así. Cuando eres publicista, puedes trabajar como creativo y, dentro del departamento de Creatividad, puedes ser o bien arte, que es quien hace la parte de diseño gráfico, o bien *copy*, que es quien se encarga de la parte escrita, digamos. Así, en resumidas cuentas.

—Ah, vale... Pues tú eres periodista, ¿sabe que también te gusta escribir? Tus artículos para el blog de *Vogue* molan. Incluso yo, que no soy una gran lectora, eso sí lo leo.

—Genial, mi club de fans ya tiene un miembro.

—Que no, mujer —dijo Andrea riéndose—. Bueno, pero, entonces ¿sabe que escribes o no?

—¡Que no! —respondí entre carcajadas—. Te estoy diciendo que me acaba de hablar, pero me has llamado tú y no le he contestado.

—Mejor, que se crea que estás ocupada haciendo cosas.

—Sí, eso he pensado yo.

—Bueno, pues te cuelgo para que puedas hablar con tu Romeo. Si te lo follas, me lo cuentas; así me pienso lo de bajarme Tinder para satisfacer mis necesidades físicas.

—Vale.

Colgué la llamada y abrí Instagram. Me metí en la cuenta de Óscar, mi ex. Fotito de fiesta rodeado de tías. Seguro que también se los estaba poniendo a su vecina. Bueno, que hiciera lo que quisiera. Yo también estaba a lo mío.

Cerré Instagram. Abrí Tinder otra vez. La conversación de Gonzalo seguía ahí: «Hola :), ¿eres de Madrid?». Con carita sonriente. Qué majo. Y había puesto un signo de interrogación al comienzo de la pregunta. El símbolo olvidado por excelencia en todas las redes sociales. Eso indicaba que tenía algún tipo de sensibilidad por la ortografía. «Ay... Hombres así ya no quedan», pensé en broma. «No. Soy de Valencia, vine a Madrid a trabajar al acabar la carrera, hace poco. Y tú, ¿eres de aquí?»

Y así desatamos el hilo de una conversación infinita que fluyó durante todo el día. Me contó que él era de Barcelona, pero que se vino al acabar la carrera, también para trabajar, y que le cogieron enseguida en una agencia de publicidad muy buena de aquí de Madrid, Sra. Rushmore. Había oído hablar de ella. Me pidió mi Instagram y a partir de ahí fuimos cotilleando nuestros gustos, descubriendo más y más intereses que pudiéramos tener en común.

Al parecer, coincidíamos en nuestra película favorita, *Match Point,* de Woody Allen. Los dos escuchábamos la misma música: Leiva, Izal, Love of Lesbian, Vance Joy, etc. Por cada tema que tocábamos, encontrábamos alguna nueva conexión. ¿Pasaban las cosas siempre tan rápido en Tinder? Igual solo eran coincidencias tontas y, a la hora de la verdad, en el momento de quedar, no surgía ningún interés entre los dos. Seguimos haciéndonos preguntas tontas. Luego otras más interesantes y, al final, nos dimos nuestros números de teléfono. Hablar por WhatsApp siempre es más cómodo. Continuamos con la conversación hasta que se hizo la hora de comer y luego la de cenar. Joder. Llevábamos hablando como siete horas y se me habían pasado como cinco minutos.

—Y, bueno, ¿qué haces exactamente en Tinder?, ¿no te daba un poco de palo hacerte un perfil? —lancé sin anestesia la pregunta del millón.

—No, a ver. Varios amigos míos tenían y vi que no era para tanto. Vamos, que había de todo. Gente con la que nunca estaría y gente con la que sí. Y por el trabajo y tal, tampoco tengo mucho tiempo para conocer a nadie de otra forma, así que dije: ¿por qué no? ¿Tú?

—Yo, la verdad, es que lo acabo de dejar con alguien. No es que esté intentando olvidar a esa persona con otra. Esa relación salió mal, pero, bueno, se veía venir. Así que tampoco me pilló por sorpresa. Y, simplemente, al dejarlo pensé que por qué no conocer gente nueva, ya que estaba en una ciudad distinta. Tampoco es que tenga la idea de encontrar al hombre de mi vida en Tinder, estoy más bien por curiosidad y sin expectativas. —Era la respuesta más sincera que le podía dar.

—Sí, me parece guay, yo pienso más o menos lo mismo.

Qué me iba a decir si no. «No, yo solo quiero follar y luego dejar de hablarte.» Como que eso queda mal... Pero bueno, de momento, había demostrado ser una persona normal... No es que tuviera yo en realidad mucha confianza en los tíos de una aplicación. Aunque ahora yo también era una chica Tinder. Podrían pensar exactamente lo mismo de mí.

—Por cierto, acabo de ver una foto tuya en Amsterdam —le dije al repasar las imágenes de su perfil.

—Sí, ¿has ido?

—No, pero lo tengo pendiente. Me encantaría.

—¡Vamos!

—Jajaja. Sí. Vamos hoy —respondí irónica—. Bueno, Gonzalo, voy a salir, que tengo que hacer unas cosas, ya hablamos. —Mentira, iba a ver otro capítulo de *Cómo defender a un asesino*, pero quería parecer un poco más interesante que la típica tía que no hace nada más que tragar series.

—Vale, Paula. Ya hablamos. Un besito.

Cerré Tinder y abrí Netflix, dejando en una segunda pantalla, por aquel día, el mundo de todos los que ya no creíamos en el amor, pero sí en el sexo fácil.

Marc y Pablo

Era domingo por la mañana. Tenía que pasar por el centro para cambiar el regalo de cumpleaños que me había hecho mi amiga Julia. Era un conjunto de lencería supersexy. Cuando me lo dio, me dijo que esas cosas, al final, siempre las queremos, pero nos da pereza comprárnoslas —estoy de acuerdo—, por eso me lo regalaba y esperaba saber con quién lo estrenaría. «¿Sería con Gonzalo?», bromeé en mi cabeza.

La verdad es que el modelito me encantaba: un sujetador rojo de encaje y un tanga monísimo a juego. Tan solo cambiaría la talla de la parte de arriba. Al parecer, a ojos de mi amiga mi 85 B pasaba por una 90 A. Y no porque yo me pusiera relleno, prefería no usar de eso; que al final, todo sale. Literalmente. Pero imagino que cuando eres muy delgada, lo poco que tienes ya pasa por más. Nada. Yo estaba muy contenta con mi 85 B.

De camino a la tienda, en Gran Vía, empecé a pensar en Tinder. La aplicación funcionaba por localización. Al haberme desplazado de mi zona, ¿aquel radar de tíos captaría a otros nuevos? Era como salir a cazar Pokémon. Por cierto, cómo me vicié a ese juego... Aunque, en realidad, yo era de engancharme a cualquier cosa que implicara tener que pasar horas pendiente de una pantalla. Igual era eso lo que me gustaba de Tinder, porque en mi primera semana de uso varios chicos habían hablado conmigo y yo solo había contestado a un par. Mejor dicho, a tres. Aunque, en el caso del tercero, tras dos líneas, perdí todo el interés. Mi relación más corta. Me reí al pensarlo.

Abrí la aplicación; eso sí, bajando el brillo de la pantalla. Me avergonzaba un poco estar por Gran Vía cazando «poketíos». Todo eran canis, algún médico con complejo de trapero... Un tío interesante: Marc, 25 años, de Bélgica, era dentista. *Like.*

Y mientras pasaba tíos como quien busca blusa en Asos, escuché que alguien gritaba mi nombre por la calle. Me giré y vi a Andrea, que correteaba hacia mí esquivando a las pobres ancianas que taponaban el paso de cebra.

Andrea era una chica preciosa. Tenía el pelo castaño, largo hasta la cintura; sus ojos eran oscuros y enormes, y tenía unos labios que muchos habrían asegurado ser el resultado de bisturí y mucho dinero, nada más lejos de la realidad. Ese día vestía unos botines de tacón *animal print*, unos *mom jeans* claros y un suéter blanco ceñido de cuello alto. Era de esas personas que estaban perfectas a pesar de haber invertido el mínimo esfuerzo en arreglarse. Puedo asegurar que ni siquiera en pijama y con moño mañanero perdía un ápice de su atractivo.

—¡Andrea! —grité al verla—. Venía a cambiar unas cosas, ¿qué haces aquí? Te pilla lejos de casa.

—Tía, no te vas a creer lo que me ha pasado. Antes de que alucines, que sepas que te iba a llamar esta misma tarde para contártelo todo. ¿Tienes un momento? ¿Nos tomamos algo?

—Iba a Oysho a cambiar un sujetador. Estamos al lado —dije señalando la tienda—. Vente y me cuentas.

—No, no. Mejor sentadas, que te puede dar algo. Además, así estamos en un sitio tranquilas y no pierdo el hilo de la conversación, que es bastante gordo.

—Joder... ¿Ni un adelanto?

—Tú calla y camina —me dijo ella. Pero me fue imposible hacer lo primero.

Mientras cambiábamos mi ropa interior, estuve tratando de sacarle algo de información. Lo primero que me vino a la cabeza fue que se había liado con Raúl. Además, él vivía cerca. Me dijo que no descojonándose, lo cual ya me pareció raro, porque cualquier otro día me lo habría dicho entre lágrimas. A saber qué podía ser. No tenía ni idea. Seguí lanzándole preguntas aleatorias, intentando acertar con alguna de ellas: «¿Estás embarazada?, ¿has empezado a hacer yoga?, ¿te han entrevistado en Telemadrid?, ¿te ha tocado el Euromillones y te marchas del país?». Pero nada, no era nada de eso. Al final me resigné y acepté su condición de buscar algún bar de camino a mi casa para sentarnos y hablar. Y por hacer tiempo hasta que ella abriese la boca, le puse al corriente de mi semana. Aunque tampoco es que me hubiera ocurrido nada digno de contar.

—La capulla de mi jefa me mandó escribir el lunes un *post* para el blog sobre cómo combinar los colores flúor a la hora de vestir. Total, que le pasé el borrador esa misma mañana y su único comentario, a las tres y cuarto, fue que le faltaba *punch*. *Punch* era lo que quería darle a ella yo ese día. Porque, después de cuatro versiones, me dijo que puliera la primera, que veía que tenía algo y que con las imágenes adecuadas podría tener el gancho que necesitaba. Todo esto, a las nueve de la noche. Es decir, dos horas después de mi horario de salida. Vamos, que un lunes más, me quedé sin vida. —Notaba que Andrea había dejado de escucharme hacía rato, pero yo ya me lo estaba tomando como una especie de terapia antiestrés que me funcionaba incluso sin obtener respuesta—. Al salir tuve el tiempo justo para llegar a casa, calentar una pizza y ver un capítulo de *Cómo defender a un asesino* mientras me quedaba sobada sin responder al último wasap de Gonzalo. Otra cosa, no sé, pero paciencia tiene el chico. Y bueno, el martes fue mejor, pregunté si podía meterme en un proyecto de...

—Eh, Paula —me interrumpió—. ¿Entramos aquí? —dijo parándose en seco frente a un bar al que todavía no habíamos ido. Estaba a unos diez minutos de mi casa andando. Lo acababan de abrir hacía un par de semanas. The Straw, se llamaba. Ponían la canción de «Bennie and the Jets», de Elton Jonh, y no hubo más que decir para sentarnos en aquel sitio.

Vi una mesa frente al ventanal de la entrada y coloqué mi abrigo en el respaldo de una de las sillas, indicándole a Andrea con aquel gesto que nos quedaríamos ahí mismo. Me encantaba sentarme en cualquier lugar desde el que pudiera ver a la gente pasar mientras tomaba algo. Pedimos dos copas de vino que llegaron justo a tiempo para dar el primer sorbo al ritmo del último estribillo, transformándonos las dos de repente en las protagonistas de aquella canción de nuestro Rocket Man favorito.

—Hace nada éramos nosotras las que servíamos copas por aquí, ¿eh?... —me dijo Andrea sonriendo mientras el camarero se alejaba. Yo asentí recordando y esbocé una sonrisa.

Andrea y yo vinimos a la vez a Madrid en junio como becarias, sin cobrar nada. Andrea era de Valladolid. Yo hacía mis prácticas en *Vogue*; Andrea, en el departamento de Marketing de Iberia, y las dos trabajábamos en un bar de Malasaña a tiempo parcial poniendo copas varias noches entre semana y todos los fines de semana.

Lo estuvimos haciendo durante unos cuatro meses. Andrea cinco, en realidad. Hasta que a las dos nos contrataron en las empresas donde realizamos las prácticas. Fue una época divertida. Buenas propinas cuando venían extranjeros, nuestro jefe era un tío majo, podíamos pagarnos cada una sin problema nuestras respectivas habitaciones y ahorrar un mínimo de dinero para salir de fiesta y darnos algún capricho al mes. No estaba mal.

—Sí... Buenos tiempos... —respondí—. Pero bueno va, cuéntame eso. —Me apresuré a interrumpir aquel momento de melancolía.

—Vale. —Y empezó a descojonarse mientras se ponía roja—. Vas a flipar, ya lo sé. A ver... ¿te acuerdas del otro día que me hablaste de que te hiciste Tinder y me animaste a conocer gente nueva?

—Sí...

—Pues me he tirado a dos. —Abrí la boca tanto que parecía que se me iba a desencajar la mandíbula—. De hecho, vengo justo ahora de casa de uno. Pablo. Vive por Gran Vía. Tía, fliparías, tiene un ático que, vamos, no he visto yo una casa así en mi vida, te lo aseguro. ¡¡Piscina!! Tiene piscina. ¡¡En Madrid!! Bueno, es pequeña y está climatizada, pero, joder, eso en Madrid ya es un lujo.

—¿No será un *jacuzzi*? —dije entre risas.

—Ah, pues ahora que lo dices, creo que sí. El caso es que me folló ahí dos veces.

Yo no sabía si era por el vino o la forma que tenía Andrea de contar las cosas, pero no podía dejar de reír. Era, sin duda, la última confesión que podría haber esperado de Andrea. No porque estuviera escasa de pretendientes, sino porque llevaba ocho meses sin dejar de hablar de Raúl, al que había conocido como camarera en nuestro bar. Tenía un montón de tíos detrás, pero ella, ni caso, y va y en una semana decide convertirse en la zorra oficial de Madrid. Y digo zorra con toda la connotación positiva que ofrece la palabra, que no es poca. Para ser sincera, me encantaba el hecho de que Andrea estuviera dando rienda suelta a lo que le apetecía hacer.

—Y entonces ¿esto significa que de Raúl ya nada? —le pregunté entre risas.

—No, no, a ver, Raúl me sigue gustando. Pero tía, es que cuando me contaste lo de Tinder, luego me quedé pensando y dije... es el plan perfecto. Puedo conocer gente que nadie de mi entorno conoce. Nadie va a saber nada de lo que hago, que es por lo que nunca quiero quedar con los tíos de mi trabajo o amigos de amigos. Esas cosas me paran mucho. Esto es como muy clandestino. —Las dos soltamos una carcajada—. En fin, te cuento todo con más detalle. A ver, la semana pasada, casi al colgarte... Bueno, al colgarte, no, pero al rato, estuve meditando sobre por qué no abrirme Tinder. Siempre lo había visto como algo muy de pringados y tal, pero joder, Raúl conoció ahí a esta chica. Es decir, gente del calibre de Raúl está en Tinder. Luego, tú me hablaste de que te habías abierto un perfil y no sé, pensé: «¿Por qué no?».

—Un inciso. Si dices que Raúl está en Tinder, ¿no te da palo habértelo hecho y que pueda verte?

—A ver, por un momento lo pensé. Pero, sinceramente, me dio tanta rabia lo del otro día en la exposición, cuando me quedé de sujetavelas, que si me ve, mejor. Igual así se le remueve algo, se da cuenta de que le gusto y me lo dice.

—Andrea, no creo.

—Yo tampoco. Bueno. Que eso. Me abro Tinder y lo típico, gente rarísima. Mucho tío tirando de fotos en voluntariados, como si eso fuera a ablandarle el corazón a alguien. A ver, que me parece genial que lo hagas, pero que esa sea una de tus fotos de Tinder como que le quita el valor moral a la cosa. Desde mi punto de vista, ¿eh? En fin, eso, que hago *match* con un tal Marc, un dentista de Bélgica...

—¡Calla! —Saqué mi móvil y abrí Tinder tan rápido que me río yo de los pistoleros del Oeste—. ¿Es este, tía?

—¡¡Sííí!! —Ninguna de las dos pudimos contener la carcajada—. Paula, folla de otro mundo. Su pene es de Marte, por lo menos. Tienes que tirártelo cien por cien.

—Vale, vale, me lo pienso. A ver, sigue.

—Joder, qué *heavy.* Con toda la gente que hay en Madrid y nos sale el mismo. Bueno, pues el tema es que empiezo a hablar con este chico en un *spanglish,* como poco, curioso. Porque ya sabes que yo no soy muy dada a las lenguas extranjeras. Nada, la verdad es que de conversación, poca. Entre que tenía que traducir lo que él me decía y que lo que yo le contestaba no tenía traducción alguna, todo acabó en un «*what are you doing today?*». Eso sí que lo entendí. Y al segundo día de estar hablando, quedamos y acabé yendo a su casa. Típico piso compartido de seis habitaciones... Por Castellana estaba. Bastante guay, la verdad. Creo que me dijo que pagaba trescientos por la habitación. O sea, un chollo.

Pero vamos, que igual no lo entendí bien y eran novecientos. Vete tú a saber. Total, que quedamos en un bar que estaba al lado de su casa, por la parada de metro de Iglesia más o menos. Empezamos a beber, me pido un gin-tonic, nos sacan unos chupitos de yo no sé qué, me pido otro gin-tonic, él también repite lo que fuera que estuviera bebiendo... A esas alturas de la noche, yo ya hablaba un inglés fluidísimo, o eso pensaba yo. Entonces nada, estábamos en la barra sentados, en una esquina un poco más apartada, y el tío, sin cortarse, de repente, me planta un beso. Yo noto que me pongo superroja y él empieza a reírse. Me coge por la cintura, me muerde el cuello riéndose y me vuelve a besar, pero más a saco. Yo, supercachonda, la verdad, y me dice algo de «*house next door*». Solo me acuerdo de esas tres palabras porque fueron las que entendí, pero vamos, me bastaron para intuir de qué iba el tema. El caso es que me pongo el abrigo y, literal, vivía *next door.* Al dar el segundo paso ya habíamos entrado en su portal. Entonces, el tío me abraza contra la pared, sigue besándome y empieza a meterme mano. Yo, supernerviosa por si salía alguien y nos veía ahí. Pensaba que no llegábamos a su casa y que lo íbamos a hacer ahí mismo. Total, que yo también empiezo a tocarle a él y en un momento de lucidez digo algo así como *inside,* así que ya paró un poco, nos relajamos los dos y entramos a su casa, que es que estaba ahí mismo también, porque era un semisótano de esos. El piso en ese momento ni lo vi, si te soy sincera. Fuimos directos al cuarto y él siguió mordiéndome y besándome. Yo fui quitándome la ropa lo más deprisa que podía y quitándosela también a él después; ya bajó y Dios... Me lo hizo con la lengua, pero... a otro nivel, de verdad, Paula. No me pude aguantar; se la chupé yo también un poco, pero me puse encima enseguida para metérmela porque no podía más. De verdad, genial.

—Joder, me he encendido hasta yo. Qué puta envidia.

—Tía, pero si fuiste tú la que me habló de Tinder. Tendrías que estar ya poniéndote las botas. Bueno, lo del otro chico, Pablo. Al parecer, es farmacéutico y su familia trabaja en algo de

Bayer. El caso es que su padre y su madre iban y venían de Alemania por trabajo hasta que decidieron quedarse ahí y Pablo prefirió quedarse en Madrid. Me contaba que cuando eligió eso ya había empezado la carrera y tal, y que, además, era complicado trasladarse porque él no sabe alemán. La cosa es que se quedó en el piso de sus padres, por eso tiene un pisazo de ese nivel, porque el chico tiene solo veintisiete años. A ver, «solo». Me refiero a que alguien con menos de cuarenta en Madrid que se pueda permitir algo así vive de algo ilegal, seguro: o es político o es camello.

—Totalmente —dije entre risas, y le hice un gesto al camarero para que nos volviera a rellenar la copa, esta vez, al ritmo de «Hey, Jude», de los Beatles.

—Yo tenía ganas de ver el musical de *Billy Elliot* y ya el primer día que hablamos, que fue el mismo que empecé a hablar con Marc, quedamos para ir este sábado, o sea, ayer, a verlo. El musical, muy bien. Llega el descanso de la primera parte y empieza a decirme que al verme le había gustado aún más. No lo digo rollo flipada, fue un comentario que me hizo. Por cierto, era bastante mono. Tenía algo. Era alto, vestía bien, llevaba un arito en una oreja que le daba el puntazo, y eso que a mí esas cosas no suelen gustarme. Total, que él así, diciéndome eso, y ya se acerca y me besa. Todo muy bonito. Ya durante la segunda parte se quedó abrazándome... Luego fuimos a cenar al McDonald's, que era lo único que estaba abierto, porque salimos tardísimo del musical. Después me invitó a su casa y lo que te digo, yo flipando. Me la enseñó entera, la casa, digo. Lo otro también, pero eso luego. Salimos a la terraza, donde estaba la piscina-*jacuzzi,* él empezó a besarme más, me quité los tacones, él los zapatos y así medio de broma nos metimos con la ropa puesta en la piscina.

—*Jacuzzi*... —volví a corregirla entre risas.

—Lo que sea. El tema es que nos fuimos desnudando dentro y empezamos a hacerlo. La verdad es que fue hasta bonito. Y nada, me quedé a dormir. Los dos en plan abrazados y todo, como si nos conociéramos de más de una noche, y bueno, en principio, hemos quedado la semana que viene, pero ya veremos, porque tampoco es que me apetezca mucho volver a quedar con él. Que todo genial y eso, pero como ya ha sido intensito el tema, a ver si se va a pensar que me gusta, y yo de momento no tengo intención alguna de eso.

—Lo que yo decía. El amor es cosa de principios. Lo bueno se queda cuando la cosa empieza y a partir de ahí, todo se va al carajo.

—Sí, bueno, puede ser —dijo Andrea pensativa—. El caso es que tía, no sé. Tienes que usar más esto, me siento como si tuviera superpoderes. Eliges a quien quieres, quedas cuando quieres y haces lo que quieres, y lo mejor: no tienes ni que justificarte. Ni con el tío ni con nadie. Es cosa tuya. ¡A vivir la vida! —dijo alzando la copa y bebiendo un trago a continuación.

—Pues sí. Yo llevo toda la semana hablando bastante con Gonzalo, el chico que te conté el otro día por teléfono, con el que había hecho *match*. Y bueno, muy bien, parece majo.

—Pero ¿te quieres acostar con él o no?

—A ver, sí. No, sí. Pero es que está fluyendo bastante bien la conversación y tal, me parece una persona interesante. Es muy culto. Vamos, que veo que es alguien que me aporta y me gustaría que, si llegase a pasar algo, fuese más que sexo. Ya no te digo una relación superseria, porque yo qué sé, no deja de ser un chico Tinder. Pero sí que tengo claro que no me gusta solo para acostarme con él y adiós. Falta también que nos veamos en persona y comprobar qué tal, ¿eh? Porque pueden pasar dos cosas: que nos caigamos genial y nada más, porque hay como muy buen rollo, muchas cosas en común y eso; o que haya atracción total y queramos seguir viéndonos.

—¿Y no te estarás montando una película?

—A ver, un poco —confesé divertida.

—¿Has hecho ya lo de juntar vuestros apellidos? —dijo Andrea burlándose de mí.

—¡Pues solo para que los sepas! Bueno, vale, sí, y no quedan nada mal. Soria Ferrer. Podría ser el elegido.

Y las dos soltamos una carcajada que dejó en un segundo plano a Ben E. King con su «Stand by Me».

Quién me iba a decir a mí...

Lunes 11. San Valentín seguía sembrando el terror en el calendario de aquellos a los que aún les importaba no recibir flores aquel día. Sí, ese tipo de gente existe.

Entré a la oficina esquivando los globos de helio con forma de corazón que algún idiota había decidido plantar en el recibidor a modo de «decoración». ¿Cuándo se convirtió la redacción de *Vogue* en un parque temático? Me senté en mi escritorio, lleno de pósits, hojas sueltas y páginas arrancadas de distintas ediciones —a las que solía recurrir para encontrar la inspiración—. Y entre todo aquel desorden, mi ordenador. Aquel día no estaba Ale, mi compañera de trabajo, y ya amiga, que se sentaba frente a mí. Ella era una de las responsables de Digital.

Cogí mi bolígrafo corporativo y empecé a escribir en una hoja cualquier posible tema que pudiéramos abordar en el blog: «Qué zapatos ponerte con unos *mom jeans*» —esta vez tomé de referencia el look del día anterior de mi amiga Andrea—, «las nuevas prendas de Zara que te volverán loca», «vuelven los pantalones de tiro bajo», etc.

Mientras estaba absorta en mis pensamientos, escuché el ruido inconfundible de mi jefa, Lorena, acercándose a mi mesa. Era fácil reconocerla por el sonido que hacían sus tacones al caminar sobre la tarima y el choque de los abalorios de sus mil pulseras, siempre al ritmo de sus pasos. Juro que mi corazón latía siempre a la misma velocidad con la que ella avanzaba cuando notaba que venía hacia mí para pedirme algo. Cualquier día, al llegar a mi mesa, se encontraba con que me había dado un paro cardíaco.

—Paula, ¿cómo vas con el *post* que tienes que redactar hoy? —me dijo sin mirarme mientras se separaba las pulseras a lo largo del antebrazo. Eso era algo muy suyo. No mantener contacto visual conmigo cuando me hablaba. Un gesto con el que dejaba claro que en cualquier diagrama laboral o social yo estaba por debajo de ella. Una forma de hacerme saber que girar la cabeza en mi dirección era un esfuerzo que yo aún no merecía.

—Bien. Estoy mirando temas. Tengo ya algunas ideas.

—Perfecto. Hazlo rápido. Acuérdate de que hoy salimos todos antes por la fiesta que hemos organizado.

Me quedé en blanco. Sabía que estaban organizando algún evento porque los había escuchado hablar de ello la semana anterior, pero nadie me había confirmado que yo estuviera invitada y menos que era aquel mismo lunes. Además, justo le iba a decir a Gonzalo si le apetecía que nos viéramos —por primera vez— al salir del trabajo para tomar algo. Ya lo tenía todo pensado, iba a ser un mensaje muy casual. Algo que para nada le hiciera sospechar que aquel día me había levantado con antelación suficiente para depilarme entera, por si la excusa colaba y al final nos veíamos.

—Perdón, Lorena, ¿qué evento? —le pregunté, arriesgándome a que me echase en cara que no me enteraba de nada, que no revisaba el correo los fines de semana o que debía involucrarme más en la vida social de la oficina. Lo cierto es que eso último nunca me lo había reprochado, pero tenía tales salidas que, la verdad, podía esperarme cualquier cosa.

—Tenemos un evento hoy con otros medios. Enviamos una invitación a todos los empleados, ¿no te ha llegado nada?

—No... —me apresuré a contestar a pesar de no estar segura de ello.

—Seguramente nadie te copió en el mail porque pensarían que

seguías siendo la becaria. Pues es para todos los empleados. Tienes que venir. A las nueve en la calle Claudio Coello, 99.

No sabía si darle las gracias por la invitación o cabrearme por infravalorarme al comentar que los demás pensaban que seguía siendo una becaria. Así, como queriendo recalcar lo desapercibida que pasaba para el resto. ¿Me lo estaba tomando demasiado mal o esta tía era un poco cabrona? Si mi puesto no dependiera de ella, mi contestación habría sido un absoluto silencio para demostrarle mi desprecio a través de la indiferencia. Pero como la realidad era bien distinta...

—¡Gracias, Lorena! Allí nos vemos —le dije mostrando mi mejor sonrisa.

—Ah, sí. Y el *post* de las prendas fluorescentes del otro día, un poco cutre. Aunque está teniendo acogida. ¿Se lo pasaste a conocidos?

—La verdad es que no. —«¿Crees que tengo diez mil conocidos que revisan cada día qué publico?»

—Bueno, el de hoy, con más *punch*. —Y dale con el *punch*. Esta es idiota.

—Perfecto, te lo envío en un rato y me pasas correcciones. Le doy *punch* —le dije, como si me hubiera gustado ese matiz.

Lorena solía ser bastante desagradable en el trabajo. Tanto con la gente que estaba por encima de ella como con todos los que estábamos bajo su mando. Discriminación ninguna por esa parte.

Supongo que a veces hay que demostrar carácter de más para que lleguen a tomarte en serio. En ese sentido, daba por hecho que era el rol que le tocaba asumir para que a los demás no se nos ocurriera cuestionar su autoridad. Imagino que ahí reside la diferencia entre la gente como ella —con actitud de liderar a latigazos— y otros como yo, sumisos y casi agradecidos ante su mandato. Por lo demás, sin embargo, Lorena podía incluso pasar por una persona normal. Su personalidad implacable no se reflejaba en absoluto en su físico. Era una mujer alta y delgada, de apariencia delicada, pero bastante atractiva. Tenía unos ojos negros preciosos y un pelo ondulado rubio ceniza que siempre traía perfectamente peinado. Vestía bien. Vestía muy bien. Nadie diría que tenía más de cuarenta años, a pesar de que ya estaba entrada en los cincuenta. Si llevaba algún retoque encima, todo había quedado de forma muy sutil. Era casi imposible detectar aquellas líneas de expresión que debían estar ahí por su edad, pero que, sin embargo, no asomaban por ninguna parte. Tal vez el hecho de no sonreír jamás le había ayudado en aquel cometido. Infelicidad e inexpresividad, elixir de la juventud eterna.

Terminé por fin el *post* de aquel día y todas las correcciones que me había dado Lorena. Lo programé y lo dejé subido para la semana siguiente. Cuando ya estaba pensando en ir a prepararme un café para perder algo de tiempo de manera justificada, me saltó una alarma en el portátil que sonó también en mi teléfono. Nota mental: dejar de sincronizar todos mis dispositivos si quiero mantenerme cuerda. Tenía que acudir a una sesión de fotos para un artículo. ¡Dios! Y seguro que se alargaba hasta la hora de comer. A saber qué me ponía yo aquella noche. Pretendía pasarme por Zara para comprarme algún *body* y ponérmelo, al menos, con unos tacones y un traje. ¿Me daba tiempo? Seguramente, no, en vista de que, además, tenía que acudir a una reunión más tarde otra vez en la redacción. ¿En qué momento pasaba yo a comprar nada?

Recogí mis cosas y llamé al Cabify para que viniera a por mí a la puerta de la oficina. De camino al estudio, ojeé todos los *bodies* habidos y por haber en la web de Zara y compré uno para recoger en tienda ese mismo día. Era negro, ceñido, de encaje. Con un escote peligroso, la verdad. Aunque con mi 85 B dudo que nada se saliera de su sitio. Me llegó un mensaje de confirmación de compra y enseguida me saltó otra notificación. Era un wasap de Gonzalo.

—¿Qué haces, bella? —¿No es bonito cuando alguien te envía un mensaje porque sí? Así, de repente, solo porque se ha acordado de ti.

—Nada, estaba comprándome un *body* para un evento que tenemos esta noche. Voy de camino a una sesión de fotos para unas cosas de la revista. ¿Y tú?

—¿Y podré ver algún día cómo te queda ese *body*?

¿Me estaba proponiendo quedar? ¿O era una pregunta retórica? A ver, parecía que necesitaba una respuesta, con lo cual, muy retórica no sería.

La verdad es que llevábamos unos días hablando y todo parecía ir bastante bien. Sin darme cuenta, había dejado de contestar cualquier otra conversación que tuviera abierta en Tinder. No sentía tampoco la necesidad de hacerlo, a pesar de que siguiera ojeando «poketíos» de vez en cuando. Pero era más por el vicio de seguir pasando gente en la pantallita. La curiosidad de saber quién habría por ahí, tal vez. Ni idea. El caso es que con Gonzalo tenía la sensación de que podía haber una buena conexión. Era atractivo. Aunque nunca se sabe. Las fotos engañan mucho.

En realidad, no estaba segura de si de verdad quería conocer a esta nueva persona o si estaba intentando reemplazar la falta de cariño que me había dejado Óscar. Era algo que me había estado planteando durante los últimos días al descubrirme pegada al chat de alguien a quien aún no conocía. Yo siempre me había considerado una persona independiente en cuanto a las relaciones, pero no sé qué me pasaba últimamente. Ya desde que lo mío con Óscar empezó a tambalearse, comencé a pensar en cómo sería el próximo chico con el que estuviera: si sería distinto, si me apoyaría más en mis proyectos, si haría que me sintiese más segura de mí misma y me ayudaría en mis eternos dilemas laborales...

Por una parte, pensaba que era normal querer tener a alguien en mi vida. Es decir, estaba en una ciudad nueva, con lo bueno y con lo malo que eso implica: no tener a tus amigos de siempre, ni tu rutina, enfrentarse a un trabajo nuevo y las mil inseguridades que conlleva, nuevos compañeros, etc.

Eran tantos cambios juntos que creo que necesitaba un poco de estabilidad por algún lado. Pero entonces, ¿buscaba estabilidad o solo atención? ¿Estaba tan mal mendigar un poquito de caso? Expresado de esa forma podría parecer que me había convertido en la persona más dependiente de la historia. Aunque igual solo era un trámite normal por el que todos pasamos cuando nos dejan, pero no llegamos a manifestar nunca para no quedar como idiotas...

—Claro, ¿quieres una foto? Luego subo una a mi perfil de Tinder —le respondí vacilándolo un poco, para tantear el terreno y saber si de verdad quería verme o era una pregunta sin más.

—Más bien te preguntaba por cuándo íbamos a vernos. El *body* también puede venirse.

Ahí estaba. Si no fuera porque iba en la parte de atrás del Cabify, me habría puesto a dar saltitos de alegría. En plan pringada. De hecho, en cuanto llegase a casa pensaba releer aquel mensaje y brincar en mi habitación como una tonta.

—Pues esta semana la tengo complicada. Como mucho podría el sábado. —Me hice la interesante.

—Genial. Ahora busco dónde podemos ir.

¡¡Dios!! Quería que llegase ya el fin de semana. La verdad, tenía ganas de echar un polvo, pero el chico este me estaba gustando. Nuestros apellidos quedaban bien juntos, eso tenía que ser algún tipo de señal. Nos gustaba la misma música, veíamos las mismas series, teníamos opiniones parecidas sobre las cosas... ¿Podría llegar a algo más?

A ver, igual se me estaba yendo la pinza. Lo había conocido por Tinder. Ahí la gente va a lo que va, aunque intenten maquillarte la realidad. En Tinder lo que nos mueve es pillar cacho, ahora, si luego surgen otras cosas, bien. Pero la razón por la que se entra ahí normalmente tiene una explicación muy clara. Que tampoco pasaba nada, quiero decir, ¿a quién no le apetece tener sexo de vez en cuando? Ni que estuviera mal. Pero tenía que ser consciente de ello.

—Perfecto, pues luego hablamos —le respondí. Y corté ahí la conversación mientras seguía intentando despejar en mi mente el desenlace que podría tener aquello.

Llegamos en diez minutos. Cogí un botellín de agua que me ofreció el conductor y salí para llamar a la puerta número 6. Berry Studios. Era donde haríamos la sesión de aquel día. Hacía como un mes que no acudía para realizar ningún proyecto con ellos. Cuando empecé las prácticas, sin embargo, iba más o menos día sí, día también a cualquier sesión que hubiese programada para cogerle el tranquillo a todo aquello: comprobar que todo el material hubiese llegado a punto, que el *fitting* se hubiera realizado los días previos correctamente, que las modelos —en el caso de haber— estuvieran citadas a su hora...

—Hola, soy Paula Ferrer, de *Vogue*. Vengo para una sesión de fotos.

—Sí, pasa —dijo una voz nasal que sonó a través del altavoz del timbre.

El sitio era bastante acogedor. Cuando cruzabas la zona de recepción, a la derecha, entrabas a una sala de descanso que olía siempre a café y galletas recién hechas. Yo me preguntaba si era algún tipo de ambientador para hacer sentir cómodos a los clientes. Una treta del neuromarketing. Más allá de esta zona, donde muchos de los trabajadores se sentaban para editar con sus portátiles los cambios que no necesitasen de un gran equipo, se encontraban los distintos estudios de fotografía y de edición. Hoy me tocaba entrar en el estudio 3, que tenía en la puerta un pequeño letrero que indicaba «Sesión *Vogue*».

Llamé a la puerta y esperé a que Dani, el fotógrafo que se encargaría de esta sesión, me abriese. Sin embargo, lo hizo un chico unos veinte años más joven que parecía nervioso y sujetaba la cámara con una confianza cuestionable.

—Hola, soy Paula —susurré extrañada mientras analizaba la situación—. Fuera pone que la sesión de *Vogue* es aquí —dije mientras me volvía a asomar para comprobarlo—. ¿Todavía no ha llegado Dani?

—No. Yo soy Héctor. Su ayudante. Se ha puesto malo y me ha pedido que le cubriese hoy, ¿no os ha llegado el correo?

Me quedé en blanco. Lo mismo sí había llegado el dichoso correo, pero yo no lo había visto. Me di cuenta de lo revuelto que estaba el estudio. Había un despliegue de objetivos para la cámara esparcidos a lo largo de una mesa que solía estar siempre impoluta. Faltaban algunos focos por colocar —o directamente no había focos en aquel estudio— y Héctor, al que le echaba poco más de veinticuatro años, no transmitía la seguridad y calma que yo necesitaba percibir en ese momento.

De haber sabido que Dani no iba a poder venir, habríamos contratado a otro fotógrafo. Ahora el marrón era mío. Si no quedaban bien las fotos, sería mi culpa por no haber comprobado el maldito correo en el que nos advertían de la situación.

—Vale, el correo. No pasa nada —contesté intentando convencerme a mí misma de que no pasaba nada—. Te faltan algunos focos por montar, ¿verdad? Si me dices qué hacer, yo te ayudo. Necesito que esta sesión quede perfecta, por favor. —Era evidente que estaba agobiada por la situación. Dejé el bolso y mi abrigo sobre una silla que había en medio de la sala y me subí las mangas de la camisa, como preparándome físicamente para la batalla que estaba por venir.

—Sí, pero tranquila. A ver, Dani nunca me ha dejado solo, pero vamos a calmarnos. Yo ya le he ayudado antes. Vamos a hacer las cosas lo mejor posible. Tu jefa ni se enterará de que la sesión no la ha hecho Dani. Y no te preocupes, en el correo, ella no estaba en copia.

El chico me estaba leyendo el pensamiento. Eso desde luego. Al menos me tranquilizaba pensar que su culo también dependía de que aquello saliera bien. Es decir, tenía la oportunidad de hacer él solo algo por primera vez para *Vogue*. Él también necesitaba dar el callo. Me recogí el pelo dispuesta a salir victoriosa de aquello y empecé a seguir las indicaciones que me daba Héctor. Por lo general, Dani se ayudaba tan solo de una persona para realizar las sesiones; imagino que en los últimos meses esa persona habría sido Héctor. Pero, al parecer, hoy el ayudante tenía que dirigir el barco. Me preguntaba si sería un naufragio anunciado para ambos.

Empezamos a montar focos, a hacer pruebas de luz, a colocar las prendas, probar objetivos y mil cosas más que fuimos tachando de una lista de papel en la que Héctor se había apuntado todos los pasos que había que seguir antes de empezar con nada. La sesión comenzó con dos horas de retraso, aunque podría haber sido mucho peor. Como es lógico, yo no tenía ningún tipo de soltura ni montando nada ni iluminando, por mucha indicación que me diera él. Así que estaba claro que, de rápido, aquello iba a tener poco.

Mientras él hacía las fotos, yo iba viendo en una pantalla colocada a unos metros del croma el resultado y, la verdad, tenían buena pinta. Me calmó saber que al menos el punto de partida era bueno y que el tratamiento de las imágenes sería luego bastante sencillo. Íbamos a hacer simplemente una especie de *collage* con varias prendas sin retocar demasiado las imágenes, así que no había mucho que pudiera salir mal. En un momento dado de la sesión, me acerqué para recolocar la posición de uno de los vestidos que Héctor acababa de situar frente al croma. La falda, que estaba sobre una enagua, parecía algo ladeada y quise ponerla algo más recta. Héctor se rio.

—¿Qué pasa? —pregunté.

—Nada. Me hace gracia cuando los clientes os preocupáis tanto por estos detalles. Luego todo puede retocarse en *postpo* para que quede perfecto.

—Sí, bueno. También podemos hacerlo bien desde el principio.

Héctor me miró sonriendo. Creo que no sabía si la frase me había salido mal sin querer o si acababa de lanzarle un dardo envenenado adrede. Me di cuenta de que podía haber sonado algo borde.

—No quería decir que no estuvieras haciendo bien las cosas. De hecho, me está sorprendiendo positivamente la sesión. Al ver que eras tan joven, por un momento me he asustado. He pensado: «No tendrá experiencia suficiente como para manejar la situación», pero no ha sido así. —Genial, la estaba cagando más.

—Yo también he pensado que eras bastante joven al verte, ¿qué tienes, veinticuatro?

—Veintitrés —contesté.

—Dos menos que yo —dijo con retintín.

—Sí, perdón. No me refería a eso, me he expresado mal. Solo quería decir que me está gustando cómo está quedando. Venga, vamos a seguir —resolví volviendo a fijar la mirada en la pantalla.

La verdad es que con las prisas y el estrés no me había fijado en detalle, pero Héctor era un chico bastante atractivo. Era moreno, tenía el pelo recogido en una especie de coleta a lo Chris Hemsworth y los ojos, marrones, enmarcados en unas gafas de vista muy bien elegidas, con mucho estilo. Era alto, mediría 1,85 más o menos; parecía de esos chicos que se cuidan y tienen buen físico, pero que tampoco se machacan en el gimnasio. «No está nada mal», pensé.

—¿Y entonces decías que tenías veinticinco? —dije después de mirarlo de arriba abajo. Joder. Qué poco sutil—. Lo digo porque es difícil estar trabajando en un estudio desde tan joven. —Intenté arreglar el primer comentario para que no se notase que estaba a la caza de tíos.

—Sí. Estudié Comunicación Audiovisual, pero tampoco me sirvió de mucho. Luego hice un máster de fotografía en Barcelona. Además, en tercero de carrera empecé a hacer prácticas en distintos estudios currando de lo que me dejasen. Desde iluminar hasta preparar los cafés. Al final, Dani, que fue uno de mis profesores del máster, acabó llamándome porque necesitaba un ayudante; llevaré con él unos ocho meses ya. ¿Y tú?, también eres bastante joven para estar trabajando.

—Soy una niña prodigio —bromeé.

—Vale, niña prodigio, ¿y también eres de Madrid?

—De Valencia. Acabé Periodismo en la UPV. Mi idea era hacer

un máster, pero una profesora mía tenía contactos en *Vogue*. A mí siempre me interesó la moda y ella quiso echarme un cable, así que un día decidió enviarles un mail a mis actuales jefes con una serie de artículos que escribí para una revista de Valencia. El caso es que se ve que les interesé, me cogieron de prácticas y a los pocos meses me contrataron para ser una de las redactoras del blog.

—Nada mal. Al final sí que vas a ser una niña prodigio —dijo sonriéndome.

Me sonrojé con ese comentario y miré la pantalla de mi teléfono disimulando para que no lo notase. Como si acabase de recibir algún mensaje.

—Dile a tu novio que luego habláis —me dijo para que dejase el teléfono.

—Pero si estamos acabando ya, ¿no? —contesté esquivando el comentario.

—¿Tienes mucha prisa?

—La verdad es que algo sí. Tenemos una fiesta esta noche y tengo que recoger un *body* que me he comprado. Además, luego tengo que volver al trabajo, que tenemos a las cinco una reunión, y se supone que debe durar poco porque tenemos que salir antes, así que debería estar puntual...

—Vale, vale —me interrumpió—. Mira, hacemos una cosa. Esto ya está. Recojo yo los vestidos y os los llevo a la oficina en cuanto acabe. Así puedes marcharte ya. ¿Te parece?

—¡¿Sí?! Ay, mil gracias.

Y sin pararme siquiera a recoger cualquier cosa para ayudarle, agarré mi bolso y mi abrigo y salí escopetada. Héctor me gritó un «adiós» mientras yo me largaba sin darle la mano, dos besos, mi número o cualquier otra cosa. Tampoco pasaba nada. En realidad, tenía bastante prisa porque ya eran las cuatro y media y, además, igual ni siquiera volvía a verlo.

Las malas decisiones se toman con tequila

A las siete y media de la tarde estaba ya en casa con el precioso *body* de Zara en mi poder. Al parecer, Héctor ya había pasado a dejar los vestidos en la redacción, como me avisó por mail Carmen, la recepcionista. Todo en orden. No sabía a quién se le había podido ocurrir celebrar una fiesta un lunes, pero oye, cualquier cosa que implicase salir antes de trabajar bienvenida fuera.

Me duché al ritmo de un popurrí de canciones que iban desde «No volveré», de Chavela Vargas, hasta «Natikillah», de Nathy Peluso —mis compañeros de piso debían de fliparlo conmigo—. Salí de mi minúscula ducha y procedí a secarme el pelo con toda la actitud de estar protagonizando el último videoclip de Beyoncé. Yo era muy de venirme arriba mientras me arreglaba para salir a cualquier sitio.

Abrí un tutorial de YouTube e intenté seguir los pasos para hacerme un *smokey eyes*, pero de los facilitos, de los que recurren al truco de pegarse dos trozos de celo en la cara para no salirse demasiado. Ese día, me apetecía estar pibón. Me pinté los labios con un labial mate de un tono *nude*. Me alisé el pelo y me lo recogí en una coleta baja que caía por mi espalda. Me puse un sujetador negro de encaje, ya que el *body* se transparentaba, me vestí con mis pantalones negros de pinza y me subí en unas sandalias de tacón verde botella que iban a juego con mis pendientes de fiesta y quedaban genial con un *clutch* morado que me compré en Asos por diez euros —nadie hubiera sospechado el precio—. Salí del baño para ir a mi cuarto y echarme algo de perfume y me crucé con Celia en el pasillo, mi compañera de piso.

—¿Adónde vas tan arreglada? —me preguntó en plan cotilla con la seriedad que la caracterizaba.

—Voy a un evento que organiza mi empresa.

—¿Un lunes? Mira que es mala idea. No vengas tarde, no te vayan a despedir —dijo mientras sujetaba un paquete de Doritos en la mano.

—Tranquila. —Y entré en mi habitación.

Celia era una persona bastante extraña. En los escasos siete meses que llevábamos siendo compañeras de piso, aún no había podido conocerla del todo. Ni siquiera la intuía. Nuestro otro compañero, Marcos, era, sin embargo, todo lo contrario. Era canario y tenía un carácter que conseguía alegrarte el día por muy decaída que estuviera la cosa. Celia, como decía, era distinta.

Ella era de Valladolid, había estudiado Biología y trabajaba en el Instituto de Salud Carlos III. Me daba la sensación de que era una de esas personas que se sentía algo frustrada consigo misma e intentaba menospreciar todo lo que conseguía el resto o cada cosa que podía significar cierta alegría para los demás, con la intención de hacerte creer que tu vida en realidad no era ningún cuento de hadas y que, por lo tanto, no estabas por encima de ella. No es que yo me creyese por encima de nadie, pero creo que ella tenía ciertos complejos que pretendía solucionar haciendo que los demás también se sintieran inferiores. En vez de empujarse a sí misma hacia arriba para intentar sentirse más grande, trataba de aplastar a los demás de alguna forma hasta reducirlos.

En cualquier caso, no era mi problema. Al llegar al piso traté de relacionarme con ella, pero me consumió bastante su actitud y el hecho de que estuviese continuamente dándole la vuelta a las cosas para hacer que las situaciones parecieran siempre negativas. No habíamos discutido jamás, porque cuando me decía algo con cualquier doble intención yo prefería no contestar, haciendo como que no había entendido el sentido negativo que ella le daba a las palabras. Decidí dejarle su espacio y estar a lo mío. Tampoco pasaba nada. Al final, las dos nos limitábamos a ser cordiales con la otra y punto.

Me eché mi perfume, *Good Girl*, de Carolina Herrera, y pedí un Cabify, que cinco minutos después ya estaba en la puerta. De camino al evento, subí un *story* con una foto que me había hecho justo antes de salir de casa, esperando que Gonzalo me respondiese con algún mensaje. Dos segundos más tarde, ahí estaba: «Qué bonita eres». Muy bien, Gonzalo. Cumpliendo expectativas con éxito. Le respondí dándole un «me gusta» a ese mensaje privado. Y entonces me llamó Ale, mi compañera de trabajo. Eran las nueve en punto y yo pretendía llegar al evento sobre y cuarto. Seguramente, ella ya estaría allí y querría saber cómo iba.

—¿Sí? —contesté.

—Paula, ¿te queda mucho?, ¿estás cerca?

—Pues estoy de camino, me quedarán unos cinco minutillos —mentí—. ¿Por?

—Vale, vale. Pues te espero fuera. Es que no quiero entrar sola.

—Tranquila, ya llego. ¿Está Marina?

—Sí.

—Bueno, pues ahora nos vemos en la puerta.

—Pero ¿cinco minutos son cinco minutos o diez? —Ale ya me conocía bastante bien.

—Son más bien quince. Pero ahora nos vemos, no hagas tonterías —le respondí tratando de tranquilizarla. Tampoco es que hubiéramos quedado en vernos a ninguna hora.

Ale era una chica bastante tímida. Por lo general, no salía a ninguna parte si no era en compañía. A ver, todos solemos hacer más planes en compañía que solos, pero me refiero a cosas tan básicas como ir a recoger un pedido, acudir al banco para hacer algún trámite o incluso hacer la compra. Lo hacía de forma muy sutil para conseguir que no leyeras sus intenciones, pero siempre acababa liando a alguien para hacer cualquier recado de su mano. Se tratase de lo que se tratase.

Desde hacía unos meses, Ale había estado quedando a escondidas con Marina, una de las fotógrafas *freelance* que colaboraban con nosotros y que, ya por su tono de voz, deduje desde el primer segundo que había sido invitada a la fiesta.

Yo no sabía mucho sobre su relación, porque Ale era una persona que, sin querer, adornaba bastante la realidad. Desde mi punto de vista, Marina solo quería tener a alguien con quien acostarse; desde el punto de vista de Ale, ambas se encaminaban hacia algo estable, solo que Marina aún no se había dado cuenta. Esa noche me tocaría vigilar a Ale para que no hiciera nada de lo que pudiera arrepentirse al día siguiente...

Llegué a la dirección que me había dado Lorena. Me sorprendió ver el exterior del sitio. Parecía una iglesia por fuera. ¿Me habría confundido? El Cabify ya se había ido. Volví a comprobar la dirección en mi móvil, era la correcta. Cuando levanté la vista del teléfono vi a Ale, que venía hacia mí desde la puerta corriendo con pasitos cortos y tambaleándose sobre sus tacones.

—Ale, ¿y este sitio? —pregunté confundida.

—¿Nunca has estado? Es una fundación —dijo casi jadeando por aquella minicarrera que se había marcado—. Me parece que antes era una iglesia y la reconvirtieron en un espacio de ocio. Es precioso, te va a encantar. —Se me enganchó del brazo para pasar juntas—. Bueno, vamos, que Marina lleva un rato dentro.

El evento se estaba celebrando en una de las salas. La Capilla, se llamaba, y, de verdad, lo parecía. Nuestra empresa había organizado un cóctel y seríamos poco más de cien personas. El sitio era impecable. Parecía un lugar de culto, algo ornamentado, pero con clase. Era bastante espacioso y tenía uno de esos imponentes techos altísimos, con columnas igualmente elevadas a ambos lados de color blanco con remates dorados. Las paredes del lugar estaban vestidas con varios cuadros religiosos enormes. Me recordaba mucho a la Capilla Sixtina. Salvando las diferencias, claro. En contraste con todo aquello, rompiendo la línea de lo religioso, un juego de luces que iluminaban la sala en distintos colores; la mesa del DJ en la zona que correspondería al espacio para oficiar la misa, en el caso de que aquello hubiera sido una capilla de verdad; y una barra para pedir las bebidas también decorada con detalles dorados muy barrocos. Me sentí casi como en el Museo Metropolitano de Nueva York cuando celebraron las Galas MET de 2018.

—Hay que ver qué bien organiza estas cosas Lorena, ¿eh? —me dijo Ale, que seguía colgada de mi brazo. La tía solo me soltó un segundo para coger unos canapés de una bandeja que una camarera paseaba con soltura por la sala. En ese momento, vimos a Marina saludarnos a lo lejos.

Marina era una chica bastante agradable. Es cierto que la realidad era que no quería nada más con Ale, pero es totalmente lícito. Ella tampoco le había prometido nunca nada y en las pocas ocasiones en las que Ale sacó el tema, Marina le dejó siempre claro que no estaba preparada para entrar en una nueva relación. Acababa de dejar a su novio, Javi, con el que estuvo cinco años. Después de aquello, Ale había sido la primera chica con la que Marina había estado en su vida. Lo que hacía aún más comprensible que quisiera ir poco a poco. Supongo.

Las dos nos acercamos. Marina estaba guapísima. Era una belleza muy particular. Siempre llevaba su pelo rizado suelto y alborotado, como recordándote que las cosas de la vida que merecían la pena te despeinaban sin remedio. Ese día se había puesto un vestido rojo con estampado de flores muy estilo *boho* y Ale no podía quitarle los ojos de encima. Ni al vestido ni a ella. Ambas la saludamos dándole dos besos. De pronto, Marina le hizo una seña a un chico que se acercaba hacia nosotras desde la barra con dos copas de vino blanco.

—¡Chicas! Os presento a mi amigo Héctor —dijo Marina cuando él llegó.

¿En serio? Era el mismo Héctor de esa mañana. Y estaba monísimo. La verdad es que le sentaba bastante bien el traje. Por un momento olvidé preocuparme por la dignidad de Ale y empecé a preocuparme por mantener la mía. Gente del curro, no. Aunque había que reconocerlo, el chico estaba de buen ver. De muy buen ver. Para qué engañarnos. Vamos, que el tío me ponía, siendo clara.

—Sí, sí. Paula y yo ya nos conocemos —dijo él, y se acercó para darme dos besos—. ¿Qué tal?, ¿se te ha pasado el estrés de esta mañana? —me preguntó mientras apoyaba una de sus manos sobre mi cintura.

—Sí, gracias por acercar los vestidos, ha sido un detalle. No sabía que tú también vendrías. —Y me solté de él pretendiendo buscar algo en mi bolso.

—Ah, es que no iba a venir. Era Dani quien estaba invitado, pero ha querido recompensarme por el marrón de dejarme solo esta mañana y me ha preguntado si quería acudir en su lugar hace un par de horas. He estado a punto de decirle que no.

—Una pena que al final le dijeras que sí —bromeé.

Me di cuenta de que Marina y Ale se miraban entre ellas mientras nos analizaban a Héctor y a mí. Imagino que no sabrían bien de qué nos conocíamos ni por qué teníamos cierta complicidad. Lo mismo también estaban esperando a que el chico saludase a la pobre Ale, a quien los dos estábamos ignorando sin darnos cuenta.

—Ale, este es Héctor. Héctor, Alejandra —dije para acabar con las miradas de ambas—. Nos hemos conocido esta mañana. Teníamos una sesión de fotos programada con Dani, pero al final la ha hecho él, sin ayudante siquiera.

—Bueno, ayudante he tenido. No te cambiaría por Dani, la verdad —puntualizó dibujando una media sonrisa.

—Encantada, Héctor —contestó Ale—. Y ¿ha permitido Lorena hacer una sesión con un solo fotógrafo que, además, no es de nuestros habituales? ¡Viva la vida!, ¿no? Con lo cuadriculada que es siempre.

—¡¡¡No, no lo sabe!!! —me apresuré a decir—. Que esta información no salga de aquí. Al final las fotos han quedado genial, que es lo importante.

Héctor aprovechó el volumen de la música y se acercó a mí. Me rodeó el cuello con las manos y me preguntó al oído si también quería una copa. Yo, haciendo como si no hubiera percibido aquel innecesario acercamiento, algo fuera de lugar, le dije que sí y dejé que fuera a por ella.

—Paula, ¿hay algo que no sepa? —preguntó Ale extrañada, refiriéndose a Héctor, mientras él pedía en la barra. La verdad es que en los dos minutos que llevábamos ahí, distancia de seguridad entre ambos, poca.

—No, ¿por? —Me hice la loca.

—Hombre, pues...

—Paula, que este te quiere follar —sentenció Marina. Y luego le lanzó una mirada a Ale confirmando que Héctor no era el único que quería llevarse a alguien a la cama aquella noche—. ¿Te pone? —volvió a dirigirse a mí, tratando de indagar en el asunto.

—A ver, no está mal... —En realidad, la respuesta era un rotundo sí, pero preferí no decir nada—. Es mono. Pero estoy hablando con alguien y...

—¿Con quién? —intervino Ale—. ¡No me has contado nada!

—No, a ver. No es nada. Me hice Tinder. Conocí a un chico, Gonzalo...

—¡¿Te hiciste Tinder?! —Y su cara reflejó tal asombro y decepción que parecía que en vez de Tinder hubiera confesado haberme hecho *hooligan*.

—Ale, no seas mojigata, por Dios. Te sorprendería la de gente que hay en Tinder. —Marina puso los ojos en blanco y me indicó con un gesto que siguiera con la historia. Ale la miró intentando averiguar si ella era una de esas personas.

—Bueno, Gonzalo —retomé la conversación—. Lo conocí hace poco en Tinder. Parece buen chico, estamos hablando bastante últimamente y hemos quedado este finde.

—Joder, qué éxito.

—No sé. Hubo *feeling*, y ahora no estoy muy por la labor de prestarle atención a otros tíos en ese sentido. Quiero ver primero cómo va todo con este chico cuando nos veamos.

—O sea, que si Héctor se te lanza esta noche, ¿nada? —dijo Marina con picardía.

—A ver, yo estoy soltera, ¿eh?

—Ya estás reculando —contestó entre risas.

—No, no. Joder. Solo digo que tengo a alguien en mente. ¿Puedo hacer lo que quiera? Sí. Pero no tengo la intención. Además, que estamos dando por hecho que Héctor...

—Quiere follarte. Sí.

—Marina, por Dios...

—Exacto. Y vamos, que no creo.

—La cuestión es si tú también querrías —continuó Marina.

Yo me quedé pensando. En realidad, igual sí querría, pero me paraba bastante el hecho de que fuera alguien del trabajo. Además, lo había conocido aquella misma mañana, yo estaba hablando con otra persona con la que ya había quedado... En fin, que motivos para decir que no no faltaban, vaya.

Ale arqueó las cejas y carraspeó indicándonos que Héctor ya estaba de vuelta con mi copa. Yo hice cualquier comentario sobre el vestido de Marina para redirigir la conversación y que Héctor no nos encontrase esperándolo en silencio y sin quitarle los ojos de encima.

—Le he caído bien a la camarera —dijo mientras me pasaba el vino—. Dice que si luego nos acercamos nos pone tequila importado de México. Uno carísimo que dice que tienen guardado solo para unos pocos.

—Tranquilo, *fucker* —le contesté burlándome. Ale y Marina se rieron.

—Perdón, mi «nos» no te incluía. Tú puedes seguir bebiendo alcohol de este barato que os sirven a la plebe...

«Bien devuelto», pensé. Y esbocé una sonrisa desafiante.

—Sabía que lo de la bebida gratis tenía trampa —añadió Ale mientras se hacía con otro canapé que pasaba por nuestro lado.

Después de dos copas de vino blanco y un largo debate sobre el *clickbait*, en el que, sin saber muy bien por qué, adquirí una postura defensora de esta práctica con mi argumento «si existe este modelo es para la gente que prima el sensacionalismo sobre la información», decidimos acercarnos a por ese tequila que le habían prometido a Héctor.

Cuando llegamos a la barra pudimos leer la decepción en la cara de la camarera, que, seguramente, lo esperaba de vuelta con otros tantos tiarrones de su calibre y no con tres tías que solo querían gorronear alcohol del caro. Héctor le preguntó si seguía en pie aquella oferta apoyándose sobre la barra, embelesándola con su mejor sonrisa, y ella, que no pudo evitar sonrojarse, dijo que sí *ipso facto*. Luego nos repasó al resto con la mirada y nos dijo a regañadientes que volvía enseguida con el tequila. Yo, que solía beber entre poco y nada, ya notaba cómo las dos copas de vino empezaban a hacer mella en mí. Pero como soy imbécil, decidí hacerme la divertida proponiendo un juego.

—Vale, Héctor, estoy pensando en un número del uno al diez. Si lo aciertas, nos tenemos que tomar esa cantidad exacta de chupitos seguidos. Si no, nos pedimos solo uno cada uno.

—Vale... —dijo él preocupado por mi estado de embriaguez después de tan solo dos tristes copas.

—¡Yo cuento! —gritó Ale animada, que la última vez que salimos se acabó media botella de ginebra por su cuenta y no murió—. Vale... Lo tenéis, ¿verdad? A la de tres. ¡Una, dos y tres!

—¡¡Dos!! —dije yo.

—¡¡Siete!! —gritó Héctor.

—Pero ¿¡cómo iba a decir siete!? —respondí entre risas—. Que luego hay que beberse esa cantidad.

—Es verdad. Venga, no, en realidad estaba pensando en el número dos. —Trató de recular carcajeándose.

—Sí, seguro... Nada, nos pedimos un chupito cada uno. ¡Lo siento, chicas! —grité mirando a Ale y a Marina.

—¿Cómo que lo siento? —contestó Ale—. Yo estoy de acuerdo; Héctor en realidad quería decir dos. ¡Se lo he leído en la mirada! —afirmó divertida.

—¿Ves? Es que ella me conoce mejor.

—Venga, pues no se diga más. ¡Ocho chupitos de tequila por aquí, por favor! —gritó Marina a la camarera, que ya volvía hacia nosotros.

Sonaba «Contando lunares», de Don Patricio y Cruz Cafuné, y Héctor se puso a cantar la letra mientras la chica rellenaba los vasitos a toda velocidad con una mano y con la otra sacaba de debajo de la barra un salero y varias rodajas de limón. Él me cogió por la cintura y me hizo girar en un ademán de bailar conmigo. Noté cómo su reciente conquista me fusilaba con la mirada desde el otro lado de la barra.

Miré los ocho chupitos de tequila. No tenía ninguna convicción de poder con aquello sin salir en ambulancia. La idea era beberse dos seguidos cada uno. Definitivamente, aquello no podía salir bien.

Todos nos chupamos la muñeca para echarnos sobre ella algo de sal.

—¿Qué va antes? ¿Chupar la sal o morder el limón? —preguntó Marina desconcertada. Siempre hay algún despistado con el tequila.

—La saaal... —dijo Ale.

Nos tomamos el primer chupito y me llevé de inmediato un trozo de limón a la boca intentando que se me pasase el sabor de aquel licor lo antes posible. Cuando lo exprimí del todo, cogí otro y lo apreté de nuevo entre los dientes para no dejar rastro alguno de esa bebida en mi boca.

—¿Preparados para el siguiente? —dijo Ale como si nada. Yo asentí, aunque no lo tenía muy claro.

Repetimos el proceso. Lamer mano. Echar sal. Chupar sal. Chupito. Por suerte para mí, a pesar de que empezaba a notar cómo aquello ya me estaba subiendo, aún alcanzaba a escuchar algún pensamiento lúcido en mi cabeza. Así que me di cuenta justo a tiempo de que igual aquello era demasiado. Pegué un sorbo ridículo y volví a apoyar el vaso prácticamente tan cargado de bebida como estaba al principio. Ale lo cogió y se bebió lo que quedaba dentro. Es decir, todo. Marina soltó una carcajada. Yo mordí otro limón y miré a Ale esperando a que se desmayase o algo. Pero nada. Ahí seguía la tía, en pie. Eso sí, con la cara roja como un tomate.

Miré a Héctor, que al no poder parar de reír batallaba para no dejar caer el trocito de limón que sujetaba solo con la boca. Era una imagen bastante cómica. O eso me pareció en aquel momento. Héctor dejó su pedacito de limón sobre una servilleta y me miró como envalentonado. Igual era solo la mirada de un borracho, pero yo lo percibí seguro de sí mismo. Se acercó a mí y me cogió del brazo para llevarme contra mi voluntad al centro de la sala, donde ya estaban todos bailando. Yo le pedí que volviésemos a la barra con Ale y Marina, pero en cuanto empezó a sonar «Calma», de Pedro Capó, se me pasó lo de querer ir a otro lado. Nos paramos en un hueco que encontramos entre la gente y él puso sus manos sobre mis caderas. Me colocó de espaldas a él mientras bailaba conmigo y dirigía el ritmo de ambos. Ahí me di cuenta de que igual tampoco me importaba tanto que acabáramos la noche juntos...

Desde donde estábamos, podía ver a Ale en la barra, que en ese momento estaba ya enrollándose bastante a saco con Marina. A su lado, nuestra jefa. Y en casa, nuestra dignidad.

Héctor siguió bailando conmigo y yo, mucho más desinhibida y con ganas de seguirle el juego, seguí acercándome a él. Me dio un mordisco en la oreja y le empujé riéndome, como si en el fondo no quisiera.

En un momento dado, mientras los dos seguíamos a lo nuestro totalmente alejados ya de Ale y Marina, se acercó Blanca, una de las directoras creativas, que, a pesar de sus cincuenta y muchos, empezó a bailar con nosotros perreando hasta el suelo. Yo, mirándola desde arriba, la cogí para ayudarla a levantarse al darme cuenta de que lo difícil no era perrear hasta el abajo, sino volver a subir después. Héctor y yo nos miramos y soltamos una carcajada; y seguimos bailando con ella sin poder contener las lágrimas de la risa. Empezó a sonar «Feels», de Calvin Harris, y Blanca pegó su espalda contra la mía e intentó bajar de nuevo moviendo las caderas. Yo la seguí hasta donde pude. Ella cogió a Héctor por la corbata y se meneó delante de él en un intento de calentarlo. Sospecho que la pobre mujer estaba drogada, como poco. De lo contrario, me esperaba una curiosa conversación al día siguiente en el trabajo sobre en qué pensaba exactamente al estar haciéndole a Blanca un bailecito sexy mientras un ayudante de nuestros fotógrafos la animaba con el *twerk*.

A la una y media la cosa se hizo oficial: nuestro pequeño evento había alcanzado otra magnitud. La magnitud de tener que pasar el día siguiente de resaca, en el caso de los más jóvenes, o los días siguientes, así, en plural, en el de los que ya habían pasado los cuarenta. Iba a ser una semana interesante. Blanca, que seguía con nosotros en cuerpo y alma, empezó a repasar sus curvas con las manos mientras abría la boca en plan putón. En ese instante llegó Alfonso, uno de los supervisores de Marketing, y la cogió del brazo para llevársela a otro lado. Con aquel gesto, seguramente, evitó varios memes con fotos de Blanca que habrían recorrido los móviles de todos los empleados de *Vogue* al día siguiente. No todos los héroes llevaban capa.

Héctor y yo continuamos a lo nuestro. Subimos a una especie de tarima que habían colocado al lado del DJ y seguimos encendiéndonos, esta vez ante todo el público, canción tras canción. Sonaba «Say My Name», de David Guetta, cuando Héctor se pegó a mí todavía más, me cogió de las muñecas y me sujetó las manos por detrás de la espalda impidiendo que pudiese apartarlo de un empujón.

—¿Qué te apetece hacer?

—A mí, nada —mentí.

Se acercó más. Hasta dejar su boca a milímetros de la mía durante unos tentadores segundos que se hicieron eternos. Si esperaba que me acercase yo, aún me faltaban chupitos encima. Como leyéndome la mente, me mordió el labio inferior sin decir más y me llevó otra vez a la barra.

La camarera nos vio llegar, ya sin ánimo de invitarnos a nada, al mirarnos nos ignoró por completo. Héctor le hizo unas señas pidiéndole otra ronda. Pero la tía, que ya había asumido que a este no se lo ligaba, siguió a lo suyo. Mi jefa, que estaba justo a nuestro lado y que, al parecer, estaba ahogando sus responsabilidades entre botellas, nos miró riendo.

—Tranquilos. Que a mí me hacen caso en un pe-periquete-te —dijo afectada—. ¡¡Tres de Jäger!! —gritó con voz de borracha. Hasta luego.

De nuevo, traté de beberme el chupito entero. Pero joder. Qué malo está el puto Jäger. Fue imposible. Sin coordinación ninguna, dejé el vaso casi lleno sobre la barra. Lo solté tan fuerte que la bebida saltó por los aires hasta mojar la cara camisa de mi jefa. Ella, contra todo pronóstico, soltó una carcajada. Le había hecho gracia, no como a la camarera, que me dijo que dejase de pedirle cosas si no pensaba tomármelas. Yo pasé bastante de ella y me reí al ver a Lorena chorreando Jäger. En realidad, no era divertido.

—Así te quiero ver en la oficina —balbuceó Lorena—. Sabía que había hecho bien contratándote.

Quise entender que se refería a un «así de divertida» y no a un «así de borracha», si no, no sabía muy bien cómo iba a aguantar mi hígado aquel trabajo.

—¡Perdón, pero te la tengo que robar! —dijo Héctor, llevándome de la mano hacia, la verdad, no sé muy bien dónde.

Mientras el alcohol subía, la escasa resistencia que habíamos puesto los dos para que la cosa no fuera a más desaparecía. Por un momento, no me pareció tan mal que fuera alguien del trabajo, total, en realidad, tampoco trabajaba en *Vogue*, sino en un estudio al que a veces encargábamos proyectos sueltos. Además, una vez era una vez...

De repente, Héctor se acercó a mí. Más. Y me besó en el cuello. Mi punto débil. Yo cerré los ojos sin querer. Ya estaba. No aguantaba. Héctor me agarró fuerte mientras me empujaba contra él. No dejó que pasase un segundo y empezó a besarme. Deslizó sus manos por mi espalda, luego siguió bajando y, al final, noté cómo sus dedos se iban acercando a terreno peligroso. Me estaba encendiendo muchísimo. Seguimos besándonos y creo que noté cómo se le empalmaba. No sé ni qué hora era. Le pregunté si vivía cerca y, sin contestarme, sacó el teléfono para pedir un Cabify.

Cuando quise darme cuenta, estábamos ya en su casa. La verdad, no sé decir exactamente dónde vivía ni mucho menos cuánto tiempo nos llevó llegar. Solo sé que de repente me vi sobre su cama besándonos y quitándonos la ropa con toda la rapidez que nuestros torpes movimientos nos permitían. Él siguió besándome, mordiéndome el labio y lamiéndome el cuello mientras seguía bajando. Me desabroché el pantalón, que no sé por qué todavía llevaba puesto, y empezó a tocarme. Primero, con cuidado, y luego, cada vez más fuerte, hasta metérmela sin darme tiempo siquiera a que yo le hiciera nada. Lo siguiente que recuerdo es estar encima de él muy encendida, mientras pensaba que no me lo habían hecho así nunca. Quizá fue el alcohol o quizá me gustó tanto como pensaba. En cualquier caso, mereció la pena.

El camino de la vergüenza

Sonó la alarma de mi teléfono. Por un momento, pensé que estaba en mi habitación, pero cuando por fin abrí los ojos, me vi en una cama que no era la mía, con Héctor a mi espalda, un reguero de ropa en el suelo y, en algún rincón de la habitación, justo al lado de donde se me debieron de caer las bragas, mi dignidad. A ver si la recuperaba antes de las nueve.

Me precipité del colchón y pedí un Cabify para ir a mi casa, esperando llegar a tiempo para ducharme y presentarme en el trabajo a las nueve y media. Menos mal que normalmente ponía la alarma a las siete y media para remolonear en la cama. Esta vez, de eso nada.

—Pero ¿tú adónde vas...? —Héctor se despertó e intentó volver a tirarme junto a él alargando el brazo sin conseguirlo.

El príncipe encantador había perdido todos sus encantos. Igual que yo, que tenía el rímel corrido y una desastrosa coleta de la que ya se me había escapado la mitad del pelo.

—¿Cómo que adónde voy? —le dije tajante mientras buscaba mi sujetador debajo de la cama—. Enciendo la luz, que no encuentro nada —le advertí.

—No vayas a trabajar hoy...

—Me está esperando el Cabi abajo. Ya hablamos. —Me puse mi ropa interior y el *body* sin llegar siquiera a abrochármelo bien. Me coloqué los pantalones a toda velocidad. Cogí la chaqueta, que, a pesar del ajetreo, y por suerte, aún guardaba mis llaves de casa en uno de sus bolsillos, y con el móvil y los tacones en mano, salí de la habitación corriendo.

—¿No me das un beso? —preguntó él.

—¡Tengo prisa! —grité desde el pasillo.

Pegué un portazo que, seguro, despertó a sus compañeros de piso, si es que la última frase no lo había hecho, y bajé corriendo las escaleras para subir lo antes posible a aquel Cabify. Me sentía más rápida que Usain Bolt superando a zancadas cinco largos pisos sin ascensor. Aunque lo realmente asombroso de todo aquello era cómo la noche anterior había sido capaz de subir aquellos mismos cinco pisos por mi propio pie. Tampoco podía creer que fuera martes y que estuviera en una situación así. Ya empezando la semana. Al menos me consolaba saber que, con toda seguridad, no sería la única de la oficina que estuviera batallando consigo misma para llegar ya no a tiempo, sino solo llegar, como fuera, al trabajo.

Al entrar al Cabify me saqué el teléfono del bolsillo para mirar en Google Maps dónde coño estaba exactamente en aquel momento y vi que tan solo me encontraba a quince minutos de casa. Eso me consoló. Vi un mensaje de WhatsApp. Era de Gonzalo. «¿Cómo ha ido la noche?»

¿Ahora qué le contestaba? «Bien. Acabé tirándome a uno que conocí ayer mismo y estoy yendo a casa. El camino de la vergüenza con todas las letras. Por cierto, qué ganas de verte el finde.» Quedaba como brusco. Igual mejor le contestaba más tarde.

Al llegar a la puerta de mi casa, con un aspecto preocupante, introduje la llave en la cerradura y la giré con todo el cuidado posible para evitar ruidos. Deseé no cruzarme con ninguno de mis compañeros, que lo más probable es que hubieran sospechado ya que no había pasado la noche en casa al no escuchar posponer mi alarma las cuatro veces de rigor.

Empujé la puerta con sigilo. Pero nada. Fue en vano. Ahí estaba Marcos, ya en traje, preparándose el desayuno para ir a trabajar al banco. Hacía algo de finanzas, nunca le prestaba demasiada atención cuando me contaba a qué se dedicaba exactamente. Solo sé que en ese momento maldije su puntualidad y su horario de entrada a la oficina.

—¡Pero bueno! Venimos de una noche movidita... —se burló.

—Me va a explotar la cabeza. ¿Está durmiendo Celia? —dije susurrando.

—Sí. Si te das prisa, igual te libras de que te condene a los infiernos por pecadora.

—Voy a la ducha. Ya te contaré bien los detalles.

—Por favor, los quiero todos.

En realidad, había llegado a casa con el tiempo suficiente como para hacer las cosas con relativa calma, pero el hecho de no haberme despertado un martes en mi casa y haber llegado con la ropa del día anterior sin haber dormido demasiado me hizo sentir como si algo no encajase y para devolverlo todo a su lugar tuviera que ir contra reloj. Así que me arreglé a toda prisa, mirando nerviosa cómo los minutos pasaban en mi móvil mientras me duchaba, maquillaba y secaba el pelo. Cuando acabé de medio recomponerme, en tiempo récord, corrí para llegar al bus, que estaba a punto de salir. En mi mente, no sé por qué, me marqué el objetivo de llegar en tres minutos a la parada, a pesar de que normalmente tardaba seis. Por suerte, llevaba deportivas, lo que me permitió seguir sin percances aquel ritmo; y el pelo recogido en una coleta bien apretada para llegar con cierta apariencia formal a pesar del ajetreo.

Al abrir la puerta de la redacción, a la que llegué cuarenta minutos antes, creí entrar en el *backstage* de *The Walking Dead*. Mentira. Cualquier zombi habría tenido mejor pinta que nosotros aquella mañana. Dos del departamento de Marketing aún vestían la misma ropa del día anterior. Sara, una de las chicas que se sentaba cerca de mí, que por regla general llegaba impoluta, no se había maquillado, llevaba un moño, una sudadera gris de chándal algo sucia y unos *leggings* negros. Te la llegas a encontrar así en el metro y cualquiera se acerca para darle un bocata o un par de euros. Del resto, ni hablar, pero el panorama era cuando menos desolador.

A las once en punto llegó Ale. Solo una hora y media tarde. Claro que sí. Y en cuanto a mi jefa, Lorena, no apareció en todo el día, pero envió un mail advirtiendo de que trabajaría desde casa por problemas de salud. Eufemismo de resaca. Por si a alguien de la redacción se le había escapado.

—¿Has visto el mail de Lorena? —dijo Ale sentada frente a mí en su escritorio—. Y yo preocupada por no llegar a tiempo. —Rio.

—Sí. Menuda noche.

—¡Ay, es verdad! ¿Cómo acabó la tuya?

—Como bien predijisteis vosotras. Acabó en la cama de Héctor. —Me eché a reír.

—¡¿En serio?! Y ¿qué tal? Detalles, Paula, detalles...

—Pues, a ver, después de los chupitos de tequila, os perdimos completamente de vista a las dos y nos fuimos a bailar solos. Los dos muy encendidos. De repente, apareció Blanca, la directora creativa, y empezó a perrearnos a saco, haciendo *twerk* y todo, hasta que un alma caritativa vino a rescatarla del bochorno.

—¡¿De verdad?! —soltó Ale riendo al imaginar la escena.

—Sí, sí. Para mí que se había metido algo. Bueno, después de eso, nada. Héctor y yo empezamos a besarnos, supercachondos los dos. Él pidió un Cabify, fuimos a su casa y lo hicimos muy a lo bestia. Bueno, así lo recuerdo yo, pero tampoco sé decirte. Y después de... no sé, igual solo dos horas durmiendo, esta mañana he salido pitando, me he vuelto a casa para cambiarme, Marcos me ha visto llegar hecha un asco y ya luego me he venido hacia aquí. Ese es el resumen. ¿Y tú? ¿Qué pasó contigo después del tequila?

—Fue una noche horrorosa, Paula...

—¿En serio? —le dije sorprendida. Lo último que recordaba de ella no era precisamente verla amargada en la fiesta.

—Sí. Marina empezó a besarme delante de todo el mundo en la barra. Me imagino que la gente nos vería. Lorena, seguro, porque estaba al lado. Yo, de repente, noté que tenía que decirle lo que sentía sobre nuestra relación y me declaré.

—¡¡¿Te declaraste?!!

—¡En plan pedir matrimonio, no! Pero le dije que creía que lo nuestro era especial...

—Madre mía...

—... Y que pensaba que en el fondo ella también me quería de esa forma, pero que igual no se atrevía a dar el paso.

—Madre mía, Ale...

—... Que lo que sentía por ella era muy fuerte. No sé. No le debió de hacer gracia porque a partir de ahí estuvo como superseca, superdistante. Me dijo que tenía que ir al baño, la acompañé y me empezó a decir que la estaba agobiando, que deberíamos hablar menos y dejar de quedar por un tiempo. No sé, fatal.

—Joder, sí que se lo tomó mal. Pero tía, no es para tanto, ¿no?

—No sé. Se ve que ella no quería escuchar eso. Eso seguro. Y ya nada, me fui pronto porque cuando pasó eso se me quitaron las ganas de seguir ahí, si te soy sincera. Pedí un Uber y le pregunté a Carmen si lo quería compartir conmigo, que como ella vive cerca, así nos salía más barato a las dos. Se ve que ella tampoco lo estaba pasando del todo bien y se vino.

—Pero, entonces, ¿por qué has llegado tan tarde?

—La verdad, a las tres ya estaba en casa. Pero le empecé a dar tantas vueltas a todo que no pude coger el sueño hasta mucho más tarde y esta mañana estaba tan de bajón que ni siquiera iba a venir. Además, Carmen me dijo a las nueve y media que no había nadie aún en la oficina y pasé de venir antes de las once.

—Ya...

—Oye, ¿crees que Marina reaccionó así porque en realidad siente lo mismo por mí, pero no sabe cómo gestionarlo?

—A ver, eso es lo típico que nos decimos siempre para engañarnos, ¿no crees? —Ale se quedó callada.

Pobre Ale. No pensaba que hubiera actuado mal, ni mucho menos. En realidad, pensaba que había hecho hasta bien. No entiendo por qué tenemos que reprimir nuestros sentimientos por vergüenza o miedo al rechazo. A veces es mejor arriesgarse y saber qué ocurre, qué siente la otra persona por ti, y a partir de ahí, poder tomar la decisión de dejarla atrás o seguir, sabiendo lo que hay y sabiendo que las cosas no irán a ninguna parte.

No podía evitar pensar en qué momento habíamos llevado las relaciones a un punto en el que nos daba más vergüenza desnudar nuestros sentimientos que quitarnos la ropa.

Acostarse con cualquiera era cada vez más fácil, pero confesar tu afecto era otra cosa. Y lo que era aún peor: tachábamos de idiotas a quienes decidían hacerlo. Como si sentir algo por otra persona estuviese mal y fuera eludible. Como si lo normal y lo correcto fuera evitar crear lazos de ningún tipo con alguien con quien, por un momento, lo has compartido todo.

—Has hecho bien diciéndoselo, Ale. No hay mayor carga que esconder tus sentimientos.

—Sí... Gracias —me dijo sonriendo. Y encendió la pantalla de su ordenador para ponerse a trabajar. Alguien tenía que hacerlo aquel día.

Estaba repasando unas preguntas que teníamos que hacerles a unas *influencers* para un *post* del blog, cuando sonó mi teléfono de la oficina. Llamaban de recepción.

—¿Sí?

—Paula, ¿qué tal? Buenos días. Hay un chico esperándote en la recepción. Dice que tiene algo importante para ti que solo te puede entregar en mano.

—¿Cómo se llama? —Escuché a Carmen preguntarle su nombre apartándose el teléfono de la boca.

—Héctor García. Te espera aquí abajo.

—Gracias, Carmen. Ahora te veo. —Me quedé mirando a Alejandra extrañada.

—¿Qué pasa, Paula?

—Creo que Héctor está aquí. Un segundo. Voy a ver qué quiere.

Bajé las escaleras pensando en lo espectacular que había sido el final de la noche. Sexualmente hablando, claro. Por un instante, fantaseé con la idea de que Héctor viniera a por más. Un polvo de oficina. ¿Te imaginas? Habría estado bien. En realidad, no sabía qué podría querer. Habría sido más fácil pedirle a Marina mi número, que ella se lo pidiera a Ale y hablarme por WhatsApp para invitarme a tomar un café. Si es que eso era lo que quería. Si venía a verme era señal de algo. Seguro. ¿Se habría enamorado de mí? Ya me habían dicho antes que era buena en la cama...

—Paula. Te olvidaste la cartera en mi casa —dijo Héctor al verme, cortando de golpe mis pensamientos. Vaya. Carmen apartó la mirada haciéndose la despistada. Como si no hubiera atado los cabos de aquel comentario hasta averiguar dónde había dormido aquella noche.

—Gracias —le dije seria. Al parecer, no venía a invitarme a un café ni a tener un *remember* conmigo. Tampoco estaba enamorado de mí, como era de esperar. Parece que los príncipes azules escaseaban y los tíos verdes sobraban. Aunque, pensándolo bien, el verde me sienta mejor que el azul.

Héctor se acercó a mí hasta quedarse a una distancia que impedía que Carmen pudiera escuchar el resto de la conversación.

—Por cierto, no vas a encontrar tu DNI dentro —me dijo bajito.

—¿Qué?

—Lo tengo en el bolsillo. Te lo devuelvo si me acompañas a una cafetería que he visto abajo para tomarnos algo. Total, tampoco creo que estés trabajando mucho en tus condiciones.

—Pues, de hecho, sí. Estaba repasando unas preguntas para una entrevista que tenemos que hacer...

—Repasando —me interrumpió—. Entonces ya están hechas. Tú verás. Si quieres tu DNI, ya sabes.

—Te puedo denunciar por robo. Además, aquí hay cámaras y han visto que tenías mi cartera. Lo sabes, ¿no?

—Y yo le puedo decir a tu jefa que no leíste el mail y que la última sesión no la hizo Dani, sino su ayudante. Él solito.

En otro momento quizá incluso me habría gustado aquel jueguecito. Pero un martes, de resaca, con trabajo por delante y todo el cansancio que tenía encima, casi me parecía un fastidio tener que ir a tomar nada con nadie. Por otra parte, igual un café me despertaba.

—Vale, pero, por las molestias, invitas tú.

—Pero si te he traído tu cartera —dijo sorprendido.

—Sí. Sin mi DNI y con amenazas —sentencié, y me di la vuelta para salir con él tras de mí.

Mientras esperábamos a que llegaran nuestros cortados me quedé mirando a Héctor. No ubicaba la personalidad de aquel chico. El día anterior, cuando me abrió la puerta del estudio, no me pareció en absoluto alguien tan... seguro de sí mismo. Y luego por la noche... otra persona. Si me llegan a preguntar por él la mañana de antes incluso habría dicho que era alguien retraído. Aunque, supongo que en aquel momento estaría nervioso y concentrado en no cagarla en su primera sesión en solitario para *Vogue*.

—Ayer estabas preciosa.

—¿Y hoy estoy hecha un asco?

—No, pero no podía quitarte los ojos de encima.

—Ni las manos. —Él se rio.

—¿Eres así de borde siempre o es la resaca?

—En realidad, estoy bastante cansada y algo rayada por un tema mío.

—¿Qué tema tuyo?

—A ver, igual tengo que contarte algo. —Él me puso cara de no entender nada. ¿Qué explicación tendría que darle alguien que conocía de hacía menos de cuarenta y ocho horas?—. Esto es una tontería, en realidad, pero me siento algo incómoda conmigo misma por lo que pasó ayer. —Él se quedó mirándome—. Conocí a alguien hace poco, bueno, aún no nos hemos conocido...

—¿Estás rayada porque te gusta alguien que no conoces? ¿Qué eres, adivina? —bromeó.

—No, a ver. Déjame seguir. El caso es que hablamos bastante, no hace falta que te especifique más. Es una persona que creo que me puede llegar a ilusionar, nos vamos a ver en estos días y, la verdad, mi plan no era tirarme a alguien la misma semana en la que por fin quedábamos.

—Pero ¿lleváis mucho hablando?

—Unas dos semanas.

—Y aún no os habéis visto en persona.

—No.

—Y te sabe mal por él, que no lo conoces, pero no mal por mí, con quien ya te has acostado.

—No lo había pensado así. En cualquier caso, no me conoces. Seamos claros. No te puedo gustar, así que no le des la vuelta a la situación haciendo como que te afecta cuando la realidad es que ha sido solo sexo para los dos. —Héctor se rio.

—Ya, es verdad —dijo divertido—. Intentaba hacerte sentir mal. A ver, no te preocupes. No quieres que nos volvamos a ver para sentirte mejor contigo misma, me parece bien. A este chico aún ni lo conoces; imagínate que ni siquiera hay química y tú ya pensando en que te sabe mal haberte acostado con otra persona. Si resulta que te acabas enamorando de él hasta las trancas, ya se lo cuentas; le dices que antes de conocerlo tuviste la mejor noche de tu vida con alguien. Y si no te llega a gustar nunca, me llamas y tenemos la segunda mejor noche de nuestras vidas. No veo dónde está el problema.

—¿Qué te hace pensar que fue el mejor polvo de mi vida?

—Que no parabas de decirlo mientras te tenía encima. Además, yo he dicho noche. Lo de polvo se te acaba de escapar a ti.

Las ranas ya no quieren ser príncipes

Viernes 15. Por fin podíamos despedirnos de la pantomima de San Valentín. Yo, que no tenía interés ninguno por ese tipo de días subrayados en el calendario, pasé tan temida fecha en el trabajo, luego salí a correr y, por último, para compensar lo perdido, pedí una pizza que recibí en casa con un moño mal hecho y un pijama de pelito blanco que más bien parecía un disfraz de oveja. Mientras tanto, en otro lado de Madrid, un grupo de solteras que trabajaban en la redacción de *Vogue* organizaba una cena para celebrar San Solterín, como lo llamaban ellas. O como lo llamaba yo: el Día del Despecho. Me escaqueé de aquel plan al que claramente Ale sí acudió. Podía prever cómo la cena se convertiría en un ritual de sacar trapos sucios donde todas acabarían despedazando a los idiotas de sus ex, a los cuales aún no habían olvidado. ¿Una cena para celebrar la soltería que girase en torno a los hombres? No, gracias.

No obstante, tengo que reconocer que aquel día, por un momento, pensé en quedar con alguien de Tinder para darle una alegría al cuerpo, pero incluso un plan así en San Valentín quedaba ñoño. Además, aquel finde era el finde. Por fin iba a conocer a Gonzalo. Mejor no acumular dos *strikes* seguidos.

Nos habíamos pasado toda la semana hablando, al final le conté que la fiesta fue bien y que la gente se desmadró un poco. Sin especificar que yo fui parte de aquel desmadre, claro.

Al parecer, había organizado una noche de ensueño, pero no

quería detallarme lo que haríamos. Era una especie de sorpresa. Solo sabía que habíamos quedado a las seis para acudir a una exposición de Cocó Dávez en el museo Reina Sofía. Ya solo aquel plan haría que el día mereciese la pena, aunque lo que pasase después resultase decepcionante. Que podía ocurrir.

De cualquier forma, yo ya lo había *stalkeado* lo suficiente en todas las redes sociales habidas y por haber como para asegurarme de que no fuera un loco, pero sí pareciese un tío divertido. Así que por esa parte, bien. De hecho, y pensándolo mejor, la loca parecía más bien yo después de haber llevado a cabo una búsqueda tan exhaustiva como aquella. Pero es que quería comprobar que no tuviera, no sé, fotos cazando gatitos en Facebook, una novia secreta o que formara parte de alguna banda criminal o alguna secta, por ejemplo. Cositas que pudieran desencantarme. Por el momento, todo correcto.

Salí del trabajo a las tres. Adoraba los viernes. Acabar la jornada tan temprano y poder ver todavía el sol me daba la vida.

Estaba de camino a Fagola, donde había quedado con Andrea, un restaurante de comida mediterránea por Castellana donde siempre nos cobraban la mitad porque los dueños eran muy amigos de la familia de Andrea. Aun así, seguía sin ser la comida más económica de la historia. Pero una vez era una vez.

Ese día vendría con nosotras una amiga de su trabajo, Elena, una traductora que se había incorporado a Iberia hacía un par de meses. Prácticamente desde entonces, Andrea había querido presentármela, ya que, según ella, era «muy nosotras».

Llegué al restaurante puntual y las vi desde la distancia mientras me agitaban la mano haciéndome señas para que acudiera.

—¡Paula! —gritó rápido Andrea desde el final del local. Aunque yo ya las había visto.

Me acerqué a aquel rincón y por fin pude conocer a la famosa Elena. Era una chica pelirroja con el pelo muy rizado; tenía la cara llena de pequitas que hacían que adquiriese una expresión dulce y divertida y que combinaban con sus ojos rasgados, de un color miel precioso. Aquel día iba vestida con un pichi de pana corto color vino, un jersey de cuello alto negro y unas botas negras muy ceñidas que le llegaban por encima de la rodilla. Cuando me vio, tardó dos segundos en levantarse y venir a saludarme, casi como si nos conociésemos de toda la vida.

—¡Paula! Por fin. Andrea lleva dos meses enteros diciéndome que teníamos que quedar las tres. ¡Perdón por no haber podido hacerlo antes! He estado superliada.

—Nada, mujer. No te preocupes, a mí también me ha estado repitiendo lo mismo hasta la saciedad.

—¿Qué tal ha ido la semana? —me preguntó Andrea.

—Bien, bien. El lunes tuvimos una fiesta de empresa. Muy movidita, la verdad.

—Sí, ya me contaste. Te tiraste a uno.

—Ah, sí, es verdad. Hablamos el otro día. Fuera de eso, poco más. Mis artículos para el blog están teniendo bastante acogida últimamente.

—¿Y te ha dicho algo la zorra de tu jefa sobre eso?

—No. Me preguntó si los compartía con conocidos y que si por eso tenían tantas visitas. Y la verdad es que no lo hago, pero me preocupo por mirar qué temas son tendencia en redes sociales, qué *influencers* visten de repente tal cosa, miro artículos de moda de otros países... Vamos, que hago publicaciones con sentido y no dejo de proponer nuevos temas para otras secciones.

—¿Y te pagan bien? —preguntó Elena.

—Pues no tanto, para serte sincera. Sé que la chica que estaba antes en mi puesto cobraba el doble y que sus artículos tenían menos de la mitad de visitas. Pero claro, tenía más experiencia... —añadí con cierto tono de queja.

—Estoy harta de que se nos juzgue por la experiencia. Vamos a ver, si somos personas jóvenes, es obvio que nuestra experiencia será inferior a la de los demás. Y seguro que los que llevan más años saben un sinfín de cosas que aún desconocemos, pero es que cuando hay interés, por mucho que te cueste más tiempo sacar algo adelante, lo acabas sacando. Y si encima me dices que tienes la iniciativa de proponer cosas incluso para secciones que no son las tuyas, ¿qué pasa? Que prefieren remunerarte según los años que llevas en el sector en vez de según los frutos que se recogen de tu trabajo. Claro, da igual cómo nos traten porque las chicas jóvenes no se atreven a quejarse —sentenció Elena.

—Una vez nuestro jefe nos dijo que las mujeres teníamos «el síndrome del impostor». Nos cuesta pedir porque en el fondo creemos que no lo merecemos; seguimos pensando que lo que hemos conseguido ha ocurrido por casualidad o que es cosa de suerte —remarcó Andrea.

—La verdad es que a mí me pasa mucho. En la redacción, cuando aporto cualquier idea y el resto me felicita, no tiendo a pensar que soy buena. Sí, me alegro por haber comentado algo útil, pero tengo la sensación de que me ha salido casi por casualidad, ¿sabes? Como si fuera eso, lo que tú dices, cuestión de suerte y no de validez.

—Nos seguirán infravalorando si no nos lo empecemos a creer más —dijo Elena pensativa.

—Bueno, pasando de esto. Más detalles del chico este. ¿Héctor dijiste que se llamaba? ¿La tenía grande o qué?

—Pues... —recordé divertida—. La tenía normal, creo.

—Eso es que la tenía pequeña.

—Que no, Andrea. Era normal —sostuve riéndome—. A ver, te enseñaría una foto, pero no lo tengo en ninguna red social.

—¿De su rabo, dices?

—¡No! De su cara.

—¿Y cómo se apellida? Vamos a buscarlo en todos lados —me animó Elena. Desde luego, sí que era «muy nosotras».

—Pues creo que García —dije mientras Elena escribía su nombre en el buscador de Instagram.

—No me sale nada.

—Espera, es amigo de Marina. Una fotógrafa que a veces curra con nosotros. Debe de tenerlo... —respondí mientras buscaba en mi teléfono.

—¿Lo tienes?

—Todavía no.

—Tendrá algún nombre raro de esos —dijo Andrea—. La gente se pone mucho la inicial de su nombre y luego las primeras letras del apellido o algo así. Prueba con eso.

—¡Vale, sí, aquí está! Lo tiene abierto: @Hgar_.

—¡A ver! —exclamó Andrea quitándome el móvil de las manos. Repasó su *feed* en cinco segundos—. Qué raro, Pau.

—¿Qué?

—¿Te ha dicho algo de si lo dejó hace poco con su novia?

—¿Cómo de poco?

—Poco como que ayer subió una foto de un atardecer y debajo pone: «Todo es mejor contigo», a lo que una tal @_martademarte le ha respondido: «Y contigo, te quiero», seguido de icono de corazón y con carita sonrojada luego.

Todas nos quedamos heladas mirándonos las unas a las otras. Cogí mi móvil y empecé a ver el Instagram de Héctor. Casi todas sus fotos eran con aquella tal Marta o tenían algún comentario cariñoso suyo. Joder, ahora que lo pensaba, el chico no me había pedido el número, no me había dado el suyo en ningún momento y tampoco me había empezado a seguir en ninguna red social, que es casi como el decálogo de los pasos que hay que seguir cuando alguien te interesa. Tampoco es que pensase que él tuviera un interés en mí fuera de lo normal. Pero lo que no me esperaba era ser los cuernos de nadie.

—Joder. —Fue lo único que salió de mi boca.

—Trae, a ver si va a ser una hermana y nos estamos montando la película. —Elena volvió a cogerme el móvil mientras yo seguía petrificada—. Vale, no —continuó diciendo—. A menos que en su familia les guste salir en las fotos metiéndose la lengua hasta la campanilla.

—Oye, cosas más raras he visto —se burló Andrea tratando de restarle importancia al tema. Yo seguía sin responder.

—Disculpen, señoritas, ¿ya saben qué van a tomar? —dijo el camarero acercándose a nuestra mesa.

«Sí. Muchas malas decisiones, y para que no se me atraganten, un poco de agua, por favor», pensé.

Durante la comida, criticamos un rato más a Héctor por ser un capullo y luego decidimos cambiar de tema porque, total, tampoco íbamos a conseguir mucho con ello. Por un momento pensé en enviarle algún mensaje privado o darle algún *like* a una de las fotos con su novia. Pero era un comportamiento como poco infantil del que me habría arrepentido pasados dos segundos. Así que aparté aquello de mi cabeza y disfruté de las historias del trabajo de Elena y Andrea.

Aquella tarde me fui a dar un paseo por Malasaña para aclarar mis ideas volviendo a repasar la noche del lunes. Y de paso también decidí rescatar alguna ganga de una de esas tiendas de segunda mano que inundan la calle Velarde.

No es que de repente me doliese la situación porque había decidido que Héctor me gustase, ni mucho menos. Pero es que no podía entenderlo. Estás con alguien, a quien se supone que quieres, y aun así, tienes la necesidad de seguir acostándote con otras personas. Y no porque te haya llegado a gustar alguien más sin querer, no. Sino porque ese día tú has decidido que quieres acostarte con otra y punto. Y tú has decidido que no vas a pensar en tu pareja y seguramente vayas a inventar después una historia sobre qué hacías aquella noche o dónde fuiste al día siguiente, y contarás y defenderás toda aquella mentira con frialdad y sin remordimientos. Llegará incluso a parecer algo tan real que tu pareja ni siquiera se planteará nada, hasta el punto de llegar a comentar la foto que subas a Instagram tres días después de tu infidelidad, en la que dirás en público lo mucho que la quieres. Y después, las personas de vuestro círculo la verán también y pensarán que tenéis la relación perfecta, llena de verdad y de romanticismo.

Lo que tampoco podía entender de todo aquello era por qué Marina no me había dicho nada el día de la fiesta. A lo mejor era igual de capulla y estaba de acuerdo con ese comportamiento. O igual, simplemente, no era de las personas que se meten en la vida de los demás. Puede que yo hubiese actuado igual con alguien que no conociese tanto o con quien no tuviese una relación de amistad. Me hubiera mantenido al margen. Marina y yo solo éramos conocidas. Y la responsabilidad no era suya, pero joder, si lo sabía, podría haber comentado algo. También es verdad que ese día estaba más pendiente de Ale que de cualquier otra cosa que ocurriese a su alrededor. Fuera como fuese, una cosa estaba clara: un tío más que se las apañaba para decepcionarme aun cuando no esperaba nada de él.

Al final, como tampoco podía hacer mucho al respecto, decidí compensar aquel microdrama comprándome una chaqueta Levi's que hubiera vestido otras historias por tan solo quince euros. Nada que algo bonito a buen precio no pueda arreglar.

Nervios a flor de piel

Me desperté el sábado a las 9.35 de la mañana. Hacía bastante frío así que me atrincheré entre mi edredón y las almohadas de mi cama para combatir el invierno. Por lo que podía ver a través de las cortinas translúcidas de mi habitación, el día estaba a punto de romper a llover, aunque eso no impedía que Malasaña estuviese llena de gente tomando algo, paseando o mirando escaparates.

Cogí el móvil y entré en el Instagram de Gonzalo. Aquel día íbamos a quedar por primera vez. He de reconocer que estaba algo nerviosa. Tenía en mi cabeza calculados los tiempos exactos para comer, descansar algo, arreglarme y llegar a tiempo. Empecé a ver sus fotos con cuidado para no darle al corazoncito en ninguna.

Lo consideraba un tío sensato, transparente e interesante. Nuestras conversaciones fluían de manera agradable y siempre mostraba interés por conocer mi punto de vista. Me gustaba hablar con él. No parecía tener ningún miedo a la hora de expresar que yo le gustaba y yo me sentía cómoda al no tener que esconder lo mismo. Estaba harta de los típicos jueguecitos, de esa estratagema de contención a la hora de hablarle a una persona. De tener que estar pendiente de quién empieza la conversación, de calcular los tiempos de respuesta y de medir cada palabra para no desvelar «de más». Estaba, en definitiva, cansada de las personas con las que más que relaciones planeas estrategias. Con Gonzalo parecía que no hacía falta calcular cada paso, todo nacía solo, y que nos gustábamos era ya un hecho que ninguno de los dos quería esconder.

Por otra parte, a pesar de todo lo bueno que me venía a la cabeza cuando pensaba en él, estaba también preparada para que la situación diese un giro inesperado. Es decir, que nos viésemos y no nos atrajéramos nada más que como amigos. Esto era algo que habíamos hablado, lo que hacía que tampoco nos sintiésemos incómodos o agobiados por cumplir ningún tipo de expectativas.

En realidad, era bastante difícil estar segura de si aquel chico podía llegar a gustarme de verdad basándome únicamente en unos mensajes y varios audios de voz. En cuanto a nuestra conversación, la cosa era un diez, pero la atracción se mide por muchas otras cosas físicas. No cosas como si el chico en cuestión es guapo o no —que Gonzalo, a mi parecer, lo era—, sino por otras cuestiones como sus gestos, la forma de mirarte, la forma de tocarte o de reírse, la seguridad que esa persona sea capaz de proyectar, etc. Todos esos matices que lo hacen ser él y que pueden definir si encaja o no contigo.

Me levanté de la cama y fui a la habitación de Marcos para hacer algo de tiempo. Qué lentas pasan las horas cuando estás esperando a que pase algo.

—Marcos, ¿puedo entrar? —dije desde el otro lado de la puerta, enrollada con una de mis mantas.

—Claro. Estaba buscando en Asos un regalo para Rafa, que es su cumple la semana que viene. —Rafa era el novio de Marcos, llevaban juntos dos años y medio.

—Hay una tienda muy guay. Es muy del estilo de Rafa. Kaotiko se llama. Todo con k.

—A ver... Ven, siéntate en la cama y me ayudas. —Y fui corriendo a meterme dentro de su edredón.

Marcos era genial. Me alegraba infinitamente haber dado con un compañero de piso tan divertido. Me encantaba pasar las horas con él en su cuarto viendo alguna serie. Y es que su cuarto era el más acogedor de la casa; por el espacio en sí y por cómo lo había colocado todo él.

La habitación era muy cálida; el suelo, como en el resto de la casa, era de parquet oscuro. Nada más entrar, a la derecha, al lado de la puerta, estaba colocado el escritorio de Marcos, que dejó ya el casero. Era una mesa totalmente blanca de IKEA con una pila de cajones a un lado, a los que Marcos cambió los tiradores por unos cuadrados de madera. Encima del escritorio, que él siempre mantenía impoluto, estaba su Mac, y acompañando al mueble, había una silla giratoria de madera que Marcos compró en algún rastro y que le daba mucha personalidad al espacio.

En la pared contigua, situada a la derecha de la entrada, la joya de la corona: un ventanal enorme que llegaba hasta el suelo por donde entraba una luz preciosa, y en el centro, la cama de matrimonio de Marcos, una zona muy curiosa, ya que se preocupó de pintar de gris oscuro la pared que quedaba tras el cabezal de madera, sobre el que colocó dos cuadros enormes en blanco y negro de unas fotos que hizo él mismo con su iPhone —ambas imágenes retrataban las dos ruedas de una bici en primer plano—. A cada lado de la cama, sus mesitas de noche, ambas blancas, con los tiradores y la superficie en madera también. Estas sí las compró él en alguna tienda de diseño. Y a la izquierda, el armario empotrado color blanco, que siempre estaba en perfecto orden y armonía. Parecía casi como si la ropa estuviera colocada para algún catálogo de El Corte Inglés.

—Está bastante bien esta tienda —dijo él—. Igual sí que le compro el regalo aquí, ¿eh? Y tienen cosas guais en *outlet*, así no me gasto tanto.

—Te lo he dicho —afirmé mientras jugaba con mi pelo sin prestarle mucha atención.

—¿Estás bien? —me preguntó Marcos mirándome. Normalmente irrumpía en su habitación pidiéndole que viésemos cualquier cosa en su ordenador o suplicándole que bajásemos a desayunar donde fuera.

—Sí, algo nerviosa.

—¿Por?

—¿Te imaginas que no le gusto? —le dije refiriéndome a Gonzalo. Él ya sabía de su existencia desde el día uno.

—Puede pasar. Y que no te guste él a ti, también.

—Es que no entiendo a los chicos, Marcos.

—Yo tampoco, Paula. A las personas en general. Los sentimientos son difíciles.

—¿Por qué dices eso?

—¿No te pasa a veces que sientes que quieres a alguien con toda tu alma y al día siguiente te sorprendes dudando sobre si es o no la persona de tu vida? Qué pasaría si lo dejaseis, cómo sería estar con otra gente...

—¿Te pasa eso con Rafa?

—Me pasa a veces con Rafa. Me pasó con mi ex. Si tengo otro novio, me pasará con el siguiente. Me refiero a que es normal desconfiar ya no de las personas, sino de sus sentimientos, porque cambian de repente y sin avisar. Es normal que tengas miedo a volver a poner tu confianza en alguien, sobre todo después de lo que pasó ayer con Héctor y de cómo lo dejaste con tu ex. Pero no te prives de nada. Deja que las cosas fluyan. No te pongas frenos y si te tienes que dar de bruces con algo, ya lo superarás. Tú eres fuerte. Pero no te condiciones por lo que haya pasado con los demás.

—Ya... —dije mientras miraba al techo y movía las manos en el aire distraída por la sombra—. Ya veremos cómo va. Yo ya no me fío de la gente.

—Bueno, tú déjate llevar. ¿Y cómo va el trabajo?

—Bien. Lorena ha estado un poco pesada esta semana, pero bueno, bien.

—Tengo amigos que leen siempre tu blog. Deberías abrirte tú el tuyo y escribir ahí sobre moda como te venga en gana. Sin la pesada de tu jefa diciéndote que ese tema sí o ese tema no. Tendría un montón de tirada.

—Lo he pensado varias veces, no creas que no. Pero me da miedo que en el trabajo piensen que estoy descontenta con las anotaciones que me dan ellos. Es decir, imagina que Lorena me dice que no a un tema que propongo y lo subo a mi blog. Si estuvieras en su lugar, ¿no sentirías como si cuestionara tu autoridad? O que no le propongo un tema y, sin embargo, sí lo subo a mi blog y tiene un montón de visitas. Parecería que estuviese dejando de lado los intereses de la empresa, ¿no? ¿O me estoy rayando?

—A ver, te estás rayando. Pero entiendo lo que dices. No sé, igual puedes escribir de otra cosa. En algún momento me enseñaste textos tuyos así romanticones que me gustaron.

—Los blogs de ñoñadas ya están pasados. Tampoco quiero ir de escritora porque no lo soy.

—Uy, no es ir de nada, mujer. Te gusta hacer algo, ¿qué hay de malo en exponerlo?

—Sí, también. Igual me lo pienso. Bueno, y tú, ¿qué tal el trabajo?

—Pues más que bien. Hoy he conseguido fichar a un analista financiero de Goldman Sachs que vendrá dentro de dos meses. Ha sido una negociación superdura, pero al final nos hemos hecho con él. Estaban todos flipando en el curro. Parecía imposible. Norman Gorska, se llama. Es de padres polacos, creo.

—Me suena Goldman Sachs.

—Es de los grupos de banca de inversión más importantes del mundo. Sale en muchas pelis, igual te suena por eso.

—Igual sí. Eres un *crack*, Marcos. —Lo miré con admiración.

—El responsable del equipo de recursos humanos está muy contento conmigo, la verdad. Yo creo que después de esto van a cambiarme las condiciones, pero no quiero adelantarme a nada todavía.

—Cuando pase, lo celebramos por todo lo alto en el pisito. ¡Desmadre padre! —Marcos soltó una carcajada por mi entusiasmo.

—No será para menos. Invito yo —dijo entre risas—. Oye, ¿bajamos a desayunar unos crepes? —Y cerró el portátil mientras se tumbaba encima de mí.

—Venga, sí. Así matamos el tiempo juntos.

Algo de chocolate era todo lo que necesitaba para decidirme a salir de casa a pesar del mal tiempo que previsiblemente hacía fuera. Me puse una sudadera negra ancha, unas mallas de deporte negras y unas zapatillas blancas. Y con el pelo suelto y sin maquillaje alguno, bajé con Marcos a por mi sobredosis de azúcar.

A las 12.30 escuché llegar de repente varios wasaps. Pensé que sería Gonzalo avisándome de que al final no podría quedar, o de que tenía novia, o de que estaba casado y que se le había pasado comentármelo. Fui a por el móvil, que había dejado encima de la cama antes de salir de casa —para evitar la tentación de mirarlo cada dos segundos—. Varios mensajes de Andrea. Todo eran memes a los que no respondí. Y un mensaje de Gonzalo.

—Tengo muchas ganas de verte. Estoy nervioso. ¿Y tú?

«Qué va, para nada. Solo me he despertado a las nueve porque no podía dormir más y estoy intentando mantenerme ocupada porque se me están haciendo las horas eternas. Pero bien.»

—Qué tonto. Yo también tengo ganas. —Le escribí.

—¿Y qué has hecho hoy?

—He ido con Marcos a desayunar por ahí esta mañana. Acabo de llegar a casa. —Por un momento me puse a pensar en si al día siguiente estaría desayunando con Gonzalo—. Y ahora iba a ponerme una serie.

—¿La de la abogada de los asesinos?

—Sí.

—Empecé a verla. Paula, es muy mala. Aunque reconozco que engancha.

—Ya, no es un seriote, pero te deja intrigado.

—Ya empezaremos otra juntos.

—Jaja, ya veremos. ¡Te dejo, que tengo que hacer cosas! Luego hablamos —le dije para no hablar demasiado antes de quedar. Mejor dejar temas pendientes por si luego, en persona, la conversación no fluía igual. Sí, lo sé. Soy una rayada.

3:00. Ya había comido y estaba prácticamente mirando cómo avanzaban las manecillas del reloj para empezar a arreglarme. Con tal de acortar el tiempo, me había hecho ya un *peeling*, una mascarilla hidratante coreana, me había exfoliado los labios, repasado las cejas y depilado entera —otra vez—, por si acaso, vaya. Me metí en la ducha diciéndome a mí misma que tres horas pasaban en nada, sobre todo, si me ponía música mientras me arreglaba. Busqué a Leiva en mi lista de Spotify y dejé que sonara. Cinco canciones después, salí arrugada como una pasa y me enrollé en mi albornoz. Fui a mi habitación y cogí el teléfono para ver si me había llegado algún mensaje más suyo. Nada. Ni siquiera yo entendía muy bien a qué venía tanto revuelo por esta persona. Y con tal de calmarme un poco y matar las horas, abrí mi portátil y empecé a escribir:

MIEDOS

Me escondo de mis miedos y entonces te encuentro. Me escondo de las palabras que me persiguen para decirme que serás uno más, otro que pasará deprisa, sin intención de detenerse, y que arrasará con todo.

Me escondo de las palabras que me persiguen para decirme que en el fondo nadie sabe querer, que el amor es una ilusión que nos creamos en momentos de vulnerabilidad con la única finalidad de sentirnos menos solos.

Me escondo de las palabras que me persiguen para decirme que ya nadie sabe sentir, que ya nadie sabe aferrarse a nada a largo plazo, que cualquier relación es solo una cuenta atrás para volver hasta cero, ese punto de partida del que nadie debió partir nunca.

Me escondo de todos esos miedos y entonces te encuentro. Te encuentro con dudas, sin haber dejado atrás del todo aquellos miedos que me persiguen, pero te encuentro, y por un instante, en unos segundos de valentía que no duran mucho, me digo a mí misma que quererse bien no es tan difícil y que basta aprender a hacerlo para perder todos esos miedos. Y esos segundos de coraje son suficientes para arriesgarlo todo y encontrarte, como si nunca hubiera sentido miedo, como si todo pudiera ser fácil.

Tú

Estaba en el metro de camino al museo Reina Sofía, donde había quedado con Gonzalo. Llegaba tarde, pero algo me decía que sería la primera en llegar. Me había vestido con mi gabardina larga *camel*, un jersey ceñido de cuello alto color crema, unos vaqueros de campana de tiro alto y unas botas marrón oscuro Dr. Martens. Llevaba el pelo suelto, ligeramente ondulado. Un look que le diera formita pero que tampoco pusiera en evidencia todas las horas que me había pasado frente al espejo. De repente, recibí un wasap de Andrea.

—¿Cómo vas? ¿Ya te has tirado a tu *match*?

—Estoy de camino al Reina Sofía, hemos quedado ahí —le dije por audio.

—Follar entre cuadros. Nunca lo he hecho.

—Eres idiota. Vamos a ver una exposición.

—Jajaja, vale. No es tan divertido, pero puede estar bien. Luego me cuentas todo. Te dejo. Suerte.

—¡Gracias! Mañana hablamos.

A las 6:00 me bajé en Estación del Arte. Estaba nerviosa. Es raro cuando sientes que ya tienes una mínima confianza forjada con una persona, pero aún no habéis siquiera pasado la barrera de algo tan simple como miraros a la cara. Había estado pensando qué pasaría si yo no le gustaba a él, pero ¿qué pasaba si él no me gustaba a mí? Es un poco brusco hablar con alguien todos los días, ver a esa persona por primera vez y no volver a tener una conversación jamás. A mí me sentaría mal. Si aquello ocurría, si al final no me gustaba, tendría que dejar de hablarle poco a poco para que no se sintiese mal. Podría inventarme algo así como que estaba muy ocupada con el trabajo o que ahora mismo no tenía tiempo para conocer a nadie... Sí. Típico, pero podría llegar a colar. Supongo.

—Acabo de llegar, ¿tú cómo vas? —le escribí.

—Pero ¡¿no habíamos quedado mañana?!

Me dio un vuelco el corazón. Se me aceleró el pulso ante la posibilidad de haber quedado como una idiota y de visualizarme por un segundo cogiendo el metro de nuevo para volver a casa después de haberme hecho mil tratamientos de belleza para parecer el *match* de ensueño. Empecé a revisar la conversación para encontrar el momento exacto de mi confusión. Gonzalo, mientras, estaba escribiendo...

—Es broma, idiota, estoy saliendo del metro. Acabo de llegar; dame dos minutos y nos vemos.

—Gilipollas. —Escribí. Él me envió dos corazones y ninguno de los dos puso nada más.

Ahí estaba yo, con los nervios a flor de piel. Cogí mis cascos para ver si con algo de música lograba acelerar esos dos minutos, que en aquel momento parecían cien años. Puse la primera lista que me salió en Spotify, Acustic Covers, y mientras en mi cabeza sonaba «Free Fallin'», de John Mayer, vi a Gonzalo llegar.

Me quité los auriculares, esperando a que estuviera cerca de mí para saludarlo. Tenía unos ojos verdes preciosos; sus labios finos enmarcaban una sonrisa que en dos segundos ya me había cautivado, de esas cálidas, acompañadas a cada lado por dos graciosos hoyuelos. Me pareció perfecto. Era más alto que yo. Menos mal. Mediría 1,80, puede que algo más. Iba vestido con una cazadora ancha marrón oscuro, una camiseta blanca, unos vaqueros claros y unas Vans Old Skool negras. Además, me fijé en un collar con forma de tótem de madera que colgaba de una cuerda negra alrededor de su cuello. Le sentaba bien. Seguí mirándolo. Qué incómodos son esos segundos en los que te quedas esperando a que alguien se acerque lo suficiente como para poder saludarlo sin tener que gritar su nombre en la distancia.

—Hola —me dijo sin dejar de sonreír—. Perdón, se me ha hecho algo tarde, es un defecto que no me puedo quitar. —Y me dio dos besos. Sí. Definitivamente, me iba a gustar. Parecía un tío despreocupado, tranquilo. De esas personas que transmiten seguridad y confianza al hablar.

—Tranquilo, padezco de lo mismo —dije divertida—. Lo de hoy ha sido una excepción. —Algo muy cierto, además.

—Has hecho mal en decirlo, ahora cada vez que quedemos voy a dar por hecho que puedo llegar tarde y llegaré más tarde aún.

—Puede convertirse en un bucle y no llegar a quedar nunca si lo piensas. —Él se rio.

—Bueno, ¿entramos? ¿Tenemos que comprar entrada?

—Creo que hoy es gratis. Bueno, no es que lo crea; lo he mirado todo antes de llegar.

—Lo tienes todo controlado, ¿no?

—Controladísimo —dije mientras empujaba una puerta para pasar que estaba bloqueada.

—Ya veo... —se burló él—. Por cierto, te he traído un KitKat, ¿quieres? —dijo sacando la chocolatina de un bolsillo de la chaqueta mientras abría la puerta que sí era. Cómo no.

—Una galletita, como si fuera un perro. —Lo miré riendo—. Hay un capítulo en *The Big Bang Theory* donde Sheldon intenta adiestrar a Penny dándole unos dulces cada vez que ella responde ante algo como él quiere.

—El condicionamiento de Pavlov.

—Sí, ¿cómo lo sabes?

—Pues me perdí ese capítulo, pero en mi carrera lo estudiamos. Teníamos una asignatura, Psicología del Consumidor, creo que se llamaba. Nos hablaban del condicionamiento de Pavlov. Me pareció interesante. Básicamente consistía en condicionar las respuestas de las personas a partir de un estímulo con el que asociasen ese comportamiento.

—En Periodismo no estudiamos esas cosas. Me quedé siempre con la espinita de haber hecho doble grado con publicidad. En mi universidad ofrecían la posibilidad, pero como también trabajaba, era casi imposible por una cuestión de tiempo.

—Publi es una carrera muy guay. La verdad es que yo estoy muy contento. Al final, nuestras carreras tienen mucho en común. Bueno, y sobre todo, en la parte de publicidad que yo me he especializado; como *copy*, digo.

—Los dos nos pasamos el día escribiendo. A mí me encanta. A veces escribo para mí cosas algo más creativas. Pero nunca he enseñado nada a nadie. Es mi *hobby* secreto.

—Qué misterioso todo. Seguro que están genial. He leído casi todos tus artículos de la revista desde que te conozco. No te lo había contado. Y tienes un estilo muy guay. Me gusta mucho cómo escribes, si te soy sincero. No te estoy intentando hacer la pelota ni nada.

—Ah, con razón mi jefa me ha dicho que estábamos recibiendo muchas visitas últimamente.

—Sí, era yo clicando dos mil veces por día en cada artículo —soltó entre risas—. Qué va, la gente quiere leerte porque eres buena.

—Creo que lo bonito de escribir o, bueno, de hacer publicidad, en tu caso, es poder llegar a un público grande. Yo antes era camarera, no sé si te lo he contado. Y pensaba: «Jo, a saber qué le habrá pasado hoy a cada una de las personas con las que me voy a cruzar. A lo mejor han tenido un día de mierda, yo voy a estar veinte segundos con ellos y, quién sabe, igual veinte segundos de amabilidad pueden hacer su día algo mejor». Está claro que en veinte segundos no vas a conseguir un cambio vital en nadie, pero a veces simplemente una sonrisa o una palabra amable pueden ayudarte. Parte de lo que me gusta de escribir en una revista es que tienes la capacidad de llegar a mucha gente con un mensaje que puede aportar algo positivo. Cuando haces las cosas con cariño, como yo intento escribir, puedes conseguir alegrarle ese instante a alguien, hacerle reflexionar, transmitir algo...

—Es muy bonito lo que dices. Con la publicidad me pasa igual. Esto que te voy a contar es un poco absurdo, pero en una charla que vinieron a darnos en clase nos preguntaron: «¿Por qué estudiáis esto?». Me quedé pensando por un momento y mi respuesta fue algo así como lo que acabas de decir tú. Quiero estudiar esto para, algún día, poder llegar a la gente y, de alguna forma, hacerles sentir algo bueno. No sé hasta qué punto es realizable, porque suena algo idílico. Al final, la gente ve un *spot* tuyo, pero luego sigue con su vida.

—Sí, suena idílico —contesté pensativa.

—Sí. Pero creo que se puede conseguir.

—Yo también. —Sonreí y los dos nos perdimos entre los rostros sin rostro de Coco Dávez.

A partir del minuto uno desapareció mi manojo de nervios y sentí que conocía a Gonzalo de toda la vida. Estuvimos comentando cada cuadro, hablando de nuestro trabajo, contándonos algunas anécdotas que habían ocurrido con nuestros compañeros aquella semana; me contó cómo se tomó su familia el hecho de que hubiera desertado de su ciudad natal para establecer su campamento base en Madrid, etc. Descubrimos que ambos estuvimos durante el mismo verano trabajando como camareros en Londres, y no solo eso, sino que los pubes en los que estábamos empleados estaban separados por tan solo cuatro ridículas calles. Nos hizo gracia pensar que el universo había conspirado desde entonces para juntarnos, hasta que consiguió hacerlo en Madrid.

—Paula, ¿crees en el destino? —me dijo de repente mientras contemplábamos a Frida Kahlo.

—No lo sé. A veces pienso en todas las conexiones que han hecho que acabase en alguna parte, ¿sabes? Todas las decisiones o momentos que han parecido negativos, pero que luego me han traído algo bueno... No sé. Cuando me viene todo eso a la cabeza, por un momento dudo sobre si hay ciertas cosas que están «escritas» para nosotros.

Lo miré por unos segundos, sonrió al verme de reojo y rápidamente se giró hacia mí y me dio un beso. Un microbeso de dos segundos, del todo inesperado, que nadie habría visto venir en aquel momento, ni siquiera yo. Un microbeso con el que me sonrojé como una quinceañera, pero que me pareció el primer beso perfecto.

—Lo siento, me apetecía —dijo él con una sonrisa pícara sin perder la calma, como si lleväsemos haciendo aquello toda la vida. Yo solo pude quedarme callada mientras lo miraba, casi como pidiéndole en silencio que volviera a acercarse y lo hiciera otra vez.

—No me lo esperaba. —Fue lo único que mi boca pudo articular mientras no dejaba de sonreír.

—Yo tampoco te esperaba...

Sentía que estaba en una «primera cita» —a pesar de que odiaba ese concepto— con una persona con la que tenía la confianza de años. Con todo lo bueno de quedar con alguien por primera vez: la ilusión, las ganas, la curiosidad de saber en qué podría acabar todo; y con todo lo bueno, además, de alguien que conoces de siempre: la tranquilidad, la complicidad, la facilidad a la hora de ser tú mismo y hablar sin pensar en qué pensará de ti la otra persona porque sabes que no va a ser nada malo. Era extraño, sí, pero me sentía así y, de alguna forma, notaba que era recíproco.

Nos tomamos el recorrido con calma. Detallando cada cuadro, opinando sin dárnoslas de nada, solo opinando y contándonos más sobre nosotros. Dos horas más tarde salimos de la exposición. Estaba en una nube. Gonzalo me dijo que cenaríamos por Bilbao, prometiéndome enseñarme un sitio al que «seguro no habría ido nunca» —el lugar seguía siendo sorpresa—. Dijo que se prestaba a hacerme de guía por mi propio barrio porque, según él, por mucho que llevara más de medio año en Madrid, era una ciudad que siempre escondía algo con lo que sorprenderte. «Madrid es esa tía misteriosa de la que te pillas sin querer, pero que nunca llegas a conocer del todo.»

Cuando estábamos bajando al metro, me puse detrás de él en las escaleras mecánicas para estar a mayor altura que la suya —una manía que no sé exactamente cuándo adquirí ni por qué motivo—. Entonces, él, metiendo sus manos en los bolsillos traseros de mi pantalón, me dio el beso más dulce de la historia, que consiguió también encenderme un poco.

—¿Qué te pasa? —me dijo bajito pegándose a mi oído.

—Estoy nerviosa. Parezco nueva. —Reí.

—Eso es bonito. —Y me abrazó dejándome otro beso en la mejilla.

—Entonces, ¿me vas a enseñar por mi zona un sitio totalmente nuevo?

—Sí.

—Seguro que vamos a un McDonald's.

—Cómo te cargas las sorpresas. Había reservado una mesa y dos Happy Meals.

—Espero que el mío lo hayas pedido con *nuggets*.

—No, con la hamburguesa de pescado.

—¿Alguien pide eso?

—Solo aquellos que viven con intensidad, como nosotros. *Carpe diem*.

—*Tempus fugit*.

—*Homo homini lupus*.

—Eso no tiene sentido en este contexto. Pero tú ganas. No me sé más.

—¡Vamos! Sabía que mi bachiller de letras acabaría sirviéndome para algo en la vida real.

—Dos años preparándote para este momento, ¿eh?

—Y que lo digas —dijo riendo.

Bajamos del metro y, después de callejear un poco, Gonzalo me dijo que habíamos llegado. Nos paramos frente a una puerta metálica oxidada con una pequeña ventana circular en la parte superior que recordaba a la del camarote de un barco. No había ningún letrero fuera. El lugar no llamaba la atención en absoluto. De hecho, aquello, más que una entrada, parecía una especie de cuadro eléctrico gigante o la puerta de entrada a algún tipo de sótano del que saldrías con un riñón menos o algo así.

—Es aquí. ¿Preparada para una noche diferente?

—Me estás asustando. No iremos a un club de *strippers*.

—Deja de intentar adivinarlo todo —contestó entre risas.

Gonzalo abrió la puerta y accedimos a un pasillo muy estrecho con unas escaleras iluminadas por una luz muy tenue. Yo seguía sin entender nada. Bajaban hacia otra puerta de madera, la cual sí tenía un cartel en la parte superior: «Secret Club», indicaba. La empujé intrigada por saber qué encontraría al otro lado y, de repente, entramos a un bar de jazz.

El lugar era encantador y, desde luego, único. Tenía un aspecto curioso pero formal, muy de los cincuenta. La luz era baja, había mesitas repartidas por toda la sala y, sobre cada una de ellas, pequeñas velas que iluminaban débilmente el local, creando un ambiente muy íntimo.

Cada mesa, además, contaba con dos sillones bajos de terciopelo rojo colocados uno al lado del otro y orientados hacia el escenario, que se situaba al fondo de la sala; este todavía tenía las cortinas echadas y de su techo nacían unas pequeñas bombillas que iluminaban esa zona como si de una constelación se tratase. En el lateral izquierdo del local, una larga barra de madera, donde los camareros esperaban para ofrecer la carta de la cena y la de los cócteles, aún más extensa que la primera. Además, por todo el espacio, se repartía una gran colección de cuadros y discos de músicos famosos de este género, como bien me explicó Gonzalo más tarde.

—Acompáñenme, por favor. Su mesa es la dos —nos indicó un camarero que se acercó a nosotros al vernos entrar.

—¿Cómo saben quiénes somos? —le pregunté en voz baja a Gonzalo.

—Trabajé aquí los fines de semana cuando llegué a Madrid.

Llamé el otro día para avisar de que vendría con alguien y pedir que nos guardaran una mesa desde la que pudiéramos verlo todo bien. ¿Te gusta el jazz?

—No lo sé. Pero me gusta el sitio. ¿Traes aquí a tus Tinder?

—Eres la primera persona a la que traigo.

—Mentira.

—Vale. Es mentira. Cuando aún trabajaba aquí le dije a mi madre que viniera conmigo. Lo siento, eso igual lo hace menos especial —dijo burlándose mientras tomábamos asiento.

—Vale. —Reí yo—. No te preocupes, correremos un tupido velo.

—¿Van a querer algo de beber?

—¿Me dejas escoger los cócteles? No es por no dejarte elegir, ¿eh? —me preguntó en voz baja.

—No me gusta mucho el alcohol.

—Me acuerdo. Me lo dijiste. Por eso sé cuál te va a gustar.

—Venga, va. Pero la cena la elijo yo.

—Hecho. Un Ella Fitzgerald y un Chet Baker, por favor.

—Enseguida.

—¿Qué has pedido?

—Son los cócteles, tienen nombres de músicos de jazz.

—Ah, qué guay. Y ¿cómo conociste este sitio? He pasado mil veces por aquí y no tenía ni idea de que existía nada tras esa puerta.

—Pues un día estaba paseando por esta calle. Fue al poco tiempo de mudarme a Madrid. Estaba agobiado por si me costaba encontrar trabajo de lo mío y fui a dar una vuelta para airearme. Vi a dos personas que salían por la puerta y me entró curiosidad; quise saber qué había dentro, porque desde fuera no parece que esto sea ningún local, vamos, es imposible saberlo. Entré, vi el sitio, me encantó y, como estaba justo en esas, agobiado porque necesitaba ganar dinero, pregunté directamente si podría trabajar los fines de semana para compaginarlo con mis prácticas, porque yo ya estaba en Sra. Rushmore. Y nada, fueron muy amables; me dijeron que sí. Yo no tenía ni idea de restauración. No bebo mucho tampoco y no sabía hacer ni un cóctel. Casi fue una obra de caridad por parte del jefe, pero no sé por qué le caí bien y se implicó mucho conmigo.

—¿Y estuviste mucho tiempo?

—Estaría... un año y pico. Mis prácticas duraron un año, luego empezaron a pagarme, pero es verdad que al principio me pagaban más bien poco y ya le había cogido el tranquillo a esto. Creo que ganaba en el local unos trescientos euros al mes, a veces cuatrocientos, que, bueno, algo era. Y propinas aparte, que aquí la gente sí suele dejar pasta, sobre todo porque vienen muchos extranjeros.

—Leí hace poco que el jazz ayudaba a fomentar la creatividad.

—Seguro que sí. Una vez que aprendí a hacerlo todo me di cuenta de que me venía superbién para la agencia. Aquí desconectaba, me gustaba estar en contacto con la gente, la música, el ambiente y, bueno, se me ocurrieron varias ideas que hoy en día sigo considerando buenas para algunas campañas en las que estaba ayudando. Tú también trabajaste de camarera, ¿verdad?

—Sí. Bueno, yo he trabajado en varias cosas. Lo del pub de Inglaterra, por un lado. Estuve también de camarera en un hotel los fines de semana en Valencia. Me pagaban bien, la verdad, eran pocas horas y más o menos cobraba unos trescientos euros al mes; como esto, vaya. No estaba mal para ser estudiante. Además, mientras hacía eso colaboraba con un periódico de Valencia donde escribía de vez en cuando alguna columna de moda. Luego estuve un tiempo en Zara, compaginándolo con otras prácticas. A veces enviaba artículos a algún diario o blog en plan *freelance*... En fin, un poco de todo. Cuando llegué aquí, a Madrid, también trabajé en restauración porque, como te pasó a ti, no me pagaban las prácticas, y ahí conocí a mi amiga Andrea.

—Parece que ninguno de los dos hemos parado.

—No.

—Sus bebidas, espero que las disfruten —nos interrumpió el camarero mientras se acercaba con la bandeja.

—Gracias.

—Gracias —dije yo. Y le di un sorbo muy cauteloso a la mía, esperando un sabor que no acabase de convencerme. Para mi sorpresa, no fue así—. ¡Me encanta! ¿Qué lleva? —le pregunté a Gonzalo.

—Lo siento, los ingredientes son supersecretos en este sitio.

—Secret Club.

—Exacto —dijo él esbozando una sonrisa exagerada que me hizo gracia—. ¿Quieres probar la mía? Tampoco está fuerte.

—¡Vale, gracias!

La gente empezó a entrar en el club poco a poco, hasta que a las nueve y media ya no quedaba un sitio libre. Pedimos la cena. Era casi imposible escoger mal porque todo tenía una pinta increíble: tartar de salmón, alcachofas gratinadas con crema ácida y picante de yogur, nabos en escabeche y ensalada de foie. El espectáculo comenzó y el ambiente se tornó mágico entre la música, las velas y la perfecta compañía.

Un Ella Fitzgerald más tarde, y tras perder la noción del tiempo, decidí que el recuerdo de aquel día sería de esos que te guardas para siempre. ¡Qué difícil lo iba a tener cualquier cita después de aquella!

—Me está encantando estar aquí contigo.

—Es un sitio genial —contesté, tratando de no poner demasiado en evidencia que, en el fondo, todo estaba yendo más allá de cualquier expectativa. El ambiente, el lugar, aquel plan. Él.

Cuando quisimos darnos cuenta, eran las dos y media de la noche. El local había ido vaciándose poco a poco mientras nosotros estábamos ajenos al resto. Los músicos seguían tocando, pero ya algo mucho más tranquilo, y los camareros limpiaban las mesas y retiraban las velitas que los clientes iban abandonando, haciendo que cada vez estuviera todo más oscuro.

—Creo que nosotros también deberíamos marcharnos —dijo Gonzalo.

—Me apetece dormir contigo —contesté en un arrebato de sinceridad.

—A mí también.

Sentía nervios, ganas de estar con él en la cama, haciéndolo, hablando, como fuera. Sentía también algo de vergüenza por haberme atrevido a incitar todo lo que estaba a punto de pasar después. Caminábamos uno al lado del otro. Cerca. Tan cerca que estuve tensa todo el trayecto, conteniendo las ganas de besarlo.

Al llegar al portal esperó tras de mí mientras yo introducía las llaves para entrar al rellano y, como si también estuviese esperando que nos quedáramos solos, me cogió de la cintura y me besó nada más pasar. Yo le rodeé el cuello con las manos. Fue un beso dulce al principio, luego se fue acelerando. Él me cogió fuerte por la cintura y siguió. Aquello ya estaba lejos del inocente acercamiento en el museo. Muy lejos. Igual que mi cabeza. De repente, paró y, colocándome un mechón de pelo tras la oreja, me pidió que subiéramos. Yo llamé el ascensor sin decir nada y seguimos, como si no pudiésemos despegarnos, como si no pudiésemos contenernos más.

Entramos sigilosos en mi habitación. Yo me senté en la cama para dejar el móvil sobre la mesita de noche. Empujé con mis pies cada uno de mis zapatos hasta descalzarme y él se echó sobre mí. Respirábamos cada vez más fuerte. Nuestro pulso estaba cada vez más acelerado. Gonzalo metió su mano bajo mi jersey y siguió subiendo, burlando mi sujetador. Me besó el cuello y gemí sin querer mientras lo apretaba hacia mí con las piernas y lo cogía fuerte del pelo. Él me levantó el jersey del todo y jugó con su lengua sobre mi pecho mientras me metía la mano por el pantalón. Primero me tocó por encima de la ropa interior, luego la apartó con uno de sus dedos y los metió dentro, despacio al principio. Cuando me notó mojada, empezó a hacerlo algo más fuerte. Yo me tapé los ojos con las manos intentando contener el placer. Lo cogí de la cintura para hacer que se tumbase sobre su espalda. Me puse encima y bajé. Escuchaba que le gustaba y notaba en mi boca cómo se excitaba cada vez más. Él me pidió que parase, me quitó los pantalones y bajó para hacerme lo mismo. No pude contenerme y gemí, y cuando volví a gritar, paró y subió para besarme mientras nos quitábamos la poca ropa que nos quedaba encima. Con ganas, con nervios, con impaciencia. Él se colocó clavándome la mirada y me embistió. Yo volví a gemir y siguió haciéndolo mientras yo ya no podía pensar en nada.

Mr. Right

Me desperté la mañana siguiente entre los brazos de Gonzalo. Me escabullí cuidadosamente para no despertarlo y fui a la cocina a por un vaso de agua. Cuando volví a entrar a la habitación lo encontré desperezándose entre mis sábanas. ¿Quién me habría dicho un mes antes que iba a ser testigo de aquella imagen? Alguien en mi cama, de la que no quería que saliera, al menos por un ratito.

—¿Adónde has ido? Vuelve...

—A por agua, ¿quieres algo?

—Sí, que te quedes un rato más aquí conmigo. —Y me volvió a abrazar mientras yo, sentada sobre el colchón, dejaba el vaso de agua encima de la mesita de noche y me recostaba de nuevo a su lado.

—Buenos días —le dije.

—Me ha encantado, Paula.

—¿El qué?

—Pasar esta noche contigo, despertarme aquí...

—¿Pensabas ayer que nos íbamos a acabar acostando?

—Yo quería. Cuando estábamos hablando en el club, va a sonar estúpido, pero me gustaba cada cosa que decías y eso me ponía. Me ponía en plan bonito, digo, como para querer despertarme hoy contigo también.

—Sí, a mí me estaba pasando igual.

—Y luego ha sido tan...

—Genial.

—Sí. Ven. —Y me abrazó más fuerte.

—¿Desayunamos?

—No te preocupes, luego nos hacemos cualquier cosa. ¿Están tus compañeros de piso?

—Marcos creo que se quedaba hoy en casa de su novio y Celia... La verdad es que no la he escuchado, pero imagino que estará en su habitación. Algunos domingos baja a desayunar con una amiga suya superrara. Iris, se llama. La tía se cree que es un gato y hace ruidos de gato. Te lo estoy contando, pero es de esas cosas que tienes que ver para darte cuenta de hasta qué nivel es extraño.

—Joder. Pues nos esperamos un poco y si se va, salimos a desayunar. Bueno, y si no se va, también. —Me reí. Tampoco era cuestión de morirnos de hambre juntos.

—Vale. Me parece buena idea.

—Oye.

—Dime.

—Estás muy guapa por las mañanas.

—Gracias. Tú también. Apenas se nota que no llevas maquillaje —bromeé.

Dejamos que la cama nos atrapase unos minutos más mientras escuchábamos música, el nuevo disco de Vance Joy, y media hora después oímos cómo Celia se marchaba. Nosotros aprovechamos para salir de nuestro fuerte e ir a la cocina a por algunas provisiones; nos hicimos huevos revueltos, zumo, tostadas y cogimos algo de fruta. La noche anterior nos había dejado con hambre, supongo.

—¿Siempre les preparas a tus Tinder estos macrodesayunos? —me preguntó mientras me ayudaba a poner la mesa.

—No. Ni tampoco nadie se había quedado a desayunar desde que lo dejé con mi novio.

—Nunca me has contado eso. ¿Estuvisteis mucho tiempo?

—¿Óscar y yo? No mucho. Unos siete meses.

—No es mucho...

—Ya... Lo que sí es cierto es que fue una relación más o menos intensa. Yo en Valencia ya estaba independizada y él acabó viviendo un par de meses conmigo. Luego intentó venirse a Madrid y conseguir trabajo, pero al final decidió volverse. Estuvimos yendo y viniendo de una ciudad a otra, pero la sensación que yo tenía era que estábamos alargando algo que ya estaba muerto. Creo que una relación a distancia difícilmente puede funcionar. Además, no sé por qué, empecé sospechar que quedaba con alguien.

—¿Por qué lo sospechabas? —dijo dándole un mordisco a su tostada.

—Pues hizo un par de cosas. Un día me ocultó sus historias de Instagram, lo que ya me pareció raro estando juntos. «O te va a dar una sorpresa o no quiere que sepas algo», pensé yo. Y luego resulta que una amiga que teníamos en común me comentó que Óscar parecía muy interesado en una vecina suya, una chica que conoció en la universidad con la que ya tuvo algo en esa época. Yo estaba al tanto de lo que había pasado, pero no de que seguían hablando. Total, que al final, entre la desconfianza y que cada uno tenía una vida en una ciudad distinta, se hizo la cosa un poco insostenible. Me dejó él. Y luego me enteré por esta amiga en común que sí se había estado acostando con su vecina. Habríamos podido acabar bien sin más, porque, al final, el tema de la distancia es algo un poco incontrolable y cada uno estaba buscando su futuro, ¿no? Pero lo de los cuernos... Yo es algo que ni puedo ni quiero entender. Si no estás a gusto con alguien, deja a esa persona y punto, estate con quien quieras. Pero a dos bandas, pues no me va. Así que acabamos bastante mal. Me habló un día, como si fuésemos mejores amigos, preguntando qué tal todo, no sé. Me pareció tan falso e irrespetuoso, teniendo en cuenta lo que él había estado haciendo, que no fui capaz de simular que todo estaba bien. Le dije que no quería volver a saber de él, que sabía ciertas cosas que no me parecían correctas. No le expliqué más ni hizo falta. Él me preguntó que cómo me había enterado y ya ni le respondí a eso. Desde ahí no he vuelto a saber nada de él ni tampoco quiero.

—¿Eres rencorosa?

—No estoy enfadada con él. No es que piense en él y sienta rabia. No le odio, pero tampoco sería amiga suya. Lo mejor que puedo darle es mi indiferencia, la verdad. Más allá de eso, nada. Y me pasa mucho eso, o sea, poca gente me ha hecho cosas que me hayan llegado a molestar, pero cuando algo me duele, no soy de montar ningún espectáculo, prefiero sacar a esa persona de mi vida y fin. Si he apartado a alguien de mi lado, nunca me he sentido mal por ello. A veces es mejor no rodearte de ciertas personas.

—¿Te ha pasado con mucha gente? Lo de apartarlos de repente de tu vida.

—Con mucha gente, no. Pero sí con personas importantes.

—¿Con tus padres? —preguntó él tratando de indagar en el asunto. La respuesta era sí. No era muy difícil atar cabos hasta llegar a aquella conclusión, por mucho que fuera una realidad que yo había decidido omitir. No le había contado nada sobre mi familia todavía, a pesar de que él sí me hablaba sobre la suya de vez en cuando. Le acababa de comentar, además, que en Valencia vivía sola, estando mis padres en la misma ciudad, y me imagino que el hecho de que no hubiera rastro de padre ni madre en ninguna red social alimentaba más la idea de que algo pasaba. Pero era una situación demasiado compleja como para tratarla durante la primera mañana juntos.

—Algo así... Pero mejor dejemos el salseo de esa historia para otro día —dije tratando de restarle importancia—. ¡Tú procura portarte bien! —Y le di un bocado a la tostada de mermelada que sostenía.

—Me da miedo hacerte algo ahora —contestó dejando atrás el tema.

—Genial, recuerda esa sensación de miedo si alguna vez se te ocurre engañarme con tu vecina —bromeé, y él se rio.

La historia de Óscar en realidad ya no me dolía. Me dolió en su momento, sí, pero fue un dolor breve porque imagino que de alguna forma ya estaba preparada para que eso acabase. De hecho, creo que lo pasé peor durante los últimos dos meses estando juntos que tras haberlo dejado. Fue casi liberador. Eso sí, empezaba a darme cuenta de que aquella relación sí me había dejado algunas secuelas y esas secuelas eran la desconfianza o, más bien, la predisposición a pensar que, en cualquier relación, era inevitable que pasara algo que fuera a dolerme. Era como si me estuviera preparando desde el principio para que me rompiesen el corazón. Como si tuviera más que asimilado que el daño estaba asegurado y yo no podía hacer mucho ante aquella realidad.

Cuando acabamos de desayunar nos tumbamos en el sofá del salón y pusimos *Friends;* una cosa llevó a la otra y tuvimos que ir a mi habitación para acabar lo que habíamos medio empezado. Y así, sin querer, se nos hizo también la hora de comer, y aunque puede que no fuese lo más ortodoxo, teniendo en cuenta que seguía siendo oficialmente la primera cita, comimos juntos. La pobre Celia, que al volver a casa me encontró en el sofá abrazada a alguien que no había visto en su vida y que luego tuvo que aguantar escucharnos hacerlo —aunque intentamos ser silenciosos— prefirió no salir de su cuarto en todo el día. La verdad es que creo que cada vez nos odiaba más a Marcos y a mí por ese tipo de cosas. Pero a nosotros nos importaba más bien poco, siendo sincera.

A las cinco de la tarde decidimos que ya habíamos estado suficiente tiempo juntos. En realidad, a mí aún me sabía a poco, pero entendía que podía resultar demasiado intenso, así que no dije nada y Gonzalo se marchó a su casa diciéndome que lo avisara para que volviésemos a vernos otro día de aquella semana. Cogí mi teléfono y vi un mensaje de Andrea. Me lo había enviado a las nueve de la mañana.

—¡Fresca! Aún no me has contado nada, así que me imagino que habrá ido (y sigue yendo) bien. Estoy aburrida, cuando me digas quedamos. Comemos, merendamos o lo que tú veas.

—Perdón, acabo de leerte —le respondí. Andrea estaba en línea en aquel momento—. ¿En media hora puedes estar en mi portal? Me ducho y salgo.

—Sí, por Dios. Llevo un día que me va a dar algo. Estoy esperando a que me cuentes los detalles.

—Jajaja, te los cuento ahora todos. —Empezó a grabar una nota de audio en cuanto leyó eso último.

—Vale, pues en media hora estoy allí, que llevo cambiada desde las once de la mañana. ¿Te parece si aviso a Elena o te da corte contarlo delante de ella? —me dijo.

—Qué va, tía, que se venga.

Me arreglé volando. En realidad, yo era bastante rápida para vestirme. Mi incapacidad para levantarme a la primera por las mañanas me había permitido desarrollar una excepcional habilidad para estar lista en un máximo de cuatro canciones. Eso sí, siempre y cuando no tuviera nada importante que hacer aquel día, de lo contrario, el proceso de ponerme mona podía alargarse a hora y pico. Si no más. En media hora me duché, me sequé el pelo, me puse unos pantalones de pinzas negros, un jersey ceñido de cuello alto del mismo color y mis Stan Smith blancas. Bajé al portal sin maquillar, donde ya me esperaban Andrea y Elena y las tres fuimos a merendar algo al Café Roma, un sitio que estaba justo debajo de mi casa y al que no íbamos mucho porque solía estar bastante lleno. Aquel día, sin embargo, había un par de mesas libres. Yo, como siempre, me senté en la que tenía la ventana más cerca.

—¡Bueno, Elena ya está al día sobre todo lo de este chico! Venga, ahora continúa tú la historia, que queremos todos los detalles. —Andrea y Elena me miraron expectantes.

—Pues chicas, tengo que decir que fue genial —dije son poder evitar una sonrisa de tonta—. Quedamos para ir a ver una exposición y luego me llevó a un sitio a cenar, Secret Club se llamaba. Es un bar de jazz que está aquí cerca, pero que no había visto en mi vida. Tenemos que ir. Es lo más...

—Vale, vale; la exposición bien, el bar, el pub o lo que fuera eso te gustó mucho, ¿y luego qué? No te dejes los detalles guarros, por favor —dijo Andrea.

—Pues en el local este se nos pasó el tiempo volando mientras hablábamos, y le dije que me apetecía pasar la noche con él.

—Muy bien. Sutil —bromeó Andrea. Elena se rio.

—Todo iba tan bien que, no sé, surgió y tampoco me dio corte decirlo. Sentía que era lo que me apetecía. Entonces él me dijo que también quería pasar la noche conmigo y nada, fuimos a mi casa. Por el camino le empecé a hablar de un capítulo de *Black Mirror*. Él, que también ha visto la serie, decía que una cosa de la trama no pasaba como yo la estaba contando...

—Que sí, que sí. Muy interesante —repitió Andrea.

—Tía, déjale que cuente —dijo Elena divertida.

—Total, que al llegar al portal empezamos a besarnos y subimos. Seguimos en mi cuarto, nos encendimos más...

—¿Seguisteis cómo?

—Pues él empezó a meterme la mano por el pantalón, yo bajé, luego bajó él...

—¿Y qué tal el sexo oral? Eso es muy importante. Hay tíos que son un desastre.

—Lo sé. Él no. Genial, la verdad. Me encantó. ¿Sabes esos tíos que están ahí abajo, pero a la vez te masturban con la mano por fuera?

—Uf, a mí eso me distrae un poco —dijo Elena. Andrea la miró extrañada.

—¿Sí? A mí me encanta.

—Es como tiene que hacerse.

—Estoy contigo —dije divertida—. Y bueno, luego... acabamos, nos quedamos abrazados hablando un rato, volvimos a hacerlo otra vez, dormimos juntos... —Me quedé pensativa, intentando darles algún detalle más—. Nada, ayer solo eso. Esta mañana superbién, se ha quedado a desayunar, hemos seguido viendo series así a lo tonto, más sexo, luego se ha quedado a comer y ya. A todo esto, Celia, que ha ido a desayunar con una amiga, ha vuelto más tarde y ha visto todo el percal. Estábamos Gonzalo y yo en el salón. Sin hacer nada, ¿eh?, pero habrá pensado: «¿Y este quién coño es?». Total, que se ha metido en su cuarto y ahí se ha quedado hasta ahora mismo, seguramente.

—Joder, o sea que más que bien —dijo Elena.

—Sí, sí, de verdad.

—¿Y no te ha agobiado pasar tanto tiempo con él ya de buenas a primeras?

—Pues tía, yo, por lo general... A ver, estas cosas no me van. Cuando me quedo a dormir con alguien es porque estoy muerta de sueño o porque llevamos ya un tiempo juntos o no sé, y ya lo de dormir abrazada a alguien... Eso es que no lo hacía ni con Óscar. Pero en este caso es que estaba tan a gusto. De verdad, no quería que se fuera. Y no he sentido como si estuviese en una situación empalagosa ni nada, que ahora contándolo puede parecerlo, pero no lo he percibido así en absoluto, y os lo digo, soy la primera sorprendida por ello.

—No sé, pero ten cuidado. O sea, me alegro, pero cuando las cosas van tan rápido es normal agobiarse enseguida —dijo Elena.

—Estoy de acuerdo. Por eso, para mí Tinder no significa nada más que sexo —comentó Andrea.

—Sí, sí. Nos hemos dejado llevar un poco y eso, pero es verdad que creo que esto igual llega a algo más y no quiero quemar las cosas rápido. Oye, Andrea, hablando de eso, ¿tú qué tal en Tinder? ¿Has quedado con más gente?

—¡Sí!

—Que si ha quedado con más gente... —dijo Elena mirando al cielo.

—Tía, cuidado, a ver si pillas algo.

—De pillar se trata —bromeó ella.

—¿Y con Raúl, nada? ¿Se puede decir que hemos pasado página de manera definitiva?

—¡Se puede decir! Estoy superbién últimamente. Me siento genial conmigo misma, me siento libre, estoy soltera, puedo conocer gente, hacer lo que quiera y no sentirme culpable por ello. No entiendo por qué muchas chicas siguen guardando las apariencias y hacen como si no tuvieran ganas de... follar.

—A ver, no es eso, pero de ahí a no dejar títere con cabeza... —bromeó Elena.

—Nooo —dijo Andrea riendo—. Pero es verdad. Decimos que las mujeres somos libres para hacer lo que queramos, pero en cuanto escuchamos que una está haciendo lo que de verdad quiere, si aquello que quiere se sale de lo convencional, la juzgamos.

—Era broma, Andrea, ¿eh?, yo estoy contigo. Si te soy sincera, muchas veces me apetecería hacer lo mismo que tú, coger y quedar con alguien solo para pasar un buen rato, y si me apetece que la cosa vaya a más, dejar que vaya a más y punto. Pero, no sé, ¿no es un poco violento? ¿Acostarte con alguien que conoces solo de un día? —preguntó Elena.

—Pues tía, quedas dos días con él y te lo tiras al tercero si te vas a sentir mejor. —Soltó una carcajada.

—¡Eres idiota, Andrea! —contesté incapaz de contener la risa.

—Va, Elena. Ábrete Tinder. No tienes por qué quedar con nadie si no quieres, y hay muchos chicos que están bien. A ver, hay de todo, pero hay muchos tíos que seguro son de tu estilo. Te sorprendería la de gente que puedes conocer ahí. Y por poner al corriente a Paula, yo esta semana he estado quedando con un chico: Borja. Es de Galicia, pero iba a pasar la semana en Madrid por trabajo. Creo que trabaja en el departamento comercial de una empresa de hoteles o un grupo de empresas de hoteles, no me acuerdo. El caso es que se estaba alojando en una suite tremenda en un hotel por plaza de España y me quedé con él a dormir el martes de esta semana y el jueves, que era ya su última noche aquí en Madrid. El chico, bien, majo, tampoco es que fuera un sobresaliente en la cama, pero para pasar el rato, bien, la verdad. Y ¿me ves arrepentida de algo o preguntándome si habré hecho bien? No. Quería hacerlo, lo hice, me sentí bien y punto.

—Tienes razón, Andrea —dije yo.

—Pues sí. Oye, me encanta que podamos hablar de estas cosas entre nosotras sin guardarnos nada —comentó Elena.

—Ya, sería un poco triste no poder ser tú misma con tus amigas, ¿no?

—Pero ¿y entonces Raúl?

—Me habló la semana pasada un par de días. El lunes me preguntó cómo estaba y le dije que bien, que ocupada y eso. Y el miércoles me preguntó si me apetecía ir al cine por el día del espectador, pero le dije que no y al rato vi un *story* con Sara, la chica esa que os conté que apareció en la exposición. Y desde ahí ya no me ha vuelto a decir nada.

—Creo que es un tío al que le gusta gustar y punto, ¿no? —preguntó Elena.

—Yo nunca lo he pillado —contesté—. Pasaba mucho tiempo con Andrea, pero luego le hablaba de otras, quedaba con otras... No sé.

—Ni yo. Pero tampoco me interesa ya saberlo. He descubierto cosas mejores —añadió con picardía.

Anocheció en Madrid y nosotras nos despedimos para ir a casa. Al llegar fui directa a mi habitación; Marcos aún no estaba. Daba por hecho que aquella noche dormiría fuera. Saqué mi ordenador y me puse a escribir pensando en todo lo que habíamos estado hablando y todo lo que me venía ocurriendo aquellos días:

> VOTOS A MÍ MISMA
>
> Prometo quererme cada día de mi vida, en las buenas y en las malas. Prometo no juzgarme más, ni dejarme juzgar por el resto; si algo me hace feliz, prometo no renunciar a ello. Prometo no volver a ver los obstáculos como impedimentos, sino como retos que podré superar. Prometo no volver a compararme con otras chicas, dejar de buscar mis defectos en las demás y desear tener sus virtudes, porque sí, todas somos diferentes y todas somos especiales por ello.

Prometo dejar de echarme la culpa si me rompen el corazón y prometo dejar de repetir cada momento en mi mente martirizándome por no poder reparar lo que yo no he roto.

Prometo sonreírle cada día a la chica del espejo, la que es genial con maquillaje, sin él, despeinada y sin arreglar.

Prometo valorarme siempre, ver lo bueno que hay en mí, repasar mis logros y sentirme grande por cada uno de ellos, desde las victorias más cotidianas, como conseguir despertarme temprano, hasta las cimas que creía inalcanzables, pero pude culminar.

Prometo que mi amor propio no volverá a ser proporcional al número de mensajes que reciba del chico de turno, porque lo que yo me quiera no debería estar condicionado por lo que me quiera aquel que solo está de paso.

Prometo superar cada ruptura dándome cuenta de que si no ha salido, es que no era para mí, y que cuando sí lo sea, esa persona tendrá suerte porque yo valgo la pena.

Prometo permitirme reír, aunque sea un mal momento; llorar, aunque piense que no debería hacerlo, decir la verdad, aunque a veces duela y, sobre todo, decirla cuando no haga daño, porque cualquier pensamiento bello debería ser compartido.

Prometo no naufragar con mis errores y levantarme siempre después de ellos. Prometo saber reconocer siempre lo maravillosa que soy y todo lo maravilloso que tengo. Por esto y mucho más, prometo no dejar de quererme nunca.

Coge tu pasaporte... y vete

Aquel lunes me desperté con uno de esos presentimientos. Como cuando tienes la sensación de que va a pasar algo, pero no sabes muy bien qué. Por alguna razón sin razón alguna, me consideraba una persona bastante intuitiva. Tampoco es que creyera tener ninguna capacidad sobrenatural para anticipar nada o me creyese Sandro Rey. Simplemente, a veces, tenía ese tipo de sensaciones. Aunque también podía ser el exceso de café de los últimos días, que me tenía bastante alterada.

De cualquier forma, y como nunca se sabe, me vestí acorde a la ocasión. En plan pibón, vamos. Por si acaso. De vez en cuando no está mal venirse un poquito arriba.

Me puse un jersey *crop* color azul marino de manga larga, una falta plisada de tiro alto que me llegaba a los tobillos —era de seda y tenía un estampado blanco y rojo que me encantaba— y me calcé mis botas de tacón preferidas, unas negras de caña alta. Me planché el pelo, cosa que no hacía para ir a trabajar desde hacía tiempo, y me lo recogí en una coleta baja. Le añadí a mi maquillaje básico de siempre algo más de colorete, me delineé los ojos y abusé un poquito del rímel, hasta el punto de notar cómo las pestañas me hacían cosquillas al tocar mis párpados.

Ese día entré en la redacción así. Andando con seguridad. Sintiéndome toda estupenda. Como cuando te crees la protagonista de un videoclip. Al llegar a mi sitio vi un pósit sobre la pantalla de mi ordenador que me había dejado Ale: «Estoy en la cafetería, vente y me cuentas». Ale estaba al tanto de que aquel finde había quedado con Gonzalo, así que imaginé que querría todos los detalles, a pesar de que ya le había enviado un mensaje contándole que todo había ido bien. Estaba claro que a aquella información le faltaba desarrollo. Yo también habría querido saber más.

Dejé mi abrigo y el bolso sobre mi escritorio, para indicarles a todos con aquel detalle que ya había llegado. Lo hice sobre todo por si pasaba Lorena y no me encontraba en mi puesto. Subí a la tercera planta, donde estaba la cafetería. Nada más entrar, vi a Ale sola en una mesa al lado de la máquina de café, removiendo el suyo sin ganas mientras miraba cómo la cucharita daba vueltas dentro de su taza verde de Ikea.

—Ale, ¿qué tal?

—¡Paula! —Se sobresaltó—. No te he visto llegar. Bien, es que estoy muy cansada hoy y me he subido un rato.

—¿Alguna novedad el finde?

—Sí... —Suspiró en plan melancólico. Era evidente que algo le pasaba.

—¿Marina?

—Sí...

—¿Qué ha pasado? —Arrastré una silla a su lado y me senté junto a ella.

—Pues resulta que este fin de semana estaba subiendo un contenido a la cuenta de Instagram de *Vogue* y, un poco por inercia, al acabar de hacerlo, me metí a ver la cuenta de Marina y vi que había subido varios *stories.* Total, que me salgo del Instagram de *Vogue* para ver sus *stories* desde mi Instagram y me sale que no tiene nada.

—Te había ocultado los *stories*...

—Sí. Entonces voy y me meto en la cuenta de *Vogue* otra vez. Porque pensé que igual, como varias personas llevamos el Instagram de la redacción y al fin y al cabo ella es fotógrafa y seguimos su cuenta, podría haber sido cualquiera...

—A ver. Bueno, vale.

—Bueno, pues veo que lo que había subido era una foto con una chica mordiéndole el cuello en el sofá de su casa. Desde la cena del otro día es verdad que prácticamente no habíamos vuelto a hablar y la cosa se había quedado muy fría, pero joder, no me lo esperaba. Me dolió en el alma, de verdad. —Y le cayó una lágrima.

—Ale, Marina... Qué sé yo. No es para ti.

—Yo creo que sí.

—Mira, para que una persona sea «para nosotros» lo primero es que tiene que querernos, y con eso, hacernos sentir únicas e importantes, no inseguras. Créeme. Ahora sé que la tendrás tan idealizada que serás incapaz de ver a nadie más, pero con el tiempo te vas a dar cuenta de que hay mil mujeres mejores que te van a hacer sentir como el amor te tiene que hacerte sentir. Es decir, bien.

—Ya, si sé que es una cuestión de tiempo, pero duele igual.

—Estoy de acuerdo.

—¿Me acompañas esta tarde a comprar unas cosas para casa?

—Claro, así nos distraemos.

—Gracias, Paula. Y tú, ¿qué?, ¿cómo fue tu cita con Gonzalo?

—Bien, bien. Todo normal —le dije sin entrar en detalles. Tampoco era plan de ponerme a restregarle nada mientras ella estaba echa una mierda.

—Me alegro, ya me lo contarás mejor. —Y se bebió el café de un sorbo—. Hala, vamos abajo. Por cierto, te buscaba Lorena. Ha dicho que no era importante, que te escribía un mail de todas formas.

—Genial, ahora lo miro.

Tenía una teoría en el trabajo, y era que si decías el nombre de Lorena en alto, la acababas invocando. Porque no me había dado tiempo ni a abrir la bandeja de entrada al encender el ordenador cuando, de repente, sonó el teléfono de mi escritorio. Llamaba ella.

—¿Sí?

—Paula, ven. —Y me colgó.

Todo tipo de pensamientos vinieron a mi cabeza en los escasos treinta segundos que duraba el recorrido de mi mesa a la de Lorena. Empecé a creer que estaba a punto de tener una de esas conversaciones que acaban con una caja de cartón en la mano recogiendo todas las pertenencias de tu mesa, como en las películas. Seguramente habría escrito algún *post* con una errata muy grave, o igual el artículo de ayer había ofendido a vete tú a saber qué colectivo y la revista estaba a punto de cerrar para siempre por mi culpa. O me habían jaqueado la sección y alguien se había dedicado a subir penes y faltas ortográficas. Lo mismo había *linkado* mal alguna prenda y el enlace redirigía a una página porno. Estaba a punto de desmayarme.

—¿Tienes el DNI localizado? —me preguntó en cuanto puse el primer pie en su despacho sin levantar la mirada del teclado.

—Pues tenía que renovarlo en estos días, pero no recuerdo muy bien cuándo exacta...

—¿Y pasaporte? —me interrumpió enseguida. Seguro que seguía la frase con un «pues vete a tomar por culo, inepta».

—Sí.

—No está caducado ni nada, ¿no?

—No, no.

—Vale. Te vas a Londres mañana por la mañana y te quedas hasta el sábado a mediodía. Hay una sesión de fotos que tenemos que hacer. Iba a ir yo, pero desde Internacional nos han puesto unos cursos de formación y tú eres la única que no tiene nada importante que hacer aquí. Así que trabajarás a distancia esos días. Llévate el portátil que te dio la empresa, que deberá de estar en algún cajón de tu escritorio cogiendo polvo, y me vas pasando desde ahí los artículos cada mañana.

—Pero... ¿Y tantos días para una sesión de fotos? —dije obviando el comentario de «eres la única que no tiene nada importante que hacer aquí».

—Es una sesión de unas colecciones muy importantes de Valentino. La ropa tiene que estar en Londres durante esa semana porque la semana siguiente tiene una pasarela y no quieren arriesgarse a trasladar nada de un país a otro. Prácticamente será fotografiar las prendas que dé tiempo cada día y luego irá un responsable de la marca a recogerlo todo. Debéis tener muchísimo cuidado con la calidad de las fotografías porque dudo que podáis repetir ninguna al día siguiente ni nada similar. Luego os he conseguido invitaciones para un evento que organiza Vogue UK el viernes por la noche. Acudirán personalidades del mundo de la moda y periodistas. Vamos, que la sesión en realidad será miércoles y jueves; llegáis el martes más que nada para comprobar que el estudio que os he reservado tiene todo lo necesario, aunque ya me he asegurado yo. Revisad que tenéis el material, que están todas las prendas, llamad a las modelos para confirmar asistencia y, bueno, todo lo de siempre. Ya sabes. Adelanta hoy desde aquí lo que puedas sobre esto.

—¿Voy sola? —dije con fingida seguridad, como si tuviera la situación más que controlada.

—De nuestra redacción, sí, serás la única que vaya. Ha sido todo tan exprés que no he podido revisar el portafolio de los fotógrafos con los que solemos colaborar en Londres. De todas formas, recibí el viernes la última sesión que hicimos con Dani y las fotos son tan tan buenas, que él irá contigo y... —Mientras Lorena seguía hablando, yo solo podía pensar en todos los artículos que tendría que adelantar aquel mismo día para abarcar con eficacia aquella sesión de dos días contra reloj en Londres, sin que la calidad de los *posts* se viera afectada por ello.

—Vale, perfecto —alcancé a contestar al darme cuenta de que había terminado de explicar lo que fuera que me estuviese aclarando—. ¿Te importa si te paso los artículos del blog por la noche para hacer correcciones esa misma mañana? Así vamos bien de tiempo si tengo que hacer cambios. De todas formas, voy a intentar redactar hoy todo lo posible y eso que adelantamos.

—Bien. Lo hacemos así. Gracias.

—A ti, Lorena. —Y se giró para buscar algo en la estantería que tenía detrás. Como indicándome con aquel gesto que ya no tenía nada más que hablar conmigo y que podía irme.

Salí del despacho con una sensación agridulce. Desde luego, si había alguien que te podía dar la noticia de que te habían escogido para un encargo de la revista en Londres y a la vez hacerte sentir como si fueras una inútil era Lorena. ¿Sería idiota? ¿Cómo que iba yo porque no tenía nada que hacer?

—Que me voy a Londres —le dije a Ale al llegar a mi mesa—. Básicamente porque soy la única que no hace nada.

—¿Qué dices? —dijo Ale sorprendida—. ¡Tía, qué bien! Eso es que Lorena confía en ti.

—No, no. Me ha dicho que como no tenía nada que hacer, me enviaba a mí, tal cual.

—Pero esa es su forma de decir las cosas. En realidad, es una buena noticia. Ya ves tú. Si fuera por volumen de trabajo, ¿cómo te iba a escoger por «vaga»? Si siempre estás colaborando en otras secciones de la revista. ¿Cuándo te vas y cuántos días?

—Pues me tienen que enviar los billetes, pero me voy mañana por la mañana y vuelvo el sábado a mediodía, creo que me ha dicho. Porque el viernes tenemos que ir a una fiesta o algo así. Al menos ha sido considerada con lo de no hacerme madrugar después del evento...

—¡Jope! Qué rápido todo. ¿Vas sola?

—De la redacción, sí, pero viene Dani.

—Entonces, ¿irá también Héctor?

—¡Dios! No había caído en esa parte. No he escuchado nada de su ayudante. Estaba en *shock* pensando en todo lo que se me venía encima... Pero ahora que lo dices, seguro que sí, porque ha dicho algo sobre lo bien que salió la última sesión, que es la que hizo Héctor en realidad. Joder, qué pereza.

—Es que están muy bien, ¿las has visto? —me interrumpió Ale—. Están en la carpeta común. Yo he flipado, ¿eh?, la mejor sesión en mucho tiempo.

—Sí, sí. Geniales —contesté restándole importancia al trabajo de Héctor.

—Bueno, y si va, ¿le vas a preguntar algo sobre «la cerdada»? —Cuando le conté a Ale el viernes anterior por WhatsApp todo lo de Héctor y su novia, ella decidió bautizar así la situación. A mí, «la cerdada» me parecía un término, como poco, *light*.

—No. Además, han pasado ya unos días y no he vuelto a saber nada de él.

—Pero ¿no tenías su número ni nada?

—No. Pero, además, si ha desaparecido así, por algo será. Confirmamos novia cornuda.

—Sí... ¡Qué mal, tío! Yo es que no le pude preguntar a Marina nada del tema, porque como pasó eso...

—Nada, no te preocupes. Actuaré con profesionalidad y ya. Haré como si no nos conociésemos de nada más. Vamos estrictamente a trabajar. No tengo ni siquiera la necesidad de parecer amable.

—A ver si dices también eso una vez que estéis allí...

—Uy, ¿por qué iba a cambiar de opinión?

—Porque ya os habéis acostado una vez, hay atracción, es un chico guapo, sabe cómo actuar contigo... No sé, no sería tan raro.

—A ver, Ale. Que tiene novia. Han pasado cosas, pero han pasado porque yo no sabía que estaba con alguien. He sido la tía a la que le ponen los cuernos y paso de ser, además, la tía con quien le pones los cuernos a tu novia. Si estuviera soltero, no lo sé, igual la cosa cambiaría, pero también es verdad que yo ahora estoy conociendo a Gonzalo y creo que me puede llegar a gustar bastante. Ya la cagué, más o menos, con lo que pasó el lunes pasado en la fiesta. No sé si es algo que en algún momento le contaré a Gonzalo o si tan solo lo dejaré pasar porque, total, ahí no nos conocíamos todavía. Pero si ahora pasa algo, ya sí sería más grave. No. De verdad. No veo la necesidad de hacer nada, pero es que ni siquiera de tener que ir de maja con él haciendo como si no supiese nada sobre el hecho de que tiene pareja. Paso.

—Sí, supongo que te entiendo. Viéndolo así, la verdad es que es mala idea por todo. Es alguien que ya hemos visto que va a trabajar con nosotras a largo plazo y es un viaje de trabajo. Además, está Dani, que le puede parecer poco profesional si pasa algo. Y luego ya, evidentemente, todo lo que tú dices: tiene novia, tú estás conociendo a alguien...

—Es que si lo piensas creo que no es casualidad que no tenga su número y no me haya seguido en ninguna red social. Está claro que tiene su realidad y una especie de vida paralela, donde por un momento he estado yo. Y no quiere mezclar una cosa con la otra. Pues lo siento, pero no voy a formar parte de su circo —sentencié. Ale asintió dándome la razón y después, las dos volvimos al trabajo como si nada.

Aquel día tuve la sensación de que las horas duraban la mitad de tiempo. Me dieron las siete y yo solo había terminado tres artículos completos y la estructura del siguiente. Eso sí, dejé todo lo de Londres listo: los horarios de las modelos confirmados, el estudio fotográfico, la recogida de las prendas y hasta me puse una alarma con las horas de *check-in* y *check-out* del hotel. Además, imprimí los billetes en la oficina antes de ir a casa, para tenerlo todo a mano por si la tecnología decidía abandonarme en el último momento. Saldría al día siguiente de Madrid a las 10:00 a. m. y llegaría a Londres a las 11:20 a. m., hora local.

Cogí un taxi —que apunté como gasto de empresa, porque iba contra reloj para preparar mi equipaje— y llegué a casa un cuarto de hora después con muchas prisas y poca calma. Marcos y Rafa estaban tumbados en el sofá del salón.

—Eh, Paula. ¿Qué tal el día? —me preguntó Marcos al entrar.

—Bien, bien. Tengo que hacerme la maleta, que mañana me voy a Londres. Me lo ha dicho mi jefa. No sé dónde está mi pasaporte —dije apresurada. Tiré el abrigo que llevaba puesto sobre Marcos casi sin darme cuenta y corrí hacia mi habitación para empezar a prepararlo todo. Marcos y Rafa me siguieron por el pasillo sin entender muy bien nada.

—¿Por qué necesitas pasaporte? ¿No puedes ir con el DNI?

—El DNI, el DNI... —respondí como si tuviera algún trauma mientras rebuscaba en mi cartera para comprobar la caducidad—. Vale, no, no. No caduca aún, aún no... —Marcos y Rafa se miraron entre ellos. Seguramente preocupados por mi salud mental. Era como para estarlo.

—A ver, un segundo, ¿cómo que te vas a Londres? —intervino Marcos intentando devolverme la cordura.

—Me voy para una sesión de fotos. Mañana. Me lo ha dicho mi jefa —dije mientras bajaba la maleta del estante superior de mi armario y la tiraba sin miramiento alguno sobre la cama.

—¿Y te avisan hoy? —intervino Rafa.

—Sí, por lo visto, como no tengo nada que hacer —dije con retintín—, soy la única que puede ir.

—Yo creo que te está poniendo a prueba. ¿Cómo fue la sesión del otro día al final?

—Pues está contentísima. Se ve que ha gustado mucho. —Empecé a vaciar mi cajón de la ropa interior guardando en mi equipaje bragas y sujetadores como para tres meses.

—Pues ya está. Querrá ver si eres capaz de asumir más responsabilidades.

—¿Sí? ¿Eso creéis? —Devolví siete bragas y cuatro sujetadores al armario al recobrar el sentido y hacer una cuenta mental de los días que estaría en Londres. Tampoco era cuestión de llevar una maleta entera de lencería.

—Seguro. En el banco hacemos eso mucho. Entre eso y que dijo que tus artículos del blog estaban teniendo buena acogida, me da la sensación de que quiere ver cómo te desenvuelves asumiendo nuevas cargas.

—A ver, sentido tiene —contesté pensativa mientras recuperaba ligeramente el aliento—. Además, que yo no soy quien suele acudir a las sesiones de fotos a supervisar. Quiero decir, por lógica debería haber ido otra persona. Ahora me habéis puesto más nerviosa.

—¿Y sabes ya qué vas a llevarte? —Rafa repasó con la mirada mi armario, que estaba abierto de par en par.

—Más o menos. Hay como una fiesta a la que tendré que acudir y ahí voy algo más perdida.

—¡Uy, te ayudamos! —exclamó él.

—¿Sí? Pues luego os aviso, cuando tenga esto más organizado.

—Claro. ¿Es un evento de noche?

—Sí.

—Es Londres. Ten en cuenta que ahí a la gente no le da miedo arriesgar con la ropa y el color.

—Cierto. Pues ahora me echáis un cable. ¡Gracias, chicos!

—No hay de qué, tonta —respondió Rafa.

Ambos salieron de mi habitación y volvieron al sofá para seguir viendo *Minicasas de ensueño,* un programa de Netflix sobre casas diminutas al que Marcos y yo nos habíamos enganchado hacía poco.

Me acerqué a mi escritorio y cogí un folio en blanco para apuntar todo lo que necesitaría llevar para los próximos cinco días. Hice cinco columnas, una por cada día de la semana que estaría allí, y las dividí en tres partes: mañana, tarde y noche. Aunque, en realidad, solo necesitaría un look distinto al del resto del día la noche del viernes. Empecé a apuntar qué coger prometiéndome a mí misma no llenar la maleta de demasiados «porsiacasos»: jerséis básicos, dos pantalones y dos faldas con estampados distintos, tres botas de tacón de colores diferentes y todas las prendas necesarias para hacer el viaje de vuelta cómoda pero arreglada. Imagino que ese día no tendría fuerzas ni ganas de recorrer ningún aeropuerto en otro calzado que no fueran deportivas. En cuanto acabé de encajarlo todo minuciosamente aprovechando cada centímetro de la maleta, llamé a Rafa y a Marcos para que me ayudasen a escoger qué ponerme en la fiesta. Les estaba dando la tarde a los pobres.

—A ver. Antes de nada, ¿sabes cómo va a ir la gente? Si hay algún código de vestimenta o algo —me preguntó Rafa muy concentrado en la misión de hacer de mí una diva.

—No. —Ambos cruzaron una mirada analítica.

—Pues deberías preguntarle a tu jefa. Si os han invitado le habrán puesto en el mismo correo de la invitación cómo debéis ir.

—Vale, espera. —Saqué mi ordenador y le redacté un mail a Lorena. Por suerte, «todavía» eran las ocho y la loca de mi jefa seguiría en la oficina, pegada a la pantalla.

—Vale. En cuanto lo sepas, miramos, pero vamos, yo me pondría algo en plan falda plisada metálica, un *body* de algún color así llamativo o incluso con algún estampado y unas sandalias también metálicas. Ahí les gusta mucho el color. ¿No ves que no tienen sol nunca y está siempre todo gris? De alguna forma tendrán que alegrarse la vista —intervino Rafa.

—Ya me ha respondido —dije mientras leía el correo—. Dice que se le olvidó decirme que tenía un vestido para mí, que me lo trae a casa al salir de la oficina si le digo mi dirección. Joder, parece que está simpática y todo. —Y respondí el mensaje.

—Que te lo digo yo, Paula. Te está poniendo a prueba.

—¡Marcos! No me pongas más nerviosa —dije riendo.

—O sea, que ya no necesitas de nuestros servicios... —Rafa bromeó haciendo una mueca de tristeza.

—Bueno, igual sí, porque a saber cómo es el vestido y, sobre todo, a saber cómo me queda. Si no, cojo algo parecido a lo que tú me has dicho o ya me compro cualquier cosa una vez allí, ¿no?

—Pues sí.

—¿Tienes el resto de las cosas?

—Sí. Voy a contarles a mis amigas y a Gonzalo que me voy. —Saqué el móvil y empecé a escribirles.

—Gonzalo esto, Gonzalo lo otro... —se burló Marcos—. «Pero aún no sé si me gusta, me lo estoy tomando con calma» —dijo intentando imitarme con voz chillona. Yo solté una carcajada y lo eché de mi habitación tirándole un cojín a la cara.

Rafa me devolvió el cojín y los dos reanudaron su noche de

manta y Netflix. Abrí la conversación de Gonzalo y vi un mensaje suyo de hacía unos minutos.

—Me apetece verte. —Estaba en línea.

—¡Gonzalo! Justo mañana me voy a Londres, lo he sabido hoy mismo... No estoy aquí hasta el fin de semana.

—¿Sí? No sabía nada —contestó enseguida.

—Ya, ya. Es que me lo ha pedido mi jefa hoy. Es por una sesión de fotos y un evento que hacen allí. Ha sido una locura de día porque he tenido que preparar los *posts* de la semana hoy, dejar unas cosas para unas reuniones listas y hacerme la maleta en dos segundos. A mí también me apetecía verte esta semana.

—Bueno, es una oportunidad única. Te van dando responsabilidades. ¡Me alegro muchísimo! ¿Nos vemos cuando vuelvas y me cuentas cómo ha ido?

—Ay, sí, por mí perfecto. —Y me envió un icono de besito.

Llamé a mi amiga Andrea, pero no me cogió el teléfono. Pensé que se estaría haciendo la cena, así que le dejé un wasap explicándole todo lo que había pasado para que me llamase luego. Mientras, me hice unos fideos para cenar y, cuando estaba acabándomelos, escuché el timbre. Debía de ser Lorena.

—¿Sí?

—Paula, baja.

—Voy.

Estaba claro que Lorena no trabajaba para ningún servicio de reparto a domicilio y que ya era un favor que me acercase el vestido a casa, pero el tono sargento fuera de la oficina podría haberlo controlado. Bah, de cualquier forma, ella era así.

—Hola, Lorena. Perdón por hacerte venir, es que me estaba preparando la maleta y quería saber qué coger para la noche del viernes...

—Sí. Nada. Se me olvidó decirte que nos encargábamos nosotros. Tienes que dar buena imagen. Aquí tienes lo que te pondrás. —Me entregó una funda de tela blanca con la prenda dentro—. Te lo pruebas. Si no te queda bien, habla con Marc. —Marc era uno de nuestros estilistas—. Que te diga qué comprarte allí. Nos pasas los gastos en ese caso.

—Vale, perfecto. ¡Gracias! —contesté yo ilusionada. Ella me hizo una mueca y se dio la vuelta para volver al taxi, que todavía la esperaba en la calle.

Subí en ascensor tentada de abrir la funda en el mismo instante en el que Lorena se hubo marchado, pero decidí torturarme un poco más antes de saber cómo sería exactamente lo que luciría durante el evento. Además, quería compartir el gran momento con Rafa y Marcos.

Con un movimiento brusco de cadera, empujé la puerta de la entrada, que había dejado entreabierta, y agité aquel forro blanco aún cerrado en cuanto entré al salón, donde ambos esperaban.

—¿El vestido? —dijo Rafa.

—¿Lo abrimos? —Lancé una mirada cargada de picardía.

—¡Redoble, por favor! —gritó Marcos. Y mientras golpeaba la mesita de centro del salón con las manos, yo empecé a bajar la cremallera despacio.

—¡¡¡Versace!!! —gritó Rafa. Y me lo arrebató de las manos. Más rápido que una gacela.

Yo me quedé con la boca abierta, sin poder decir nada. Marcos paró en seco de hacer aquel sonido de percusión que nos estaba acompañando y, ojiplático, se acercó al vestido.

—Paula, llevas más pasta encima de la que cobras en un mes —susurró.

—¿Tanto?

—Tanto.

Era un vestido de tirantes en seda, largo, de un color dorado metalizado precioso. La zona del torso era totalmente ceñida hasta las caderas, que quedaban bastante marcadas. La parte inferior era algo más suelta y tenía un corte que llegaba a los tobillos. Me recordaba mucho a un vestido que llevó Penélope Cruz para la *première* de *Zoolander 2* en Londres, sobre el que escribí un artículo para la universidad. Aunque este era algo más ajustado, lo cual me encantaba.

—Chicos, me gusta mucho, pero ¿no será demasiado?

—A ver, es el *dress code* —contestó Rafa—. Tu jefa lo sabrá mejor que tú. De todas formas, es algo más llamativo por el tejido, sí, pero en realidad el corte es muy simple.

—Sí, a ver... —dije todavía pasmada—. Me gusta mucho, la verdad. ¿Me lo podré quedar?

—Seguramente, si lo haces bien allí, sí.

—Gracias, Marcos. Me estás quitando toda la presión de encima. No sé cómo lo haces —bromeé.

—De nada, mujer. Para eso estamos —soltó entre risas y me dio un abrazo.

Fui de inmediato a probarme el vestido, que me quedaba como un guante, y volví a dejarlo con delicadeza dentro de su funda blanca de tela. Marcos y Rafa me subieron la autoestima repitiendo una y mil veces que estaba divina.

Cerré la maleta con la ropa de diario y cogí otra de mano para llevar solo el vestido. Motivo número uno: si se me extraviaba el equipaje, sería menos grave si, al menos, tenía aquel vestido en mano. Motivo número dos: así me aseguraba de que llegase planchado y en perfectas condiciones.

Vogue House

Llegué al aeropuerto a las ocho menos cuarto de la mañana. El avión cerraba las puertas en dos horas, pero tenía tiempo de sobra para pasar por todos los controles necesarios, ya que había hecho el *check-in online* el día anterior. Todo bajo control. Si algo tenía cuando viajaba, era una fijación tremenda por organizar las cosas de forma impecable. De hecho, para aquella ocasión había rebuscado entre mis antiguos monederos hasta encontrar unas cuantas libras que tenía guardadas de aquella época en la que estuve trabajando en Londres, por si necesitábamos comprar cualquier cosa al llegar y no aceptasen tarjeta. Algo que hoy en día era difícil que pasara, pero, oye, nunca se sabe...

Bajé del taxi y saqué mi equipaje. Mientras llegaba a la puerta, vi a lo lejos que Héctor y Dani me esperaban dentro. Se confirmaban mis peores sospechas: Héctor también venía con nosotros. Maldije la situación por dentro, pero puse mi mejor sonrisa para, al menos, parecer amable y no crear una situación incómoda. Sobre todo por el pobre Dani, que no tenía ni idea de nada de lo que había pasado entre nosotros y tampoco tenía por qué comerse ningún cruce de comentarios despectivos. De cualquier forma, ese tampoco era mi estilo.

Ambos esperaban con dos maletas de mano y otra grande con todo el material fotográfico, a pesar de que en el estudio en el que estaríamos tendríamos lo necesario.

Nunca estaba de más contar con tu propio equipo por si alguna vez fallaba algo. En realidad, llevar tu propio material tampoco era algo que se hiciera mucho, sin embargo, Dani lo hacía siempre. Parece ser que unos años atrás tuvo que hacer una sesión en Abu Dabi con varios percances de por medio. El estudio tenía preparado todo el material que se había contratado, pero la persona encargada desde España de hacer las reservas olvidó poner en la lista unos leds y dos baterías para las cámaras. Dani tuvo que comprar aquello una vez allí, retrasando la sesión seis horas entre que iba a cambiar dinero, buscaba dónde comprar lo necesario y volvía al estudio para montarlo todo. Siempre contaba esa historia para advertirnos a los demás de la necesidad de prevenir incidentes cuando uno se iba a trabajar fuera.

—Hola, chicos. Qué puntualidad —dije al acercarme—. Habíamos quedado a las ocho en punto, ¿no?

—Hola —dijo Héctor, sin más. Menudo idiota.

—Sí, sí. Tranquila, Paula. Oye, ¿qué me ha contado Héctor? —Por un momento, se me subieron todos los colores. ¿Qué coño le había contado Héctor?—. Que la última sesión la hicisteis solo entre los dos y las fotos han quedado de puta madre.

—¡Ah! —dije aliviada—. Sí, sí. Padecimos lo nuestro al ver el panorama, pero por suerte salió todo bastante bien.

—Sí, claro. ¿Y qué, sabe Lorena que no estuve en esa sesión?

—La verdad es que no, Dani. Me sabe mal meterte en esto, pero no supe que no vendrías hasta ese mismo día.

—No leyó el correo —intervino Héctor. «Gracias por la aportación», pensé. Y continué hablando como si no lo hubiera escuchado.

—Tendría que haber avisado en el trabajo de tu ausencia porque Lorena siempre quiere saber exactamente quién hace cada proyecto, el material, el estudio... Bueno, ya sabes cómo es. Fue culpa mía que en esta ocasión no supiera quién iba a realizar la sesión, aunque quedó brutal, ¿eh? Una cosa no quita la otra.

—Sí, sí. Quedó genial. Felicité a Héctor en cuanto las vi, pero lo que me sabe mal es que *Vogue* crea que ese trabajo es mío cuando el mérito es de Héctor en realidad.

—Mira. Hacemos una cosa. Lo mejor es que le escribas un mail a Lorena diciéndole que Héctor tuvo un papel mayor que el tuyo durante la sesión.

—Vale...

—Le dices que supervisaste cada cosa, pero que él aportó mucho, llegando a realizar la mayor parte de las fotos, que tuvo buenas ideas en cuanto a la resolución de los planos, dirección de arte, etc., y que tú le dejaste hacer. Luego le dices que te sentirías más cómodo si metieran a Héctor en la ficha como fotógrafo de la sesión, porque prácticamente tu papel fue supervisar y aprobar las fotos.

—Joder. Qué estratega. —Se rio—. ¿Y no se enfadará tu jefa?

—Yo creo que no, porque al final es como si tú hubieras desempeñado el mismo rol de siempre, solo que le diste rienda suelta al ver que tuvo buenas ideas.

—Pues me parece bien, la verdad. ¿Cómo lo ves, Héctor? —dijo mientras esperábamos para facturar las maletas.

—Sí, bien. —Y siguió mirando a otro lado.

Era gracioso ver cómo Héctor ahora iba de pasota. Ser amable conmigo en público parece ser que le costaba, pero follarme y ponerle los cuernos a su novia se le había hecho mucho más sencillo. Menuda joyita de tío, oye. Quién lo tuviera.

Mi actitud hacia Héctor —y la suya hacia mí— no cambió durante el vuelo. Los tres nos sentamos juntos, en uno de los laterales del avión, que solo tenía dos filas y el pasillo. Héctor en la ventana, Dani en el centro y yo al lado del pasillo.

Como el avión no iba lleno, Dani aprovechó para sentarse en la fila de al lado, que estaba vacía, y así poder ir un poco menos encajonado. Porque, como es lógico, volábamos en turista.

En cuanto Dani se levantó Héctor me miró y se puso los cascos para escuchar los temazos que nos ofrecía la variedad discográfica del avión. Estoy segura de que repasar los *hits* de los ochenta en España era interesantísimo. Yo hice lo propio y seguí ignorándolo. Tan solo hablaba con Dani, cada vez que preguntaba cualquier cosa sobre cómo abordaríamos los próximos días en Londres.

Lo más gracioso de aquel asunto era que seguramente él, por mi comportamiento, ya había atado cabos y sabría que yo estaba al tanto de su relación. Porque, si no, tampoco tenía mucho sentido que la última vez que nos vimos para tomar un café siguiera con aquella actitud de *fucker* y, sin embargo, en esta otra ocasión, aún no hubiera tenido el valor de mirarme a los ojos y hacer una frase de más de cinco palabras. De cualquier forma, yo preferí relajarme durante el vuelo y concentrarme en lo que íbamos a hacer allí. Así que abrí mi iPad y repasé por vigésima vez que todo estuviera en orden.

Nos alojábamos en el número 5 de Maddox Street, justo al lado de Vogue House. La revista había reservado para Héctor y Dani una suite y para mí otra aparte. Era la primera vez que estaba en un sitio de aquel calibre.

El hotel era impresionante. Según la recepcionista, nuestras habitaciones tenían una de las mejores vistas de la ciudad. Yo traté de contener mi entusiasmo cuando nos comentó aquello. Asentí simplemente para aparentar profesionalidad, como si todo aquello formase parte de mi día a día: volar al extranjero por trabajo, alojarme en una suite para mí sola, asistir a fiestas con la flor y nata de la moda inglesa... Bah. Cualquier cosita.

Nos dieron las tarjetas con el logo del hotel para abrir nuestras habitaciones y tomamos el ascensor, con botones incluido, para llegar a nuestra planta. La última. Cómo no.

—¿Desean los señores que les lleve el equipaje a su suite? —dijo el hombrecito del ascensor al llegar. Y digo hombrecito porque mediría poco más que mi equipaje.

—No, gracias —le contesté en inglés mientras Dani y Héctor abandonaban aquel cubículo con sus maletas.

Recorrí el pasillo con el entusiasmo de una niña que va a Disney por primera vez y le dicen que va a conocer a Mickey. Dani se rio al ver que yo no borraba la sonrisa de la cara. Imagino que pudo adivinar a qué venía mi entusiasmo. Él también habría vivido así sus primeros viajes de trabajo.

Me detuve al llegar a mi puerta, la 119, marcada con números dorados. Dani y Héctor siguieron andando en dirección contraria hasta llegar al final del pasillo.

Acerqué la tarjeta al lector y tras un clic entré a lo que sería mi «cuarto» durante los próximos cinco días. ¡Era increíble! Empecé a dar saltitos recorriendo todo aquello por primera vez.

La suite era espectacular. Entrabas por un pasillo que llegaba hasta el salón-comedor, iluminado por un ventanal enorme que ocupaba toda la pared frontal. Tenía unas vistas brutales de Londres. La recepcionista no mentía. Al lado del mismo pasillo, unas escaleras conducían al dormitorio, situado en un segundo piso. Por último, a la derecha, en la primera planta, había una pequeña cocina equipada con todo lo necesario.

Subí las escaleras a zancadas, ansiosa por conocer lo que aún no había visto. Aquello era en realidad un apartamento a doble altura, lo que permitía que el espacio de la habitación estuviese totalmente abierto, separando el salón de la planta baja tan solo por una barandilla de cristal que dejaba entrar toda la luz de aquel maravilloso ventanal, que llegaba hasta el techo. Dentro de la habitación, encontré el acceso al baño. Un baño más grande que mi habitación de Madrid con un espejo enorme, una ducha donde cabrían siete personas y bañera de hidromasaje.

Empecé a dar brincos de emoción recorriendo el apartamento de arriba abajo mientras hacía un vídeo cantando «mira mi casita, mira qué bonita» que le envié a mi amiga Andrea por WhatsApp. A Gonzalo le pasé solo una foto del apartamento, así, como si no fuera una puta loca.

Cuando me calmé un poco, deshice mi equipaje, colocando cada una de mis prendas en el armario de la habitación con delicadeza. Me sentía como una marquesa en aquel lugar. Me pregunté cuánto costaría un apartamento así en Londres. Seguramente, más de lo que con mi sueldo pudiera llegar a ahorrar en cinco vidas.

Terminé de acomodarlo todo y bajé al salón para echarme en el sofá y contemplar la ciudad antes de que se nos hiciese la hora de salir. Londres estaba tan gris como bonita. Cómo había echado de menos aquella ciudad.

En ese momento, alguien llamó a la puerta. Yo me levanté fantaseando con la idea de que sería el servicio de habitaciones dispuesto a darme la bienvenida y ofrecerme un piscolabis.

—¿Quién? —dije pegando la oreja a la puerta.

—Paula, soy Héctor, ¿me dejas pasar? Tengo que mirar el plan de hoy contigo. —Puse los ojos en blanco y abrí a regañadientes.

—Dime.

—Menudas habitaciones nos han dado... —¿Ahora de qué iba? ¿De majo?

—Sí. Pensaba que hasta las dos no saldríamos. Queda aún hora y media, ¿no? —Intenté despacharlo sutilmente con aquel comentario.

—Sí... —Héctor entró como si le hubiese invitado a hacerlo y se sentó en el sofá del comedor. Yo cerré la puerta y fui tras él sin entender muy bien qué quería—. Vale, a ver, en realidad venía a hablar contigo, ¿te pasa algo?

—¿A mí? —mentí.

—Desde que me has visto has estado ignorándome, mirando solo a Dani cada vez que decías algo. Entiendo que para ti haya sido solo un polvo, pero no veo por qué tenemos que hacer como si fuéramos desconocidos. —Esas palabras me enervaron. Si alguien no estaba haciendo las cosas bien a nivel personal era él.

—Héctor. Tienes novia —le dije sin rodeos. Y nos quedamos mirándonos en silencio.

—¿Cómo lo sabes? —reanudó él la conversación en un tono serio.

—¿Sabes que existen las redes sociales? ¿Y que encima las tuyas están abiertas? ¿Y sabes que tenemos amigos en común? No hace falta ser un lince. Te dejo que unas tú solito los cabos sueltos.

—Es más complicado de lo que crees y no te lo he explicado porque sé que es difícil de entender.

—Héctor. No es tan complicado como me quieres hacer ver, así que no te voy a preguntar más. Además, estoy conociendo a alguien.

—¿En una semana? Qué rápida, ¿no?

—¿Estás intentando darle la vuelta a la situación? Porque yo estoy muy tranquila con mi conciencia, ¿eh? Te aviso de que sería una pérdida de tiempo enorme. Además, si has venido a mi habitación para mentirme, te lo puedes ahorrar totalmente. Venimos a trabajar, no es necesario que nos relacionemos más allá de aquello que implique hacer fotos.

—¿Me dejas explicártelo al menos?

—Adelante. —Me crucé de brazos frente a él.

—Marta y yo estuvimos juntos durante cinco años. Llegó un momento, como a los tres años, en el que nos empezó a cansar la rutina. Al principio solo era cosa mía. Poco a poco empecé a notar que tenía menos ganas de verla, luego percibí que le pasaba a ella también. Estuvimos así como un año en el que creo que los dos fuimos bastante infelices y acabamos dejándolo el año pasado. Los dos conocimos a personas distintas, nos acostamos con más gente, pero nos echábamos de menos. Yo sabía que me iba a costar pasar página, y ella también, pero no tanto. Así que, al final, entre idas y venidas y tratando de llegar a algo que nos hiciera felices a los dos, decidimos probar a estar un tiempo en una relación abierta, dándonos más espacio. No sé cómo surgen estas cosas en el resto de las parejas, no sé si es la manera correcta de llevar una relación, Marta tampoco lo sabe, y siento que la quiero, de verdad que lo siento, pero también siento que me pueden gustar otras personas. No solo en un sentido sexual, sino más allá, y seguramente eso entorpecía nuestra relación antes de hablarlo, porque yo sentía que llevaba una vida que no encajaba conmigo y creo que Marta también.

—Un segundo, ¿o sea que yo soy parte de tu terapia para sentirte mejor contigo mismo? ¿No crees que deberías haberme advertido de esta situación antes de acostarte conmigo para saber si yo estaba de acuerdo?

—¿Y lo ibas a estar?

—No.

—Pues por eso. Me gustaste y no quise abrumarte con todo esto, Paula. Entiendo que es difícil de entender, que parece una excusa para follarse a otra gente teniendo novia. Sé las cosas que pasan por tu cabeza porque son los prejuicios a los que me tuve que enfrentar conmigo mismo, y te lo aseguro, no hay nada peor que sentir que tienes una naturaleza que está condenada socialmente y que hasta tú mismo condenas al principio. Pero no es lo que piensas. Marta y yo sí, estamos juntos. Y sí, tenemos una relación abierta. Mucha gente se pone los cuernos, pero nosotros hemos decidido ser sinceros y afrontar la realidad, y la realidad es que a veces podemos vernos atraídos por otras personas. Y no, no nos duele porque hemos pasado por un proceso de construir juntos nuestra autoestima y ponernos nuestras normas, y hemos conseguido ser felices aceptando esto. Sé que no está bien que no te lo dijera y lo siento. No creas que actúo así por norma, porque eso es impropio de mí y de verdad que me sabe fatal, pero sabía que era demasiada información y creía que podíamos llegar a gustarnos. No sé si hay algo que quieras saber o si dudas de mí. Puedes incluso hablar con Marta perfectamente, no te estoy ocultando nada, Paula. Me estoy abriendo todo lo que puedo sabiendo que vas a juzgarme.

—Héctor, yo lo siento mucho. Gracias por abrirte, supongo, pero no comparto tu forma de pensar y ahora me gusta alguien. Preferiría no hablar más del tema. Me parece genial si escoges ese tipo de relación y tanto tú como tu pareja estáis contentos así, pero entiende que yo no he decidido nada de eso y me has metido en la ecuación de una manera u otra. No me parece bien que no me dijeras nada, porque yo también tengo derecho a decidir con quién me acuesto conociendo la realidad de esa persona. De todas formas, demos el tema por zanjado. Siento si no es la respuesta que querías escuchar, pero es la que es, porque es la que siento. Tratémonos de manera cordial y olvidemos esto.

—Vale —dijo él mientras se levantaba del sofá—. Solo quería ser sincero contigo. Venía a contarte esto aunque no me hubieses preguntado por Marta. Siento si te he hecho daño, para nada fue mi intención, pero tienes razón. Tendrías que haberlo sabido todo.

—Sí.

Me quedé mirando a Héctor sin decir nada más. Él salió en silencio de la habitación. Por un momento, dudé sobre si me decía la verdad o solo quería echar otro polvo teniendo novia.

—Luego nos vemos —dijo él desde el pasillo.

—Vale —contesté. Y cerró la puerta.

No acababa de entender en qué se basaba el tipo de relación abierta a la que se refería. Entendía que no tendría otras parejas a la vez porque en su Instagram solo aparecía Marta. También es verdad que, según lo que contaba, empezaron a llevar este tipo de relación desde hacía relativamente poco tiempo. En cualquier caso, pensé que yo no era quién para juzgar la forma en la que nadie quería a otra persona. Es una decisión muy personal. Si lo hubiera sabido, no obstante, lo más probable es que la situación hubiera sido distinta, tan solo por el hecho de que no es mi forma de querer. Y con Gonzalo en la cabeza, no quería conocer a nadie más.

A las dos menos cuarto cogí mi bolso, metí el portátil de la empresa, comprobé que tenía dentro mi agenda y toda la documentación, y bajé al *hall* del hotel, donde había quedado con Dani y Héctor para ir andando a Vogue House, que estaba literalmente a menos de cinco minutos de nuestro hotel.

El edificio era imponente, pasamos a la recepción, un lugar con una luz muy tenue y paredes oscuras decoradas con distintas portadas de la revista, que se hacían con el protagonismo de la sala.

Los tres nos dirigimos al mostrador de la entrada para dar nuestros datos y que nos hicieran los pases de la semana para poder contabilizar nuestras horas de trabajo con la tarjeta que nos dieran. En cuanto nos las entregaron, nos indicaron el estudio que teníamos reservado.

Planta 1, estudio 4. Ahí encontraríamos todo el material y el listado de modelos, con las que ya había contactado por correo para confirmar asistencia.

Repasé los correos de confirmación de las chicas que vendrían al día siguiente a lucir las prendas, así como los horarios a los que estaban citadas. Comprobé el tiempo de reserva de las salas y que los vestidos que habíamos pedido llegasen a tiempo. Parecía que todo estaba en orden, así que mientras Dani y Héctor examinaban y probaban todo el material, volví a echarle un vistazo a los artículos del blog para asegurarme de que estuvieran bien programados y que no tuvieran ningún tipo de error o falta ortográfica.

Mientras Héctor y Dani hacían pruebas de iluminación, me quedé pensando en lo que me había contado Héctor, pero, sobre todo, en mi reacción...

Era verdad que muchas parejas se ponían los cuernos. En mi entorno de amigos, más personas de las que me gustaría reconocer tenían relaciones prácticamente paralelas a veces. Yo siempre me había preguntado qué hacía la gente para no sentir remordimientos actuando así. En el caso de Héctor, al menos, habían decidido decirse la verdad. Hombre, más sano, seguro que era. Pero ¿significaba entonces que se querían menos? No lo sé. Y por otra parte, ¿qué era lo natural entonces? ¿Fijarse en una única persona o sentirse atraída por más gente? ¿Estaba bien reprimir ese sentimiento si era lo que te nacía? Empecé a sentirme mal por haber sido tan tajante con él. Igual había sido poco comprensiva. A mí no me gustaría que nadie me respondiese así al abrirme tanto sobre algo tan personal. Lo más seguro es que acabara pidiéndole perdón por el incómodo momento. «Pero ya cuando tengamos un momento a solas», pensé. Saqué mi teléfono para hacer tiempo mientras Dani comprobaba unos cromas. Un wasap de Gonzalo: «Hoy Londres estará más bonita contigo».

Definitivamente, los principios eran lo mejor de cualquier relación.

Camden Town

El miércoles y el jueves transcurrieron según lo planeado. Gracias al tremendo pánico que me generaba la situación, me levanté a las cinco de la mañana ambos días para revisar desde mi iPad que contábamos con todo lo necesario para el día.

Héctor, que había asumido prácticamente el control de las sesiones, también estaba algo nervioso por el gran reto que le suponía realizar un trabajo de aquel nivel casi solo, a pesar de que Dani estuviera allí en todo momento.

Cada segundo comprobaba y recomprobaba que contaba con todo lo necesario para que la sesión saliese bien: filtros, focos, leds, objetivos, cámaras, etc. Tenía una lista en su móvil, donde iba apuntando incluso en qué armario y estante dejaba los materiales cada vez que los guardaba, por si luego los necesitaba y le costaba encontrarlos.

Dani estaba encantado viendo trabajar a Héctor, por lo que, casi sin querer, asumió el papel de observador. Las modelos, por su parte, también estaban embelesadas viendo cómo Héctor trabajaba, aunque entre lo concentrado que estaba él y su deficiente manejo del inglés, el ambiente no dio de sí como para que aflorase ningún romance. Yo me divertía viendo cómo algunas de ellas hablaban en voz alta de él mientras el pobre no advertía ni sus intenciones.

Al acabar la jornada del jueves vimos que nos faltaba algo de tiempo y, después de varios trámites, conseguimos lo imposible: reservar el estudio durante unas horas más para la mañana del día siguiente. Nos quedamos también con algunos vestidos para hacer fotos de los trajes sobre maniquíes. Héctor dijo que las necesitaba para una idea que había tenido para el montaje. Yo confié en su criterio y no pregunté más.

Estaba siendo una semana realmente intensa. Aquel día terminamos a las seis, después de haber acudido al estudio a las siete, sin parar siquiera a comer más que una ensalada de bote en cinco minutos. Yo, que no podía más, me fui directa al hotel al terminar y pedí una bandeja de sushi para que me la trajeran a la suite. Dani y Héctor, sin embargo, prefirieron buscar un supermercado cercano para comprarse alguno de esos platos preparados.

Me desvestí al llegar a mi habitación y me metí en la bañera de hidromasaje, que todavía no había probado, mientras escuchaba toda la discografía de Chavela Vargas. Un momento de descanso más que merecido.

Mientras iba cogiendo sushi de la bandeja, que había colocado al lado de la bañera —no sé si aquel invento era glamuroso o de lo más cutre—, decidí que aquella noche saldría a dar un paseo sola para tomar algo y desestresarme. Lo necesitaba. Me apetecía dar una vuelta sin nadie, disfrutar de la ciudad, pensar en mis cosas... A veces estar contigo misma un rato es todo lo que necesitas para recuperar la tranquilidad.

Sonaba *No volveré* y, en aquel inciso de calma, empecé a arreglarme sin prisa alguna. Nada de pensar ni hacer las cosas contra reloj. Para qué. Por primera vez durante aquellos frenéticos días, no tenía ninguna obligación que me esperase después. Me vestí con un jersey blanco roto y unos pantalones anchos con un estampado tartán en verde oscuro, y me calcé mis botas de tacón negras. Ganar altura siempre te hacía parecer más arreglada. En cuanto estuve lista, llamé a un taxi para ir a Camden Town, sin duda, una de mis zonas preferidas de Londres y a la que estaba deseando volver, aunque, en esta ocasión, ya no lo hacía como camarera.

Bajé a recepción cuando me avisaron de que el conductor me esperaba en la puerta y, como no podía ser de otra forma, ahí estaba Héctor, comprobando su teléfono en la entrada. Joder. El tío aparecía en todas partes. Era como si tuviese un GPS que le indicase adónde ir para encontrarse conmigo. En realidad, me seguía sintiendo algo mal por la conversación que tuvimos dos días antes. Seguía sin estar segura de si me la intentaba colar o no, pero, si todo aquello era cierto, igual me había pasado un poco. De cualquier forma, no me apetecía tener compañía aquella noche, así que saqué mi móvil y fijé la mirada en la pantalla mientras avanzaba hacia la salida. Si me veía y me decía algo, bien, si pasaba por delante de él sin que se diese cuenta, pues, oye, tampoco pasaba nada.

—Paula —me dijo a los dos segundos. Nada. Plan fallido.

—Uy, Héctor. ¿Qué haces aquí? —respondí haciéndome la despistada.

—¿Has quedado con alguien?

—No, qué va. Iba a dar una vuelta por Camden Town. Como mañana tenemos lo del evento y no podremos salir a ningún lado, quería distraerme.

—Ah... ¿Te importa si voy contigo y nos tomamos algo los dos? Yo iba a dar un paseo solo, pero tu plan suena mejor.

Por un instante dudé sobre qué contestarle. Aunque igual podía ser buen momento para suavizar las cosas. Además, tampoco vi que tuviera ninguna segunda intención de nada, y habían sido unos días agotadores. Los dos nos merecíamos un descanso.

—Claro, vente —contesté—. ¿Le envío un mensaje a Dani por si quiere venir? —Adiós a recorrer yo sola la ciudad con mis pensamientos.

—Envíaselo, pero se ha ido a la cama ya. Le he preguntado si salía un rato, pero me ha dicho que estaba agotado.

—Bueno, le digo algo de todas formas, para que sepa que hemos pensado en él. —Sonreí y le escribí un mensaje a su teléfono.

Esperamos un rato en el *hall* haciendo tiempo hasta que Dani nos diera respuesta, pero el mensaje no le llegaba, el taxi ya estaba fuera y los dos asumimos que estaría en la fase REM desde hacía rato. Así que pusimos rumbo a Camden High Street. Adoraba aquel lugar.

Cuando tenía dieciocho años fui un verano a trabajar a Londres. Me encantaba perderme por aquellas calles en mis días libres, conocer gente, entrar a todas las tiendas —aunque con mi sueldo de entonces no podía permitirme comprar mucho—... El sitio tenía una magia única y, cuando te adentrabas en algún recoveco, por un momento sentías estar en otro mundo. Uno menos racional, más caótico y lleno de fantasía. Justo lo que necesitas a veces para recuperar un poquito la cordura.

—Oye, Héctor, quería disculparme por cómo estuve contigo el otro día —dije cuando nos bajamos del taxi—. Por cómo reaccioné a lo de tu novia y eso.

—No te preocupes, yo también siento no habértelo contado antes, la verdad. Te entiendo totalmente, si es lo que te preocupa. De alguna forma, como tú dijiste, te metí en el medio de algo que no iba contigo.

—Yo creo que no podría —dije refiriéndome a lo que tenían él y Marta.

—Ya, es que cada uno elige el tipo de amor con el que le llena más vivir.

—¿No te sientes confuso a veces teniendo la posibilidad de fijarte en otra gente?

—Me sentía confuso antes, cuando no me permitía a mí mismo hacerlo. Conocía a personas con las que me ponía barreras. Era todo muy raro.

—Pero a todos nos pasa que a veces, no sé, en momentos en los que no estamos bien en nuestra relación, igual nos sentimos tentados por alguien, y eso no quiere decir que tengamos que darnos a una relación abierta, ¿no?

—No lo sé, Paula. Creo que es algo más complejo. Al menos para mí. Es sentir que puedes querer a otra gente. No es tener una tentación porque hayas dejado de querer a tu pareja.

—No lo entiendo mucho.

—Yo tampoco entiendo otra forma de querer. Pero es lo que te he dicho. Es algo muy personal.

—Sí, tienes toda la razón —pensé en voz alta—. De todas formas, no estaba intentando juzgarte, ¿eh?, solo te decía lo que pasaba por mi cabeza. Intento entenderlo, pero es lo que has dicho, simplemente una decisión personal.

—Bueno, cuéntame más de este otro chico al que has conocido. ¿Cómo es? —dijo mientras me acomodaba la bufanda, que iba ya casi arrastrando por la calle.

—Es genial, la verdad. Me siento tonta al pensar que ha llegado a gustarme alguien tan rápido. Se llama Gonzalo. Lo conocí en Tinder. Es el mismo que te mencioné cuando viniste a devolverme la cartera al trabajo.

—Vaya, conque Tinder. Tú tampoco eres de lo más convencional, ¿no? —Rio.

—Ya. Si te soy sincera, me parece una forma guay de conocer a gente. Empezamos a hablar no hace mucho y quedamos el fin de semana pasado por primera vez. No sé, era como que encajábamos en todo, ¿sabes? No soy muy de sentir algo rápido por las personas o de que alguien me importe en el sentido de pareja enseguida, pero ha habido un montón de conexión y me encanta. Oye, ¿estás cómodo hablando de esto?

—Sí, sí, no te preocupes.

—Vale, vale. Bueno, pues eso, que ha surgido algo muy rápido y no era lo que esperaba encontrar en Tinder, para ser sincera. Me ha sorprendido para bien.

—Joder, muy bien —añadió él sin demostrar mucha pasión en sus palabras.

—Sí. Me da miedo, ¿sabes? —continué a pesar de su falta de entusiasmo.

—¿El qué?

—Es que siempre acabo llevándome una sorpresa con todas mis relaciones. Ya sean relaciones serias, rollos o cualquier cosa de una noche. —Noté cómo su cara cambiaba y me reí—. No te ofendas, pero mira, hasta en tu caso ha habido un giro inesperado.

—Eres una cabrona —dijo entre risas—. Pero venga, vale, te lo dejo pasar.

—Perdón, perdón. Pero sí, no sé. Voy predispuesta a que me rompan el corazón. En mi interior siento que no puede ser todo tan perfecto.

—Eso nunca se puede saber.

—Ya, pero en vista de que me pasa siempre, igual no es tan difícil de prever. Ya no es la excepción, es la norma.

—No seas tonta. Oye, ¿entramos aquí? Este sitio tiene buena pinta —dijo parado frente a la puerta de un pub que se llamaba Chris' Clue.

—Vale, vamos.

El local era un pub inglés a doble altura. En la planta inferior, un grupo de música tocaba canciones en directo que iban desde Elton Jonh hasta los Beatles. El sitio estaba bastante oscuro. El suelo, que era de madera, sonaba fuerte al ritmo de los pasos de baile de aquellos que se movían en el centro de la sala sin ningún tipo de ritmo y muy borrachos. El ruido de sus zapatos casi formaba parte de la acústica del lugar.

El pub estaba decorado con un montón de mesas de tamaños y alturas aleatorias situadas a los laterales, dejando el centro libre para bailar. La barra era redonda y estaba colocada al lado del escenario, al final de la sala; de ella no dejaban de salir y entrar camareros muy arreglados y de buen ver a toda prisa limpiando mesas y sirviendo innumerables copas.

Dejamos nuestros abrigos en una mesa cercana al escenario que estaba vacía. Héctor pidió dos gin-tonics y, como dos turistas que se refugian en el peligroso «total, si aquí nadie nos conoce», salimos a bailar sin tener en cuenta la música una vez que nos sirvieron.

Salir de fiesta cuando no conoces a nadie, en un sitio en el que jamás has estado y al que probablemente no vuelvas más, tiene un punto bastante liberador. Todos los peros que te impiden hacer lo que te apetece cuando estás en el lugar de siempre y con la gente de siempre se esfuman y solo eres tú misma pasándotelo bien sabiendo que estás viviendo uno de esos instantes que luego recordarás con una sonrisa.

En un momento dado, Héctor me cogió de la cintura y sin dejar de reírse empezó a hacer con las piernas una especie de baile tirolés que dijo haber aprendido en un campamento de pequeño. Yo, intentando que no se me derramase la bebida por todo el local, pegué el sorbo de mi vida y traté de imitar sus pasos. Talón derecho al frente, subir pierna derecha hacia arriba, talón derecho al culo, pierna izquierda a un lado, pierna izquierda al otro lado. Algo así era el tema. Un sinsentido que parecía divertir a los músicos y a las personas que teníamos al lado, que nos aplaudían abriéndonos una especie de corrito en el centro entre la multitud.

Sonaba «Don't Go Breaking My Heart» cuando a Héctor se le cruzaron los cables y decidió llevar la fiesta a otro nivel. El nivel que acabó con nosotros.

Mientras bailábamos gritando palabras aleatorias en inglés, como si conociésemos toda la letra, Héctor se acercó a mí y me gritó al oído que había tenido una idea genial. Me quitó un anillo que llevaba puesto en la mano, empezó a echar a la gente de la pista susurrándoles quién sabe qué y quién sabe cómo —teniendo en cuenta su nivel de inglés— y se acercó veloz a mí mientras seguía empujándolos hacia un rincón, dejando la pista libre para nosotros.

—A la siguiente copa nos invitan, ya verás —me dijo rápido. Yo lo miré sin entender muy bien a qué se refería—. Tú sígueme el rollo —me soltó.

De repente, me di cuenta de que estábamos solo él y yo en el medio del pub. Las demás personas estaban casi acorraladas, mirándonos expectantes. Por un momento, se me ocurrió pensar que Héctor iba a intentar una *performance* haciendo algún truco de magia o vete tú a saber qué. Pero entonces me cogió de la mano y se arrodilló frente a mí. Todos nos miraban atentos. Él hizo como si sacase por primera vez el anillo que me acababa de quitar de su bolsillo y me lo puso en el anular mientras cantaba a gritos «*right from the start, I gave you my heart*», que era la parte que sonaba en aquel momento. Ni a Ryan Gosling le hubiera salido mejor el momento romántico, oye.

La gente empezó a aplaudir y yo, con mis mejores dotes de actriz, abrí la boca, me puse las manos sobre la cara fingiendo ilusión y sorpresa y le dije que sí con la cabeza mientras lo ayudaba a colocarme el anillo. Ni siquiera estoy segura de si me lo estaba poniendo en el dedo correcto o en la mano correcta. Solo sé que animamos la fiesta porque todos aplaudían, gritaban y subían sus copas en alto brindando entre ellos como si nos conociesen de toda la vida y hubiesen estado esperando aquel compromiso como agua de mayo.

El premio a la euforia se lo llevó un hombre de unos sesenta años, que, a duras penas y con ayuda de los músicos y un bastón, subió al escenario y gritó al lado del micrófono: «*Their next rounds are on me*», lo que básicamente significaba que teníamos barra libre para el resto de la noche.

Héctor me dio un abrazo levantándome del suelo y me besó en la mejilla, bastante cerca de los labios, saciando así las expectativas del público, que nos animaba a besarnos. Los camareros se acercaron y nos trajeron otros dos gin-tonics mientras una chica me ponía una diadema con forma de pene que no me cuestioné mucho y me dejé en la cabeza toda la noche. A partir de ahí, la gente no paró de acercarse a mí para felicitarme, bailar conmigo o tocarme el pene. Así, sin permiso siquiera. La banda nos dedicó la siguiente canción, que, a decir verdad, no recuerdo cuál era, y Héctor me cogió para que bailásemos una especie de baile nupcial muy chapucero.

Si me dicen aquella mañana que iba a acabar la noche con Héctor pidiéndome matrimonio y un desconocido de sesenta años financiando nuestra borrachera, pensaría que aquello sería algún tipo de broma como poco. Aunque, bueno, la segunda parte igual sí me la habría creído. Aquello era Londres. Lo raro habría sido salir a un pub y que nadie te incitase a tomar alcohol de forma desmedida.

Héctor me animó a acabarme la copa rápido para pedir otra, ya que invitaba el tipo misterioso del escenario —no fuimos capaces de entender su nombre—. Y yo, que sabía que un gin-tonic de golpe y otra copa detrás iban a ser demasiado para mí, propuse tomarnos un chupito de Jäger, eso sí, dejando mi copa por la mitad sobre el escenario.

—¡Ya sabes cómo acabó todo la última vez que fuimos a chupitos! —me advirtió él.

—Lo sé, fue divertido. —Fue divertido follar, era lo que realmente estaba pensando, pero no lo dije.

Fuimos bailando hacia la barra, deslizándonos con la gracia de dos arrítmicos incapaces de pillar ninguna nota y sin dejar de reírnos. Todo el mundo nos miraba, la banda seguía cantando, señalándonos, dedicándonos no sé qué canción, otra distinta. Yo saludaba a la gente como si fuera la mismísima reina de Inglaterra mientras pedía dos chupitos de Jäger a los camareros.

—¡A la de tres nos lo tomamos! —dije yo mientras nos servían la bebida.

—¡Por nuestra boda! —gritó Héctor, chupito en mano.

—Venga. ¡Una, dos y tres! —Alzamos la copa y pegamos un trago que se hizo eterno.

Noté cómo el Jäger me ardía en la garganta y después en el estómago. Puse una mueca que retrataba en mi cara lo asqueroso que estaba aquello y volví a apoyar el vaso vacío sobre la barra. Creo que mi temperatura corporal subió diez grados y tuve la necesidad de recogerme el pelo en una coleta para no morir de calor tras aquel chupito. El camarero me miró riéndose, como diciendo: «Estos españoles, qué poco aguantan», y recogió el vaso vacío que había dejado sobre la barra.

Sin saber cómo, aproveché que aún me tenía en pie para volver al centro de la pista, enganchándome de los brazos de la gente y dando vueltas con ellos, haciéndolos cómplices de un ridículo baile que me acababa de inventar. Héctor, al que le gustó la jugada, se sumó a mí y siguió enganchándose de los brazos de las personas que yo iba dejando atrás dando vueltas sobre sí mismos.

—¡¡La mejor pedida de mano de mi vida!! —gritaba él mientras nadie lo entendía. A mí se me saltaban las lágrimas de la risa.

Seguimos bailando, riendo, conociendo gente. Una chica muy implicada en la organización de nuestra boda que no paraba de darme consejos sobre el matrimonio y el momento del enlace llegó a darme una tarjeta con su teléfono para que la avisara si me cansaba del amor y necesitaba en algún momento terapia matrimonial. Me decía una y otra vez que aquello era normal, que no me asustase cuando sintiera la crisis de los primeros días tras la boda, aquellos días en los que fuera a darme cuenta de que, en teoría, ya no iba a poder tirarme a más gente durante el resto de mi vida. Ella había pasado por esa crisis. Pobre.

A las tres de la mañana, en un momento de lucidez, recordé que habíamos reservado el estudio para el día siguiente y que nuestro trabajo aún no había acabado. De hecho, el primer pensamiento que me asaltó fue que estábamos ahí por trabajo. Algo que si nos veías en aquellas condiciones jamás habrías dicho. Por suerte, la sesión era a las once y podríamos permitirnos dormir algo.

—¡Héctor! ¡Que mañana... fotos! —dije como pude. Y vi cómo Héctor empalideció por unos segundos. Luego se echó a reír y siguió bailando con una mujer que podría ser su madre. O la madre de su madre.

—¡Dos bailes más y nos vamos!

—¡Vale! —grité con una despreocupación impropia de mí. Y volví a menear el pene que me salía de la cabeza.

Justo dos canciones después le pedí al camarero sí podía llamarnos un taxi, y él, que sabía de nuestra «boda», insistió en que lo pagaría el pub, haciéndome prometer que pasaríamos una buena noche de prometidos. Viendo que la juerga podía salirnos casi gratis, le contesté con un rotundo sí y le prometí, además, que si aquel día concebíamos a nuestro primer hijo, le pondríamos su nombre, tanto si era chico como si era chica. El tipo se llamaba Lucius. Llamé a Héctor haciéndole un gesto con la mano para irnos al hotel. Todos nos despidieron entre aplausos, pidiéndonos asistir a la boda. Nosotros les gritamos que les haríamos llegar las invitaciones por correo.

—Dios, qué bien lo he pasado —dijo Héctor mientras salíamos.

—Sí, que sepas que si ahora tenemos una hija tendrá que llamarse Lucius —contesté intentando entrar al taxi a duras penas. Qué complicado era abrir una puerta borracha.

—¿Qué dices? —me preguntó riéndose.

—Nada, nada. Mañana te lo explico mejor. —Y le di una tarjeta del hotel con nuestra dirección al taxista.

—Paula, ¿dormimos hoy juntos? —soltó Héctor de repente recostándose sobre mi hombro.

—¡Héctor! No. Lo dices porque estás borracho.

—Sí. Pero también porque me encantas.

—Va, para... —Me recliné contra el cristal opuesto haciendo que su cabeza se cayese sobre el asiento del medio—. Además, con lo que hemos bebido ni siquiera se te levantaría. No merece la pena ni intentarlo. —Y los dos soltamos una carcajada.

Al llegar al hotel traté de caminar con dignidad, sin perder el equilibrio. Mientras, Héctor cargó con mi bolso y mi abrigo, que por poco olvido en el taxi. Saludé a los recepcionistas al entrar haciéndome la sobria y Héctor hizo lo mismo. Como en un intento de dejarles a todos claro que éramos personas profesionales y, sobre todo, responsables.

Cruzamos la recepción y cuando llegamos al ascensor me apoyé en las puertas, que justo se abrieron ante nosotros, lo que hizo que me cayese dentro. Uno de los empleados soltó una carcajada a lo lejos como diciendo: «Sobrios, mis cojones». A mí también me hizo bastante gracia y tampoco pude contener la risa. Total, ya...

—¿Última planta? —preguntó serio el botones que estaba en el ascensor en aquel momento. Yo me quedé mirándolo impresionada desde el suelo pensando que el hombrecito que estaba aquella mañana había crecido un montón de repente. Luego me di cuenta de que era otra persona.

—Sí, por favor —contesté como pude. Ya sin dignidad ni equilibrio.

—Lo he pasado muy bien, Paula —confesó Héctor mientras me entregaba mis cosas y yo me levantaba del suelo.

—Yo también.

—No te lo digo más, pero que sepas que me encantaría pasar la noche contigo.

—Ya me lo has dicho más —dije sin sentido—. Pero no. No podemos, Héctor. —Aunque en el fondo me encendía pensar en nosotros dos follando aquella noche otra vez.

El ascensor se abrió y yo salí hacia mi habitación. Él se fue hacia la suya en la dirección opuesta sin decir nada más.

—Ah, buenas noches. —Me giré para despedirme desde la distancia.

—Buenas noches —me contestó él.

Me tumbé en la cama y por un momento pensé en llamar a Héctor. Todavía no tenía nada con Gonzalo realmente. Y Héctor... Joder, es que el tío me ponía.

Saqué mi móvil del bolso, tentada de enviarle un mensaje, y entonces vi un wasap de Gonzalo de hacía unas horas: «Tengo ganas de darte un beso, ¿te recojo del aeropuerto el sábado y me cuentas cómo ha ido todo?».

Volví a la realidad de golpe y sonreí al ver aquel mensaje. Por un segundo, me sentí mal al pensar que había estado considerando la idea de acabar la noche con Héctor. Me puse la alarma y dejé el mensaje sin contestar para decirle algo mejor más tarde. Tiré el móvil entre las sábanas, me quité la ropa y cogí una toallita desmaquillante del pack que había dejado en uno de los cajones de la mesita de noche. Me la pasé sin coordinación alguna por la cara, la tiré al suelo y a continuación me concentré en intentar coger el sueño.

De vuelta a la realidad

El despertador sonó a las siete de la mañana. No recordaba haber programado aquella alarma, pero maldije al instante el momento en el que decidí hacerlo. Para colmo, aquel debía de ser el único día en la historia de Londres en el que hiciera tal solazo en pleno febrero a aquellas horas. Entre eso y el ventanal enorme que recorría la suite de arriba abajo, volverse a dormir parecía misión imposible.

Tardé dos segundos en darme cuenta de que había algo aún más increíble en aquella habitación que el sol que entraba por la ventana: mi resaca.

A duras penas me recliné en la cama y conseguí atrapar mi móvil. Miré la pantalla. El mensaje que Gonzalo me había dejado la noche anterior seguía ahí. Fui a responderle. Estaba en línea. Empecé a escribir: «Yo también...». Borrar. «Te echo de...» Borrar.

Joder. Tenía que contarle lo de anoche.

Aunque no había pasado nada, me sentía mal por haber estado a punto de dejar que ocurriese algo. Por haber tentado a la suerte emborrachándome con un tío con el que me había acostado y que había seguido demostrando cierto interés en mí... Por no haberle contado aún nada de todo aquello e ir ahora a responderle con cualquier mensaje cariñoso como si a mí no me doliese que alguien actuase así conmigo. No. No estaba bien. Obviar la realidad también es mentir a veces. Tenía que hablar con él.

—Yo también tengo ganas de verte, ¿estás ocupado? Podríamos hablar un rato.

—Claro —me contestó él enseguida—. Puedo llamarte, aún no estoy en la agencia.

A Gonzalo le encantaba despertarse pronto para hacer sus cosas. Entraba a la agencia sobre las diez, a veces a las diez y media —el horario de creativo era flexible porque nunca sabías cuándo ibas a salir, decía él—. En España, eran las ocho de la mañana, así que imaginé que tendría algo de tiempo. Me entró su llamada por WhatsApp.

—¿Qué haces despierta tan temprano? —dijo en un tono dulce.

—Es que al final vamos a hacer unas fotos hoy. Hemos reservado el estudio a las once. De todas formas, no he podido dormir muy bien porque ayer salimos de fiesta. —Salimos, en plural. Fiesta. Vale. Ya le estaba introduciendo el tema.

—¿Dani, Héctor y tú? ¿Y salisteis hasta muy tarde?

—No, solo Héctor y yo. Avisamos a Dani, pero prefirió irse a dormir temprano.

—Bueno, por lo menos os distrajisteis un rato. Hoy ya no tienes nada, ¿verdad? ¿Cómo llevas los *posts*? —Al parecer, Gonzalo no le dio ninguna importancia a que Héctor y yo saliésemos juntos solos. A ver, no es que me esperase ningún ataque irracional de celos por su parte y, de hecho, me gustaba que ni siquiera le hubiese dado más importancia. Lo que, paradójicamente, me hacía sentir peor.

—Gonzalo, Héctor y yo nos acostamos antes de que tú y yo quedásemos —lo solté así, sin adornos ni rodeos—. Ayer no pasó nada, pero no sé por qué me sentí mal al llegar al hotel y ver tu mensaje. No creas que te estoy diciendo esto para justificar nada, es solo que me gustas mucho y quiero que pase lo que pase entre nosotros sepamos la verdad de las cosas y no sentir que tengo nada atragantado.

—Paula...

—Ya, ya lo sé —dije esperando que me colgase en ese momento.

—Paula, no. Vamos a ver, ¿por qué me cuentas esto ahora? Nos estamos conociendo.

—Ya, no lo sé. Me gustas. Me sentía mal por que no supieras esto. Yo qué sé. No debería haber dicho nada, ¿verdad? —pensé en voz alta.

—Sí. A ver, tú también me gustas mucho, pero lo que hayas hecho antes de mí, de verdad que no es asunto mío. No tenemos catorce años, está claro que nos hemos acostado con otras personas antes de conocernos, y algunas de esas personas pueden ser de nuestro entorno. Haz lo que te salga de dentro. A mí ahora no me apetece estar pendiente de nadie más porque me gustas tú y si a ti te pasa lo contrario, puede que en realidad yo no te guste tanto y tampoco pasa nada.

—No, no. El otro día lo pasé genial. Sí. Igual le he dado una importancia mayor a algo que no la tiene —dije obviando que había estado tentada por repetir lo que pasó aquella noche con Héctor. Aquello ya no me atreví a decirlo. Tampoco era necesario, por otra parte, contar hasta lo que no había pasado.

—Paula, nos estamos conociendo —me interrumpió—, no tengas prisa. No nos debemos nada todavía.

—Vale, era solo que... Nada. Pensé que si fuera el revés igual sería algo que quisiera saber.

Nos quedamos callados. Igual él tenía razón y era demasiado contarnos este tipo de cosas. Igual era innecesario, como él me quería hacer ver. Igual el problema era mío, que siempre intentaba ver las consecuencias de todo a largo plazo y algunas cosas ni siquiera tenían consecuencias porque tampoco tenían un largo plazo al que aferrarse.

Puede que su «no tengas prisa» se refiriese a eso. Una advertencia de que no me hiciera demasiadas ilusiones antes de tiempo. Una especie de «baja el ritmo, que yo no quiero correr tanto».

—Esas cosas es mejor no saberlas. Lo de antes es lo de antes —retomó él.

—Vale, tienes razón. Te dejo. Voy a dormir algo más, que estoy un poco cansada. Te cuento mejor cómo ha ido el viaje cuando nos veamos. ¿Mañana me recoges entonces?

—Sí. Y no le des vueltas a nada, anda. ¿A qué hora llegabas?

—Una y media. ¿Te va bien?

—Claro, te invito a comer. Descansa, bonita.

—Que vaya bien el día. —Colgué.

Igual era la resaca o puede que fueran las secuelas de un arrebato de sinceridad innecesario, según Gonzalo, pero no me encontraba del todo bien. Seguramente, analizar aquella conversación, que no había marchado como tenía previsto, tampoco me llevaría a ningún lado. Pero las palabras de Gonzalo me dieron la sensación de que cada uno estábamos programando los siguientes pasos de nuestra «relación» en distinto tempo. La necesidad de sincerarme con él sobre cosas pasadas evidenciaba mi intención de meter a Gonzalo en la ecuación de un futuro juntos, y el hecho de que él solo se preocupase por el estricto presente denotaba que sus planes no habían ido más allá conmigo. Sentía que mientras él solo estaba fluyendo, yo parecía estar marcando metas temporales con él. Que mientras él pensaba en verme este fin de semana, yo ya estaba programando en mi cabeza y sin darme cuenta qué haríamos el siguiente mes. Igual me estaba implicando demasiado. Igual estaba construyendo ilusiones sobre una realidad sin cimientos. Aunque igual solo necesitaba aclarar mis ideas sobre una hoja en blanco. Así que saqué mi iPad y me puse a escribir sobre ello:

AMOR DE REBAJAS

Vamos a querer a precio de saldo, vamos a reducir el compromiso todo lo posible, hasta dejarlo casi a coste cero. Que el amor no nos salga caro. Amor de temporada pasada. De ese que nadie se puso, del que nadie quiso cuando le tocaba y ahora se liquida para acabar en el fondo de armario de cualquier persona. No nos gastemos mucho en querer, no vaya a ser que al final nos salga caro y acabemos desgastados. Asegurémonos de guardar bien los tickets, puede que en menos de quince días queramos cambios o devoluciones. Amor en rebajas, «antes a mitad de precio», «ahora -70 %», prácticamente un corazón que mendiga cariño. Antes apto para unos pocos, ahora apto para cualquier bolsillo. Y el que pille la ganga, que no se asuste al ver los desperfectos. Si algo se malvende, es porque ha sufrido daños por el tiempo.

Guardé el documento. Cerré Word y comprobé mi correo. No tenía noticias de mi jefa. Como decían allí: «*No news, good news*». Todos los *posts* de la semana estaban subidos y los de la semana siguiente, aprobados.

Me relajé al ver que todo estaba bajo control y me puse la alarma a las nueve y media para volver a dormir otras dos horas. Me cubrí con el edredón, cobijándome de la fría ciudad dentro de mi cama. Cerré los ojos, traté de dejar la mente en blanco y me volví a dormir.

No condiciones tu futuro

Mi despertador volvió a sonar. Esta vez notaba mi cuerpo algo más descansado, como si lo hubiera conseguido engañar con aquellas dos horas más en la cama. Bajé el edredón lentamente y asomé la mirada de nuevo intentando no deslumbrarme por el sol que bañaba mi habitación horas antes, pero como si todo hubiera recobrado su orden, Londres estaba gris de nuevo, lo cual me reconfortó.

Miré el suelo inundado por la ropa, que apestaba a humo y alcohol de la noche anterior. Coronaba aquel desastre la toallita con la que me había quitado el maquillaje hacía tan solo unas horas. Es otra de las cosas malas de la mañana de después, que tu ropa sigue impregnada de tus decisiones.

Alargué el brazo y cogí mi teléfono. Tenía un mensaje de Andrea diciéndome que quedásemos el domingo para ir al rastro. Yo le contesté con un sí rotundo. Me apetecía salir con ella en busca de chollos callejeros. Durante nuestros tres primeros meses en Madrid íbamos casi todos los fines de semana para cazar cualquier ganga de segunda mano que pudiéramos guardar con orgullo en nuestro armario. Así nos hicimos con varias chaquetas de Levi's por menos de veinte euros, una chaqueta roja de cuero monísima que Andrea compró por quince y luego vendió por cincuenta y algunos vaqueros que jamás nadie habría sospechado que tuvieron una vida anterior a la que le dimos nosotras.

Mientras pensaba en si salir o no de entre las sábanas, me pregunté si Héctor estaría en su habitación con la misma resaca. Lo imaginé maldiciendo el momento en el que se nos ocurrió ir a aquel pub la noche anterior, fingir que nos casábamos y acompañar aquel sinsentido con varias copas de más. Definitivamente, Héctor y yo teníamos que dejar de emborracharnos juntos. Aunque no podía negar que nuestro ficticio compromiso había sido de lo más divertido.

Reuní fuerzas para entrar al baño y encendí una especie de radio digital que había dentro de la ducha. Sintonicé una emisora aleatoria y empezó a sonar «Don't Go Breaking My Heart» de nuevo. Sonreí al recordar mi falsa pedida de mano de la que hicimos testigo a Elton John la noche de antes.

En realidad, Héctor era un tío majo, aunque si me paraba a pensarlo, solo nos lo pasábamos bien de fiesta. No era como que de repente nos pusiéramos a hablar y tuviésemos un montón de cosas en común ni nada por el estilo. De hecho, tampoco sabía mucho de él además de a qué se dedicaba y que tenía novia. Ni siquiera podría llegar a decir que tenía un tipo de personalidad u otra. Además, cuando trabajaba estaba completamente abstraído, era como si todo lo demás desapareciese, por lo que, en las dos sesiones en las que habíamos coincidido, apenas habíamos llegado a entablar conversación alguna. Y las otras dos veces que habíamos estado juntos, los dos habíamos acabado pasados de copas. Joder. Yo que siempre presumía de no beber de más y con este tío no sé qué me pasaba que se me iba la pinza por completo.

Limpié mis botas negras, que habían ganado altura por culpa de los trocitos de cristal que se me habían pegado a la suela en el pub, me las calcé y acabé de vestirme con todo lo que mi *planning* marcaba que tenía que llevar aquel día: jersey verde ceñido de cuello alto, falda larga con estampado floral, *biker* negra y, por si acaso, paraguas. Cuando estuve lista, fui al estudio, donde ya me esperaban Dani y Héctor. Qué ganas tenía de acabar todo aquello para volver al hotel y echarme un rato. Era como si todo el corrector de mi neceser no pudiera disimular aquellas ojeras.

Héctor estaba vistiendo un maniquí con una de las prendas. Era un vestido largo azul de seda precioso. Dani, por su parte, estaba tumbado en un sillón comiéndose unas papas con sabor a carne de vaca y cebolla. Alta gastronomía. Cuando me vio entrar, me ofreció probarlas, pero en cuanto las olí supe que mi estómago no estaba preparado todavía para aquello. Seguramente, no lo estaría jamás.

—Paula. —Héctor dejó el vestido cuando me vio llegar y se acercó a mí—. Lo pasé genial ayer. Por mi parte está todo guay, ¿eh? —se apresuró a decir mientras me quitaba la chaqueta de las manos y la colocaba en el ropero que había situado al lado de la puerta—. Y perdón si te incomodé con algo.

—No te preocupes, Héctor. Está todo bien. —Sonreí.

—Genial. Esta noche no creo que vaya a la fiesta, ¿vale? Prefiero descansar o salir a dar una vuelta y volver por mi cuenta pronto al hotel. No te importa, ¿verdad?

—No te preocupes, claro que no. —En realidad, no entendía por qué me iba a importar. Pero no dije nada.

Colgué mi bolso en el guardarropa, saqué el móvil y me senté en un sofá que había en la sala mientras Héctor hacía las fotos que quedaban pendientes. Mientras veía los *stories* de Instagram de las personas a las que seguía, Dani se acercó y se sentó a mi lado.

—Se os nota —dijo.

—¿Cómo? —Me quedé mirándolo sin saber muy bien qué quería decir.

—Paula, no os compliquéis la vida. Te voy a contar algo y que no salga de aquí.

—Vale, pero no sé muy bien a qué te refieres. —Dani esbozó media sonrisa y siguió hablando.

—Hace bastantes años, cuando empecé a trabajar en esto, conocí a una chica, Almudena Lluch. Era creativa en una agencia de publicidad de Madrid, una agencia muy pequeña que con los años cerró. Mientras la agencia estaba en funcionamiento, me llamaron para hacer unas fotos que necesitaban para una campaña, era algo de unos relojes. Ya no me acuerdo muy bien. El caso es que Almudena estuvo trabajando en esa campaña, estuvimos hablando, nos caímos bien y nos dimos nuestros números de teléfono, pero yo jamás me atreví a llamarla; era una chica muy atractiva. A los dos meses de esa sesión, volvieron a contratarme para otro proyecto en el que también estaba Almudena, estuvimos dos días haciendo fotos y, al acabar la jornada del segundo día, fuimos a tomar algo ella y yo solos. Una cosa llevó a la otra y, en fin... Yo me pillé muchísimo, era el típico tío romántico y de vez en cuando le enviaba alguna cosa al trabajo, la llamaba al llegar a casa... El caso es que no sé por qué, seguimos quedando un tiempo, pero luego se me pasó. Dejé de sentir de repente eso que sientes al principio. Dejé de llamarla y de enviarle cosas y, a las mujeres, no sé qué os pasa, pero es notar que alguien no se interesa por vosotras y vais detrás. A mí eso me agobió e intenté cortar toda relación con ella. No sé si de forma brusca. Ella se molestó bastante y un día apareció en mi trabajo; me cantó las cuarenta. Me dijo que me olvidase de trabajar donde ella estuviera. Que había sido un cobarde. Y llevaba toda la razón, seguramente actué mal, pero no supe ver las consecuencias de aquella historia. Cuando la agencia cerró, a Almudena la contrataron en McCann, una agencia de publicidad muy importante, y ahí llegó a ser directora creativa. Le habló mal de mí a todo el que pudo y más y me vi bastante jodido para seguir trabajando en publicidad, así que tuve que empezar casi de cero en el mundo de la moda.

—Qué putada.

—Sí. Y todo esto me tuvo que pasar para que aprendiese algo: que es mejor no mezclar trabajo y relaciones. Te veo una chica con mucho potencial. Lorena me dijo que le diera una opinión sobre ti al volver. Y no le voy a decir nada de lo que pienso que ha pasado con Héctor, porque, además, haya habido algo o no, hay que decir que si algo sois los dos es muy pero que muy profesionales. Pero, de verdad, no te arriesgues a perder tu futuro por las personas que se crucen en tu camino en el mundo laboral.

—¿Has hablado con Héctor sobre esto?

—Sí. Ayer. Cuando llegó como llegó y a la hora que llegasteis... En fin. Su responsabilidad era estar aquí para hacer fotos. Yo no quiero ir de padre de ninguno de los dos y no te tomes esto como una regañina. Pero ojalá alguien me hubiera dicho todas las consecuencias con las que me toparía en su momento. Desde luego, mis decisiones habrían sido distintas.

—Ya... A ver, entre Héctor y yo no hay nada.

—Algo hay —me interrumpió—, y haced lo que queráis, Paula, los dos sois personas inteligentes y adultas. Pero procura no tomar decisiones que te acaben cerrando puertas.

—Supongo. —Me quedé pensativa—. Gracias, Dani.

—Y, por cierto, lo estás haciendo genial. Intenta hacer contactos hoy. Me han dicho esta mañana que iba a estar el diseñador Dyn Scott en la fiesta. Conócelo. Acércate a él. Creo que Lorena lleva un tiempo persiguiéndolo. Es tu oportunidad de brillar, Paula. Céntrate en tus verdaderos objetivos y lo conseguirás todo.

—Sí, tienes razón —dije sonriendo—. Gracias. De verdad.

Dani puso su mano sobre mi cabeza en un gesto cariñoso y se levantó del sofá para ir hacia Héctor. Tenía razón, debía concentrarme en mi objetivo. No me había ido de Valencia para ser la chica que se acostaba con su fotógrafo y seguro que Héctor tampoco se lo había currado tanto para joderlo todo por un polvo. Por suerte, el día anterior la cosa no fue a más.

A las tres de la tarde acabamos definitivamente las fotos del proyecto. Ayudé a recoger todo el material a Dani mientras Héctor volcaba las imágenes en su portátil. Llamamos a la responsable del equipo de Valentino que vendría a recoger la ropa y la esperamos en la recepción con todas las prendas, que ella misma comprobó pieza por pieza. Los tres nos volvimos al hotel andando; Héctor y yo con una actitud muy distinta a la complicidad que mostrábamos el día anterior. A veces es casi gracioso pensar en cómo pueden cambiar las relaciones entre las personas de un segundo para otro.

Dyn Scott

Por tercera vez en un día, sonó el teléfono para despertarme. Estaba empezando incluso a cogerle manía a aquella musiquita infernal.

Mientras rebuscaba entre mis sábanas el móvil para apagar la alarma, me di cuenta de que mi corazón latía prácticamente al mismo ritmo de aquella frenética canción. Estaba nerviosa por el evento de aquella noche.

Las fotos habían quedado bien, pero faltaba una prueba más, la prueba de fuego. Por lo que me había dicho Dani, la cosa se confirmaba, Lorena estaba observándome con lupa, así que necesitaba hacerlo bien aquella noche, y yo ya sabía cuál era mi papel.

Me levanté de la cama y volví a ducharme para ver si así conseguía quitarme los nervios de encima. El coche pasaría a por mí a las nueve de la noche, con lo cual, aún tenía tiempo por delante para arreglarme. Me puse *Monstruos*, mi disco favorito de Leiva, y mientras la primera canción que sonaba me recordaba que aquellos seres solo estaban en mi cabeza, empecé a arreglarme para intentar ponerme a la altura de mi Versace.

Decidí alisarme el pelo y hacerme un semirrecogido con una coleta alta. La melena me caía hasta la cintura y aquel peinado conseguía hacerlo parecer aún más largo. Escondí la goma con un mechón de pelo que recogí cuidadosamente con una horquilla dorada que quedaba oculta en el cabello.

Me hice unos *smokey eyes* con sombras oscuras —eso sí, con la ayuda de dos cintas de celo a cada lado de los ojos para no salirme— y me puse unas pestañas postizas de NYX muy naturales que me dejaron una mirada impresionante. Me puse la prebase, la base, los polvos bronceadores, polvos fijadores y un colorete color melocotón. En los labios, tan solo usé un tono mate *nude* y luego me puse un *gloss* transparente como *topper*. Vamos, un chapa y pintura en toda regla.

Empecé a cambiarme y decidí no llevar medias, para que al ponerme las sandalias de tacón doradas mis dedos no parecieran estar cosidos por una tela transparente por encima, aunque sabía que me arrepentiría de aquella elección en cuanto saliera por la puerta del hotel.

Me coloqué unos pendientes pequeñitos de Swarovski que tenían tan solo un pequeño cristal y, por último, un collar en forma de cruz muy fino que me llegaba al escote, también compuesto de pequeños cristales. Para terminar, el momento esperado: me vestí con aquel Versace precioso y me subí sobre mis tacones dorados. Ya estaba lista.

Por un momento me quedé mirando el espejo casi como si estuviese contemplando a otra persona, como si a quien estuviese viendo en aquel reflejo no fuera yo.

Me acordé de mis miedos al escoger la carrera de periodismo, de todo lo que tuve que trabajar para pagarme la universidad, de la incertidumbre cuando el último curso iba finalizando y yo no sabía bien qué iba a ser de mi futuro, aquel abismo. Me acordé de mis prácticas, de mi decisión de venir a Madrid sin poder contar con una familia que me ofreciese soporte económico. Yo sola con mis ahorros. Me acordé de las ganas que tenía entonces de llegar a ser alguien. Sentí que dentro de mí estaba la niña de dieciocho años asustada por no tener ningún futuro claro, la que pensaba que tal vez no era tan inteligente, tan avispada o que no tendría tanta suerte como aquellos que habían llegado lejos. Ahí estaba otra vez aquella niña, la que hoy se miraba al espejo orgullosa de ver a una mujercita que con mucho esfuerzo había empezado a conseguir pequeñas victorias.

Llegó el taxi y, sintiéndome como si fuera a los Óscar, me subí en él junto con Dani, que se había puesto un traje negro con una pajarita morada con puntitos azules. ¡Qué fácil lo tenían los hombres para arreglarse!

—¡Pero bueno, Paula! —me dijo al verme.

—¿Y tú qué, Dani?, ¡esa pajarita me va a hacer pasar desapercibida! —bromeé y Dani se rio.

Le indiqué a nuestro taxista que nos llevase al Tramp, un exclusivo club situado en el número 40 de Jermyn Street. Al parecer, aquel sitio acogía en sus noches a lo más distinguido de la sociedad inglesa. Había sido y era el lugar de encuentro de muchas celebridades. O eso me explicó Dani de camino. La fiesta de aquella noche la organizaba Vogue UK, y asistirían desde modelos hasta diseñadores y redactores. Primero, habría un *catering* y tras eso, vendría BobGold, un DJ de moda que habían contratado para la ocasión.

En la entrada del club había tres personas; dos que comprobaban la lista de invitados y otra, de seguridad, cuya espalda medía lo mismo que yo en horizontal. Nos acercamos, dimos nuestros nombres y entramos en el sitio.

A pesar de que lo intenté, no pude hacerme de ninguna manera durante los días previos con la lista de asistentes, pero confirmé gracias a la cuenta de Instagram de Dyn Scott que asistiría al evento, como Dani me había comentado. Dyn era un nuevo diseñador que tenía totalmente fascinada a Lorena y que aún no había aparecido en ninguna de las ediciones de *Vogue*, a pesar de que muchos editores iban tras él.

Según ella, iba a convertirse en el nuevo *top* de su generación, y ella quería ser la primera en hacerle un extenso reportaje que figurase en la portada de nuestra revista. La verdad es que Lorena tenía mucho criterio para eso. Mi misión de aquella noche estaba más que clara.

Dejamos nuestros abrigos al pasar y fuimos a la barra, donde yo pedí un margarita y Dani se pidió un martini. A continuación nos acercamos a Grace Athens, la editora jefa de la edición inglesa. Grace era íntima de Lorena y solía venir bastante a Madrid. Decía que adoraba España y adoraba nuestra edición. Yo la conocía por haber tenido que hacer de traductora extraoficial para ella durante mis prácticas, lo que implicó ser durante tres semanas su sombra y, al final, casi su amiga.

—Grace, ¿cómo estás? —Me acerqué con sutileza en un momento en el que no había nadie cerca.

—Paula, ¡qué alegría! ¡Cuánto tiempo! Estás espectacular. Lorena me llamó la semana pasada para avisarme de que estarías aquí —me dijo mientras apoyaba su mano sobre mi hombro.

—Sí, he tenido la suerte de venir con Dani y su ayudante. Hemos estado estos días trabajando en el *shooting* para el fotorreportaje de la última colección de Valentino.

Dani se acercó para saludar a Grace cordialmente. Luego volvió a mi lado sin decir mucho, como entregándome con su silencio las riendas de la conversación.

—¿Y qué os ha parecido la colección? —preguntó ella—. Creo que es espectacular.

—Lo es. Ha sido difícil encontrar un concepto que estuviera a la altura para presentarla.

—No seas humilde, vosotros siempre dais con la idea precisa. ¡Venid conmigo, os presento al resto del equipo!

Grace nos presentó a todo el elenco. Mientras tomaba mi margarita y reía las bromas del resto de los compañeros de Grace, empecé a calcular cuánto llevaba puesto, más o menos, cada invitado. Los trajes de ellos eran de infarto, extravagantes pero delicados, y de los de ellas para qué hablar. Todas las firmas concentradas en un mismo espacio. Y yo que pensaba ponerme cualquier «trapito» de mi armario. Ahora entendía la «amabilidad» de Lorena con el vestido. Con cualquier otra cosa seguramente no me habrían dejado pasar ni a limpiar los baños.

Eché la vista atrás y, de pronto, lo vi pidiendo una copa. Dyn Scott apoyado en la barra. Parecía bastante aburrido y cansado. Llevaba puesto un traje negro con un estampado de grafitis y algunos brillantes negros que delimitaban los dibujos. Me di cuenta de que venía con un grupo de amigos que lo esperaba cerca mientras le servían. Era mi oportunidad.

—¿Me disculpáis un segundo? Vuelvo enseguida. —Grace asintió y siguieron hablando.

Le pedí a Dani que sujetase mi margarita y fui a la barra. Me acerqué al camarero y le señalé con disimulo a Dyn Scott preguntándole si podía servirme otro de lo mismo. Al parecer era un White Russian, un cóctel que mezclaba vodka, licor de café y nata líquida. Sonaba bastante asqueroso, pero todo fuera por acercarme a él. En cuanto me sirvieron la bebida, lo tuve claro.

—¡Gracias! En España casi nunca los preparan —dije alzando ligeramente la voz para llamar la atención de Dyn. Ni siquiera sabía que existía aquel cóctel cinco segundos antes.

Dyn me miró y se fijó en mi copa. Yo le sonreí y alcé mi vaso divertida al «sorprenderme» tras echar un ojo a la suya.

—¿White Russian? —me preguntó a unos metros de mí con un gesto amanerado. Yo me acerqué.

—Sí. La primera vez que lo probé fue en un viaje que hice a Hungría con una amiga —dije para añadir algo de realismo a la historia. A decir verdad, era medio cierto, si cambiábamos el White Russian por un chupito de palinka—. Soy Paula Ferrer, escribo en *Vogue* —añadí.

—Oh, como el tenista. Yo, Dyn, diseñador.

—Ferrer, no Federer. Mi revés es algo peor —dije riendo.

—Ah, vale, disculpa —contestó divertido—. Y, ¿con quién vienes, Paula?

—Vengo de Vogue España con un amigo, Daniel Gil; él es fotógrafo. Nos invitó Grace al saber que estaríamos unos días en Londres haciendo un fotorreportaje.

—Tengo que confesarte que odio estas fiestas —dijo tras dar un trago—. Vengo con unos amigos, pero este no es mi ambiente. Si fuera por mí, pasaría de tanta tontería y me centraría solo en diseñar. Mañana por la mañana, de hecho, tendré que ponerme con una colección en la que estoy trabajando, así que...

—La creatividad no tiene horarios. Te entiendo.

—¿Eres creativa?

—Escribo en la revista. Supongo que nuestros procesos son distintos, pero a veces cuando estoy inspirada es fuera de mis horas de trabajo y si quiero sacar algo bueno adelante, tengo que aprovecharlo.

—«Que la inspiración te pille trabajando», ¿eh? Toda la razón —citó a Picasso sin apartar su exhausta mirada de la copa.

—¿Quieres venir con nosotros y que te presente a Grace? ¿O ya la conoces?

—Oh, no, no. Nos conocemos bastante. Prefiero estar al margen un rato. Retrasar todo lo posible el momento de fingir una amistad que no tengo. Así es la moda. Hasta que te haces un nombre, tienes que besarle el culo a la gente. Es parte de mi trabajo. Besar culos.

—Y cuando te haces un nombre tienes que seguir besándolos. Seguro. Forma parte de cualquier trabajo. Así de triste y así de cierto.

—A veces pienso en dejarlo todo y hacerme granjero.

—Podrías diseñar *outfits* para vacas. Creo que hay todo un mercado sin explotar. ¡Eso sí! Asegúrate bien antes de no tener que besar ningún culo ahí, sería mucho más denigrante. —Dyn esbozó una sonrisa mientras yo reía. Reírme de mis propios chistes. Algo que a veces no podía evitar hacer aunque me dejase de pringada.

—¿Sabes? Me di cuenta de que quería dedicarme a la moda en un viaje que hice a España. Me has dicho que eres de allí, ¿verdad?

—Sí, de Valencia, pero me mudé a Madrid hace relativamente poco.

—Mi familia antes veraneaba en un sitio que no sé si conoces, Jávea. Creo que es popular allí.

—Sí, claro. He ido bastante. Tiene unas calas preciosas.

—Exacto. —Guardó silencio, como recordando algo—. Un día, cuando tenía cinco años, mi madre y yo pasamos por un quiosco de camino a la playa. Mi madre siempre llevaba un libro para leer, pero ese día no había cogido nada, así que se acercó al puesto de la calle y cogió una revista de moda. *Vogue*. Como no sabía español, por lo menos se entretendría con las fotos. O eso debió de pensar. No lo sé. Al llegar a la playa yo me senté con ella sobre la toalla y los dos nos quedamos ojeando aquella revista. Se me pasaron las horas sin querer y sin entrar en el mar siquiera. Recuerdo que me pareció impecable. No tenía la misma sensibilidad ante la moda que tengo ahora, pero las fotos, las modelos, las pasarelas, la ropa... Todo lo que había ahí dentro me pareció simplemente espectacular. Aún guardo esa revista. Fue mi biblia aquel verano.

—¿Siempre tuviste claro que querías dedicarte en serio a esto?

—Sí. Imagino que sí. Yo estudié todo lo que tenía que estudiar hasta los dieciocho. Desde los catorce confeccionaba mi propia ropa; en alguna ocasión hice algo para alguna amiga. Compartía mi «trabajo» por las redes sociales, fui metiéndome en cosas poco a poco. «Ayudante de...», «aspirante a...», «concursante para...». En fin. Hasta que por fin el año pasado pude sacar mi primera colección. Tuvo aceptación. Estoy contento.

—Mi jefa la vio. Lorena Marfil. Se enamoró de ella. Y de ti.

Un amigo de Dyn se acercó y le dijo con un gesto que nos uniésemos al grupo. Dyn le indicó con la mano que se fueran y le dijo que luego nos acercábamos.

—Se llama Adrien Levy —me dijo refiriéndose a su amigo—. Es mi representante y también mi sombra. ¿No sería genial poder escaparse de todo el mundo? No tener la presión de ser alguien para los demás. Tener un trabajo solo porque te gusta lo que haces y poder vivir de ello, sin más.

—Pero trabajar para vivir de algo no es ambicioso. Creo que

cuando tienes una capacidad creativa grande o cuando tienes la esperanza de que así sea, necesitas comprobar con el reconocimiento de los demás que realmente es así, que eres bueno. La aprobación del resto es lo que te hace falta para asegurarte de que no solo era una sensación tuya, sino que de verdad valías para eso. Cualquier trabajo creativo necesita de reconocimiento para existir. Esto no son matemáticas, el diseño no es una ciencia por la que se llega a un único resultado correcto. Hay tantos resultados como caminos y solo se puede saber si son correctos o no si despiertan el interés de alguien.

—Eso es verdad. No lo había visto de esa forma. ¿Significa que estoy atrapado en un bucle de fiestas absurdas?

—Sí. Y de besar muchos culos. —Dyn soltó una carcajada de resignación.

—¿Y hasta cuándo estás en Londres?

—Pues me voy mañana. Por la tarde ya estaré en Madrid.

—Madrid... Hace mucho que no voy.

—¡Ven! Está haciendo muy buen tiempo este año. Escapa de esta ciudad gris para dejar de estar tan triste.

—Me gusta estar triste —bromeó él.

—Ya. Es un sentimiento muy infravalorado. De la tristeza a veces se saca mucho.

—¿Y cuándo es buen momento para visitar Madrid? ¿Cuándo no está lleno de gente?

—Pues... Antes de Semana Santa, que hace buen tiempo y aún no ha venido el gentío. Si vienes, prometo no invitarte a ninguna fiesta si la revista organiza una.

—¡Mil gracias por la no invitación!

—De nada. Es lo menos que puedo hacer.

—¿Por qué zona me recomiendas quedarme?

—¿Quieres vivir la multitud o estar en tu burbuja al margen de todo?

—Ser un observador. Estar donde esté el ambiente, pero sin mezclarme.

—Malasaña. Yo vivo ahí, de hecho. Te puedo enseñar los mejores sitios para observar Madrid sin integrarte.

—Es justo lo que necesito —dijo sonriendo.

—Si vienes, avísame. —Mientras aquellas palabras salían de mi boca, ya estaba trazando un plan mental para conseguir una entrevista suya. ¿Cómo lo hacía para no parecer demasiado interesada?

—Claro, dame tu teléfono y te escribo para que tengas mi número. —Dyn me dio su móvil.

—Por cierto, Dyn, si acabas viniendo, ¿te apetece venir a comer algún día a mi casa y me cuentas otra vez cómo empezaste? Me ha parecido el inicio perfecto de una historia bonita. Me encantaría poder recogerlo para un artículo de *Vogue*.

—Sería un placer. Contar cómo empecé en la revista con la que empecé...

—Sí... Tiene algo de romántico.

—¿Acabamos de concretar una entrevista? Nunca las doy. —Me miró divertido al advertir mi astucia.

—Te he invitado a conocer Madrid y mi comedor. Uno compartido por tres personas, por cierto. No esperes glamour. Y, de paso, me cuentas esto. Pero tranquilo, no te voy a avasallar con nada sensacionalista. Solo he tenido la sensación de que, contada con cariño, puede ser una de esas historias que inspiran. Y a mí es lo que me gusta escribir.

—Me parece genial, Paula. A mí es lo que me gustaría leer.

Nos acabamos nuestros White Russians en la barra. Y esa fue mi última bebida de la noche. Descubrí, como ya sospechaba, que mi estómago no aguantaba el vodka mezclado con café y nata, así que decidí no beber más.

Al terminar de hablar, Dyn me presentó a sus amigos y yo llamé a Dani, que una hora después decidió volver al hotel.

A partir de ahí todo fue una sucesión de copas de más —por parte del resto—, drogas de más —también por parte del resto— y conversaciones de más. A las cuatro de la mañana, después de haber lucido lo suficiente mi vestido, me despedí de Grace y de Dyn para coger un taxi e irme al hotel.

Por lo que me contó Dyn por WhatsApp a la mañana siguiente, él tampoco aguantó mucho más y a las cinco ya estaba en la cama.

¿Se puede querer con el corazón roto?

El vuelo salió puntual de Londres. Dani, Héctor y yo viajamos en asientos separados, así que no pudimos hablar durante el viaje. De camino al aeropuerto, sin embargo, les conté mi gran victoria con Dyn Scott y Dani, que estuvo presente cuando me acerqué a Dyn, me felicitó por ello. Estaba deseando poder escribirle un mail a Lorena contándole lo que había ocurrido. Si aquella era mi misión, estaba más que cumplida.

Por un momento, durante el viaje de vuelta, pensé en acercarme a Héctor para hacerle saber que no tenía problema alguno con todo lo ocurrido, pero parecía que cada vez que teníamos la ocasión de hablar lo único que hacíamos era enredar las cosas. Así que preferí dejar el tema pasar y, simplemente, actuar con normalidad cuando volviésemos a coincidir por cuestiones de trabajo. No más conversaciones ni aclaraciones innecesarias.

A las dos y media estaba aterrizando en Madrid. Fuimos a recoger nuestro equipaje y, por suerte, mi maleta salió enseguida. También es verdad que el avión no iba demasiado lleno y aquella espera no iba a durar demasiado. De cualquier forma, yo siempre tenía el miedo en cada vuelo de encontrarme con que me hubieran perdido el equipaje, así que fue un alivio ver que mis pertenencias aparecían tan rápido.

Con mis cosas en mano, me despedí de Héctor y Dani. Me supo un poco mal irme antes que ellos, pero sabía que Gonzalo me estaba esperando fuera y por algún motivo absurdo no quería que Héctor y él se conocieran. Tenía la sensación de que aquello podía ser un momento incómodo y del todo evitable. Así que les agradecí todo lo que habían hecho esos días y les dije que tenía algo de prisa para llegar a un compromiso. Héctor sonrió al intuir el tipo de compromiso que me esperaba. Yo le devolví la sonrisa en un gesto de complicidad.

Gonzalo estaba en el pasillo de llegadas. Qué guapo estaba. Se había puesto una camiseta verde y llevaba encima una cazadora negra y unos vaqueros pitillo oscuros. Al verme salir, se quitó las Ray Ban que tenía puestas, sonrió, se acercó para darme un beso en la mejilla y me quitó la maleta más pesada de las manos.

—¡No te preocupes, ya la llevo yo! —dije intentando cogerla de nuevo.

—¿Sí? —Y sonriendo de una forma divertida volvió a quitármela—. ¿Qué tal el vuelo? Cuéntame cosas del viaje —dijo mientras me rodeaba con el brazo.

—Pues ha ido muy bien, la verdad. Ayer conocí a un diseñador, Dyn Scott. Lorena quería entrevistarlo desde hacía tiempo y seguramente consiga que venga aquí a España para que salga en nuestra revista. Me dio su teléfono, tendré que hablarle para confirmarlo, pero todo tiene muy buena pinta.

—¡Pero bueno! ¿Te vas cuatro días y ya consigues el número de un diseñador? Cómo sois estas chicas de Tinder... —bromeó, y me mordió el cuello.

—Qué pesado estás, ¿no? —respondí entre risas. Y cómo me encantaba que estuviera así, cosa que no añadí.

—Tenía ganas de verte, ya te lo he dicho.

—¿Para qué?

—Pues para todo. Tengo algo para ti, por cierto —dijo cogiéndome por la cintura.

—¡Aquí no, por Dios! Espera a que lleguemos a casa al menos.

—Calla, bruta. Es un regalo. Está en el coche.

—Ya, un regalo que me vas a dar en el coche... —susurré, y los dos soltamos una carcajada.

—Bueno, como no te guste te mato.

Gonzalo me clavó la mirada mientras sonreía. No sé qué tenía, pero me encantaba. Era solo la segunda vez que estábamos juntos, aunque nadie lo hubiera dicho. Yo misma no lo hubiera dicho. Me gustaba su forma de mirarme, de tocarme, que fuera tan interesante y alegre, la confianza que proyectaba en sí mismo... Me preguntaba si de verdad era alguien especial para mí o si era el típico chico del que todas nos enamoramos y cuando menos te lo esperas te cambia por la siguiente.

Llegamos al coche, un Mini verde oscuro que yo no había visto todavía, y colocamos mi equipaje en el maletero. Me senté en el asiento del copiloto mientras él acababa de acomodarlo todo detrás. Me quedé mirando cómo se acercaba por uno de los retrovisores, él, que se dio cuenta, me guiñó un ojo y sonrió.

—No te estaba mirando, flipado. Es que tienes este espejo sucio. —Hice como si lo limpiase.

—Eres tonta —dijo riéndose. Y abrió la puerta para sentarse a mi lado.

Gonzalo enredó su mano entre mi pelo, colocó la otra en el bolsillo de atrás de mi pantalón y me dio un beso que me dejó pidiendo un poquito más. Se separó de mí y abrió la guantera para sacar algo cuadrado envuelto en papel de periódico.

—Bienvenida.

—¿Qué haces? —le dije yo—. ¿Me has comprado algo? Si apenas me conoces. Seguro que no me gusta y te tengo que poner cara de que sí para no quedar mal y ahora creamos el momento más incómodo posible y lo acabamos dejando. ¿Eres consciente de lo que has hecho? Has acabado con esta relación —le dije mientras me reía.

—¿Qué relación? No me agobies, Paula —contestó entre risas—. Anda, ábrelo. Es algo que trajeron a la agencia y pensé en ti.

Desenvolví el regalo deshaciendo el cordel que mantenía los trozos de periódico unidos. Abrí la cajita de cartón que había dentro y saqué de ella un reproductor *walkman* de casetes Sony de color azul claro; dentro, una cinta con una etiqueta en la que ponía mi nombre.

—¿Un *walkman*? Mola, ¿no? —dije realmente ilusionada. Creo que con cualquier cosa que hubiera podido encontrar ahí dentro, me habría emocionado igual.

—¿Te gusta en serio? Trajeron un montón a la agencia el otro día porque los estaban usando para rodar un *spot.* Se ve que les costó un montón conseguir tantos y ahora se han quedado por ahí. Van a salir en la próxima campaña de BBVA, así que no lo pierdas. Es muy exclusivo. Yo también me quedé con uno.

—¿Y has grabado algo dentro?

—Sí. Una cinta en bucle de mí llorando. La he titulado *Mientras tú no estabas*. En un trozo hablo de tu *affaire* con el diseñador ese.

—Lo sabía —bromeé.

—Estaba de guasa. Lo que sí te he grabado es el nuevo CD de Leiva, que me dijiste que te gustaba. Es una chorrada, pero seguro que ahora eres la única que lo puede escuchar en casete. Además, mola porque así te saltas los anuncios de Spotify. De nada.

—¡Es verdad! Maldita publicidad, ¿eh? Trabajas para el diablo.

—Qué va, el mundo de la moda es mucho más diabólico —dijo mirándome divertido—. Entonces ¿qué? ¿No la he cagado con el regalo ni vas a dejar de verme aún?

—Exacto. Aún. —Y se acercó para darme otro beso.

—¿Dejamos las cosas en tu casa y vamos a comer por ahí? —me dijo en voz baja sin separarse demasiado de mí.

—Sí. —«O nos quedamos en mi casa y ya si eso comemos luego», pensé.

De camino a mi piso le estuve contando más sobre el viaje. Paramos en un semáforo en rojo. Gonzalo se quedó mirándome, yo me quedé en silencio. Sonrió y se acercó para besarme. No sé por qué, me puse roja e intenté disimularlo mirando al frente, tratando de evitar que me viera nerviosa como una quinceañera. Él, al notar mi reacción, sonrió y volvió a acercarse para morderme el cuello. El semáforo cambió de color y Gonzalo arrancó despacio.

Mientras conducía, puso su mano derecha sobre mi pierna y empezó a subirla; a mí cada vez se me aceleraba más la respiración. Me miró un segundo y se metió en mi pantalón, tocándome muy despacio por encima de las braguitas, como dejándome con ganas de más. Yo lo miré, deseando que pasase ya todo lo que venía después, le toqué el brazo y agarré con fuerza el asiento del coche cuando empezó a presionar sus dedos hacia dentro sobre mi ropa interior. Se me escapó un gemido, él volvió a hundirlos dentro de mí y me sacó la mano del pantalón para hacer girar el volante. Habíamos llegado.

Ninguno articulamos palabra mientras sacábamos el equipaje. Entré al portal detrás de él, pensando solo en seguir arriba lo que habíamos empezado en el coche. Subimos al ascensor y volvió a besarme mientras metía su mano por debajo de mi camiseta y me agarraba con fuerza de la cintura. Me besó el cuello y volvió a meterme la mano por el pantalón, yo le mordí el hombro intentando evitar así hacer ningún ruido. Llegamos a mi planta y salimos del ascensor. Metí la llave en la puerta nerviosa por entrar ya. Él, mientras, me seguía tocando el culo y me mordía el cuello por detrás.

—Vamos a tu habitación —me dijo bajito—. Y dejamos las maletas en la entrada.

Cerré la puerta de mi cuarto. Gonzalo me cogió y me tumbó sobre la cama, me puso encima de él y puso su mano en mis caderas, moviéndolas de atrás hacia delante mientras yo empezaba a notar cómo se empalmaba y lo besaba mientras. Me quité la parte de arriba y él empezó a jugar con la lengua sobre mis pezones mientras me masturbaba. Le desabroché el pantalón para hacer lo mismo; mientras le tocaba, me encendía ver su cara de placer y escuchar cómo gemía. Seguimos desvistiéndonos. Seguimos besándonos. Seguimos encendiéndonos. Hasta que se puso encima de mí y me la metió.

Tardó en correrse. Tardó en hacerlo lo justo para que yo llegase dos veces. Y cuando él también llegó, los dos nos quedamos mirándonos, intentando recuperar el aire. Me dejé caer sobre su cuerpo al acabar mientras seguíamos jadeando y me besó.

—Me gustas mucho, Paula —dijo abrazándome. Yo me tumbé a su lado con la cabeza sobre su pecho.

—Tú a mí también. —Pensé por un momento en esas palabras y en la última vez que se las había dicho a alguien. Y, de repente, mi mente habló por mí—. Creo que me vas a hacer daño.

—¿Por qué dices eso? —Me miró acariciándome el pelo intentando leer mis pensamientos.

—No sé. Siempre pasa algo. Otra persona, algo cambia, alguien cambia... No lo sé. —Los dos nos quedamos un momento en silencio—. Empiezo a pensar que es imposible que me salga bien una relación —dije mientras miraba a la nada acordándome de los cuernos de mi ex, las excusas del anterior, esa persona de la que no había vuelto a saber más, los que se habían obsesionado... ¿Se podía querer sin dolor?

—Pero ¿qué crees que te voy a hacer?

—No lo sé. Igual lo haces sin querer. Igual es algo que ni me imagino todavía. Tampoco me esperaba que los chicos que me han hecho daño me lo hicieran en su momento.

—Paula, si piensas así de mí, no sé qué hago aquí. —Se quedó mirando a la nada pensativo mientras me decía aquello.

—No pienso que tú en concreto seas así. Desconfío de los sentimientos en general. Nadie sabe qué va a querer mañana y eso me asusta un poco.

—Igual eres tú la que deja de querer lo mismo mañana.

—No. Me decepcionan a mí porque yo soy constante. Si quiero algo, me sigue gustando al día siguiente.

—Pero tú te has acostado con gente con la que no has querido nada más después, ¿no?

—Pero sabía que no quería nada más desde el principio. El problema es que... Bueno, da igual.

—No. Vamos a hablarlo, ya has empezado. ¿Cuál es el problema?

—Nada, eso. Que cuando empiezo a proyectar un futuro con alguien, porque pienso que puede encajar conmigo, luego siempre pasa algo y acabo pasándolo mal.

—Pero ¿nunca lo has dejado tú?

—Sí, muchas veces. Pero porque esa persona ha hecho antes algo que me ha dolido. Casi siempre ha sido así.

—¿Y tú nunca le has hecho nada a nadie?

—Me parece que no. —Lo peor es que era cierto—. Da igual —intenté cambiar de tema—. ¿Quieres ir a comer?

—No lo sé... —Sonó molesto, aunque lo entendía—. Igual como en casa.

—Vale...

Me quedé callada. Sabía que la había fastidiado. Pero es que estaba harta de que el dolor en las relaciones me cogiera por sorpresa. Aunque, por otra parte, era consciente de que me había adelantado demasiado sacando un tema en un momento que no tocaba ni venía a cuento. Estaba sacando los fantasmas de mi pasado con alguien que podía ser bueno para mí. Y sin saber él mucho más sobre lo que me había ocurrido antes. Seguramente, lo único que había conseguido con aquella conversación era hacerle pensar que estaba loca, como poco.

Gonzalo salió de la cama y empezó a buscar su ropa en el suelo de la habitación. Yo me cubrí la cintura con la sábana y me quedé mirándolo sin articular palabra, intentando adivinar qué pasaría por su cabeza en ese instante.

Con la camiseta todavía en la mano, se volvió a sentar junto a mí en el borde de la cama y se apoyó sobre mi cintura.

—No te voy a pedir que confíes en mí, Paula. Eso vendrá solo. Y tienes razón. Nadie sabe qué va a querer mañana y todos tenemos miedo a que nos hagan daño. Pero no te adelantes a las cosas. Igual esto sale fatal y en dos días no queremos ni vernos. Pero igual no.

—Ya, lo siento. Es solo que tengo todo esto en la cabeza y no es culpa tuya, pero no sé si estoy preparada para querer a alguien. Acabo de darme cuenta.

—Vale, no pasa nada. No hay prisa. Yo no te estoy pidiendo nada ni estoy esperando nada. Hoy estamos bien con lo que tenemos sea lo que sea por ahora. ¿Verdad?

—Sí.

—Vale, pues ya está. No te agobies por cosas que no han pasado. Venga, si quieres vístete también y vamos a comer donde sea, que seguro que tienes hambre.

Le rodeé la cabeza con las manos y lo acerqué hacia mí para darle un beso.

—Gracias.

—No seas tonta. Voy a por tu maleta.

Igual las cosas buenas a veces también pasan.

Líos de tías

Me desperté al día siguiente a las nueve. Me quedé tumbada un rato y sonreí al ver a Gonzalo a mi lado. Otra vez. A lo mejor era verdad. A lo mejor los flechazos existían y el amor no dolía como yo pensaba.

Cogí mi teléfono de la mesita de noche. Salí de la habitación sin hacer mucho ruido y fui a la cocina para preparar el desayuno. Puse dos rebanadas de pan en la tostadora, saqué algo de zumo de naranja de la nevera y lo vertí en una taza mientras miraba mi teléfono. Tenía una notificación de WhatsApp. Andrea había creado un grupo: «Líos de tías». Estaba escribiendo.

—Paula, ¿te vienes al rastro hoy, entonces? Elena y yo estamos desayunando en Lavapiés. En cuanto llegues nos movemos. —Mierda, no me acordaba.

—Estoy con Gonzalo en casa. ¿Llegar en una hora es mucho?

—Qué va, estamos aquí tranquilamente.

—Perfecto. Me ducho, desayuno y voy.

Dejé el móvil en la encimera y le preparé el café a Gonzalo. Saqué el pan de la tostadora y le eché a las dos piezas mantequilla y mermelada de fresa. Mientras untaba las tostadas, Gonzalo entró a la cocina y me dio un beso.

—¿Qué haces levantada tan pronto? —Dejó caer su cabeza sobre mi hombro mientras me abrazaba por la cintura.

—¿Te he despertado?

—Solo un poco.

—He quedado con Andrea y Elena para ir al rastro.

—Vale. ¿Tienes que arreglarte?

—Sí, iba a meterme ahora a la ducha. —Cogí mi tostada y me bebí el zumo rápido.

—¿Te importa si descanso un poco más mientras te arreglas?

—No, tranquilo. Si quieres llévate esto al cuarto, que yo voy a ducharme ya. Pero acábate aquí la tostada, que luego se quedan miguitas por la cama y me da asco.

—Vaaale... —dijo acatando mi orden a regañadientes—. Y gracias por hacerme el desayuno, no tenías por qué.

—Ya, pero me apetecía. —Sonreí. Y me fui corriendo a la ducha.

A las diez menos veinte ya estaba arreglada. Me vestí con unos vaqueros de campana, mis botas negras, un jersey blanco y mi abrigo largo color gris. Me puse solo algo de rímel y me recogí el pelo en una coleta baja. Escuché cómo Gonzalo recogía la cocina y mi habitación. Al terminar, se asomó al baño para despedirse de mí con un beso. Yo cogí el teléfono cuando estuve lista para avisar de que iba de camino.

—Chicas, llego en unos veinte minutos o media hora. —Puse por el grupo.

—Vale, estamos en el Cafelito.

El Cafelito era una cafetería que había en Lavapiés donde íbamos a desayunar algunas mañanas. Los dueños eran colombianos y traían el café de allí, estaba buenísimo. Carol, una de las empleadas, solía regalarnos un *muffin* de chocolate cada vez que nos pasábamos, por ser, como decía ella «clientas estrella». El local era un lugar pequeño, pero acogedor. Estaba decorado con sacos de café de Colombia y lleno de estantes con libros que podías coger para leer mientras tomabas algo. Al pasar a la cafetería, a la derecha, encontrabas la barra donde se pedía, con dos máquinas enormes y relucientes de metal para hacer café; a la izquierda, dos mesas alargadas de madera y, si avanzabas, hacia el final de la sala, otras cuantas mesas alumbradas por la luz tenue que emitían las velitas colocadas en uno de los estantes de la pared y el poco sol que alcanzaba a llegar a aquella zona desde la entrada.

—Bueno, bueno... Pero si es Miranda Priestly —dijo Elena al verme entrar.

—¿Qué tal, Paula? ¿Vas a querer algo? —me preguntó Carol, la camarera.

—No, no, tranquila. Acabo de desayunar algo rápido en casa.

—¿Ni un café? El café despierta el alma.

—Bueno, va, si me va a despertar el alma, sí. —Ella asintió sonriendo y fue a preparármelo.

Tomé asiento donde estaban mis amigas, que se habían colocado en una de las mesas cercanas a la entrada. Aquel día estábamos casi solas en la cafetería.

—¡Elena! Miranda Priestly aún no soy —le contesté—, pero en ello estamos. ¿Qué tal?, ¿qué hacíais? —dije mientras me quitaba el abrigo.

—Elena estaba poniendo verde a nuestro jefe.

—¿Y eso?

—Lleva toda la semana superpesado conmigo.

—Sí —la respaldó Andrea.

—No para de darme cambios en cada una de las traducciones que hago y de revisar cualquier cosa mil veces para luego dejármelo como estaba al principio. Ha estado así toda la semana y me hace sentir como si fuera tonta, cuestionando cada palabra que escribo. Ya el lunes me hizo ir a su despacho para revisar unos textos. Empezó a cambiarme palabras por sinónimos diciendo que él veía bien lo que había puesto pero que lo diría de tal otra forma. Yo, sin más, pensé que tendría un mal día y que la habría tomado conmigo, pero se ha pasado así toda la semana.

—Lo que le he dicho yo es que tampoco le haga caso, porque hace un tiempo estuvo así con otro de nuestros compañeros, Gustavo.

—Sí, al que luego despidieron —sentenció Elena.

—No lo despidieron, se fue él.

—Normal. Dos meses día tras día con alguien retrasándote en el resto de las cosas que tienes que hacer por darte cambios estúpidos... ¡Que esa es otra! Como tengo que pasarme dos horas con él revisando cada texto, tengo que salir más tarde sí o sí para acabar lo que se me acumula.

—Pero ¿has hecho algo mal en los últimos días? —pregunté yo.

—Nadie me ha dicho nada. Si he hecho alguna cosa como no tocaba, nadie me ha avisado, vamos. Igual he cometido algún error en algo importante, pero vaya, imagino que me lo habrían dicho en vez de torturarme psicológicamente.

—Sí, la verdad es que mucho sentido no tiene —comenté yo.

—Dos opciones: o le gustas, y lo digo en serio, o te ha tocado esta semana a ti y punto. Se le habrá cruzado un cable —dijo Andrea.

—El cable se me va a cruzar a mí al final como siga así. —Rio mientras se llevaba las manos a la cabeza—. Ay, bueno, Paula, ¿qué tal por Londres? ¿Qué tal con Gonzalo? Cuéntanos algo más divertido que esto, por favor.

—Pues en Londres muy bien, la verdad. Nada, la sesión que teníamos que hacer creo que ha quedado bien. Al final sí que vino Héctor; de hecho, salimos juntos una noche, pero no pasó nada.

—¿No pasó nada? ¿Y eso? —dijo Andrea.

—Pues porque Héctor tiene novia y ahora Paula queda con alguien —recordó Elena.

—¿Y? Como si a Héctor le frenase mucho lo de tener novia...

—Ah, vale, es que me he saltado una parte de la historia. Héctor tiene una relación abierta.

—Eso se lo ha inventado para follar —dijo Andrea.

—Yo también tuve esa duda, pero parecía verdad. No lo sé. Me dijo que si quería podía hablar con su novia incluso. Yo qué sé... Le creí. El tema es que eso, salimos una noche, bebimos, nos invitaron a todo en un pub al que fuimos en Camden Town porque él fingió que me pedía matrimonio...

—Coño, ¡qué buena idea! ¿Lo probamos el finde que viene?

—No sé si colaría que vayamos a casarnos entre nosotras, Andrea. —Reí—. Bueno, eso, que no pasó nada, aunque por un momento quise, la verdad. Pero entre Gonzalo y que Héctor es alguien del trabajo, que encima tiene novia...

—Sí, ya solo por el hecho de que sea alguien del trabajo, yo tampoco habría hecho nada —dijo Elena.

—Exacto. Y luego, nada, el viernes tuvimos una fiesta que hacía la revista de Vogue UK; fuimos a un sitio muy *top* de Londres y conocí a un diseñador, Dyn Scott, al que mi jefa lleva persiguiendo desde hace bastante tiempo para ver si nos concede una entrevista.

—¿Y él no ha querido? —intervino Elena.

—No sé bien qué habrá pasado, pero me suena que no pudo hacerse con la persona que llevaba su agenda. De todas formas, eso, me dio su número personal. Conocí también a su representante, que estaba allí, y seguramente venga a la redacción.

—Joder, tía. ¿Y crees que pueden ascenderte o subirte el sueldo por eso?

—Pues no tengo ni idea. No me quiero hacer ilusiones. A ver. No creo, la verdad. Pero, por lo menos, ya es algo bueno que he conseguido para la revista y que no va a pasar desapercibido. Espero.

—¿Y Gonzalo? ¿Qué tal con él? —preguntó Andrea mientras Carol dejaba mi café sobre la mesa.

—Pues creo que bien, pero no lo sé. Ayer me rayé bastante de repente —dije recordando la situación—. Estábamos en mi casa, porque me recogió del aeropuerto, ¿sabéis? Nada, llegamos, lo hicimos, y tía... Empecé a pensar que no tenía que estar con él porque seguro que me hacía algo...

—¿Algo en plan qué? ¿Liártela, dices? —preguntó Andrea.

—Sí. No sé. Como sieeempre pasa algo, siempre, ya estoy pendiente, esperando a ver qué es lo que me va a hacer el de turno.

—Los tíos son imbéciles —dijo Elena.

—A ver, algunos son imbéciles, pero este no tiene por qué serlo, ¿no? Y tener ese tipo de conversaciones... Uf, cuidado, porque son cosas que suelen marear bastante a los tíos. Intenta no rayarte así o no decírselo y mejor nos lo cuentas a nosotras.

—Es que estoy harta de no decir las cosas que pienso. Prefiero sacar lo que tenga en la cabeza y si no le sienta bien a la otra persona o no quiere intentar entenderme, igual es que no es alguien para mí.

—Hummm... No lo tengo tan claro. ¿Qué es? ¿La segunda vez que quedáis? No sé hasta qué punto está bien soltar ese tipo de cosas a alguien con quien te acabas de empezar a ver sin que te haya hecho nada —añadió Andrea.

—Y entonces ¿qué? ¿La he cagado?

—Solo digo que le recrimines lo que tengas que recriminarle si te hace algo, pero este tipo de cosas, que son cosas tuyas, mejor nos las cuentas a nosotras. No a él la segunda vez que quedáis. Porque se va a asustar.

—Gracias por tu sensibilidad... —dije irónica mientras probaba el café.

—Paula, no te lo digo a malas. Vale, igual has elegido mal hasta ahora, pero ¿y si este no es así? Ya estás creando tú un problema de la nada. Y, bueno, si al final resulta que sí es un capullo, pues nada. No se acaba el mundo, como no se ha acabado con ninguno de los anteriores. Nadie es tan importante. Tú misma lo dices siempre.

—Ya, ya... No sé qué me pasa últimamente.

—Yo sí. Que estás harta de que te hagan daño —dijo Elena—. Te entiendo, Paula. Yo también estoy viendo a alguien y creo que me va a costar mucho no estar condicionada por mis relaciones anteriores.

—¿A quién, zorra? ¿Por qué no me has dicho nada? —gritó Andrea.

—A ver, lo iba a contar luego. Es que esto me da mucha vergüenza, pero, jopé, habéis conocido a tanta gente en Tinder que dije: «Vamos a probar», y me abrí una cuenta hace unos días. Al chico este que os digo lo conocí en persona. Quiero decir, estaba en El Retiro, porque me fui el otro día a leer por la tarde allí al salir del trabajo. El miércoles. Y nada, miré Tinder, tenía un *match* con un chico que se llamaba Aitor, me habló y me preguntó si me apetecía hacer algo; le dije por dónde estaba y se vino.

—¿Y pasó algo? —preguntó Andrea.

—¿Cómo es? —la interrumpí yo.

—Pues en resumen... A ver, en realidad no es nada, ¿eh? —adelantó ella—. Tiene veintisiete años, tres más que yo. Es psicólogo, trabaja en una consultora en el departamento de Recursos Humanos. Hummm... Es de Valencia, pero vino a estudiar un máster a Madrid. Y... Eso es prácticamente todo lo que os puedo decir de él por ahora. No nos besamos. No pasó nada, pero lo pasé genial y me pareció un tío estupendo, de verdad. Me hizo reír mucho, me pareció superinteresante, una persona inteligente, teníamos cosas en común... Pero no sé por qué, no me atreví a dar ningún paso ni a propiciar ninguna situación. Es como si no me atreviese a conocer a nadie, aunque en el fondo sí quiera hacerlo. No sé, imaginaos que solo se quiere acostar conmigo.

—¿Y tan malo es eso? —preguntó Andrea—. Acostarte con alguien sin más, ¿tan malo es? Tenéis que disfrutar más sin pensar en esas cosas. No sé qué os pasa. ¿En serio estáis buscando a la persona de vuestra vida en Tinder? Porque lo más seguro es que no esté ahí.

—Bueno o sí... —dijo Elena.

—Sí, puede ser. Pero ya te digo yo que nadie se ha abierto Tinder esperando casarse...

Me quedé pensando en lo que Andrea acababa de decir mientras ellas seguían hablando. Igual tenía razón y estábamos esperando mucho de personas que ni siquiera conocíamos. De gente que habíamos encontrado en una *app* donde la mayoría de las conversaciones se iniciaban para conseguir pillar una noche. ¿Por qué sentía presión para que las cosas salieran bien con Gonzalo? A lo mejor era solo alguien que iba a estar un tiempo corto en mi vida y del que podía disfrutar sin quebraderos de cabeza. ¿Por qué tenía que estar Elena jodida por haber conocido a un tío con el que tenía *feeling*? ¿Acaso nos estábamos poniendo nosotras mismas nuestras propias taras en el amor y en el sexo?

Al terminarme el café salimos y dimos una vuelta por el rastro. Elena se hizo con una chaqueta vaquera de Levi's por treinta euros, Andrea y yo al final no compramos nada. Fue una mañana agradable dando vueltas por Madrid.

Cuando llegué a casa, sin embargo, no pude evitar que mi cabeza volviera a orbitar alrededor de la conversación que habíamos tenido en el Cafelito, así que saqué mi portátil para volcar mis pensamientos y me puse a escribir:

TODAS MIS DUDAS

Cuando alguien te deja se lleva muchas cosas de ti. Cosas que eras y no vas a volver a ser, cosas malas y cosas buenas que, cuando te des cuenta de que ya no están, querrás de vuelta y no podrás pedírselas a nadie más que a ti misma.

Algo que a todos nos dejan, cuando nos dejan, son las dudas. Sobre todo, esas dudas. Las que se repiten en nuestra cabeza en forma de «qué habría pasado si...», «qué le hizo falta a esa persona de mí» o «qué le pudo sobrar». La respuesta es siempre la misma: da igual.

Da igual si ya no te quiere, porque ya no te va a volver a querer. Da igual si alguien fue malo contigo, porque ya no lo volverá a ser. Da igual si alguien fue bueno en algún momento, porque su momento ya pasó. Ya no importa qué se han llevado consigo de ti, porque solo importa lo que tienes tú de ti contigo. Y a veces, lo que tienes son solo monstruos, pero son monstruos que se irán de tu cabeza con el tiempo, en cuanto aprendas a encender la luz. Porque si algo ahuyenta rápido a las bestias son todas las buenas historias que te quedan por vivir.

Gracias, bonita

Aquel lunes me desperté con ganas de ir al trabajo, casi como si no fuera lunes. Fue una de esas ocasiones en las que no te hace falta escuchar el despertador para saber que el día ha empezado. Los primeros rayos de sol aterrizaron sobre las juntas de mi persiana y mi cama se llenó de pequeños circulitos de luz que me decían que ya había amanecido.

Me quedé tumbada un rato, cogí el teléfono y apagué la alarma, que estaba programada media hora más tarde; a las siete y media. Me levanté para subir la persiana y correr las cortinas y vi desde la ventana que las calles de Madrid aún no habían despertado. Las aceras estaban llenas de tranquilidad y faltas de personas con prisas.

Cogí mi portátil y me senté sobre el edredón de la cama. Abrí el correo; no tenía novedades del trabajo. Al final no le había escrito ningún mail a Lorena porque decidí contarle mejor yo misma en persona todo lo de Dyn Scott. Prefería ver su reacción en directo en vez de recibir un mail poco expresivo que me llevase a analizarlo palabra por palabra intentando descifrar de alguna forma sus sentimientos, si es que los tenía.

Salí de la habitación para ir a la cocina, el pasillo olía a café y pan recién tostado, por lo que supuse que Marcos se habría levantado ya para ir al trabajo. Y como aquel día tenía tiempo, me hice un huevo revuelto, café y una tostada con mantequilla y mermelada de fresa en vez de mi cortado de siempre, que solía tomarme deprisa y corriendo o que a veces incluso acababa dejando sobre la encimera de la cocina. Después de veinte minutos viendo las noticias en el canal veinticuatro horas, me arreglé y fui andando al trabajo. Era algo que hacía en pocas ocasiones por las prisas o por el frío. Pero hacía buen día y, en realidad, solo estaba a media hora de la redacción. Qué bien sentaba de vez en cuando hacer las cosas con calma.

Al llegar a *Vogue* intenté disimular la sonrisa que me había acompañado durante todo el camino. Por un momento fantaseé con la idea de que al cruzar la puerta todos me mirarían señalándome y susurrando que era la chica que no llevaba ni un año en la redacción y ya había conseguido una entrevista con Dyn Scott. Mi fantasía fue más allá y en uno de los escenarios mentales que me planteaba, Lorena me esperaría en la puerta de recepción con un montón de globos y un cheque de esos enormes que salen en los concursos de televisión por el valor de mi nuevo sueldo, que sería por lo menos el doble de lo que cobraba en ese momento. Como es lógico, cuando entré, nadie me miró ni comentó nada a mi paso, pero eso no hacía que me sintiera menos importante.

Me dirigí a mi sitio y dejé mi bolso negro de tachuelas sobre la mesa, coloqué mi chaqueta de cuero negra sobre el respaldo del asiento y me senté para encender el ordenador. Justo en ese momento llegó Ale, sofocada. Llevaba un moño que recogía su pelo negro a duras penas y se le caía sobre el hombro derecho, una blusa blanca con algunas manchas del café que sujetaba en la mano y el bolso medio abierto con un recibo kilométrico saliendo de él.

—¡Ay, Dios! —dijo jadeante—. Estaba en una cafetería en frente de la parada de bus haciendo tiempo. He mirado mal el reloj, pensaba que tenía media hora para llegar, pero me quedaban quince minutos y me he dado cuenta de que el bus estaba llegando justo en ese momento. —Mientras hablaba fue dejando sus cosas sobre la mesa e intentó recomponerse el pelo—. He tapado el café como he podido y al empujar la puerta de la cafetería para salir se me ha caído la mitad al suelo y me he puesto perdida. Había quedado con Ana, la chica esta que está en el departamento de Publicidad, para venir juntas, pero me ha dicho a última hora que estaba mala. —Ale, cómo no, intentando liar a alguien sutilmente hasta para ir al trabajo.

—Pero Ale, si aún no son ni y media. ¿Qué prisa tienes? —dije mientras limpiaba con un clínex la previsible mancha de café que dejaría su vaso de cartón sobre el escritorio.

—No, ninguna. Bueno, sí. Lorena quería que revisásemos a primera hora unas cosas porque van a cambiar el diseño de la web. Y la semana pasada... No la viste. Estuvo como una fiera. Me daba miedo llegar tarde hoy. —Ale tomó de un sorbo lo que quedaba en su vaso y luego lo tiró a la papelera. Encendió su portátil y continuó hablando sin sentarse—. ¡Oye! Y tú, ¿qué? ¿Cómo ha ido en Londres? Perdón, ¿eh? Es que no pude hablarte con tanto lío.

—Pues muy bien, la verdad. Quería hablar hoy con Lorena porque seguramente podamos conseguir una entrevista con Dyn Scott.

—¿Qué me estás contando? ¿Cómo has hecho eso? —dijo ojiplática. Ale y yo teníamos en común que a veces éramos demasiado expresivas.

—Sí —dije riendo por su reacción—. A ver, Vogue UK celebraba una fiesta y Dani y yo estábamos invitados. Que, a todo esto, al pobre Dani lo dejé más solo que solo... Luego le escribiré un mensaje para disculparme —medité en voz alta—. ¡Y bueno! Que estaba Dyn Scott y me acerqué para hablar con él; es un tío majísimo. Le propuse venir a España a desconectar, le pregunté si podía entrevistarlo para la revista y pareció que ambas ideas le gustaron.

—Pero tía, si Lorena lleva intentando contactar con él un montón de tiempo.

—Ya, no sé. Por lo que él me dijo no le gustaban algunas cosas de este mundillo, tener que aparentar siempre algo. Igual ir a un sitio donde no conoce a nadie sin saber qué le van a preguntar y eso no le hace gracia.

—Pero, a ver, ¿cómo que «ir a un sitio»? Venir a *Vogue*. Que eso para un diseñador que está empezando es, vamos, es parte de lo que tiene que hacer.

—No, si estoy de acuerdo. Aunque creo que más bien ha sido que Lorena no ha podido contactar con la persona que llevaba su agenda. O eso tenía yo entendido.

—Eso es lo que dice Lorena para no quedar mal, porque estuvo diciendo antes de tiempo que iba a traer a Scott a Vogue España, que íbamos a ser la primera revista importante de moda en entrevistarlo, blablablá... Se pilló los dedos y, al final, él pasó de ella, seguro.

Mientras Ale hablaba escuchamos cómo se abría la puerta corredera que estaba al final del pasillo. La de la oficina de Lorena. Y nos callamos al darnos cuenta de que el sonido de sus tacones avanzaba hacia nuestras mesas.

—Ale, a mi despacho. Los de Digital ya están ahí —sentenció nuestra jefa al llegar a nuestro puesto.

—¡Ah, vale! Perdón. No sabía que tenía que ir ya —contestó Ale como si fuese un cachorrillo asustado.

—¿No habíamos quedado a primera hora? —dijo mirando las manchas de café en la blusa de Ale—. ¿Tengo que volver a avisarte? —Luego me miró a mí de reojo, como sorprendida por mi presencia—. Contigo hablo luego. En cuanto salga Ale, entras.

Aquella frase me borró de un plumazo cualquier atisbo de alegría que hubiera podido sentir a lo largo de la mañana. De repente, no sabía si quería hablar conmigo porque había hecho algo bien —que, en caso de que así fuera, no era lo que había conseguido transmitirme su mirada de asesina en serie— o si me iba a despedir por quién sabe qué.

Con tal de intentar averiguar en qué había podido meter la pata, le envié un correo a Dani pidiéndole perdón por no haber podido pasar la noche de la fiesta con él y, aprovechando, le pregunté si había ido todo bien en la sesión, si había podido hablar con Lorena o ella le había comentado algo. Le di a enviar y me quedé mirando cómo los minutos pasaban mientras Dani no me daba ninguna respuesta. Tendría que haber aprovechado ese tiempo para escribir algo para el blog, pero mi cabeza estaba demasiado colapsada. A los quince minutos, recibí una contestación al mail: «No te preocupes, Paula. Todo bien. Luego te llamo, que estoy liado».

Que luego me llamaba porque estaba liado... No me había contestado a lo de Lorena, sin embargo, sí que me había dicho que no me preocupase por haberlo dejado solo. ¿Era un «no te preocupes» genérico que respondía a las dos preguntas o se refería a que no le importaba que lo hubiera dejado solo, pero luego me llamaba para contarme qué le había dicho Lorena? O igual Lorena ni siquiera lo había llamado todavía...

Mientras seguía martirizándome, abrí el blog de *Vogue* y empecé a comprobar las estadísticas de visitas de la semana. Eran bastante altas. A excepción del artículo del martes —solo 10.000 clics—, el resto tenía unos 25.000. Aun así, estaba muy bien. Empecé a revisar artículo por artículo, tratando de encontrar alguna falta de ortografía para poder adelantarme a lo que fuera que Lorena fuese a decirme. Acabé de revisarlo todo a las once en punto, Ale aún no había salido del despacho de Lorena. Saqué una libreta e intenté apuntar algunas ideas para los artículos de esa semana, pero nada. Tenía la cabeza en otra parte. Me levanté para ir al baño y hacer tiempo, con la única intención de mirarme en el espejo para saber si me sentaba bien hoy el pelo suelto como lo llevaba o si me hacía una coleta, la verdad. Y justo cuando me estaba poniendo en pie, escuché cómo se abría la puerta del despacho de Lorena mientras le decía a gritos a Ale: «Dile a tu compañera que venga». «Tu compañera.» Resonó en mi cabeza. ¿Acaso ya no era nadie para ella? Pensé añadiéndole más dramatismo del necesario a la situación.

—Paula, dice Lorena que ya puedes ir —comentó Ale al llegar con su portátil cargada de apuntes. Igual me lo estaba imaginando yo, pero la notaba pálida.

—Vale, pero ¿está todo bien? —pregunté sin querer saber la respuesta.

—Pues no le han gustado mis ideas...

—Pero ¿¡ha dicho algo de mí!? —la interrumpí alzando la voz. Ella me miró extrañada sin saber el dilema interior que llevaba encima.

—No, no. Tú ve, no seas tonta —contestó confusa por mi reacción.

Anduve hacia el despacho de Lorena, que tenía todavía la puerta abierta. El recorrido de mi mesa a la suya iba a matarme. Esta vez me dio tiempo a imaginar por lo menos quince mil razones más por las que podía despedirme: le caía mal, otra chica se había presentado para el puesto, cobraba menos y tenía más experiencia; Vogue España cerraba para siempre, alguien de otra revista estaba copiando mis artículos y me estaba haciendo quedar a mí como la persona que los plagiaba, salía mal en las fotos del evento de Vogue UK y eso daba mala imagen a nuestra redacción, el White Russian estaba prohibido y yo lo había pedido y ahora iban a despedirme y a meterme en la cárcel, y así, 14.994 motivos más pasaron por mi cabeza.

Entré por la puerta intentando aparentar tranquilidad, para que la depredadora de Lorena no oliese el miedo. Eso lo aprendí en un documental de La 2. Si me echaba, me iría con dignidad y no lloriqueando por los pasillos.

—Cierra la puerta —me dijo. Dios, eso pasaba en las películas cuando iban a echar a alguien.

—Claro —dije con una sonrisa mientras la cerraba—. ¿Qué tal la semana, Lorena? —Así, así. Conduciendo yo la conversación, normalizándolo todo al máximo.

—Genial. ¿Qué tal la tuya? —dijo sin apartar la mirada del ordenador y sin demostrar ningún tipo de emoción en sus palabras. ¿Era una pregunta sarcástica? ¿Como queriendo decir: «Ya sé que la has cagado»? ¿Sería por lo de Héctor?

—Pues bastante bien —contesté con seriedad—. Tengo algo que contarte, de hecho...

—Ya —me interrumpió ella—. He visto las fotos del evento.

Además, hablé con Grace y me dijo que pasaste toda la noche con Dyn Scott. ¿Has conseguido algo? —De nuevo, no levantó la mirada de su ordenador.

—Sí. De hecho, lo invité a venir a España porque me estuvo comentando que estaba un poco harto de todo. Me contó una historia sobre la revista *Vogue* de cuando era pequeño. Me dijo que lo inspiró para ser diseñador y le pregunté si le parecería bien que contásemos aquello y un poco más sobre él en uno de nuestros artículos. Sabía que querías entrevistarlo para la revista y decidí tomarme la libertad de preguntarle directamente. Le hablé sobre ti.

—¿Y qué dijo?

—¿Sobre ti? —Apartó los ojos de la pantalla y se quedó mirándome, haciéndome un desagradable escáner de arriba abajo.

—¿Cómo que sobre mí? Sobre la entrevista. Paula, por Dios —me soltó como si fuera idiota.

—Que le parecía buena idea. No hay nada cerrado, claro.

—¿Hablasteis sobre algo más?

—Sí, bueno, varias cosas. Le hablé un poco sobre Madrid, los planes que hacía yo aquí, dónde podíamos ir si venía...

—Genial —me interrumpió—, luego le escribes y le dices que hay un sitio estupendo para venir no sé dónde y que la mejor época para estar en Madrid es a finales de marzo.

—Sí, justo le recomendé venir en esas fechas. —Conté los días en mi cabeza—. ¿Querrías organizar la entrevista para entonces? —Quise asegurarme.

—Sí. Quiero sacar el artículo en abril. Te encargas tú de buscar dónde se queda cuando venga, le pagamos el vuelo y tienes esos días libres para llevártelo adonde se te ocurra. Eso sí, deja toda tu faena antes acabada —matizó. Como si alguna vez hubiera dejado algo por hacer.

—Vale. Yo me encargo.

—Venga. Pues gracias, bonita. A por ello. —Y me lanzó una exagerada sonrisa dejando a la vista sus blancos dientes.

Salí del despacho de Lorena y cerré la puerta. Volví a recorrer el pasillo, esta vez hacia mi escritorio, mientras recomponía aquella conversación en mi cabeza.

—¿Qué, cómo ha ido? —Ale se giró al escuchar que volvía.

—Pues... No lo sé. Tengo que hablar con Dyn para que venga en marzo.

—Joder, entonces bien, ¿no?

—Supongo que sí... Sí —reflexioné en alto, mirando al techo.

—¿Y te ha felicitado o algo?

—Algo así. Me ha dicho: «Gracias, bonita». —Ale cambió la sonrisa que tenía por un gesto de asco. Igual que me había ocurrido a mí, no era la respuesta que esperaba.

—¿En serio, tía? ¿Cómo es así? —dijo entornando los ojos.

—No lo sé —respondí pensativa. Lorena era así. ¿Qué esperaba? ¿Que me subiera el sueldo en ese momento o pegase un grito de alegría y descorchase en el pasillo de la redacción una botella de champán? Bueno, vale. Una parte de mí igual sí esperaba eso. Aunque, por otro lado, esa otra mitad mía más racional, o más bien aquel resquicio, estaba ya preparada para una respuesta de este tipo.

Intenté que el hecho de que mi jefa fuera gilipollas no me fastidiase el día. De repente, me hizo gracia pensar que me había despertado sonriendo al escuchar los pajaritos cantando por la ventana —casi como en una película infantil— y ahora estaba maldiciendo en bucle a Lorena en mi cabeza. Qué fácil es que te cambien el guion del día. Ale me miró.

—¿Por qué sonríes ahora?

—Nada, tía. Que estoy loca —bromeé.

—¡Ah! Yo también. —Y las dos seguimos con lo nuestro.

Riptide

La semana había ido transcurriendo sin más. Después de que Lorena me volviese a bajar de golpe los pies a la tierra, le envié un wasap a Dyn. Por sacar tema de conversación, le pasé una foto que tenía en el móvil de un bar en Ponzano donde preparaban una tortilla de patatas riquísima —tuve la foto de aquella tortilla como fondo de pantalla durante dos semanas—. Justo después de enviársela, le escribí que lo mejor de Madrid estaba esperándolo. Seguimos hablando y, al final, entre unas cosas y otras, le sugerí venir la tercera semana de marzo. Le dije que justo durante aquellas fechas tendría vacaciones y podría enseñarle la ciudad con calma. No le comenté nada sobre que mis vacaciones eran ficticias y que Lorena me había nombrado su esclava oficial, aunque, en el fondo, me apetecía hacer de turista con él por Madrid. Dyn me confirmó más tarde que tenía aquellos días relativamente desocupados y que se sacaría los pasajes para estar hasta el viernes por la mañana.

Era jueves y Gonzalo me había avisado de que tendría la tarde libre. Al parecer, le habían dejado salir antes porque el día anterior tuvo que quedarse hasta las tres y media de la madrugada preparando una presentación para un cliente. Los horarios de publicidad. Yo seguía sin entenderlos, por mucho que él me los explicara. Aquel día, yo también pude librarme de seguir trabajando un poquito antes. Me había pasado desde las doce del mediodía en un *fitting* para una sesión de fotos que haríamos al día siguiente. En realidad, la sesión no tenía nada que ver con mi sección del blog, solo fui por tener contenido para redes sociales. De hecho, habría tenido más sentido que hubiera ido Ale, pero Lorena me pidió que estuviera presente durante todo el proceso. Por suerte, acabamos a las seis y media y, como solo quedaba media hora para terminar mi jornada, decidí irme directamente tras comprobar en el mail que no tuviese nada urgente que hacer aquel día.

Cogí mi *blazer* tartán y fui directa al bar donde había quedado con Gonzalo sin ningún tipo de remordimiento por salir antes. Aquel día me había vestido con una camiseta blanca con el logo de *Vogue* en negro —sí, muy corporativa—, una falda midi de tiro alto negra y unas Dr. Martens negras a juego con mi bolso, también oscuro y con algunas tachuelas. Media hora más tarde, llegué a El Fabuloso, un bar de Malasaña tan excéntrico como encantador.

Gonzalo sonrió al verme llegar y me estrechó entre sus brazos. Me besó y, sin soltarme, entramos. Yo, que era una persona de mínimo contacto, estaba empezando a cogerle el gusto a este tipo de gestos que él tenía.

—¿Qué tal el día? —me preguntó mientras tomábamos asiento el uno frente al otro.

—Bien, mucho lío, me han metido en un proyecto que en realidad no es mío. Una sesión de fotos que vamos a hacer mañana y, bueno, un jaleo. ¿Tú?

—Bien. —Guardó silencio por un instante y sonrió al mirarme de nuevo—. Estás preciosa —dijo él. Y después se levantó y movió su silla para ponerse a mi lado.

Aquel detalle me hizo gracia. Me pareció un indicador muy curioso de las relaciones. Cuando empiezas con alguien, quieres tenerlo lo más cerca posible todo el tiempo. Llevar el contacto al máximo. Cuando la relación ya se ha formalizado, hasta el punto de haberse enfriado un poco en ocasiones, cada uno comienza a reclamar su espacio físico personal y a sentarse el uno frente al otro, a veces incluso en silencio, como intentando recordar qué fue exactamente lo que ocurrió hasta llegar a compartir mesa con alguien con quien no tienes nada más en común que el lugar donde estáis sentados. El preludio de muchos finales.

Gonzalo se quedó junto a mí, preparado para robarme algún beso cuando menos lo esperase. Creo que lo que más me atraía de él era la seguridad con la que hacía las cosas, la picardía y la poca importancia que les daba a aquellas muestras de cariño que otros se habrían repensado hasta el punto de convertir aquellos segundos de indecisión en momentos incómodos. Impulsivo, poco previsible. Algo que, de repente, yo, que solía ser una persona tan calculadora, sentía que necesitaba a mi lado para equilibrar esa forma mía de ser.

Mientras hablábamos, el camarero se acercó a nuestra mesa para tomarnos nota. Él pidió una caña y yo un zumo de naranja. ¿Por qué no? Gonzalo empezó a contarme su semana. Habían estado preparando la nueva campaña para Burger King, iban a hacer algo así como una experiencia en un hotel de lujo de Madrid donde por un día servirían a todos sus huéspedes hamburguesas de la marca sin que ellos supieran que la cadena de comida rápida estaba detrás de lo que parecían platos Michelin. Me estuvo explicando cómo habían llegado a la idea y las otras mil que les fue tirando su jefa hasta validarles aquella. Era la que habían tenido que presentar al cliente aquella misma mañana. La que les había dejado en la oficina hasta las tres y media de la madrugada la noche anterior.

—Creo que tu trabajo me daría miedo —le dije cuando acabó de contármelo todo. Pegué un sorbo a mi zumo algo abstraída en mis pensamientos—. ¿Y si un día, de repente, dejas de ser creativo?

—Pediría trabajo como redactor del blog de Vogue. —Y soltó una carcajada.

—¿Eres idiota? —Intenté mantener la seriedad, pero se me escapó una pequeña risa que terminó por acompañar a la suya.

—¡Es broma! A ver, no pienso que de repente pueda quedarme seco de ideas. También es verdad que es cuestión de entrenar tu cabeza; es como cualquier trabajo. Tú también dependes de tu creatividad en el fondo. Si quieres que la gente te lea, tienes que escribir sobre algo que no tengan los demás blogs o que nadie haya enfocado de esa forma; saber descubrir una tendencia en moda, poner la atención en el diseñador adecuado... No sé. Necesitas mucho criterio para cribar lo que vale y lo que no, y creatividad, para darle un toque interesante. Al final es muy parecido a lo mío.

—Bueno, puede ser...

—Es así —contestó, poniendo en valor mi trabajo.

El sonido de su teléfono interrumpió la conversación. Gonzalo soltó el vaso que sujetaba en la mano y cogió la llamada. Mientras hablaba, saqué mi iPhone de la cartera para simular que estaba atenta a otra cosa y no incomodarlo escuchándolo. Él se levantó y me hizo un gesto con las manos como indicándome que venía enseguida.

—¿Todo bien? —le dije cuando volvió a mi lado, varios *stories* de Instagram después.

—Sí... —se rio—. ¿Crees que tardas mucho en acabarte la copa? —preguntó sin borrar la sonrisa de su cara.

—Pues... No sé. ¿Por qué? ¿Tienes que irte? —Lo miré extrañada. ¿Me iba a dejar tirada? Mejor no precipitarse.

—Hummm... Algo así. Tú intenta beber rápido.

—¿Me vas a dejar tirada? —dije en un tono bastante increpante. Lo de no precipitarme me había durado unos dos segundos más o menos.

—Que no, idiota. Nos vamos los dos.

—¿Adónde? —Intenté recular rápidamente mi actitud mostrando una sutil sonrisa y usando un tono mucho más conciliador. Pero el contraste de aquello con mi reacción anterior solo consiguió hacerme quedar como una loca bipolar.

—Estás tonta, ¿eh? —Se echó a reír—. No te lo puedo decir aún. Tú no tardes mucho. O si quieres déjate el zumo, anda. Invito a este Don Simón. —Los dos soltamos una carcajada.

—No, no... Tranquilo. Pero ¡¿qué es?!

—Tenemos que ir a un sitio que está a veinte minutos andando. No te puedo decir más.

Le di tres sorbos largos a mi bebida, intrigada por saber adónde podíamos ir. Gonzalo se terminó su cerveza y se acercó a la barra para pedir la cuenta de nuestra mesa. Yo le di un billete de cinco euros para que no tuviese que invitarme. No me gustaba mucho que nadie me pagase mis cosas.

Cuando salimos a la calle Gonzalo sacó su móvil del bolsillo y se rio en silencio sin apartar la mirada de la pantalla.

—¿Qué pasa?

—Nada, estoy buscando una moto de estas de alquiler que esté cerca.

—Pero ¿no estaba a veinte minutos?

—Es que si vamos andando seguro que adivinas lo que vamos a hacer antes de que lleguemos. Prefiero liarte un poco dándote alguna vuelta tonta por Madrid... —Siguió buscando en su pantalla—. Vale, la tengo. Hay una a cuarenta metros. —Y lo seguí mientras él comprobaba que llegábamos al lugar correcto.

Anduvimos como dos calles mientras yo intentaba intuir en su mirada alguna pista de aquel repentino plan, pero él solo sonreía intentando evitar el contacto visual. En un momento dado, giramos a la derecha y nos encontramos con nuestro flamante vehículo. Era una de esas escúteres blancas de eCooltra. Nunca había cogido una para moverme por la ciudad. Como lo tenía todo siempre tan cerca de casa...

—Pero ¿adónde vamos? ¿Está dentro de la M30? —le pregunté curiosa mientras me abrochaba el casco.

—Sí, sí. Estas motos no se pueden sacar de aquí. No te preocupes, fíate un poquito de mí, anda.

—Venga, vale —le contesté no muy convencida.

Gonzalo sacó la moto a la calle y yo me subí detrás. Él se giró para comprobar que ya me había acomodado y, cuando me agarré a su cintura, arrancó. Fuimos de Fuencarral hacia El Retiro y en uno de los semáforos me dijo que estábamos a punto de llegar. Yo lo miré extrañada. No tenía ni idea de adónde podíamos dirigirnos. Pasamos por la Puerta de Alcalá y Gonzalo aminoró la marcha dándome a entender que aquella era nuestra parada. ¿Iba a llevarme al parque acaso? Igual había preparado un pícnic o vete tú a saber.

—¿Es aquí? —le pregunté gritando para que me escuchase entre el sonido del tráfico. Él giró la cabeza y soltó una carcajada. Volvió a mirar al frente y aceleró de nuevo la marcha, haciendo un cambio de sentido para volver por donde habíamos venido.

—Pero ¿adónde vamos?

—¡Deja de preguntar, pesada!

Y se metió por una estrecha calle que yo no sabía muy bien hacia dónde podía conducir. Me di cuenta de que si seguía preguntando, seguiría desviándose indefinidamente con tal de no dejarme adivinar antes de tiempo cuál era nuestro destino. Así que decidí callarme y dejarlo conducir. Él siguió dando vueltas hasta que me desubiqué por completo. Yo ya no sabía si él estaría igual de perdido. Entonces, cuando ya me preguntaba si aquello seguía siendo España, aparcó y nos bajamos.

—Antes de que preguntes dónde estamos, si es que no lo sabes ya, cierra los ojos y yo te voy guiando.

—¿Por la calle? ¿Es un juego de confianza o algo así? —bromeé.

—No, tranquila. —Y se colocó a mis espaldas. Puso sus manos sobre mis ojos y empezó a marcarme el paso andando tras de mí por donde quiera que estuviésemos. Yo intenté vislumbrar algo a través del escaso espacio que quedaba entre sus dedos, pero nada.

Por lo que escuchaba, pude intuir que estábamos avanzando hacia una calle principal, dejando lejos aquella más pequeña en la que habíamos aparcado. Empecé a fijarme en los sonidos del ambiente. Podía escuchar a personas pidiendo algo de comer, puertas de bares abriéndose y cerrándose con el paso de los camareros, gente vociferando, el pitido de algún datáfono haciendo un cobro. Tenía la sensación de estar por alguna calle principal, alguna zona tipo plaza Mayor. Sol, incluso. Pero no dije nada porque lo veía capaz de darme una vuelta en plan gallinita ciega y subirme otra vez a la moto.

—Ya. —Me quitó las manos de los ojos; estábamos en la puerta de Joy Eslava, una sala de conciertos situada no muy lejos de donde yo marcaba en mi mapa mental. En la puerta del local, dos chicas nos miraban sonriendo. Parecía que nos esperaban—. Toca Vance Joy en veinte minutos —dijo él.

—¿De verdad? —Lo miré alucinando y se rio. Asintió con la cabeza y me dio un beso muy fugaz en la boca. Aquel plan no me lo esperaba y no podía apetecerme más.

Me flipaba esa banda. La primera vez que nos acostamos, después de hacerlo, nos pusimos a escuchar música un rato. Yo le enseñé un par de canciones de *Nation of Two*, uno de sus discos. A Gonzalo también le gustaba ese grupo. Ninguno de los dos éramos fans del estilo de llorar al verlos o algo así —en mi caso, yo no era fan a ese nivel de nadie—, pero lo que habíamos escuchado nos gustaba bastante.

Las dos chicas que esperaban en la puerta se acercaron a nosotros y nos saludaron. Eran Blanca y Nagore. Trabajaban en el departamento de Cuentas de Sra. Rushmore. Nagore conocía al dueño de la sala porque este se dedicó a la publicidad por un tiempo, y el tipo le había regalado cinco entradas para el concierto de aquella noche. La quinta entrada se quedó sin dueño. Ambas parecían tías bastante majas. Blanca era una chica guapísima, con el pelo largo negro, la piel bronceada y unos ojos grandes y oscuros que destacaban entre las marcadas facciones de su cara. Era muy habladora y graciosa, una de esas personas que le da la vuelta a cualquier situación con un comentario ingenioso para hacerlo divertido. Nagore era algo más bajita que Blanca, tenía el pelo castaño y un flequillo despeinado que enmarcaba sus ojos azules. Al principio me pareció algo más reservada. Sin embargo, cuando entramos estuvo pendiente de mí en todo momento, preguntándome por el trabajo o cualquier otra cosa que le diera pie a conocerme un poco más y hacerme sentir cómoda con ellas.

El concierto empezó y Gonzalo fue a por unas cervezas para los cuatro. Había más gente dentro de la que yo esperaba. Nosotros pudimos colocarnos en una de las primeras filas de la parte inferior del local, que estaba construido como un teatro. Era la primera vez que entraba. La sala tenía unas gradas enormes doradas situadas a mayor altura en los laterales. Estas miraban hacia el escenario, colocado en la parte frontal, a cuyos pies nos encontrábamos nosotros.

El ambiente era genial. Nadie era tan fan como para tener que estar lidiando con ningún grupito de gente chillando los nombres de los integrantes; tampoco había nadie demasiado pegado a su teléfono que disfrutase más de su pantalla que del concierto. Canciones tranquilas e íntimas, todos estábamos embelesados por el fantástico directo del grupo y, sobre todo, de su vocalista, James Gabriel, que a mí me erizó la piel con «I'm With You». No se me ocurría canción mejor para aquel momento.

—Me encantas, Paula —me dijo Gonzalo al oído apartándome el pelo en una de las últimas canciones.

—Tú a mí también. Gracias por traerme. —Y le di un beso en la mejilla. Él me abrazó.

A veces das con personas que te hacen sentir más segura de ti misma sin la necesidad de tener que decir mucho. Solo con sus gestos. Haciendo cosas básicas, pero que significan tanto como incluirte en un plan en el que no estabas invitada. Cosas como no pensarse dos veces si darte un beso delante de los demás, o abrazarte aunque todos miren. Sonreír cuando hablas o apoyarte en cualquier comentario que hagas frente al resto. Respaldándote sin decirlo explícitamente. Haciéndote sentir más tú que nunca y conforme con ello.

Aquella noche Madrid parecía más bonita. Aunque quizá era él.

—¿Lo has pasado bien? —me preguntó al salir del concierto mientras me acompañaba a casa dando un paseo.

—Mucho.

—Me alegro. —Me miró de reojo sonriendo con picardía—. Cuando estábamos antes en El Fabuloso me ha llamado Blanca. Las dos llevan la cuenta de Burger King y esta mañana, después de la presentación, estaban hablando de esto. Les he preguntado si podían conseguir dos o tres entradas más y me han avisado esta tarde. No te había comentado nada por si se torcía el plan. —Se rio.

—Y si te hubiera dicho que estaba muy cansada como para salir, ¿qué?

—Habría ido a tu casa para sacarte yo mismo.

—¿Y si te hubiera dicho que ya tenía una cita con el otro tío que estoy conociendo de Tinder? —Sonreí.

—Pues os habría invitado a los dos. ¿No ves que sobraba una entrada? Tenía todas las posibilidades contempladas. Además, seguro que luego habrías preferido volver a casa conmigo, que es lo importante.

—Hummm... Bueno, bueno. No hagas suposiciones... —Y le di un beso agarrándome de su cintura.

Ni Van Gogh

Aquella mañana me desvelé a las siete, saqué mi portátil y empecé a escribir recordando la noche anterior, que había sido simplemente perfecta.

COMO SI NADIE NUNCA

Igual esto va de quitarse los peros, de hacerse menos preguntas y echar a volar, que las dudas pesan mucho y vivir un rato en las nubes puede no estar tan mal como nos lo quería pintar el resto. Igual va de perderse en una carcajada para recuperar el sentido, de dejar que las chispas de felicidad prendan fuego y arrasen todo lo malo. De dejar de andar con los pies de plomo, porque un exceso de prudencia puede dejarte siempre en el mismo sitio. Igual esto va de perder el juicio aposta. De abandonar la cordura y desatarse. De gritar sin miedo. De sentirse bien al sonrojarse con el primer beso y con el segundo y con todos los demás. De dejar que se te escapen las horas con alguien sin preocuparte por el tiempo. De capturar con la mente todas las miradas cómplices para luego reproducirlas en bucle y sonreír al recordar. Igual esto va de dejarse de historias y permitirse querer como si nadie te hubiera herido nunca.

Acabé de trabajar a las cinco, a pesar de que los viernes salía a las tres. Tan solo había comido una ensalada envasada mientras realizábamos la sesión de fotos. Ya era más de lo que habían podido comer el pobre fotógrafo, Carlos, y su ayudante, Nico.

Al llegar a casa me tumbé en la cama, derrotada por las horas de sueño que le faltaban a mi cuerpo. Gonzalo no subió la noche anterior, pero yo fui incapaz de pegar ojo recordando la velada e imaginando historias en mi cabeza con él: más planes inesperados, viajes, cómo me presentaría a sus padres, cómo quedarían nuestros apellidos juntos. Lo normal cuando dejas que se te vaya la pinza con alguien que te gusta y, de repente, te dan las tres. Estaba a punto de volver a entrar en aquel bucle de fantasía, cuando sonó mi móvil: Julia me estaba llamando. Hacía varias semanas que no sabía nada de ella.

—Paula, tengo un plan guay, ¿qué estás haciendo? —Julia era así. Más bien, nuestra relación era así. Podíamos estar meses sin hablar y que nuestra primera conversación tras ello fuera como si solo hubieran pasado cinco segundos. Me gustaban ese tipo de amistades. Las poco dependientes.

—Acabo de llegar a casa, estoy un poco cansada, pero dime.

—¡De cansada, nada! Es viernes. Arréglate algo por si nos liamos, ni tacones ni vestidazo, pero si estás en plan pijama o moño despídete de eso y búscate otro look.

—Tranquila, no me había dado tiempo a quitarme la ropa con la que he ido al trabajo. Llevo una camiseta de tirantes azul marino, unos *mom jeans* claritos y unos botines oscuros de tacón. El pelo me lo he ondulado hoy y lo llevo suelto. ¿Le va bien a la señorita que salga así de casa?

—¡¿Tirantes ya?! ¿Qué te crees, que sigues en Valencia?

—No, pero llevaba una rebeca clarita de punto y un abrigo encima de todo eso, claro.

—¡Ah, vale! Entonces me va bien. El caso es que hay un sitio para pintar tazas en Malasaña. Vas, pides un café, que es gratis, pagas por una pieza de cerámica y te quedas ahí pintándola. ¿Lo hacemos? Me apetece pintar. Además, tengo cosas que contarte.

—Yo también. Vale, pues vamos a pintar tazas. ¿Qué dirección es?

—Voy a tu casa, no te preocupes. Bueno, de hecho, ya casi estoy en tu portal, así que ve bajando.

—Vale...

Cogí mi abrigo gris y bajé. En cuanto llegué al portal, vi a Julia ya esperando. Vivía tan solo a unas calles de mí, lo que de alguna forma hacía aún más imperdonable que quedásemos tan poco, pero nosotras pasábamos de esos dramas y simplemente nos alegrábamos de vernos cuando podíamos hacerlo. Aquel día se había puesto una camiseta negra con brillantes, unos vaqueros pitillo que tenían dos rayas rojas de tela a cada uno de los laterales, unas Converse blancas de plataforma y un abrigo largo rojo. Julia era una chica guapísima que adoraba vestir con colores llamativos y a la que siempre le quedaba genial cualquier cosa que se pusiese. Ese día, además, se había dejado el pelo suelto y se había puesto algo de rímel, enmarcando sus ojos marrones con unas pestañas infinitas.

—Estás más rubia —maticé al verla.

—Sí, ha sido aposta. ¡Lo necesitaba! —contestó sonriendo.

Fuimos a la cafetería de las cerámicas que Julia había encontrado no sé cómo. Las dos escogimos dos tacitas que nos costaron siete euros y nos sentamos en una mesa con nuestro café y un despliegue de pinturas y pinceles de todos los tamaños. Escuetas de imaginación, decidimos pintar algunas flores sobre aquel lienzo en blanco. Yo me decanté por unos girasoles y Julia, probablemente, recreó el Keukenhofel* completo.

—Me voy a ir del trabajo. He encontrado otro mejor —dijo Julia de repente con los ojos entornados mientras pintaba unos puntos amarillos diminutos en su taza.

—Estoy viendo a alguien. Estrené con él el conjunto de ropa interior que me regalaste por mi cumpleaños —comenté mientras mezclaba en una paleta el color morado con algo de blanco—. Pero cuenta tú primero.

—Pues, como te conté la última vez, me tenían aún de prácticas por no hacerme un contrato normal, me pagaban cuatrocientos eu-

* Keukenhofel es el jardín de flores naturales más grande del mundo. Se encuentra en los Países Bajos.

ros por hacer más horas que el resto, trabajando a veces fines de semana, y no aguantaba más. Hablé con el jefe hace como un mes y me dijo que tenía suerte de cobrar siendo becaria, que algunos no eran tan privilegiados como yo.

—¿Y te dice que tienes suerte por cobrar cuatrocientos euros cobrando él cuánto?

—Seis mil al mes. Me enteré el otro día.

—Ya...

—Total, que, por su actitud, me dio la sensación de que mi sueldo iba para largo, así que me puse a buscar otras cosas. Hice una entrevista en Coca-Cola y, como tengo el C2 y bastante experiencia y tal, se ve que les gusté. Me preguntaron si me planteaba trabajar fuera de España. Entre otras cosas, les dije que sí y me dijeron que estaban a punto de contratar a algunas personas para el departamento de Marketing. La idea es formarlos y trasladarlos de Madrid a Londres en un año. Me dijeron que aún no me podían confirmar nada, pero que, de entrar, entraría en ese equipo, cobrando mientras novecientos euros por mi perfil y ya, al irme fuera, más.

—¿Y te han cogido entonces?

—Sí. Me llamaron la semana pasada para decirme que empezaba en quince días. O sea, dentro de una semana. Se supone que tendría que haber avisado con ese tiempo de antelación en el trabajo, pero como demostraron mirar tan poco por mí —por varias cosas—, yo hice lo mismo y el día que me dijeron lo de Coca-Cola me fui.

—O sea, llevas una semana de vacaciones. ¿No?

—Sí. Estos días estoy en casa a tope con el inglés. Fui el martes a un sitio cerca de aquí, un bar donde pagas la cerveza y puedes hablar con gente extranjera que traen para ayudarte a aprender inglés.

—Pero tú ya tienes buen nivel, ¿no?

—Sí, sí. Pero quería refrescarlo.

—Joder, Julia. ¡Qué locura de noticia! La verdad. De una inmobiliaria de Madrid a Coca-Cola.

—Ya, estoy contenta, pero no quiero cantar victoria antes de tiempo. A ver cómo va todo los primeros meses y ya luego podremos celebrar que he cambiado de trabajo. —Removió su pincel en un vaso con agua que teníamos y me lanzó una mirada interrogante—. Bueno y qué, ¿quién es el afortunado?

—Se llama Gonzalo. Lo conocí en Tinder...

—Ay Tinder, Tinder...

—Es publicista, de Barcelona, pero vive aquí en Madrid. Es muy buen chico, muy mono; espera, te lo enseño. —Me limpié las manos con un trapo que teníamos encima de la mesa y saqué mi teléfono para buscar su Instagram. Cuando lo encontré, le acerqué el móvil a Julia.

—Jopé, es muy mono, sí. Tiene como mucho rollo vistiendo, te pega. —Julia fue pasando fotos y llegó a una en la que salía sonriendo de cerca—. Tiene una sonrisa bonita, dientes perfectos, los hoyuelitos, ojos verdes... Venga, ha pasado el test de la amiga —dijo riendo.

—Ayer fuimos a un concierto de un grupo que los dos escuchamos, Vance Joy. No sé, me gusta porque es alguien, voy a hacer un comentario un poco raro, a quien parece que le gusta mucho vivir.

—A mí también me gusta estar viva —bromeó Julia.

—Tú también eres muy vividora, Julia —dije entre risas—. Pero no, me refiero a que siempre quiere hacer algo; de repente me sorprende con cualquier plan, me hace reír bastante. Me divierto mucho con él. Es verdad que cuando empiezas con alguien todo es divertido porque no existe la rutina, todo es una novedad... Pero siento que es una persona con muchas inquietudes y eso lo hace interesante.

—¿Y tú cómo eres con él?

—Pues, sorprendentemente, cariñosa.

—¿Empalagosa?

—Creo que no. Cariñosa. No me molesta que de repente me abrace por la calle o que tenga algún gesto así, más... tierno. Y yo, pues igual —me costó reconocerlo.

—Bueno, bueno. Eso para ti ya es un gran paso. —Julia era una persona a la que también le costaba bastante tener ese tipo de gestos con los chicos; en ese aspecto, me entendía.

—Sí lo es.

—¿Y crees que vais a acabar teniendo algo más serio?

—Pues... A ver, no hemos hablado de nada de eso. Tampoco me lo he planteado mucho. Vamos, que entiendo que ahora ninguno queda o habla con nadie más y, si todo sigue así, imagino que sí. —Me quedé callada mientras pintaba, con una esponja que había mojado en pintura azul y verde, el cielo tras uno de los girasoles—. No tiene por qué pasar nada malo —añadí.

—No. Pues me parece muy bien. —Y siguió concentrándose en su obra.

Julia y yo acabamos de pintar a las dos horas y media. Jamás habríamos imaginado que hacer unas cuantas flores —y no demasiado bien, debo añadir— nos hubiera llevado tanto tiempo. Dejamos las tazas en el local, la dependienta nos explicó que tenía que barnizarlas y hornearlas para que no se cayese la pintura, y nos dijo que volviésemos en dos días para recogerlas, cuando ya estuvieran secas.

Al salir de allí, Julia me acompañó a casa y me cambié los botines por unas deportivas blancas. Cogimos dos patinetes eléctricos y, aprovechando que no había mucho tráfico, fuimos callejeando hasta llegar a los cines Verdi para ver *Green Book*. Un simple viernes con una buena amiga. Aunque a veces solo hace falta una buena amiga para hacer que un simple viernes tenga un poquito más de magia.

Desamor

Estaba en el salón con mi portátil viendo las noticias del sábado. Me había enrollado con mi manta blanca de pelito para combatir el inexplicable frío que hacía aquella mañana. En mi intención de convertir el día en veinticuatro horas de vagueo, había cogido todos los cojines de mi cama y los había colocado a lo largo del *chaise longue* de nuestro sofá de Ikea, transformando aquel lugar en el rincón perfecto de la casa para quedarme atrapada hasta que me diera la gana. Mientras saltaba de un periódico digital a otro y buscaba artículos de moda de otros países, escuché un wasap. Decidí ignorarlo porque el móvil estaba encima de la mesita de centro. Todo lo que no pudiese alcanzar con solo estirar la mano estaba considerado «demasiado lejos» en aquel momento. Además, moverme lo más mínimo podía perturbar la arquitectura perfecta que había creado para mi relax. Seguí a lo mío.

Dos minutos más tarde, llegó otra notificación. Y otra y otra y otra. Después, una llamada. Me recliné a regañadientes pensando que igual era algo importante. Adiós a la posición perfecta que había encontrado.

—¿Sí? —Vi que quien llamaba era Gonzalo, pero no me dio tiempo a leer en la pantalla ninguno de los mensajes que me habían enviado y que aún parpadeaban en la barra de notificaciones.

—Paula, ¿haces algo esta noche? —preguntó algo inquieto.

—Pues... No, no tenía pensado hacer nada hoy. ¿Ha pasado algo?

—No, no. Quería saber si podíamos vernos.

—Ah, vale. Sí, a ver... ¿Quieres que pidamos algo y cenamos en tu casa o en la mía? —Por favor, que dijera que venía a la mía.

—¿En tu casa? —Guardó un silencio de unos segundos—. Vale. ¿Estarán tus compañeros?

—Hummm... Imagino que sí, ahora mismo están. Pero ¿pasa algo?

—No, de verdad. Era solo que quería que pudiéramos hablar con calma. Me apetecía estar a solas contigo.

—Vale, perfecto. Si quieres vente y te quedas a dormir.

—Guay. Pues luego nos vemos. Te aviso, pero estaré sobre las ocho. —Definitivamente, sonaba a que pasaba algo más.

—Sí, genial.

Gonzalo colgó el teléfono y entré de inmediato en su conversación para ver qué decían los mensajes que me había estado enviado: «Paula, ¿estás despierta?», «Estaba pensando en que podríamos hacer algo hoy», «Me ha pasado algo en el trabajo», «No es nada malo, ¿eh?, cosas del curro».

Igual estaba mal porque habían tirado para atrás la campaña de Burger King en la que estaban trabajando. Gonzalo me había explicado en alguna ocasión que muchas veces las campañas se caían porque no era el momento, por falta de pasta, porque la competencia sacaba algo parecido o porque el cliente al final decidía no llevar a cabo nada de aquello y punto. Me puse a repasar sus palabras en busca de algo que me pudiera dar alguna pista sobre qué podía tener que contarme. Su voz sonaba algo alterada por teléfono. Igual no tanto como alterado, pero estaba raro. O puede que directamente fuera cosa mía y no le pasase nada. En cualquier caso, si habíamos quedado en vernos, aquella tarde me diría qué pasaba. Así que decidí no montarme ninguna película innecesaria y volver a mi paraíso zen. Puse el teléfono en modo avión y lo dejé otra vez sobre la mesita. Me enrollé con la manta como una crisálida, me recoloqué el portátil sobre las piernas y seguí buscando artículos que pudieran inspirarme para mis *posts* de Vogue.

Sin entender muy bien cómo, me di cuenta de que llevaba cinco minutos y medio viendo un vídeo de gatos asustados por pepinos. Y lo peor: estaba a punto de hacer clic sobre el vídeo que venía a continuación: «Gatos y pepinos 2». Era oficial. Aquella era una mañana perdida en toda regla. Pero ¿y lo que me estaba riendo con los gatos? Qué graciosos son los gatos.

Estaba en el clímax de «Gatos y pepinos 2»: un gato pegaba un salto a una encimera por ver un pepino en el suelo, luego se asustaba por ver otro pepino sobre la misma superficie y al final saltaba sobre los brazos de su dueña, que en ese momento lo estaba acariciando para tranquilizarlo. Él le daba lametazos ya sin acordarse del susto previo. Y cuando iba a pasar al siguiente vídeo, «Cachorritos cantando feliz Navidad», empecé a escuchar una especie de sollozo que venía del pasillo. Quité la voz de mi portátil para asegurarme de haber oído bien. Sí. El sonido venía del pasillo.

Me levanté del sofá y dejé el vídeo reproduciéndose en el salón. Me acerqué al cuarto de Celia para saber si le pasaba algo, pero nada. De su habitación no salía un ruido. Seguí andando hasta la de Marcos y me quedé parada frente a su puerta, que estaba entreabierta. Esperé en silencio, pensando si entrar o no. Y volví a escuchar un sollozo. Salía de su cuarto. Era evidente que estaba llorando, pero yo nunca había visto así a Marcos y no sabía si era de esas personas que preferían estar solas cuando les pasaba algo... En realidad, aunque alguna vez todos lo hayamos dicho, creo que no existe nadie que prefiera estar solo cuando está triste. Así que aguanté el pomo para no abrir la puerta más de lo necesario y di dos golpecitos suaves con la otra mano sobre la madera, tratando de no entrar con brusquedad.

—¿Sí? —dijo con la voz quebrada desde el otro lado.

—¿Puedo entrar? Soy Paula —le dije casi en un susurro.

—Sí, porfa. —Cerré la puerta tras de mí para que Celia no escuchase a Marcos.

—¿Qué pasa? —le pregunté mientras me acercaba a él para sentarme sobre su cama. Marcos estaba tapado con su edredón y tenía el teléfono en la mano. Había un paquete de clínex sobre su mesita de noche y varios pañuelos acumulados ya gastados al lado.

—Rafa... —Y se echó a llorar tratando de limpiarse rápido con las manos las lágrimas que le brotaban de los ojos sin cesar. Yo lo abracé en silencio esperando a que continuase cuando pudiera hacerlo—. Esta semana estuvo de viaje en Polonia por una cosa del trabajo y ayer fuimos a tomar algo con unos amigos...

—Vale... —dije yo. Marcos tomó aire y siguió hablando, tratando de tranquilizarse a sí mismo.

—Te cuento cómo lo viví yo. Estábamos con un grupo de amigos en La Vía Láctea, por aquí cerca. Yo me había quedado sin batería y estábamos esperando a una amiga mía, total, que cogí el móvil de Rafa para hablar con ella y avisarle de dónde quedábamos. Fue un segundo solo, iba a escribir ese wasap y, de repente, me salta una notificación de Grindr.

—¿De qué, perdón? —pregunté bajito, como si por hablar menos alto no fuera a interrumpir la historia.

—Sí, perdón, es un Tinder para gais.

—Ah, vale, no lo conocía, sigue.

—Vale... No sé ni de qué era la notificación, pero pensé: «¿Rafa? ¿Tiene cuenta aquí?». Lo primero que se me ocurrió, mira si soy idiota, no fue que estaría usando la aplicación ahora, sino que la tendría de antes de conocerme.

—Bueno, dos años sin borrar una *app* para ligar...

—Ya, pues así de tonto soy. Total, que mi reacción, sabiendo que está mal porque no es mi teléfono, fue meterme en la *app* y, Paula... Un montón de chats recientes con otros tíos; los últimos eran todos de Polonia. Solo me metí en un par y ni siquiera tuve que leer mucho, porque la conversación era apenas un saludo y a continuación Rafa le preguntaba al otro, bueno, a los otros, si querían quedar para tomar algo y lo que surgiese. Es que ni siquiera usaba una frase distinta; yo creo que copiaba y pegaba lo mismo en todas las conversaciones y, claro, ellos respondían que sí. Luego ya hablaban directamente del sitio y la hora a la que se verían y ahí acababa la conversación. Bueno, en una, además, había un mensaje de un tío diciéndole que lo había pasado muy bien la noche anterior... Por si me quedaba alguna duda. —Marcos alargó el brazo para coger otro pañuelo e intentó contener las lágrimas.

—Joder, Marcos. Menudo pedazo de cabrón. —Y volvió a echarse a llorar—. ¿Qué le dijiste luego? Al enterarte de todo eso...

—Pues de todo, Paula. De todo. Fui hacia él, le estiré de la camisa y le tiré el móvil encima de la barra con una de las conversaciones abiertas y le pregunté si además de mentiroso era tan gilipollas e inútil como para ni borrarse Grindr. Todos nuestros amigos se callaron en ese momento. Todos lo escucharon porque, por muy alta que estuviera la música, yo creo que solo se me escuchaba a mí gritando en el bar. Rafa se quedó blanco y yo no sé ni lo que me decía, creo que solo repetía todo el rato: «Marcos, vamos afuera; Marcos, vamos afuera». Yo es que no quería ni mirarlo a la cara de la rabia que tenía encima.

—Es normal.

—No te sé decir ni siquiera qué le dije exactamente, porque estuve gritándole hasta de qué mal se tenía que morir. Y lo último que hice fue decirle que no volviese a hablar conmigo en su vida y que no quería ni que intentase explicármelo porque ya estaba todo claro.

—¿Y no habéis hablado?

—No, es que no quiero. ¿Para qué, Paula?

—No lo sé, por saber qué ha podido pasar por su cabeza para... Es que no lo entiendo. Hace dos semanas estuvo aquí conmigo también y no lo vi...

—Sí, y esta semana fue su cumpleaños y el lunes antes de irse fui a despedirlo a su casa para darle el regalo y todo parecía estar normal. La única duda que me planteo es desde cuándo. ¿Desde cuándo ha estado engañándome? ¿Cómo ha podido hacerme algo así con el tiempo que llevábamos juntos? Todo estaba tan bien... —Marcos se quedó pensativo y se le pusieron los ojos vidriosos.

—¿Ni siquiera notabas una actitud rara?

—Nada, Paula. Si cuando estuvo en Polonia estuvo pasándome fotos diciéndome que me echaba de menos y que ojalá estuviera allí con él. Es que no entiendo nada. Y a la vez quedando con otros. Es que era imposible notar nada raro en él al volver. A saber con cuántos. Si lo escondía tan bien sería por algo, ¿no? ¿Tú qué piensas?

—Es que me parece... De verdad, Marcos, no tengo palabras. Yo, ya lo sabes, Óscar, mi ex, estuvo quedando con alguien al final de la relación, pero pensándolo luego, sí que podía intuir que algo pasaba. De hecho, en mi caso, fue más bien que yo no lo quería ver. Pero es que por lo que me dices, por cómo estaba el otro día contigo en casa... No sé, parecía todo tan normal... Parecía que estaba todo tan bien... No sé, o está muy acostumbrado a hacer ese tipo de cosas, siento decírtelo, o es una persona que no tiene sentimientos, directamente. No todo el mundo sabe querer, ¿eh? Hay muchas personas que son incapaces.

Marcos dejó caer su cuerpo sobre la cama y en un sollozo me cogió del brazo para que me recostase junto a él. Jamás me habría imaginado verlo así de vulnerable. Yo me quedé a su lado mientras él lloraba. Entendía por completo aquella sensación. Cuando supe que Óscar me ponía los cuernos con otra chica sentí que se me partía el alma. No entendía por qué a una persona a la que solo le había dado lo mejor de mí valoraba tan poco todo eso, toda nuestra historia. Me sentí insuficiente, insegura y rota. Marcos y Rafa llevaban, además, dos años juntos. Marcos era el novio ideal, cariñoso con él, lo apoyaba muchísimo en el trabajo, le había presentado a todos sus amigos, que ahora resultaban ser los mejores amigos de Rafa también, hacían siempre un montón de planes divertidos y, por lo que me contaba Marcos —y yo tenía que oír de vez en cuando—, sexualmente parecían la hostia. ¿Por qué, aun así, él necesitaba algo más fuera de su relación?

—Paula, podríamos hacer cosas hoy. Necesito entretenerme porque como piense en esto me hundo —dijo intentando bromear.

—Claro. ¿Te apetece que vayamos a la Sala Equis? —Sala Equis era un espacio muy curioso que había en Lavapiés donde podías ir a tomar algo. Era un sitio donde, además, ponían películas y a veces ofrecían conciertos en directo. El lugar estaba lleno de plantas y enredaderas, gradas con cojines para sentarse, luces de neón y hamacas bajo la pantalla de proyecciones gigante que cubría una de las paredes. El lugar perfecto para distraerse y anestesiar un poquito el corazón.

—Sí, porfa. El otro día vi que hoy proyectaban *Mi vecino Totoro*.

—Vale, pues si quieres, vamos, y estamos por ahí un rato. Luego podemos ir al karaoke con Andrea y Elena. Las aviso. —Sabía que había quedado con Gonzalo para cenar, pero me pareció mejor posponerlo y pasar el día haciendo cosas con Marcos. Cuanto más tiempo ocupara haciendo lo que fuera, menos tiempo tendría para pensar.

—Vale, sí. Hay un sitio en Chueca. Se llama Sácame Por Dios.

—Podemos ir a ese —dije riendo—. El nombre hoy nos viene al pelo.

—Sí. —Sonrió él—. Es justo lo que necesito ahora.

Cuando salí de la habitación de Marcos recogí todo el despliegue de cosas que había dejado en el sofá y volví a trasladarlo todo a mi cuarto, en vista de que aquella mañana de tranquila ya no iba a tener mucho más. Cogí mi teléfono y llamé a Gonzalo para explicarle lo ocurrido. Me contestó al segundo tono.

—¿Paula? —dijo él enseguida. Igual era mi imaginación, pero lo seguía notando alterado.

—Sí, Gonzalo. Es que estaba en casa y de repente he escuchado a Marcos llorando, total, que lo ha dejado con su novio porque le ha puesto los cuernos y está bastante mal. Creo que necesita hacer hoy cosas y te iba a preguntar si te importaba que nos viésemos mañana. ¡Puedes venir a desayunar a casa! —le dije contenta—. O si quieres voy yo, no me importa. Pasamos el día juntos. Me puedo quedar a dormir contigo y el lunes voy al trabajo directa.

—¿Sí? A ver, podríamos hacer algo y luego te vienes, vale.

—Genial, creo que hay una exposición de Toulouse-Lautrec en

CaixaForum, podemos ir. Comemos cerca y luego pasamos el resto del domingo tranquilamente en tu casa. ¿Estarás solo en casa?

—Pues la verdad es que ni idea... —me dijo distraído.

—¿Estás bien, Gonzalo? ¿Ha pasado algo en el trabajo? Como me has dicho que me tenías que contar algo... Te noto un poco raro, además.

—Sí, no, algo que ha pasado en el trabajo y que te quería contar. Pero no te preocupes, todo está bien. Nada, era por contarte, pero mañana te explico bien cuando nos veamos. —Guardó silencio por unos segundos—. Tenía muchas ganas de dormir hoy contigo. Era solo eso.

—¿Sí? ¿Seguro que estás bien entonces?

—Seguro, de verdad.

—Vale... —contesté con algunas dudas. Pero preferí dejar de indagar—. Yo también tenía ganas de dormir contigo, solo para que lo sepas. Mañana pasamos el día juntos.

—Eres la mejor, Paula.

—Ya —bromeé—. Pero tú también. Descansa hoy de mí, que mañana no te libras. Un besito.

—Otro —contestó mientras notaba que sonreía al otro lado del teléfono, y colgué la llamada.

Como era previsible, Elena y Andrea se sumaron al plan de ir antes a Sala Equis en cuanto se lo propuse. Quedamos a las seis de la tarde en Lavapiés y las dos aparecieron más que preparadas para el karaoke de después. Conociendo a Andrea, seguro que había convencido a la pobre Elena para salir de casa con aquellas pintas. Solo puedo decir que el tío disfrazado de Winnie the Pooh de Sol iba mejor vestido en aquel momento que mis dos amigas.

Marcos y yo las vimos llegar a lo lejos, ojipláticos. Andrea llevaba una chaqueta de lentejuelas plateada, un top verde flúor de cuello alto ceñido —en plan trapera—, unos pantalones de cuero negros de tiro bajo y unas deportivas blancas de plataforma. Iba maquillada con los labios rojos, una sombra plateada y algo de *highlighter* en los pómulos. Además, y por ningún motivo, llevaba un sombrero de vaquero. Elena, la otra *fashion victim*, llevaba un mono ceñido negro, que habría jurado que era un neopreno para hacer submarinismo, unas deportivas rojas de plataforma, una chaqueta amarilla de cuero y una especie de fular de plumas inexplicable con purpurina. Ella había salido peor parada de aquella traición a la moda.

Marcos y yo, que íbamos en vaqueros y con unas camisetas de lo más sencillas, las esperamos petrificados mientras se acercaban a nosotros. Ellas no dejaban de reírse.

—¿Había que venir así? —preguntó Marcos aterrado cuando aún estaban a unos metros.

—Yo de esto no sabía nada, lo prometo...

—Pero ¿no íbamos al karaoke? —dijo Andrea al saludarnos.

—Sí, bueno, pero eso es luego... —contesté mientras seguía analizando aquel *outfit*.

—Os habéis venido muy arriba, ¿no? —pregunté al asimilar la situación y solté una carcajada que hizo explotar la risa del resto.

—Es que íbamos a venir normal, pero, de repente, a Andrea se le ha ocurrido emperifollarnos para el karaoke. Ha venido a mi casa y me ha elegido ella misma la ropa. El fular este lo acabamos de comprar en un chino, según veníamos. Todo el mundo nos miraba por la calle —dijo entre risas—. Por cierto, ¡perdón! Soy Elena —puntualizó mientras se presentaba a Marcos.

—¡Y vosotros no os libráis! Hemos traído cosas. —Andrea abrió un bolso negro enorme que cargaba en el brazo izquierdo y sacó un pañuelo de lentejuelas color azul que me puso en la cabeza antes de que pudiera decir nada. Volvió a mirar el bolso y, rebuscando entre él como si aquello tuviera una profundidad abismal, cogió un quimono rojo que le puso a Marcos sobre su chaqueta mientras este aún intentaba entender qué estaba ocurriendo.

—¿De dónde coño has sacado estas cosas? —le pregunté yo mientras ella seguía rebuscando en su cartera. Sacó un *highlighter* rosa en barra, se acercó y me marcó dos rallas en los pómulos. Cuando fue a echarle a Marcos, él se apartó. El *highlighter* era el límite.

—De los carnavales del año pasado, que nos disfrazamos unos amigos y yo de Abba y aún lo tengo todo por casa.

—¿Tenemos que entrar así a la peli? —preguntó Marcos mientras intentaba abrocharse el quimono sin perder la dignidad.

—¡Sí! —gritó Andrea.

—Marcos, como te quites lo tuyo vas a parecer nuestro chulo. Ahora eres parte del grupo, que socialmente queda mucho más bonito que ser el que oprime a tres pobres zorras —bromeó Elena.

—También es verdad… —dijo él y todos nos reímos.

Acaparando todas las miradas posibles, dejamos nuestro sentido del ridículo en la puerta y entramos en el local. Nos sentamos en unas hamacas que había frente al proyector y esperamos a que empezase la película. En un momento dado, en medio de la proyección, el *flash* de un móvil nos deslumbró y entonces nos dimos cuenta de que estábamos siendo carne de algún meme. No era para menos el panorama.

Marcos lo pasó genial aquella noche. Cuando acabó la película fuimos hacia Chueca y paramos en un bar a tomarnos algo y picar cualquier cosa. Andrea nos invitó a todos a unas caipiriñas y nos sacaron unas tapas con las que asumimos haber cenado. Más tarde, llegamos al karaoke y coronamos la noche con Nino Bravo, Paquita la del Barrio, Rosalía y Pereza, entre otros. Bailar y desafinar en compañía es casi siempre la mejor cura para un corazón roto.

Contigo me apetece todo

Gonzalo y yo habíamos quedado a las once en CaixaForum, a poco más de media hora andando desde mi casa. Hacía tan buen tiempo que preferí ir caminando mientras me perdía entre los escaparates de las calles de Madrid, viendo todas las cosas que no me podía permitir por no haber cobrado todavía. Ese día me puse un pantalón de pinzas ceñido color negro, mis deportivas blancas de plataforma, una sudadera verde oliva y mi bolso banderola de Bimba y Lola. A pesar de los diecisiete grados y el sol que hacía, cogí mi anorak acolchado negro por si el día se torcía. El cielo de Madrid a veces cambiaba sin avisar. Yo decía siempre que era como un tío que no lo tiene claro.

Adoraba pasear los domingos por la mañana. Si algo había en Madrid un domingo a las diez era calma. Los bares que la noche anterior habían sido testigos de copas, encuentros, bailes, risas y arrepentimientos ahora descansaban, y todos los protagonistas de aquellas historias recuperaban fuerzas en sus camas o en camas ajenas preguntándose qué hacían ahí, probablemente. Los turistas, que los sábados inundaban las calles, hacían hoy sus maletas para despedirse con melancolía de la ciudad y los que querían agotar el fin de semana paseaban por el rastro o El Retiro. Pero en el centro, nada, solo tranquilidad y locales que esperaban tímidos a que aquella calma se perturbase de un momento a otro. Empecé a pensar en mi primera semana en Madrid. Lo inmensa que me pareció aquella ciudad comparada con mi Valencia. Cómo eché de menos el mar aquel verano... Y ahora, qué lejos me sentía de mi ciudad y de todo lo que un día tuve allí. Ahora todas esas historias ya estaban cerradas y las heridas que en su momento me dejaron algunas personas también habían cicatrizado.

Esperé unos cinco minutos a Gonzalo mientras escuchaba «The Night We Met» y «Ends of the Earth», de Lord Huron. Llegó sin que me enterase; me sorprendió abrazándome por la espalda y al girarme hacia él me dio un beso muy dulce.

—Estás guapísima.

—Siempre me dices eso —contesté.

—Es que siempre estás guapísima. —Sonrió y me robó otro beso.

Entramos juntos al siglo XIX. Nos dijeron que el recorrido de la exposición duraba hora y media, aunque tengo que reconocer que en ese tiempo pasamos por alto muchas obras que no nos llamaron tanto la atención y nos embobamos con otras tantas que nos moríamos por ver, como *Le chat noir* y *La Goulue y su hermana*, o que conocimos ese mismo día, como *La muerte con estola de piel*, de Eugène Delâtre, que se convirtió en mi nuevo fondo de pantalla después de haberme atrapado durante varios minutos. Y habrían sido más, de no ser por un hombre no muy simpático que me pidió sin mucha amabilidad que me echase a un lado.

—Gonzalo, ¿estás bien? —le pregunté cuando salimos del edificio. Había estado bastante callado todo el tiempo y me fijé en que había apagado el móvil en un momento dado. No es que me hubiese extrañado aquel detalle porque pensase que estaba escondiendo algo, más bien porque parecía que quería desconectar de alguna cosa que le rondara la cabeza. Al menos eso me transmitió a mí. Igual era suponer demasiado.

—¿Eh? Sí, perdón —me contestó sin apartar la mirada del tráfico.

—Estás raro, ¿no?

En cuanto lo dije me di cuenta de que apenas lo conocía. Que no estaba como los días anteriores estaba claro, pero igual esa era su manera de ser y yo no lo sabía. Al fin y al cabo, habíamos congeniado bien, sí. Muy bien en realidad. Y tenía la sensación de que era algo que podía ir a más, pero seguramente estaba dejando que mi cabeza se crease unas expectativas a partir de una persona que, al fin y al cabo, conocía desde hacía menos de un mes...

—Sí, sí. Es solo que la exposición tampoco me ha encantado, ¿no? —Hice una mueca.

—¿No? Ah, bueno. Pensaba que había estado bien.

—Sí, o sea, no ha estado mal. Pero había mucho de otros artistas, ¿no? Pensaba que iban a traer más de Toulouse-Lautrec.

—Ya... Sí. No sé. A mí me ha gustado. —Me quedé pensativa.

—No, si a mí también. Nada, no me hagas caso. —Y se acercó para darme un beso, cerrando así la conversación.

Las veces que habíamos quedado, Gonzalo me había sorprendido haciendo algo diferente y es verdad que para una vez que elegía yo el plan... Aunque tampoco hacía falta que todo fuera espectacular siempre, ¿no? A ver, la vida no es una superproducción de Hollywood. Además, que ir a una exposición, pues, no sé, a mí era de los planes que me gustaban hacer cuando estaba con alguien. ¿Estaría pensando que era una tía aburrida? ¿Estaría así de distante porque hasta ahora planear cualquier cosa había recaído sobre él? Igual se había dado cuenta de que no congeniábamos tanto como pensaba. O bueno, igual toda esta historia me la estaba montado yo solita y en realidad él estaba como siempre. Mejor no pensar en ello. Si le pasaba algo, ya me lo diría. ¿No?

—Paula, ¿quieres que vayamos a mi casa? Me apetece estar contigo, los dos tranquilos. Ver alguna serie y no hacer mucho.

—Vale, pero no he cogido nada para mañana, porque me estás diciendo de quedarme, ¿no? —pregunté para confirmar.

—Sí, tonta. Pasamos por tu casa y luego vamos a la mía. No te preocupes.

Gonzalo vivía en Lavapiés. El verano que llegué a Madrid pasé una semana en aquel barrio porque yo aún no había encontrado piso y la amiga de una amiga tenía un pequeño espacio en su minúsculo salón donde cabía un colchón hinchable de esos de Decathlon que cuestan menos de veinte euros. Entre que me despertaba siempre en el suelo porque aquello se desinflaba si pasabas más de cinco minutos encima, el ruido de cada noche y que los vecinos de la amiga de mi amiga eran camellos y okupas, decidí ponerme las pilas para encontrar algo cuanto antes e irme adonde fuera. Y después de peinar Madrid e Idealista, encontré mi piso en Malasaña, que en aquel momento me pareció mejor que el mismísimo palacio de Versalles.

De cualquier forma, la zona de Gonzalo era algo más tranquila que aquella en la que yo me estuve alojando cuando aterricé en la capital. Estaba cerca del museo Reina Sofía. Además, no daba a una calle peatonal. Cualquiera hubiera pensado que justo por tener mayor afluencia de tráfico, sería más ruidosa, pero al contrario. Al no estar rodeada de plazas —como me ocurrió a mí—, había más silencio porque el lugar no se abarrotaba de gente gritando y bebiendo a todas horas del día.

Subimos a su casa. Era un ático precioso, muy luminoso. Entrabas directo a un salón comedor con los techos bastante altos, claraboyas y dos balcones que dejaban entrar la luz del exterior. Si seguías de frente, a la derecha, encontrabas un pasillo con tres puertas; cada una daba a una habitación, y cada habitación tenía su propio baño. No le pregunté a Gonzalo cuánto pagaba por tener baño propio y una habitación con espacio suficiente como para que cupiese una cama de matrimonio, un sofá cama y un pequeño balcón, todo eso, en el centro de Madrid, pero seguramente sería más de lo que mi sueldo podía dar de sí.

Dejé la mochila con mis cosas en su cuarto, encima de una mesita que tenía al lado de la tele. Gonzalo sacó el módulo inferior del sofá para que pudiésemos tumbarnos mientras veíamos algo en Netflix. Pusimos *Black Mirror: Bandersnatch,* una película en la que podías dirigir tú mismo la trama escogiendo entre varias opciones que te ofrecía el propio contenido. Se nos hizo eterna, la verdad.

—Paula, si alguna vez se acaba esto —dijo después de una hora escogiendo entre todo tipo de opciones que nos redirigían a escenas anteriores a veces y nos obligaban a empezar de nuevo—, ¿te apetece que pidamos comida mexicana? Es que quiero tacos y nachos. —Yo solté una carcajada.

—Igual para cuando acabe todos los restaurantes que conocemos ya no existen.

—Es verdad... Cuando salgamos de la habitación el mundo será otra cosa —continuó bromeando—. ¿Crees que nos dará tiempo a votar en las próximas elecciones?

—Uf... Lo dudo. Tú, por si acaso, deberías escribirle un mensaje a tu familia diciéndoles que los quieres y que no sabes cuándo volverás a verlos. —Gonzalo se rio.

—Hecho. Por cierto, sigo sin saber nada de la tuya. De tu familia, digo. —Y se echó sobre mí para hacerme cosquillas, como restándole peso al hecho de que me estuviese preguntando por un tema que yo había decidido aparcar.

—¡Tú tampoco me has contado nada de tu entorno! —contesté con tal de esquivar sus dudas.

—¡Mentirosa! Dos hermanas, ya lo sabes. Amparo vive en Roma; Ángela, en Colombia. Las dos por trabajo. Mis padres, que me llaman cada día, son los dos de Barcelona. Y el otro día le conté a mi madre que existías.

—¿Y eso? —le pregunté intentando llevar la conversación a otra parte. En realidad, sí tenía ganas de contarle más de mí, pero mi familia era, como poco, complicada. Gonzalo me había dejado ver en muchas ocasiones que se había criado en un ambiente estable y convencional y, por algún motivo, sentía que el haber vivido dos realidades tan opuestas de alguna forma me alejaba de él. Como si aquello pusiera de manifiesto que pertenecíamos a mundos distintos. Como si por haber experimentado dos infancias tan contrarias se fuese a truncar un ápice nuestra conexión.

—Fue un poco sin querer, no te voy a engañar —siguió él—. Como me llama siempre, le dije el primer día que habíamos quedado que tenía planes, no le dije con quién. La siguiente vez que nos vimos, le dije que tenía que recoger a una amiga del aeropuerto. En el concierto, le dije que iba con Nagore, Blanca y otra amiga. Y se ve que ató esos cabos sueltos que solo las madres son capaces de atar.

—¿Y qué ató exactamente?

—Me preguntó de forma muy sutil. Solo me dijo: «¿Y esa amiga del concierto es la misma que la del aeropuerto?». Le respondí que sí y me preguntó cómo te llamabas y de qué te conocía. En ese momento supe que lo sabía todo.

—El poder de madre, ¿eh? ¿Y qué le dijiste?

—No le iba a decir que te conocí en Tinder. Las madres aún no están preparadas para eso. La mía no, al menos. Le dije que eras del círculo de amigos, que te llamabas Paula y ya cambié de tema. Pero vamos, que te ha fichado. Aunque no creo que me vuelva a preguntar, mi madre es muy de querer saber las cosas, pero una vez que las adivina, porque las adivina, no se mete más.

—Qué graciosa. Me encanta. —Gonzalo sonrió al hacerme reír con su historia.

—¿Sabes que no había venido ninguna chica aún a mi casa?

—¿Tanto asco les das?

—Tanto como tú a mí.

Me miró esbozando una media sonrisa que me puso nerviosa y se abalanzó sobre mí. Su actitud en sí era más atractiva que la de nadie con quien hubiera estado, sin duda. Y cuando me cogía así, acercándome hacía él...

—Pues eso ya es bastante asco —intenté bromear para disimular la tensión sexual que acababa de crear en tan solo dos segundos.

—No. Pero, en serio. No me gusta traer a nadie. Soy muy reservado con mi intimidad, la verdad. Dijo bajito mientras se acercaba a mi cuello.

—Para haberme sacado de Tinder soy un poquito especial, ¿no? —pregunté intentando enlazar esa pregunta con la que venía a continuación. Sentía curiosidad por saber cuántas más había conocido en la *app*. No es que pensase que había una cifra a partir de la cual iban a ser demasiadas, pero quería cotillear un poquito.

—Eres especial en general —dijo él acercándome aún más. Yo me reí leyendo sus intenciones y me puse a horcajadas encima de él.

—¿Y tooodas las demás de Tinder no lo eran tanto? —Puse bastante énfasis en aquel «todas» para que me corrigiera si no habían sido tantas. Y le mordí el labio inferior mientras le sujetaba las manos.

—En general, nunca me había sentido tan cómodo con alguien en tan poco tiempo. Ni seguramente con más tiempo de por medio. Hacía bastante que nadie me gustaba así. —Se acercó a mi boca y me besó durante un rato de manera cariñosa—. Pero contigo me apetece todo, Paula.

Yo sonreí y me volví a acercar para seguir aquel beso que había interrumpido. Cada vez con más ganas, cada vez con más intención... Él bajó sus manos de mi cintura a las caderas y empezó a moverlas sobre su cuerpo. A los dos se nos aceleró la respiración y seguimos. Gonzalo empezó a colar sus manos por mi ropa y me quité la sudadera, él me desabrochó el sujetador y se acercó a mí para besarme los pezones sin ninguna delicadeza. Yo me dejé caer sobre él y metí las manos por mi pantalón para tocarme encima de él. Él hizo lo mismo. No aguantábamos más.

—Me encanta que hagas eso —dijo mirándome. Y me bajó de golpe el pantalón quitándome también la ropa interior para seguir tocándome él. Yo contuve la respiración mientras él me metía los dedos. Cuando se desabrochó el pantalón, bajé para seguir haciéndoselo con la boca. Gonzalo puso sus manos sobre mi cabeza mientras cerraba los ojos y cuando lo noté todavía más excitado volví a subir y me puse sobre él. Él empezó a embestirme mientras me miraba y yo dejé de pensar en todo lo demás.

El dramita

—Chicas, ¿podéis quedar ahora? —escribió Elena por el grupo. Yo acababa de salir de trabajar.

—Yo sí —le contesté—. Estoy de camino a casa en el bus, pero dime dónde bajo.

—Vivo en Ponzano; si te puedes acercar, Paula... Vamos a un bar que hay por aquí. Te paso ubicación.

—Yo también voy para allá —escribió Andrea al segundo—. ¿Pasa algo?

—Sí. Ahora os cuento.

—Vale, llego en quince minutos.

—Yo también.

Acudí al lugar que me indicaba la ubicación. Al entrar vi a Elena en una mesa al final de la sala contemplando el café que le acababa de dejar el camarero. No se había maquillado, llevaba el pelo recogido en un moño del que se le escapaban algunos rizos rojos, se había puesto unos *leggings* negros de deporte y una sudadera gris ancha. En plan Chenoa cuando la dejó Bisbal. La miré al cruzar la puerta, ella me devolvió la mirada y se volteó hacia otro lado intentando ocultar su expresión.

—Elena, ¿qué pasa? —le pregunté y me senté a su lado. En ese momento, Andrea entró por la puerta mirando la pantalla de su teléfono y carcajeándose por un meme que le acababa de enviar un tío. Al levantar la vista, nos vio y volvió a guardar el móvil en el bolso. Cogió una silla de la mesa de al lado y se puso a la derecha de Elena.

—Tía, ¿qué pasa? —Ella se echó a llorar. Andrea y yo nos quedamos mirándonos como intentando averiguar de alguna forma qué había podido ocurrir.

—A ver... —Cogió aire e intentó calmarse para contarnos lo ocurrido—. Os conté el otro día que conocí a alguien en Tinder.

—Sí —dije yo. Otro corazón que rompían, pensé.

—Vale... —Se calló unos segundos—. Es que me da vergüenza, vais a pensar que soy gilipollas y una guarra.

—Uy, pero qué dices, seguro que no es nada que no nos hubiese podido pasar a nosotras —dijo Andrea intentando tranquilizarla—. Venga, no te preocupes, somos tus amigas.

—Os acordáis de Aitor entonces, ¿no? —Las dos asentimos—. Ayer volvimos a quedar. No os he estado contando nada de esto porque de verdad que me da palo estar quedando con gente de Tinder. Me siento un poco como una paria que solo puede conocer a alguien a través de una *app*. —Andrea y yo nos miramos—. Uy, sin ofender, ¿eh? —dijo ella. Las tres nos reímos y Elena se secó las lágrimas.

—Te podrías ligar al tío que quisieras, Elena. En Tinder y fuera de Tinder. Pero bueno, sigue.

—Pues eso, que ayer quedamos. Os digo la verdad y, aunque me cueste, voy a hablar sin tapujos: me apetecía acostarme con alguien porque hace tiempo que no quedo con nadie de esa forma. Y ni siquiera pensaba contarlo, pero es que necesito hablarlo con vosotras. El caso es que vamos a un sitio que está por aquí, cerca de mi casa. Nos pedimos algo para cenar y él pide una botella de vino. Total, que vamos bebiendo, bebiendo, bebiendo... Yo creo que bebí más que él porque estaba bastante suave y no me di cuenta de que me estaba pasando. El caso es que nos dieron las doce y acabamos subiendo a mi casa. Un inciso, a todo esto, yo me tomo las pastillas anticonceptivas porque me van genial para el acné. —«Típica excusa», pensé yo—. Bueno, subimos a mi casa, vamos a mi cuarto los dos... Mi compañera de piso estaba ya en su habitación. Empezamos a... Pues eso...

—A follar —terminó Andrea.

—Sí, a hacerlo. Y el caso es que aquí se me fue mucho la pinza porque no le dije que se pusiera condón ni nada. No sé, por un momento, digo: «Vale, me tomo las pastillas, ¿qué más da?». Tampoco estaba yo muy fina después de tanto vino y no pensé en las consecuencias de nada. —A Elena se le escaparon unas cuantas lágrimas y tuvo que parar un segundo la historia. Yo no sabía muy bien por dónde iba a ir el tema. Habiendo pasado todo esto ayer, dudo que se hubiera quedado embarazada de un día para otro—. Bueno, acabamos de hacerlo y el chico, de repente, tomó una actitud superrara. Yo pensé que igual no le había gustado, porque estaba como callado, pensativo, sin decir nada. Recogió sus cosas, se vistió y me dijo que tenía que irse. Pasó un rato, yo rayadísima, cogí el teléfono y le puse: «Lo he pasado muy bien contigo». Que, en realidad, tampoco era así; de hecho, me di cuenta de que ni siquiera me gustaba, solo me apetecía que nos acostásemos, aunque sé que es algo raro en mí porque no suelo tener esa actitud con nadie, pero fue así. El caso es que no me respondió el mensaje en toda la noche. Esta mañana lo he visto conectado en WhatsApp y tampoco me ha puesto nada. Yo ya tenía asumido que no le había gustado y que estaría arrepentidísimo de haberse acostado conmigo o algo, hasta el punto de no querer ni siquiera volver a hablarme.

—Bueno, pero eso no te hace una guarra ni una idiota. A veces pasa, que no congeniamos con alguien y nos damos cuenta un poco tarde —añadí yo.

—No, pero esperad. Es que, hace dos horas, yo estaba ya en casa, que había llegado del trabajo, miro el teléfono y... —Elena se giró para buscar en su bolso, que había dejado colgado en el respaldo de la silla. Sacó su móvil y abrió la conversación con Aitor—. Leedlo —dijo, y sujetó el teléfono mientras Andrea leía el último mensaje en voz alta.

—«Elena, disculpa mi actitud después de lo de ayer. Lo pasé

genial, estuve muy a gusto contigo en todo momento y me encantó absolutamente todo. El caso es que no sabía cómo decirte algo que me sabe bastante mal por ti. Hace dos semanas me acosté con una chica que conocí también en Tinder, empecé a encontrarme mal y fui al médico, me hicieron unas pruebas y tengo clamidia. Lo supe hace dos días. No es nada, solo tengo que tomarme un medicamento, no es ninguna enfermedad incurable, es solo una bacteria que se va con un antibiótico; pero yo aún no he podido tomármelo, así que lo más seguro es que te lo haya pasado. Sé que te lo tendría que haber dicho o que tendríamos que haber usado protección, pero me dejé llevar por el momento. Me apetecía hacerlo así contigo y, la verdad, no iba a decirte nada siquiera, pero me ha sabido mal. *Sorry.* Espero que vaya todo bien, un besito.» —Andrea se quedó con la boca abierta.

—¿No iba a decirte nada? ¿Me ha sabido mal? *Sorry?* ¡¿Hola?! —repetí yo en voz alta irritada—. ¡¿Ese tío es gilipollas?! —exclamé.

Andrea se quedó mirándonos a las dos intentando contener la risa y soltó una carcajada. Elena la miró y se echó a llorar. Yo le cogí el móvil a Elena y volví a leer aquel párrafo con la boca abierta. Al apartar la mirada del teléfono, vi que dos camareros nos miraban desde la barra intentando comprender qué podía haber pasado que a una le causara risa, a otra llanto y a otra tal asombro. Un idiota con clamidia, señores. Lo que ocurría era eso.

—A ver, tía. Me sabe fatal, pero esto es gracioso si lo piensas. Por el tío me imagino que no estarás mal porque es un evidente gilipollas. Pero no gilipollas de ser un cabrón, sino que de verdad no tiene dos dedos de frente. Le contagian una ETS, se le pasa tomarse la medicación, se acuesta con un pibón, que no se habrá visto con una tía como tú en su vida, y va y le pasa clamidia. Pero es que, además, para arreglarlo, decide salir corriendo de tu casa y te envía un mensaje que acaba con «*sorry*, un beso». Como si te estuviera contando yo qué sé, que se le olvidó bajar la tapa del váter después de mear en tu baño.

Solté una pequeña risa al escuchar aquel resumen de Andrea. Debo decir que era difícil ser más torpe en la vida.

—Pero ¿por qué os reís? No es gracioso. Que tengo una enfermedad de transmisión sexual.

—Bueno, una infección —le dije yo—. Tienes una ITS, no una ETS. —Andrea me miró riéndose todavía sin entender qué decía yo—. Sí —seguí explicando—, que tienes una infección, no una enfermedad. Ve al médico. La clamidia se cura con un antibiótico. En una semana ya no tienes nada. Una amiga de mi uni la tuvo.

Elena se secó las lágrimas al escucharme. En realidad, no cambiaba nada, pero supongo que la palabra «infección» sonaba un poco menos dura. Realmente, lo que le habían pasado, sí, era una putada, pero nada más. Eso sí, seguro que no se le olvidaba usar condón en su vida a partir de aquella experiencia.

—Vale, entonces lo que tengo… no es para tanto, ¿no? —dijo ella.

—Tía, no. Es importante que uses preservativo, aunque te tomes las pastillas, eso sí. Pero, vamos, que no sé. No te preocupes.

—¿Vosotras siempre usáis condón?

—Yo sí —dijo Andrea ya más calmada—. Siempre.

—Yo cuando no conozco a la persona, sí. Con Gonzalo la verdad es que me he fiado y no estamos usando, porque yo tengo el DIU, pero me haré las pruebas en estos días de todas formas. Aunque él también se las hizo hace poco y todo bien.

—¿Te haces pruebas? —preguntó Andrea.

—Claro, tía. Con el sexo oral también puedes coger algo aunque uses preservativo, ¿eh? Que el condón está bien, pero revisarte de vez en cuando es obligatorio.

—No sé, qué miedo.

—Qué va, no es nada.

—¿Alguna vez habéis tenido algo? —preguntó Elena.

—Yo no —contesté—. Pero, de verdad, no te preocupes, no seas tonta. Ve al ginecólogo mañana, te recetan lo que te tengas que tomar y ya. De todas formas, ¿no te pica ahí ni nada?

—No, me noto normal.

—Bueno, a veces no se tienen síntomas.

—¿Por qué sabes todas esas cosas? —preguntó Andrea extrañada.

—Que ya os lo he dicho. Una amiga de la uni tuvo clamidia, y no es nada.

—Una amiga, una amiga. Zorra... —bromeó ella. Yo puse los ojos en blanco y me reí.

—Vale, bueno... Ay, me tranquilizo por esa parte. —Elena se soltó el pelo y le pegó un sorbo a su café, que ya estaría más que frío.

—De todas formas, flipo con el chaval, ¿no? —dije para incidir en ello.

—Sí... Es que, joder, no sé. Parecía un chico supernormal.

—Bueno, siempre te acabas fijando en los que son un poco pringadillos —añadió Andrea.

—A ver, justo por eso. —Soltó una pequeña risa—. No esperaba que me hiciera ninguna putada. Tía, que es psicólogo. Qué falta de empatía, ¿no? Pensadlo.

—Ya, el mensaje no hay por dónde cogerlo...

—Pues no —dije yo mientras le hacía señales al camarero pidiéndole otro café igual al de Elena, ahora que había pasado todo el drama.

—Para una vez que me atrevo a quedar con alguien de Tinder para... eso... Y me pasa una ETS.

—¡ITS! —puntualizó Andrea burlándose de mí haciendo una expresión de sabelotodo y poniendo el índice en alto.

—Eres idiota, Andrea. —Me reí.

—Oye, y ¿qué tal con el jefe ese vuestro? —pregunté cambiando de tema.

—Sigue amargándome la vida. Mira, llevo una racha...

—Joder. Bueno, como dijo Andrea, ya se le pasará.

—¿Y tú qué, Paula? ¿Cómo vais Gonzalo y tú? —dijo Andrea—. Vi un *story* en un concierto. Me imaginé que habías ido con él, pero se me olvidó preguntarte.

—Sí. Vimos a Vance Joy.

—Ni puta idea.

—Me lo imaginaba. Un grupo. Fuimos con dos amigas suyas del trabajo que tenían entradas y, oye, genial. No sé, no ha pasado nada así destacable, pero estoy muy a gusto con él.

—¿Con dos amigas suyas? O sea, que es oficial, estáis conociendo a gente de vuestro grupo. ¡Un día le hacemos la encerrona y lo conocemos!

—Andrea, ¡no! A ver si agobiamos al pobre chico —puntualizó Elena—. Aunque yo también tengo curiosidad por conocerlo.

—A ver si algún día surge el plan... —dije yo. No llevábamos mucho quedando, pero cada vez iba teniendo más confianza en aquella relación y no me parecía del todo mal.

—Anda que... Una que se enamora del primer chico que conoce en Tinder, otra que coge una ITS por culpa de un pringado... Chicas, algo no estáis haciendo bien —bromeó Andrea.

—Y tú sí, ¿no? ¿Cómo vas con lo de acostarte con todo Madrid?

—Bien, la verdad. —Yo asentí, dándole mi aprobación—. Bien, bien —retomó ella sonriendo con picardía, como recordando algo guarro—. El otro día Raúl me habló para quedar, por cierto. No sabía nada de él desde hacía bastante y por primera vez fui yo la que le dio largas. Así que... ¡Genial! Está siendo la terapia que necesitaba para desintoxicarme de ese tío. Y estoy follando mucho, además. Todos los planetas se han alineado. Mira. —Andrea sacó su móvil y se puso a buscar a alguien en Instagram—. El sábado, después del karaoke, vino este chico a mi casa. Se llama Borja, es de Sevilla. Tampoco es que me volviera loca, pero era lo que había. —Cogí el teléfono para analizar el polvo de Andrea. Era mono. Normal, pero atractivo. Alto, cuerpo definido sin llegar a estar demasiado fuerte, pelo castaño, ojos oscuros, una sonrisa bonita... Atractivo, sí.

—De verdad, estás fatal —dijo Elena entre risas.

—Tía, yo creo que si te pones en serio, te pasas Tinder —bromeé.

—Igual te dan un reconocimiento honorífico: Premio Princesa de Asturias del Zorreo —dijo Elena como visualizando el momento en el horizonte.

—Qué hijas de puta. Si me lo dan, os lo dedico.

Y así, con dos amigas y un café, Elena pudo olvidar su ITS y a un idiota. Algunos problemas salían así de rentables.

Gonzalo me escribió un mensaje mientras estaba en el metro de camino a casa. «Paula, ¿puedo llamarte?» Me lo había enviado hacía diez minutos, pero me llegaba ahora. Lo llamé directamente al salir por Tribunal. Tenía ganas de contarle lo que había pasado con las chicas.

—Hey, ¿dónde estabas? No te llegaban mis wasaps —me dijo al contestar.

—Estaba con Andrea y Elena. Un pequeño drama.

—¿Sí? ¿Qué ha pasado?

—Pues, en resumen, Elena conoció a un chico en Tinder, se acostaron y él prefirió obviar el hecho de que tenía clamidia, así que se fue de su casa al acabar de follar sin condón y hoy le ha enviado un wasap para decirle que le había contagiado una ITS. Elena, llorando, yo creo que se pensaba que estaba moribunda o algo así. Pero nada, ya está bien. Le hemos explicado que solo tiene que tomarse una pastilla. De todas formas, el tío muy subnormal, ¿no?

—Bueno, ella también por hacerlo sin preservativo con alguien que no conoce.

—Ya, a ver, sí. No está bien, pero si tienes la seguridad de que tienes una ITS, ¿cómo vas por ahí quedando con gente de Tinder para hacerlo? No lo entiendo.

—Joder, entre Elena y el pobre Marcos...

—Ya, tío. Lo estaba pensando antes. En realidad, no lo digo por ti, eh. Pero los chicos... Qué cobardes son a veces. En el caso de Elena todo habría sido tan fácil como, bueno, primero que se hubiera tomado la medicación para la infección o, ya una vez sabiendo que eso no lo había hecho, que le hubiese contado la verdad. Y en el caso de Marcos... Es que eso ya es otro nivel de engañar a alguien. ¿Cómo puedes estar tan tranquilo mintiéndole a la cara a una persona a quien en teoría quieres?

—Bueno, a veces las cosas no son tan fáciles, Paula. Habría que ver qué dicen ellos. Pero sí. En los dos casos, sin saber la situación personal de las otras dos personas, no parece que lo hayan hecho bien.

—No sé. Es tan fácil decir la verdad. No lo entiendo.

—Ya, bueno. Y por lo demás, ¿el día ha ido bien?

—Sí. La sesión de la semana pasada ha quedado guay. Ya tenemos las fotos que fuimos a hacer a Londres también y han quedado muy muy chulas. Una locura.

—Han tardado mucho, ¿no?

—No, es que Lorena no ha podido verlas hasta hoy con Dani. Se ha reunido hoy con él para comentarle también unas cosas de unos retratos que vamos a hacer para una gala. En fin, que las ha traído ella misma impresas en grande porque vamos a poner algunas en la redacción, y todo eso no ha podido hacerse hasta hoy, pero las fotos ya estaban. Y tú, ¿qué tal en la agencia? ¿Has llegado hace mucho?

—Qué va, acabo de llegar. Este mes va a ser intenso.

—¿Y eso?

—Bueno, varias cosas. Te las tengo que contar. ¿Crees que mañana podríamos vernos?

—Sí, claro. —Intenté no pensar en que quería decirme algo importante. Algo importante malo. Llevaba varios días rayándome por cada cosa que Gonzalo me decía, intentando buscar un doble significado a sus palabras, y al final nunca era nada. A lo mejor era el momento de tener que empezar a confiar otra vez en los tíos. Bueno, confiar en él.

—Perfecto, pues iré a tu casa cuando salga de trabajar, que todavía no sé a qué hora será. Te voy diciendo.

—Vale, un beso.

—Otro, bella.

Cómo no...

Eran las ocho y media de la mañana. Ale y yo habíamos quedado en un café que había cerca de la oficina para desayunar juntas. Después de un par de días muy primaverales, el tiempo pareció arrepentirse de la tregua y aquel miércoles Madrid se despertó fría y lluviosa. Aunque de vez en cuando un día así también era bien recibido. Sobre todo, porque aquella noche Gonzalo venía a casa y a mí ya me apetecía cobijarme del mal tiempo abrazándolo en mi cama.

Me senté en una de las mesas de la cafetería mirando cómo las gotas de lluvia golpeaban el cristal. Solo estábamos en el local en aquel momento un señor de unos sesenta años que sujetaba un periódico mientras dejaba que su café se enfriase y yo. Era un lugar pequeño, con no más de cinco mesas, decorado con un estilo francés muy clásico. Aquella mañana, además, se había convertido en el refugio perfecto contra el mal tiempo gracias al agradable calor que hacía dentro y al olor a café y tostadas recién hechas que inundaba la sala. En la barra, una mujer de unos cincuenta años con la piel perfecta y una mirada angelical esperaba secando algunas tazas a que alguien la llamase en cualquier momento para servir algún pedido o tomar cualquier comanda.

Ale entró empapada, poniendo fin a aquella calma. Se había olvidado el paraguas en casa y su chubasquero transparente chorreaba. Tenía el pelo recogido en una coleta y se había puesto unas

Hunter que le sobrepasaban la rodilla y que hacían un ruido muy cómico al andar, como de goma mojada. Avanzó hacia la mesa en la que me había sentado, dejando a su paso un rastro de agua que inmediatamente fue a secar la camarera con una fregona para que no calase en el suelo de madera de su café bar.

—Menuda mañanita —dijo mientras dejaba el chubasquero apoyado de cualquier forma sobre el respaldo de otra silla para no mojarse la espalda.

—¿Y el paraguas? —le pregunté divertida.

—En casa. Años investigando la naturaleza y enviando satélites al espacio para poder prever el clima para que luego digan que llueve y a todos se nos olvide el paraguas... Bueno, a mí.

—¡Que la NASA no se entere! —contesté yo.

La camarera se acercó y le pedimos dos cafés con leche, unos huevos revueltos y unas tostadas con mantequilla y mermelada de limón, la favorita de Ale.

—Ayer hablé con Marina —dijo Ale cuando la mujer se hubo marchado de nuestro lado.

—¿En serio? ¿Te dijo algo de la chica con la que viste que quedaba?

—No, no hablamos mucho. Me escribió por WhatsApp para saber qué tal estaba y en cuanto vi su mensaje me dio un vuelco el corazón.

—Es normal. ¿Y qué te dijo exactamente?

—Nada, en realidad. Me preguntó cómo estaba, si estaba quedando con alguien... Yo le dije que no, aunque luego lo pensé y a lo mejor debería haberle dicho que sí para que no pensase que estoy disponible cada vez que a ella se le ocurra. Y nada, no indagó más en eso, creo que fue una pregunta un poco como para saber de mí. A ver, que yo en mi cabeza me hice ilusiones, pero, pensándolo en frío, lleva varias semanas sin dirigirme la palabra y la conversación fue bastante básica.

—Bueno, nunca se sabe...

—Sí, no sé. Supongo que ella esperaba que, a pesar de que me dijera que no quería nada en este momento y tal, yo volvería a hablarle...

—Sí, eso puede ser. Echará de menos tenerte detrás, pero ten claro que ella no ha cambiado.

—Ya. Me está costando bastante desengancharme, no te voy a mentir. Estoy todo el rato pensando en ella, solo que no saco el tema para no ser pesada con eso, aunque la tengo todo el tiempo en la cabeza. Pero bueno, ya lo dijiste tú y creo que tenías razón: Marina no es para mí.

—No. —Me quedé pensando—. Es una putada cuando alguien no es para ti y punto, ¿no? Si alguien te hace algo malo, al menos puedes atenerte a ello y pensar: «Joder, qué cabrón o qué cabrona», pero cuando lo único que ocurre es que no encajáis porque os encontráis en diferentes momentos de vuestra vida o buscáis un tipo de relación diferente, es una putada.

—Gracias por los ánimos, Paula. —Ale se rio—. Sí, pero entiendo lo que quieres decir, y sí lo es.

—¿Y no te apetece conocer a nadie más?

—No me siento preparada, la verdad. Voy a estar comparando a las otras con ella y...

Estaba totalmente de acuerdo con Ale. Incluso cuando ya crees haber olvidado a alguien hay ciertas cosas que reaparecen en tu cabeza y que suponen barreras al estar viendo a una persona nueva. Pero si encima tienes claro que no has olvidado a la anterior, la historia puede convertirse en un bucle de hacer y que te hagan daño.

Salí a las siete de la oficina y le escribí un wasap a Gonzalo. Él todavía estaba trabajando y me avisó de que saldría sobre las nueve, así que le dije que se quedase a cenar y que, si quería, también podía dormir conmigo.

De camino a casa pasé por el supermercado y compré ingredientes para hacer la cena de aquel día. Iba a preparar para los dos una receta de arepas riquísima que encontré aquella mañana en el trabajo —y que parecía bastante sencilla y rápida— y luego haría un bizcocho de chocolate para culminar la noche. Pensé que como seguramente sobraría algo de bizcocho, podría guardar un poquito para que los dos desayunásemos al día siguiente en casa o, si no, llevárnoslo al trabajo. Nunca había cocinado para nadie ni era yo muy dada a ello, pero esta vez, por cualquier motivo, me apetecía hacerlo. Además, él me preparó una tortilla de patatas riquísima la última vez que me quedé en su casa. Era lo justo.

Al llegar a mi piso me puse unos *leggings* ceñidos negros y una sudadera verde de Carhartt que mi exnovio Óscar decidió abandonar en mi armario. Tengo que decir que me encantaba cómo me sentaba esa sudadera —al final sí que había sacado algo positivo de aquella relación, bromeé en mi cabeza—. Me hice una coleta y me retoqué el maquillaje, para que cuando viniera Gonzalo me pillase informal pero atractiva. Encendí el horno para que se precalentase y me puse a seguir la receta de internet al pie de la letra para preparar primero el bizcocho. Mientras este se horneaba, hice las arepas, que iba a preparar con carne picada, queso fundido y lima. «Solo» me llevó dos horas acabar todo aquello. Y otra media limpiar el *making off*. O como yo lo llamé, sin mucha gracia: el *baking off*. En mi cabeza era gracioso.

—Bueno, bueno, menudo despliegue —dijo Marcos al verlo todo.

—Bah... ¿Por esto dices? ¡El típico bizcocho que hago todas las noches! ¿Aún no te habías enterado? —bromeé. Él no pudo contener la carcajada.

—¿Cena Gonzalo en casa o estás intentando conquistarme a mí?

—Igual en otro universo, Marcos. ¡Quién sabe! No, viene Gonzalo ahora, enseguida, y me apetecía hacerle algo especial aunque fuéramos a quedarnos en casa.

—Te has pillado bastante por este chico, ¿eh?

—Ya. Me he dejado llevar. Tengo dudas todo el rato y eso. Pienso que es imposible que sea todo tan bonito y me asusta que esté yendo todo tan bien, pero bueno... Supongo que ya me tocaba que me saliera uno normal.

—Sí. Te lo mereces, la verdad. Eres una tía guay.

—¿Y tú cómo estás con lo de...?

—¡El innombrable! —Marcos me frenó antes de decir su nombre—. Hecho una puta mierda. Pero bueno, es lo que hay. Se me pasará. Me voy a apuntar al gimnasio para distraerme en mi tiempo libre. Podrías apuntarte conmigo. Antes íbamos y estaba bien.

—Sí, es verdad. No sé por qué dejamos de ir. —Marcos se encogió de hombros.

—Bueno, ya que me echáis del comedor, me cojo un trocito de bizcocho y me lo llevo a mi cuarto.

—Vaaale. Te dejo hacerlo —dije riendo.

Por un momento, pensé que igual todo aquel banquete a Gonzalo podía no gustarle y resultarle excesivo para ser una noche normal de un día cualquiera. Aunque, por otra parte, un detalle era un detalle. A mí también me habría gustado recibirlo.

Sonó el timbre y fui a la puerta como un relámpago para abrir a Gonzalo. Lo esperé impaciente mientras escuchaba cómo subía por las escaleras. En plan mascota cuando su dueño llega de trabajar. Me faltaba hacerme pis encima.

—Hay una sorpresa —dije cuando llegó a mi puerta—. Bueno, no es ninguna sorpresa, solo que he hecho una cena que creo que está buena. Es la primera vez que cocino todo lo que vas a ver, ¿eh? Así que no seas malo. —Gonzalo sonrió, me cogió por la cintura y me dio un beso.

—Prometo esconderme para vomitar —dijo en voz baja. Y pasamos al comedor.

Calenté un poco las arepas en el microondas y las saqué a la mesa. Dejé el postre mientras en el horno, aunque el olor a chocolate que invadía la casa ya delataba qué tenía preparado para después. Lo llevé todo al salón, esperando impaciente la reacción de Gonzalo al ver todo aquello. Una sensación parecida a la que tienes cuando eres pequeño y tienes que llevar las notas a casa.

—¿Son arepas? Las probé por primera vez en un sitio que hay cerca de tu casa, muy buenas. Tienen una pinta riquísima, Paula. —Él se levantó para cogerme el plato de las manos y dejarlo sobre la mesa. Me dio un beso y me miró con ternura—. Gracias, no hacía falta. Eres la mejor.

Yo le respondí con una sonrisa y los dos nos sentamos a probar aquello. Era el momento de la verdad. Mientras cenábamos pusimos en la televisión un reportaje cualquiera al que no le prestamos demasiada atención. Estuve contándole a Gonzalo con más detalle la historia que había ocurrido entre Elena y su Romeo infectado. Recordando la escena de aquel día, con Elena llorando y Andrea partiéndose de la risa, parecía todo aún más surrealista. Gonzalo, sin embargo, no intervino mucho mientras yo hablaba y me reía prácticamente sola. Pensé que estaría cansado por el trabajo o que en realidad la historia no era tan graciosa. Yo era así a veces, de reírme por cualquier cosa mientras los demás me miraban expectantes sin entender la gracia.

—Bueno, ¿a que no estaban tan malas? —En realidad, estaba bastante orgullosa de cómo me habían quedado, pero quería que lo dijese él también.

—Estaban buenísimas. No tenías por qué molestarte, de verdad.

—¡Y hay postre! —dije con entusiasmo mientras iba a la cocina—. No te muevas, que lo traigo ahora...

—No será eso que olía por toda la casa nada más entrar, ¿no?

—Tú hazte el sorprendido —le grité desde la otra habitación.

Saqué el bizcocho del horno. Me quedé mirándolo. Admirándolo, más bien. Joder. Me había quedado muy bien para ser la primera vez. También es verdad que no me pasé ni un gramo de las cantidades que marcaba la receta y tampoco me atreví a improvisar con ninguno de los tiempos de cocción de nada. Hoy en día solo hacía falta saber de qué páginas de internet fiarte para poder parecer un experto en cualquier materia.

Corté dos trozos, los puse en dos platos distintos y saqué tenedores pequeños y servilletas nuevas para los dos.

—Jopé, de verdad... Te has pasado. Gracias —dijo sonriendo levemente.

—Pruébalo, a ver si te gusta. Yo creo que está bueno.

—Vale, cojo un trozo. Pero no tengo mucha hambre. ¿Te importa si me lo llevo mejor mañana para desayunar? —Partió un trozo y se lo llevó a la boca.

—Claro, no te preocupes. Te iba a guardar un poquito para el trabajo de todas formas.

—Está muy rico —dijo, y apartó su plato, dando a entender que no cogería más. Me miró rápido y luego esperó a que yo acabase mi postre en silencio mientras ojeaba su teléfono.

Vale, igual me estaba rayando yo sola otra vez, pero ahora sí parecía que le pasaba algo. Lo notaba triste, como si hubiera ocurrido alguna cosa que lo tuviera mal. Preferí no decir nada si él tampoco lo hacía. Por un lado, para asegurarme de que realmente estaba raro y no era solo cosa mía, y por otro, para darle tiempo si quería desahogarse sobre cualquier tema que le preocupase cuando se sintiera cómodo.

En cuanto di el último bocado, Gonzalo se levantó de la mesa y retiró los platos. Yo le acompañé a la cocina y acabamos de limpiar lo que quedaba juntos.

—¿Vamos a tu cuarto, Paula?

—Sí, claro. ¿Te quieres quedar a dormir?

—Preferiría quedarme, sí. Pero ahora lo vamos viendo.

No entendí muy bien a qué se refería, teniendo en cuenta que ya era tarde. Al entrar en mi habitación, Gonzalo cerró la puerta tratando de no hacer ruido. Se quitó los zapatos, se sentó sobre la cama en silencio y se tapó la cara con las manos, como en un gesto de preocupación.

—¿Estás cansado? —dije acercándome a él. A aquellas alturas, sabía que no era eso, pero quería darle pie a que me contase qué ocurría en realidad.

—Paula... Tengo que hablar contigo.

Aquellas palabras bastaron para que se me acelerase el pulso.

Estaba claro que pasaba algo y no sabía por dónde podían ir los tiros, pero se me hizo un nudo en la garganta, esperando cualquier cosa que me rompiera el corazón. Otra vez. Yo lo miré esperando a que siguiera. Él se quedó mirando al suelo pensativo y por mi cabeza empezaron a pasar todos los posibles desenlaces que podría tener aquello: quería que dejásemos de vernos, se había acostado con otra, se había acostado con alguien que yo conocía, pensaba que íbamos demasiado deprisa, estaba enamorado de alguna chica de su oficina... Ya estaba asumiendo que íbamos a dejar de vernos. Lo que aún no tenía era un motivo seguro. Lo pensé todo, menos lo que me dijo a continuación:

—Me voy de España, Paula. Me voy a vivir a Australia.

Me quedé mirándolo sin decir nada. Incrédula. Rota. Confusa. Él agachó la mirada, como sintiéndose culpable y preocupado por la reacción que pudiesen desencadenar en mí aquellas palabras. Yo seguí en silencio y, sin querer, sin tener siquiera más detalles sobre aquello, los ojos se me empezaron a empañar. «Otra vez no —pensaba todo el rato—. Otra vez no.» Le había abierto mi corazón a alguien en un momento en el que no me planteaba siquiera conocer a nadie especial. Pero había pasado. Y sentía que las decepciones que me había llevado con otros chicos, que las veces que me habían roto el corazón o que había llorado por alguien no importaban porque todo eso me había llevado a alguien especial. Y cuando estaba dispuesta a volver a querer, cuando me estaba sintiendo querida por alguien, esto. El amor era caprichoso e injusto. Eso era todo lo que podía pensar con claridad en aquel momento.

—Me han ofrecido un puesto de director creativo en una agencia de allí, a mí y a otra persona más de la agencia —dijo con la voz entrecortada—. Hace tiempo que quería irme, mi director creativo lo sabía, se enteró de esto y... —Miré al techo para intentar contener las lágrimas que se me estaban a punto de escapar, pero fue en vano. Él se dio cuenta—. Paula, me lo he estado pensando por ti. Sé que nos conocemos desde hace poco, pero... no. No pensaba encontrar a nadie como tú y me has trastocado todos los planes.

—¿Desde cuándo sabes esto? —Solté con un hilo de voz apenas perceptible.

—Desde el viernes.

—¿Y todos estos días que nos hemos visto? ¿Por qué has hecho como si nada? ¿Por qué me has mentido?

—Paula, lo supe el viernes y quería quedar para hablar contigo, por eso te dije que nos viésemos, pero pasó lo de tu amigo Marcos, y luego el sábado quise decírtelo otra vez, pero estábamos tan bien que... No sé. Me daba rabia perderme ese momento contigo, saber que iba a estropearlo todo. De verdad que lo he intentado y he estado pensándome estos días qué hacer. Me he estado replanteando si ir o quedarme aquí, pero es algo que moví antes de conocerte y que se ha dado ahora.

—¿Sabías desde antes de conocerme que posiblemente acabases yéndote allí?

—Lo hablé con mi director creativo hace unos meses, porque él se va a ir. Le hice un comentario muy de pasada; le dije que si podía llevarse a alguien del equipo, yo estaría dispuesto. Llevo un año y pico en la agencia intentando irme fuera, pero justo ese comentario que le hice... No pensaba que fuera a ser posible. No te lo conté por eso, pensaba que era algo que ni siquiera estaba gestionando hasta que este viernes me dijo si quería ir y hoy le he confirmado que sí.

—Sabía que no podía ir todo tan bien. —Me reí irónica y me giré para que no me viese llorar. Nos quedamos un rato en silencio, intenté tranquilizarme y aclarar mis ideas, aunque era incapaz de pensar con claridad—. ¿Y cuándo te vas?

—En veinticinco días. El 1 de abril.

—O sea, que ya está. Aquí se acaba todo.

—Paula, no. —Él se acercó para abrazarme. Yo me quedé callada intentando interceptar con las manos cualquier lágrima que se me pudiese escapar. Como si por contenerlas todo fuera a ser menos real—. Paula, no quiero dejar de verte por esto. El tiempo que nos quede juntos, no quiero desaprovecharlo pensando que podría estar viéndote, y luego irme sabiendo que todo ha acabado así. En serio, no puedo.

—Gonzalo, tengo que pensar en esto. Yo tampoco quiero dejar de verte, pero tengo que pensar esto bien y hacer lo que me vaya a doler menos. No quiero seguir pasándolo mal. Estoy cansada.

—Vale, pero que sepas que yo también lo he pensado mucho y quiero tenerte a mi lado... —«Como si fuera posible estando al otro lado del mundo», pensé. Pero no pude decir nada—. No quiero perderte, Paula. No sé qué podemos hacer, pero...

—¿Te importa no quedarte esta noche? —dije entre lágrimas—. No te lo tomes a mal, pero necesito un rato para pensar en mí, aclarar esto...

—Tranquila, lo entiendo. —Se levantó de la cama y cogió sus cosas. Se acercó a mí mientras yo intentaba evitarlo con la mirada y me abrazó fuerte—. Paula, de verdad, no te quiero perder ni quiero hacerte daño. Piensa las cosas y haremos lo que tú decidas. Lo que sea mejor para ti.

Fui incapaz de mirarlo a los ojos. Él salió de la habitación y se fue. Yo me quedé ahí otra vez, intentando recomponerme sola, como tantas otras veces. Solo que esta me había dolido más de lo que habría podido esperar.

Qué irónico es conocer a alguien y volverte dependiente de la idea de que siga contigo en un futuro. Alguien que hacía equis tiempo ni siquiera existía en tu vida, pero que de un momento a otro se convierte en una necesidad. Ojalá pudiésemos borrar a algunas personas y algunas historias apretando alguna especie de botón y ya. Sacar de nuestra cabeza las cosas que fueron y las que no llegaron a ser, que esas siempre duelen más, a mí al menos. Volver a cruzarse por la calle con esa persona que un día fue especial sin recuerdos que os aten, como si fuera un desconocido otra vez. ¿Por qué querer duele siempre tanto?

Tiempo

VAMOS A PARAR EL TIEMPO

Vamos a parar el tiempo. Vamos a alargar este momento un poco más o, si me dejas elegir a mí, vamos a alargarlo para siempre.

Que no se entere el mundo de que nos estamos escondiendo de mañana, que estamos intentando que hoy no acabe. Que no se enteren los días de que ya no los necesitamos, que hemos decidido refugiarnos en este segundo y quedarnos a vivir en él para toda la vida. Que dejen de esperarnos los planes, que deje de meternos prisa el calendario.

Dile a ese tiempo tuyo que pare de avanzar sin consultarnos y, si no te hace caso, dile que por lo menos nos deje volver a este recuerdo cada vez que uno de los dos lo necesite; sobre todo, si aquel tiempo caprichoso anda despistado e intenta dividirnos en distintos espacios.

Que tampoco se entere la distancia de que estamos retrasando cualquier despedida que haya podido programar, que las únicas teorías físicas que nos importan son las de tenernos cerca. Así que vamos a pedirles a los dos, al tiempo y al espacio, que sigan siendo relativos y dependientes, y que estén absolutamente limitados por las leyes de lo que tú y yo decidamos.

Y si, a pesar de todo, ambos deciden seguir a su ritmo, avanzando al margen de nosotros, no te preocupes, que yo aprenderé a deshacerlos cada día para volver aquí contigo.

Tú no lo harás

Nada más levantarme le conté a Marcos todo lo que había ocurrido con Gonzalo, todo lo que me había tenido en vela esa noche. No me apetecía nada hablar sobre aquello, pero me pilló desayunando y me notó demasiado apagada como para no sospechar que algo ocurría. Él, al ver que no tenía muchas ganas de entrar en detalles, cambió de tema y me contó que sus jefes habían hablado con él para subirle el sueldo por el último fichaje que el banco había hecho gracias a él. Yo fingí alegrarme, aunque en el fondo estaba demasiado negativa por todo lo que había pasado la noche anterior y cualquier sonrisa de aquella mañana tendría bastante más de mentira que de verdad, sin quererlo.

A pesar de haber dormido algo menos de cuatro horas, ese día me vestí para aparentar lo contrario. Mi amiga Julia decía siempre que cuando tenía un mal día se emperifollaba para, al menos, estar mona. Supongo que venirse arriba con el look igual algo hacía. No lo sé, pero eso intenté. Así que, siguiendo su consejo, me puse una minifalda alta de cuero negra, una camisa negra semitransparente de manga larga con adornos dorados —al más puro estilo Versace, pero de unos ochocientos euros menos—, unas botas de tacón por encima de la rodilla en ante negro y un abrigo de lino beis. Me planché el pelo, me hice una coleta alta apretada y me puse bastante delineador negro y máscara de pestañas para resaltar mis ojos. Al menos, entre todo aquel maquillaje, disimularía los ojerones que me iban a acompañar durante las próximas horas.

Aun así, no podía deshacerme de aquella sensación de nudo en el estómago ni tampoco podía dejar de repetir en mi cabeza una y otra vez la conversación con Gonzalo. Escuchaba sus palabras en bucle y cada vez que las oía tenía que esforzarme por no romper a llorar otra vez.

—Pero bueno, ¡vaya pibón! ¿Has quedado luego? —me preguntó Ale al verme llegar a mi puesto.

—No. Hoy me apetecía arreglarme. —No quería contarle nada de lo que había ocurrido el día anterior porque sabía que estaríamos un rato hablando de eso y prefería posponer aquella conversación todo lo posible para intentar ocupar mi cabeza con otras cosas.

—Hoy empezamos a colgar en Instagram fotos de la sesión en la que estuviste el otro día. Diriges muy bien en los *shootings* —dijo ella mientras visualizaba en la pantalla del ordenador la carpeta con todas las imágenes.

—Gracias. Últimamente voy un poco de culo con el blog porque Lorena no para de mandarme cosas extras.

—Es obvio que te está poniendo a prueba.

—¿Siempre lo hace después de contratar a alguien? —Ale llevaba ya tres años trabajando en la redacción. Yo casi acababa de salir de mi período de prácticas y seguía encontrando cosas nuevas que aprender cada día o comportamientos desconocidos de Lorena que tenía que ir asimilando.

—No, la verdad, pero mi impresión es que confía bastante en ti y te está «formando» digamos para empezar a darte en algún momento más responsabilidades.

—Ni idea —dije yo sin mostrar mucho entusiasmo por lo que me decía Ale.

—¿Estás bien? Te noto apagada.

—Pues, mira, no he podido dormir mucho hoy.

—¿Se quedó Gonzalo a dormir en tu casa? —Ale me hizo un

guiño y esbozó una media sonrisa. Típico comentario que haces cuando no tienes que hacerlo y metes la pata. Aunque qué iba a imaginar la pobre.

—Más o menos.

En ese momento sonó el teléfono de la oficina que tenía sobre mi escritorio. «Lorena Marfil», me indicaba la pantalla. ¿Qué se le habría ocurrido a esta mujer ahora?

—¿Sí?

—Paula, ven a mi despacho —dijo en cuanto descolgué. E inmediatamente cortó.

—¿Quién era? —preguntó Ale.

—Lucifer —respondí yo sin mirarla. Resoplé y me levanté de mi puesto.

Si había un día equivocado para las ocurrencias de Lorena, era sin duda aquel, porque yo ya estaba a punto de estallar con todo lo que tenía en la cabeza.

Entré en su despacho. Había impreso a gran tamaño una de las fotos de la sesión que hicimos en Londres y la tenía colgada en una de las paredes. Yo la miré orgullosa al pensar que un trocito de mi trabajo ahora formaba parte del entorno de la editora jefa de Vogue España. Lorena apartó por un segundo la vista de su pantalla, me hizo un escáner de arriba abajo —de esos que te hacen sentir incómoda— y por último me lanzó una mirada con cierto desdén al darse cuenta de que estaba pendiente de la nueva imagen que ahora decoraba su oficina. Era su forma de decirme: «Tranquilita, que no es para tanto». Yo la miré con indiferencia para que no notase que había reconocido el objetivo de su gesto. De verdad, era imposible estar más de un segundo en ese despacho sin entrar en uno de sus jueguecitos de flagelación.

—Ven —dijo ella. Me acerqué a su lado y ella abrió la sección de moda de nuestro blog. Fue haciendo *scroll* hacia abajo y llegó a un artículo de hacía un par de días: «Guía definitiva para combinar un corsé». Lo había escrito yo. Elena entró en el artículo, amplió pantalla y bajó hasta un párrafo que subrayó con el ratón: «Esto tiene un porqué...» fue la frase que remarcó—. Una falta —dijo sin apartar la mirada del ordenador en un tono casi de burla.

—¿Dónde? —le dije yo de nuevo manteniendo la compostura.

—Porqué, junto y con acento.

—Sí. Es que es un sustantivo. Si lo cambias por la palabra «motivo» lo ves claramente —sentencié. Por un momento me dio la sensación de haber sonado demasiado cabrona. Pero se me pasó al pensar que me había llamado para echarme la bronca por una palabra que ni siquiera había leído en su contexto. Además, no tenía el día para estupideces.

—Es verdad. —Reculó—. El otro día vi una falta, pero se me olvidó apuntar el artículo. No debió de ser en este. —«No, no debió de ser en este», pensé yo—. De todas formas, no te llamaba por eso. —A ver qué se inventaba ahora para no quedar como una gilipollas y cargarme con más faena para recordarme que estaba bajo su mando.

—Viene una chica de la Universidad Carlos III, de Periodismo. Quiere entrevistar a alguien de la redacción. Estará aquí en una hora. Los demás están muy ocupados. Te entrevistará a ti. ¿Te viene bien?

—Puedo organizarme —dije yo. Cómo odiaba que hiciera hincapié en lo ocupados que estaban los demás. Todos lo estábamos. Yo incluida.

—Perfecto. Cierra la puerta al salir. —Y siguió a lo suyo.

Volví a mi sitio enfadada con el mundo. Enfadada en aquel momento, además, por esforzarme y que mi jefa no reconociese ese esfuerzo nunca. En el tiempo que llevaba, aún no me había felicitado por ningún artículo, a pesar de la diferencia de visitas que conseguía con respecto al resto. Y un día que cree haber encontrado una falta de ortografía, no se toma ni el tiempo para comprobar si de verdad lo es, sino que decide llamarme directamente para echarme la bronca y encasquetarme el marrón de una entrevista que, en resumidas cuentas, me da a entender que nadie más quiere hacer. Entiendo que un jefe tenga que desempeñar un papel de control y mostrar cierta actitud para que nadie trepe por encima. Pero también es bueno motivar a las personas de vez en cuando, en lugar de subrayar solo lo negativo.

—¿Qué quería? —preguntó Ale al verme de nuevo.

—Nada. Corregirme algo que estaba bien y encasquetarme un marrón. —Me senté y puse los codos sobre la mesa, dejé caer la cabeza sobre mis manos e intenté restarle importancia a aquella conversación. Era solo un día más con Lorena, pero estaba claro que le había dado más importancia de lo normal por el asunto de Gonzalo.

Ale me miró y redirigió la vista hacia su ordenador sin preguntarme. Seguramente, habría notado que no me apetecía hablar en ese momento, igual que habría intuido que pasaba algo que iba más allá de nuestra jefa.

Fui a hacerme un café a la máquina de la cocina. Mientras me lo bebía con calma, empecé a mirar Instagram en el teléfono y entonces me llegó un mensaje de WhatsApp: «Paula, ¿cómo te encuentras?». Era de Gonzalo. Estaba pensando en qué podía responderle cuando vino Ale. Había llegado la estudiante de la Carlos III y me estaba esperando en mi mesa. Al parecer, era una chica a la que le daba igual el periodismo, pero quería ser modelo y se había metido en la carrera por hacer algo mientras. O al menos eso le dijo a Ale en los cinco segundos que tuvo para hablar con ella mientras esperaba en mi sitio y yo llegaba. Algunas personas no saben filtrar.

—Hola. Paula Ferrer, ¿verdad? —me dijo la chica al verme llegar, apuntándome con un boli amarillo que segundos antes había estado mordisqueando.

—Sí, disculpa, ¿cómo te llamas? —le dije intentando ser amable. Disimulando la mierda de actitud que llevaba encima.

—So —contestó sonriendo.

—Perdón, ¿So? —Creí no haberla escuchado bien.

—Sí. De Sofía. Pero así suena como más mono. Quiero ser modelo, se lo estaba contando antes a tu compi, y veo que hacerme llamar así tiene como gancho. So —volvió a repetir apuntando al infinito con su boli amarillo.

—Ah, bueno, pues... Sss... —Me negué a llamarla So y reconduje la frase—. Vamos a una sala y empezamos. —Ale hizo un esfuerzo por contener la risa desde su escritorio. La chica había hecho una entrada triunfal. De eso no cabía duda.

Acabamos la entrevista a las doce y yo todavía no había podido empezar a escribir el artículo que debía redactar aquel día. So se fue de la redacción, habiéndome preguntado tan solo cosas como si había conocido a alguna modelo internacional, en qué se fijaba la revista a la hora de contratar modelos o si acudía mucha gente a nuestros eventos. La verdad, no sabía para qué asignatura era aquello, pero me podía imaginar la nota que le pondrían a la pobre. De cualquier forma, intenté darle la máxima información posible en cada respuesta por si luego, al llegar a casa y ver el conjunto de lo que tenía, podía recomponer aquel estropicio cogiendo un poco de un sitio y de otro. También le di mi correo por si a última hora se le ocurría preguntarme algo que necesitase y que no tuviera en el guion. Algo que casi seguro ocurriría. Al volver a mi mesa saltó otra llamada. Otra vez Lorena. ¿Qué coño quería ahora?

—¿Sí?

—Paula, ¿te pasas otra vez? Disculpa por tantas idas y venidas. Es que estoy cuadrando algo importante.

Me levanté de mi escritorio. Otra vez. Y fui al despacho de Lorena. Otra vez. Por un momento se me ocurrió pensar que iba a disculparse por lo de aquella mañana. Me acordé del wasap de Gonzalo, que aún no había respondido, y todo se me vino a la cabeza de nuevo. Joder.

—Paula, sí, perdón. Estaba cuadrando unas cosas de este mes. Lo de Dyn Scott, en realidad. Y era solo para decirte que Mireia se va a encargar de entrevistarlo. Pásale el contacto y ella hará el resto.

Mireia era una de las redactoras de la revista. Tenía muchos años de experiencia y era buenísima, tanto a nivel profesional como personal. Yo había trabajado muchas veces con ella ayudándola a traducir algunas cosas del inglés y justo por eso sabía que no se iba a manejar bien con Dyn. De hecho, dudaba que Mireia le dijera que sí a aquella entrevista. Primero, porque la había conseguido yo y, por ética profesional —la que Lorena se estaba pasando por el forro—, estaba mal, además de que Mireia no era así; y segundo, por el tema del idioma.

No sé si fue el cúmulo de detalles que había tenido aquella mañana Lorena conmigo o que necesitaba explotar contra alguien para sentirme mejor por lo que me había pasado con Gonzalo, pero, de repente, saqué el coraje que cualquier otro día habría estado simplemente ausente.

—Lorena, podemos avisarle y que lo haga ella si te parece mejor así, pero creo que es marear mucho la situación, si te soy sincera. Dyn accedió a venir por cómo le expliqué que iba a ser todo y en parte por el vínculo que me encargué de crear para que él se sintiera cómodo conmigo. Mireia es una gran periodista, y sé que cualquier cosa que haga va a ser del todo impecable. Pero esto también es una oportunidad para mí y me gustaría encargarme yo de ello. Sobre todo, porque he estado implicada desde el principio. —Por primera vez desde que me llamaba para reunirme con ella en su despacho, despegó la cara de la pantalla y me miró a los ojos.

—Va a ser una entrevista a tres páginas con fotos de Scott. ¿Crees que podrás con todo? —dijo desafiante.

—Sí —contesté más desafiante aún. E intenté disimular el paro cardíaco que estaba a punto de darme por cómo me había atrevido a hablarle y por lo que acababa de aceptar hacer.

—Todo tuyo. —Y volvió a mirar su ordenador.

Desde luego, aquello había cobrado un cariz distinto: el de darle a Lorena la oportunidad de echarme si aquello salía mal. Si la entrevista iba a hacerla Mireia, era porque Lorena se había dado cuenta de que aquello podría tener una trascendencia importante a nivel internacional que necesitase de alguien con más experiencia para encargarse de todo. Y yo, en un arrebato de ira, había asumido la responsabilidad total de aquello. En realidad, confiaba en mí para hacerlo. Además, podía pedir ayuda si era necesario a cualquier persona de la redacción, pero eso no quitaba que en el fondo estuviera muerta de miedo.

Salí a las siete del trabajo, después de haber escrito un *post* para el lunes que hablaba de todo lo que no podía faltar en tu armario aquella primavera. Me había quedado un poco pobre, la verdad, pero aún tenía el día del jueves para corregirlo y pedir las imágenes que necesitase adjuntar. Fui andando a casa para despejarme y paré en un Starbucks que había de camino. Me pedí un café con leche y me senté sola para ver si en aquel instante de calma podía pensar con más claridad en todo.

Saqué el teléfono y miré la conversación con Gonzalo. Todavía no había respondido al último mensaje. No sabía exactamente qué ponerle. Es verdad que me dolía que se fuera, pero coincidía con algo que había dicho. Si nos quedaba un mes juntos, yo también quería aprovecharlo con él.

Me iba a doler igual que se marchase, porque ya me gustaba, ya me había imaginado todo lo que podía llegar a pasar entre nosotros. Podía sonar a que me faltaba un hervor, pero sí, me había implicado bastante —a un nivel que casi me daba vergüenza reconocer— con una persona que había conocido por Tinder hacía menos de un mes. Y al pensar en ello no podía evitar sentirme como una niña tonta que se cuelga de cualquiera porque aún no sabe qué es querer. Pero supongo que nadie sabe qué es querer con exactitud y a veces estas cosas te vienen así, sin más explicación ni motivo. Ya lo pasaría mal cuando se fuera, no ahora, que todavía tenía la oportunidad de estar con él. Puede que fuera un pensamiento bastante masoquista. Escoger seguir viendo a alguien para continuar una historia que ya tenía fecha de caducidad. Pero prefería que me doliera perder a alguien que me había llegado a importar, a que me doliera haber desaprovechado la oportunidad de estar con Gonzalo más tiempo. Al fin y al cabo, hay gente que nunca tiene la ocasión de compartir algo tan especial con otra persona. Además, todo se acaba siempre. ¿Por qué renunciar a algo solo por saber el momento exacto del final?

«Estoy mejor, Gonzalo. Yo tampoco quiero perder la oportunidad de que nos sigamos viendo estos días. Llámame cuando salgas, por favor.» Enviar. Te quiero.

La lista

Eran las siete y media del jueves. Gonzalo se había quedado el día anterior trabajando en la agencia hasta las diez para poder salir ese día antes y venir a mi casa cuando yo llegase de la redacción. Estuvimos hablando un poco después de que le enviase aquel mensaje para intentar ver la situación de la forma menos negativa posible. Pero, de cualquier modo, acordamos que lo mejor sería hablarlo todo con calma en persona.

Marcos había quedado para cenar con unos amigos suyos y Celia había cogido el viernes libre para ir a Valladolid —de donde era ella— para celebrar con su familia el cumpleaños de su madre. Cogió el tren nada más salir del trabajo, a las cuatro. Yo acababa de llegar y me había dado el tiempo justo para colgar mi abrigo gris en el armario, descalzarme y prepararme un té negro que compré en un herbolario que habían abierto al lado de mi trabajo y que olía de maravilla. Según la mujer de la tienda, aquello era bueno para mi mente, mi cutis, mi paz interior y, en general, mi vida. No es que el discurso me convenciera demasiado, pero estaba de oferta, por 2,90.

Sonó el timbre. Era Gonzalo. Fui a la puerta y lo esperé en el pasillo, como ya era costumbre, mientras lo escuchaba subir por las escaleras. Dejé la taza de té caliente que sujetaba en las manos en la mesita de la entrada y cuando llegó a mi puerta se quedó mirándome, intentando hacer como si nada pasara, disimulando cualquier atisbo de tristeza en su mirada. Yo hice lo mismo. Tragó saliva y me abrazó fuerte, hundiéndome en su pecho. Yo lo sujeté entre mis brazos con fuerza y los dos nos quedamos intentando prolongar ese abrazo, como si así fuéramos a conseguir que el otro no se escapase nunca.

—He pensado algo, Paula. ¿Te lo cuento?

—Sí.

Fuimos al comedor y nos sentamos en el sofá. Yo crucé mis piernas por encima de las suyas, apoyando la cabeza en su pecho; él me rodeó con el brazo y sacó de su bolsillo un papel arrugado. El papel tenía una cara llena de garabatos, los esbozos de una gráfica para una campaña de Vodafone en la que estaban trabajando. Desplegó la hoja completamente y le dio la vuelta, había una lista infinita llena de palabras, sitios, comidas y películas.

—Estas son todas las cosas que quiero hacer contigo. Son muchas, pero igual si las acabamos todas podemos tener la sensación de que hemos vivido esto de verdad y que no nos ha faltado nada.

Lo miré sonriendo. A punto de llorar, también. Esta vez no sabía muy bien si de tristeza, por saber que iba a perder a alguien así, o de felicidad, por haberme cruzado con alguien así por el tiempo que fuera. Cogí el papel de sus manos y empecé a leer en voz alta.

—Uno, hacernos una foto en un fotomatón. Dos, ver Madrid desde las alturas. Tres, salir de fiesta con tus amigas. Cuatro, salir de fiesta con mis amigos (la tres y la cuatro pueden ocurrir a la vez). —Sonreí al leer eso—. Cinco, hacer un viaje fuera de España... Acostarnos en un sitio que nos dé vergüenza recordar, probar el ramen, ir a una fiesta de gala, disfrutar de otra exposición, que me robes el postre en una comida, salir a correr, un día normal en El Retiro, bailar cuando escuchemos que alguien toca en la calle, *Her* (verla juntos), no volver a verte llorar de tristeza, taller de cerámica y vino, ir a la playa... —Y así hasta llegar al número treinta y nueve.

—Iban a ser cuarenta. Pero la cuarenta lo habría cambiado todo.

—¿Qué era? —dije mientras se me escapaba una lágrima—. ¿Ves? Ya he incumplido la de no llorar. —Y me reí a la vez.

—Que buscases un trabajo en Australia y te vinieras conmigo.

Decir que no se me había pasado por la cabeza ni siquiera por un segundo era mentir. Tenía buen nivel de inglés y era un país precioso. Pero dejarlo todo por alguien... No acababa de verme en ese papel. Había trabajado mucho por todo lo que había conseguido y deshacerlo por una persona sería tirarlo por la borda. Gonzalo estaba persiguiendo su futuro al irse fuera, pero yo también iba tras el mío. Y ningún futuro era menos importante que el otro.

—Gonzalo...

—Ya, ya lo sé. Es algo con lo que he fantaseado estos días, pero ya lo sé.

—A ver, a mí también se me ha pasado por la cabeza. Pero se me ha pasado como una de esas locuras imposibles...

—Ya, ya lo sé. Necesitaba soltarlo por si colaba —dijo sonriendo.

—Bueno, ¿y cómo funciona esta lista? —cambié de tema.

—Vale, pues desde hoy nos quedan veinticuatro días juntos. Tenemos una lista con treinta y nueve cosas que cumplir... y el bonus de la número cuarenta. —Me miró riéndose.

—Gonzalo, para. —Yo me reí y me sequé las lágrimas que me quedaban.

—Si cuela, cuela, Paula... El tema es que, más o menos, tenemos que hacer dos cosas por día. Y este mes no te vas a librar de verme ni uno. Vas a acabar pidiéndome tú que me vaya ya a Australia.

—Bueno, pero ¿y lo de ir a algún sitio fuera de España? Ahí te has venido arriba —dije yo señalando esa línea en la lista. Gonzalo me miró intentando aguantar la risa, soltó una carcajada y se frotó los ojos con las manos mientras seguía riéndose—. Gonzalo...

—Dime —contestó divertido.

—¿Qué te hace tanta gracia? —pregunté temiendo la respuesta.

—No te enfades, pero abre tu correo.

Sonreí, sintiendo entre miedo y una tremenda curiosidad. Me incorporé para coger mi móvil, que estaba sobre la mesita de centro del salón. Abrí el correo. Me había llegado un mensaje a las seis y media de la tarde. Tampoco le había prestado demasiada atención por la cantidad de cosas a las que estaba suscrita y los otros ochocientos veinticuatro mensajes sin abrir que tenía ya acumulados. Era de Ryanair. Asunto: «Confirmación de Reserva».

—¿Qué?... —Lo miré intentando no flipar hasta estar segura de lo que pasaba.

—La primera vez que hablamos me dijiste que no habías ido a Amsterdam —me contestó sin dejar de sonreír, seguramente divertido por la cara de desconcierto que tenía yo en aquel momento—. Así que vamos mañana y volvemos el domingo. ¿Te parece bien?

—Y todo esto... Pero... ¿Cómo has comprado?... ¿Y cuándo?... ¿Y si te decía que no quería que volviésemos a vernos? Podría haber pasado.

—Tenía una corazonada. Además, pagué el seguro de cancelación por si acaso. —Y soltó una carcajada que inundó la habitación.

—Eres idiota —solté riendo yo también—. Pero sí, bien pensado.

Gonzalo me cogió el móvil y la lista de las manos y los dejó sobre la mesita del centro. Se giró hacia mí otra vez, me tumbó echándose encima y empezó a besarme. No paró. Ni yo tampoco. Y como si todo lo demás no fuera a pasar nunca, volvimos a estar como antes de Australia.

Bicicletas y canales

¿Sabes esa sensación de libertad que tienes cuando andas por el medio de la calle en una noche que no hay tráfico? Pues así me sentía yo. Como si los límites del mundo dieran igual y yo pudiera ser feliz por encima de las cosas que no podían ser. Y durase lo que durase aquello, era increíble.

Gonzalo me ayudó a hacer la maleta el día anterior a toda prisa. Comprobamos el tiempo y vimos que iba a refrescar, pero tampoco demasiado, así que decidí coger solo el abrigo que llevaría puesto durante el vuelo, que lo usaría también para el resto de los días. No podíamos facturar equipaje porque los billetes solo incluían maleta de mano, o sea, que lo de un modelito para cada ocasión, como había hecho en Londres, quedaba más que descartado. Cuando acabamos de preparar mi equipaje, él cogió el papel con la lista de cosas que teníamos que hacer antes de que se fuera y la metió dentro de un marco vacío de Ikea que había sobre mi escritorio. Teníamos menos de treinta días para que todas aquellas líneas se cumpliesen.

Aquel viernes me vestí con un jersey ceñido negro, unos pantalones anchos de pinza del mismo color, unas deportivas altas y un abrigo con estampado príncipe de Gales. Cogí mi maleta de mano —que aquel día me acompañaría a la redacción— y guardé dentro una bufanda gris bastante gordita y unos guantes que sacaría en cuanto llegásemos a Amsterdam. Llegué a las ocho de la mañana al trabajo, con tiempo para acabar de hacer unas cosas y marcharme. En realidad, tendría que irme mucho antes porque el vuelo salía a las dos de la tarde, así que habría que estar en el aeropuerto sobre las doce. Pensé en inventarme esa misma mañana que estaba mala para no ir, pero luego empecé a imaginarme que subía algún *story* el fin de semana, que alguien se lo decía a Lorena y que ella me despedía; o que justo aquellos días Lorena se iba también de viaje a Amsterdam, me veía con Gonzalo y me acababa despidiendo. Las dos fantasías eran poco probables. Bueno, a decir verdad, la primera era más que probable porque yo solía cometer esos errores de mentirosa de parvularios. Así que como me debían un día de vacaciones, porque el 7 de enero fui a trabajar para ayudar con no sé qué problema que surgió, decidí contarle la verdad e irme nada más acabase las cosas imprescindibles que tenía que dejar listas aquel día. Eso sí, se lo conté por mail a las ocho de la mañana, para que viera la hora a la que estaba en la oficina, por una parte, y para no tener que decirle en persona que ese día no trabajaba porque me iba de viaje con un tío de Tinder, por otra. Lo de Tinder no lo puse. Está claro.

Buenos días, Lorena:

Estoy en la oficina acabando los artículos de la semana que viene. Ya prácticamente están listos, ahora te los dejo en la carpeta. Me ha surgido algo inesperado hoy, me han regalado un viaje sorpresa para pasar el fin de semana fuera y tengo que estar en el aeropuerto a las doce. Como te comento, no sabía nada, por eso no he podido avisar de esto. He pensado que podía cogerme esas tres horas de menos que haré hoy para compensar el festivo de enero que tenía pendiente. Está todo en orden y ya estoy avanzando con la entrevista de Dyn, no te preocupes por eso. Si hay algún problema, me dices. Estaré pendiente del mail.

De nuevo, disculpa por no haber podido consultar esto con antelación.

A los dos minutos contados me respondió: «No te preocupes por hacer horas hoy, te quedaba un día libre pendiente. Yo tampoco estaré.» De haberlo sabido, no habría ido. Aunque con ella era imposible predecir nada.

Ale llegó a las nueve y media y le expliqué por encima que Gonzalo me había regalado un viaje sorpresa porque se iba a Australia en menos de un mes. Tuve que sintetizarle todo el drama que implicaba que la persona con la que me estaba viendo se marchara a la otra punta del mundo a vivir y que aquello supusiera el fin de nuestra relación. Total, ¿qué es que te partan el corazón comparado con visitar los Países Bajos? Le conté toda la historia con una sonrisa en la cara que no pude borrar por el entusiasmo del viaje. Ale se quedó un poco en *shock* al no entender por qué me mostraba tan alegre ante la realidad de que Gonzalo y yo fuésemos a dejarlo en un mes. Supongo que en ese momento yo no estaba pensando tanto en eso, sino en todo lo que nos quedaba por hacer juntos durante los próximos días, y eso me llenaba de una felicidad, que, aunque frágil, seguía siendo felicidad.

A las diez y media ya había dejado todo lo que tenía que acabar preparado para que Lorena le echase un vistazo, aunque, de todas formas, no me diría nada hasta el lunes. Con lo cual, era oficial: ¡estaba de vacaciones! Abrí la maleta para guardar mi bolso en ella, ya que, seguramente, no me dejarían llevar nada además del equipaje como tal en la mano. Saqué mi DNI, el bono del metro, el móvil y el cargador y me lo guardé todo en los bolsillos. Unos minutos más tarde, salí de la oficina y cogí el metro para llegar al aeropuerto.

—Te espero en nuestra puerta de embarque. —Le escribí a Gonzalo.

—Te iba a hablar. ¿Ya estás de camino? Quedan como cuatro horas, Paula.

—Tres y media, jaja —maticé yo.

—Cuando vengas a Australia a verme estarás un día antes por lo menos, ¿no?

—Una semana antes. No tardes en llegar o nos vamos sin ti.

—Vale, pero yo tengo todo lo del Airbnb. No sé cómo piensas dormir en ningún lado.

—¡Es verdad! ¿Adónde vamos? —Con todo el ajetreo de aquel plan improvisadísimo, ni siquiera había caído en dónde nos alojaríamos—. Oye, cuando lleguemos yo invito a todas las comidas y todo lo que hagamos —respondí sabiendo que no me iba a dejar devolverle el dinero de los billetes y de la estancia.

—¿Si no te dejo invitarme te pondrás a llorar? —me dijo, burlándose claramente de las últimas escenitas de estos días.

—Jajaja, igual sí. Bueno, ahora te veo, que me subo en el metro.

—Vale, un beso.

Como me advirtió Gonzalo, sí, llegué demasiado pronto al aeropuerto. Me senté en el suelo, cerca de un enchufe donde conecté el teléfono y estuve como una hora esperando a que él llegase mirando vídeos en el móvil de monólogos, maquillaje y recetas hasta que acabé, sin saber muy bien cómo, en uno titulado «Challenge. Dos semanas sin ducharme». Imagino que «Soy un puto cerdo» no sonaba igual de bien. A la una menos cuarto llegó Gonzalo. Ninguno de los dos podíamos borrarnos la sonrisa de la cara. Me acordé de que hacía un par de días había estado considerando la posibilidad de dejar de vernos en aquel instante para siempre y, cuarenta y dos horas más tarde, estábamos de camino a Amsterdam para pasar el fin de semana juntos. En definitiva, los momentos que te acaban marcando son aquellos que no ves venir. Y así, sin mucho sentido y sin pensarlo demasiado, pusimos rumbo a los Países Bajos.

—Vale, dime al menos cómo es la casa que has cogido —le pregunté cuando cogimos el taxi de camino a nuestro Airbnb.

—No seas pesada. Tendría que haber venido solo... —dijo él mientras se rascaba la cabeza.

—Vaaa... —insistí entre risas—. Mira, dime solo qué salía en las *reviews* de la gente. Para que me quede más tranquila. Como sea un zulo, yo me vuelvo, ¿eh?

—Pues, verás, Paula, lo cogí porque en las *reviews* —dijo burlándose de la palabra que había utilizado— ponía algo así como: «Barrio perfecto; próximo a las mejores zonas de putas y drogas». Porque pensé: «Si esta se pone pesada, al menos que pueda tener yo un buen plan cerca». —Solté una carcajada.

—Eres imbécil. Es verdad, que estamos en la ciudad del pecado. Pero nosotros solo vamos a «turistear». A coger unas bicis y ver flores.

—Dilo por ti. Yo ya estoy mirando qué me sale aquí en Tinder —me dijo aguantándose la risa mientras sacaba el móvil.

—¿Mirando aún? Yo ya he quedado con tres esta noche. No me esperes despierto, por cierto. Mañana te cuento. —Y le guiñé un ojo.

El taxi se paró en la dirección que le había indicado Gonzalo, frente a un edificio situado en el canal de Keizersgracht, algo que fui incapaz de pronunciar como es debido en todo el fin de semana. Hacía un día perfecto; la zona, además, estaba llena de barquitas, gente paseando en bicicleta y pequeñas terrazas donde algunos tomaban un café disfrutando del sol que tan bien acompañaba.

El taxista nos ayudó con amabilidad a bajar del maletero nuestras maletas y Gonzalo se quedó parado frente a una puertecita de madera verde mientras venía nuestro anfitrión, al que ya había avisado por WhatsApp. El bloque era monísimo. Uno de esos típicos de la ciudad: estrecho, con fachada de ladrillo, grandes ventanales desnudos con marcos de madera blancos y uno de esos tejados tan característicos de los canales acabados en pico.

A los dos minutos apareció Peter, un hombre de unos cincuenta ya largos y sin pelo que se acercó a nosotros en bici. Nos entregó las llaves del estudio en el que nos quedaríamos, nos regaló a cada uno un mapa y nos advirtió de que en la parte trasera había un pequeño trastero con dos bicis que podíamos coger en cualquier momento para utilizarlas durante los días de nuestra estancia. El apartamento era genial. En realidad, era una especie de semisótano que tenía una entrada independiente a la del resto del bloque. Desde la calle, bajabas solo un pequeño escalón y, tras cruzar aquella puerta verde con el número 159 marcado en letras doradas, entrabas en el acogedor lugar. Era pequeño pero luminoso. A la izquierda de la entrada había un gran ventanal —con cortina, menos mal— que dejaba entrar la luz de la calle e iluminaba todo el espacio. El suelo era de parqué y la sala era bastante cálida. Avanzando unos metros desde la entrada había un sofá de dos plazas con *chaise longue* en color crema; frente al mismo, la televisión y bajo esta, un tablero extraíble de madera que se convertía en la mesa de desayuno con una banqueta debajo. Si seguías avanzando, justo a la derecha de la «mesita» del comedor, una barra de cocina americana que separaba relativamente este espacio del salón. Tras ella, se encontraba una puerta corredera que conducía a nuestra habitación, con cama doble, otro ventanal enorme que daba a un patio interior y baño integrado. Al lado de nuestro cuarto, el trastero, que era en realidad un armario con un poco más de fondo donde estaban nuestras bicis.

El anfitrión nos comentó que el agua caliente solo funcionaba durante treinta minutos, por lo que era mejor que no nos diésemos duchas demasiado largas. Nosotros tampoco teníamos intención de ello. Tras comentarnos esto y marcarnos en el mapa algunos sitios que él nos recomendaba, se fue, deseándonos una buena estancia. Un tipo majo. Gonzalo y yo dejamos todas nuestras cosas en la habitación. Yo saqué mi banderola negra de la maleta, metí mis imprescindibles y los de Gonzalo —móviles, mapas, cargador, tarjetas de crédito y llaves— y salimos a dar una vuelta con las bicis.

Íbamos a un sitio que Gonzalo había visto por internet, un parque que se llamaba Oosterpark. De camino, paramos para comprar dos sándwiches y reanudamos nuestra ruta. Y justo cuando íbamos a llegar, pasó aquello que hizo que me estuviera descojonando durante todo el viaje.

Estábamos a punto de cruzar la calle para entrar en Oosterpark, cuando, de repente, una mujer que cargaba una caja a rebosar de petunias de mil colores se cruzó en nuestro camino. Gonzalo iba delante de mí; yo había parado en ese momento para hacer un vídeo con el móvil del paisaje. Gonzalo, que no vio venir a la mujer, arrancó a pedalear mirando hacia atrás indicándome que lo siguiera para cruzar la calle y la mujer, incapaz de ver lo que tenía delante con tanta petunia, siguió avanzando, bastante acelerada, sin darse cuenta de que estaba a punto de cruzarse en la trayectoria de una bici. Yo, que vi la situación ocurrir como a cámara lenta mientras sujetaba el móvil en mis manos —que lo estaba grabando todo— alcancé a gritar: «¡Gon...!», tratando de avisarlo de que mirase al frente. Él se dio la vuelta cuando ya tenía a la mujer delante, no tuvo el reflejo de frenar y recondujo el manillar de forma que acabó estampándose contra la caja llena de petunias de la mujer. La mujer lanzó un dramático grito, que sonó como si estuviera a punto de perder la vida, y cayó sobre un grupo de adolescentes que hablaban en el césped del parque tan tranquilos —por suerte, estos amortiguaron la caída—. Las petunias salieron volando de la caja por los aires y Gonzalo, que del susto perdió el control de la bici, siguió hacia delante, caja incluida, hasta caer sobre unos tulipanes que había allí plantados. Yo seguía quieta al otro lado de la acera grabando el momento con la boca abierta.

—*My flowers, my flowers!!!* —gritaba la mujer, que se levantó corriendo de entre el grupo de chicos al que había aplastado.

—*Sorry, sorry!!!* —gritaba Gonzalo todavía entre los tulipanes, a tres metros de ella.

Paré de grabar en cuanto pude reaccionar y empecé a reírme sintiendo que estaba a punto de ahogarme, literalmente. Igual que los chicos sobre los que había caído la señora. Crucé la calle e intenté ayudar a la mujer a recoger las flores que se le habían caído para meterlas de nuevo en la caja, pero fue en vano, porque lo que antes era una caja perfecta, ahora eran dos trozos de cartón sueltos incapaces de contener nada. Gonzalo le acercó a la mujer aquellos pedazos de cartón, como si fueran a servirle de algo en esas condiciones; ella se los lanzó de vuelta a la cara y yo estallé otra vez de la risa.

—No tienes empatía —dijo Gonzalo medio enfadado al ver que me estaba pasando con tanta risa. Aquel intento de reproche me hizo aún más gracia.

—Per... dón... —alcancé a decir, tratando de recuperar el aire mientras seguía riéndome.

Me agaché para recoger las flores que quedaban por ahí esparcidas, pero fui incapaz de levantarme al estar soltando todas las fuerzas que me quedaban en aquella carcajada silenciosa. La señora, que vio ya cómo me brotaban las lágrimas de tanto reírme, me lanzó una mirada de consternación y me hizo un comentario en holandés. Yo, a pesar de no controlar el idioma, intuí por su mirada y el tono que no serían palabras de agradecimiento precisamente, pero es que no podía mantenerme ni un poco seria ante aquella situación.

Mientras me arrastraba por los suelos, Gonzalo fue a por su bici, lanzándome antes una mirada con sabor a regañina por mi actitud. Pero, sin querer, se le escapó una sonrisa que trató de disimular al ver cómo la señora se marchaba con los cartones en la mano desenredándose pétalos del pelo y maldiciendo en mil idiomas.

—Por favor, subamos esto. Te haces *influencer* en cinco minutos —le dije mientras nos acabábamos nuestros sándwiches tumbados en el césped del parque. Y solté una carcajada al volver a reproducir el vídeo, que ya había visto como treinta veces en diez minutos.

—Mala zorra —dijo él riéndose mientras miraba la pantalla. Y me dio un mordisco en el cuello y luego le dio otro a mi sándwich.

—Tienes que reconocer que es buenísimo. Cuando esté triste porque te hayas ido me lo pondré para reírme de ti —contesté burlándome sin apartar la mirada de la pantalla.

Gonzalo se rio y me tumbó en el césped. Se echó a mi lado y se colocó a unos centímetros de mi boca.

—¿Por qué me encanta tanto estar contigo? —Y me dio un beso.

—No pienso hacer nada aquí, si es lo que pretendes —dije divertida.

—¿Por qué no? —Y apretó sus manos sobre mi cintura mientras me besaba el cuello y bajaba cada vez más, acercándose con sutileza a mi pecho.

—Porque seguro que hay un montón de bichos en el césped —dije en una actitud fría, aunque en el fondo me estaba encendiendo un poco.

—Pensaba que te iba a cortar más que pudiera pasar alguien.

—Sí, bueno, y eso también... —Él siguió—. ¡Para, pervertido! —Pero los dos nos reímos y seguimos besándonos hasta que lo aparté con los brazos al notar que la respiración se nos iba acelerando.

—¿Has ido a algún *coffee shop*? —le pregunté para relajar el ambiente.

—Nunca. No he probado la marihuana jamás.

—¿Y eso? Si eres publicista. —Él puso los ojos en blanco—. ¿Qué pasa? Ahora me vas a decir que en publi la gente no se droga... —bromeé mientras le acariciaba el pelo.

—Algunos sí. Yo no. ¿Y tú qué?, ¿la has probado?

—Joder, si te digo que sí, habiendo dicho que tú nunca, me siento como si fuera una drogadicta.

—Puta yonqui...

—Idiota... —Me reí.

—Luego vamos a uno. Hay que exprimir bien la ciudad.

—Vale... —Y nos quedamos mirándonos un rato en silencio. Qué surrealista y lejano parecía de repente que todo aquello fuera a acabar en cuestión de días.

Nuestra primera vez

Volvimos a casa para dejar las bicis e ir a un *coffee shop* que habíamos visto recomendado en internet. Estaba en el Barrio Rojo, por el que teníamos pendiente pasar por curiosidad, así que con eso ya matábamos dos pájaros de un tiro. Gonzalo y yo volvimos a colocar las bicis en el minúsculo cubículo al que nuestro anfitrión llamaba trastero, nos lavamos los dientes, yo me retoqué ligeramente el maquillaje echándome algunos polvos y fuimos andando al Barrio Rojo, que se encontraba a un cuarto de hora a pie de nuestra casa. Estábamos tan cerca que decidimos rodear el canal de Singel en vez de ir directos a la cafetería, así haríamos algo más de turismo. Fue aquí cuando todo se puso mucho más salvaje de lo que ninguno de los dos hubiera imaginado.

Mientras paseábamos, vimos una tienda con un cartel en la entrada: «*Magic Mushrooms smart shop*». Buscamos por internet y, como sospechábamos —tampoco hacía falta ser demasiado inteligente—, era un local en el que vendían setas alucinógenas. Otra de las pistas para tontos por la que podríamos haberlo deducido eran los dibujos de setas con caritas divertidas en la vitrina, las dos esculturas de setas fumadas que había en la entrada y el rótulo con una seta enorme iluminada que sobresalía de la fachada del edificio. Aun así, nos hizo falta meternos en Google para saber dónde estábamos. Movidos por la curiosidad y el morbo, entramos en aquel lugar. Parecía una tienda de juguetes para niños, solo que con artículos rarísimos para adultos: *souvenirs* en forma de pene, chupachups de marihuana, pastillas de todos los colores para potenciar el deseo sexual y un sinfín de cosas que, para ser sincera, jamás llegamos a saber qué podían ser. Gonzalo y yo nos miramos por un instante mientras recorríamos las paredes de aquel lugar intentando adivinar qué podía ser cada cosa.

—¿Cambiamos los planes? —dijo él con una sonrisa llena de picardía.

—Pero... ¿Y qué compramos? —Gonzalo cogió una bolsa de algo que había en la pared—. ¿Qué es eso?

—Ni idea. ¿Setas? —La verdad, parecía una bolsa de algo calcinado y aplastado y yo, con mi poca experiencia en todo aquello, no pude decirle si lo era o no.

—Pero ¿y esto no es muy fuerte? Nos lo tendríamos que tomar en casa...

—Ya. —Volvió a dejar la bolsa en el estante—. Tú esto no lo has probado nunca, ¿no?

—En mi vida. —La verdad es que me apetecía bastante tomarlo por primera (y seguramente última) vez con él. Total, ¿qué podía pasar si los dos lo hacíamos en un espacio controlado?—. ¿Le preguntamos al dependiente cuáles son las más flojas que tiene? —dije yo riendo al pensar que estábamos a punto de hacer algo ilegal. Aunque en realidad ahí no lo era.

—Vale —dijo él también riendo. Parecíamos dos idiotas.

Dejé que Gonzalo fuera a hablar con el dependiente mientras yo repasaba con la mirada los rincones de aquel lugar tan particular. Empecé a leer la información de la parte trasera de algunos productos aleatorios, como creyéndome que por hacer eso durante cinco minutos iba a convertirme en una experta en el tema de las drogas. El hombre nos lo puso todo en una bolsita y nos recomendó consumir las setas habiendo dejando al menos dos horas de margen desde nuestra última comida. Nos dijo también que, al ser la primera vez, procurásemos estar en un entorno controlado y relajado y que no se nos ocurriese mezclar nada con alcohol. Nosotros, muertos de la curiosidad por saber qué ocurriría, no pudimos esperarnos y fuimos de inmediato a casa de nuevo, riéndonos como dos críos que van a hacer algo por primera vez.

Nos sentamos en el suelo del apartamento, sobre la alfombra que había en el centro del salón comedor. Gonzalo abrió la bolsa que cargaba en la mano y sacó dos cajas de plástico con diez gramos de setas deshidratadas que le había dado el dependiente. Los dos cogimos una porción mínima de todo lo que había en nuestra caja y empezamos a masticarlas liberando un desagradable sabor amargo en nuestras bocas. Ambos pensamos que al mezclarlas con comida estaríamos consiguiendo disminuir sus efectos, así que seguimos cogiendo pequeños trocitos y ocultando el sabor de las setas con un mordisco de pizza detrás de cada bocado.

La cara de Gonzalo al ingerior las setas era un poema. Una terrible mueca que le desencajaba totalmente el rostro al cerrar los ojos, apretar los dientes y dejar caer los labios hacia un lado como intentando contener el asco que le producía aquel sabor. Cuando ya habíamos consumido la mitad del contenido, me quedé observando aquella expresión y no pude evitar soltar una carcajada. Él me miró y, contagiado por mi reacción, empezó a reírse también. Ambos pensábamos que no nos había subido nada todavía y que estábamos viviendo una situación de lo más graciosa, pero, en realidad, era el efecto, que sigiloso había empezado a manifestarse en nosotros.

Desde aquel momento, pocas cosas de las que fueron sucediendo podría ponerlas en orden cronológico. Solo sé decir que todo lo que ocurría a nuestro alrededor lo sentíamos, o creíamos sentirlo, multiplicado por dos mil.

Gonzalo se pasó no sé cuánto tiempo mandándome callar diciendo que podía escuchar perfectamente las conversaciones de cada uno de los vecinos del edificio de enfrente. Y estuvo repitiéndome qué decían los del cuarto, que hablaban en inglés y era el único idioma que podía interpretar de todos aquellos que escuchaba. Yo intenté aguzar el oído todo lo posible, segura de que también conseguiría, no solo descifrar lo que decían los del cuarto, sino lo que decían los del edificio de la manzana de enfrente. Así que ahí estaba yo, pegada a la ventana del comedor, asomando los ojos entre un espacio de la cortina que había dejado abierto con mis manos, mirando fijamente una de las ventanas del bloque que teníamos delante, como si al penetrarla con la mirada fuera a traspasar aquella distancia y pudiera escuchar todo a la perfección. Lo más curioso es que al día siguiente descubrimos que nuestros vecinos del cuarto sí eran ingleses, lo que le dio algo de credibilidad a la historia de Gonzalo, que estuvo repitiendo palabra por palabra sin parar.

Mientras yo estaba ahí plantada como un pasmarote y Gonzalo no se callaba diciendo cosas en inglés, algo me distrajo. Podía ver cómo circulaba la sangre por mis venas y notaba cómo esta vibraba en mi mano al pasar con su ruido incesante. Me acerqué a Gonzalo, para hacerlo partícipe de lo que denominé en aquel momento «maravilla de la naturaleza» y él, guardando al fin silencio y boquiabierto, se quedó mirándome y luego fijó la vista sobre sus manos, diciendo que él también podía verlo.

Al darme cuenta del gran estímulo que nos causaba todo, se me ocurrió una idea brillante. Empecé a buscar cosas con texturas raras para traerlas al salón y que ambos las tocásemos. Cogí la alfombrilla con filamentos de plástico que había dentro de la ducha, un cojín cervical relleno de bolitas de látex que había en uno de los armarios, un condón que saqué de la maleta de Gonzalo y una cuchara, que me pareció de repente un objeto del todo fascinante. Fui tirando una por una aquellas cosas sobre la alfombra del salón, en la que todavía permanecía Gonzalo. Él se maravillaba con cada uno de los objetos que yo le iba lanzando sin cuidado alguno —incluyendo la cuchara, que tiré desde el cajón hasta el sofá, donde rebotó y cayó al suelo; Gonzalo aplaudió ante aquel fantástico lanzamiento—. Fuimos probando uno por uno aquellos artículos. Primero, nos descalzamos y nos subimos a la alfombra de baño, una sensación increíble. Era como si los hilos de silicona atravesasen nuestros pies, pero de una forma agradable, relajada, como si nos estuvieran haciendo el mejor masaje de nuestra vida. Gonzalo cogió la almohada mientras seguíamos moviendo los pies sobre aquella minúscula alfombra, en la que apenas cabíamos los dos. Aquello fue el éxtasis de los sentidos. Hundimos las manos en el cojín y sentimos estar totalmente dentro de él; los dos estábamos maravillados. Y así continuamos con el resto de las cosas que había cogido y otras tantas que fuimos trayendo poco a poco.

—Vamos al Barrio Rojo —dijo de repente Gonzalo, olvidando por completo lo de no salir de un entorno controlado.

—Vale —le dije yo encantada con la idea. Sin pensar tampoco en aquel consejo. Por suerte, era un camino prácticamente recto desde nuestra casa. Muy mal se nos tenía que dar el tema (que podría haber ocurrido), para que acabásemos en algún otro lugar que no esperásemos. Gonzalo se metió en el bolsillo la bolsa que habíamos comprado en la tienda. Todavía contenía algo, no sabía qué. Iba a preguntarle, pero se me olvidó al segundo.

Nos pusimos nuestros abrigos y nos marchamos. Todo esto, dentro de un proceso durante el que flipamos por cómo se sentía la tela de nuestras prendas cuando se deslizaba por nuestros brazos, el ruido de la llave al cerrar la puerta y cómo sonaba el aire de la calle: los dos coincidimos en que este hacía el mismo sonido que emitía una persona anciana a la que le costaba respirar. Muy metafórico, pensándolo más tarde.

Siendo algo conscientes de nuestro estado, que tampoco era como para andar tirados, pero sí como para que nos costase averiguar con lucidez qué ruta seguir, acordamos no distraernos y avanzar de frente hasta ver un sitio con muchas luces. Así que mantuvimos el silencio durante el camino y tratamos de no entretenernos con ninguno de los estímulos que seguíamos percibiendo a nuestro alrededor. Y tras andar lo que a mí me parecieron dos horas, llegamos al Barrio Rojo.

Gonzalo y yo parecíamos dos tontos que no habían visto un cuerpo desnudo jamás y nos quedamos frente a las primeras vitrinas parados, mirando a una mujer que nos cautivó por unos brillantes que se había puesto por todo el cuerpo. La mujer, que intentaba despacharnos porque tapábamos al resto, nos pegó un grito que consiguió que nos despegásemos del cristal y siguiésemos andando. Nosotros continuamos, hasta que, de repente, vimos un local con unas letras de neón que volvieron a embobarnos.

A Gonzalo le deslumbraban tanto las luces que fue incapaz de saber con exactitud qué decía aquel cartel, a pesar de que lo tenía a menos de un metro de distancia. Yo hice un esfuerzo y alcancé a leer Sex Palace en voz alta. Los dos nos miramos cómplices; entrar nos pareció una buena idea. No sabíamos bien qué habría en el local, pero nos dejamos llevar un poco por la inercia y el momento.

Nos cogimos de la mano y una mujer que esperaba en la entrada nos guio hacia una especie de cabina en la que solo cabíamos él y yo. Era un lugar minúsculo con un cristal tintado de negro en frente. Nos explicó que para ver el show teníamos que meter una moneda de dos euros en una ranura que había en una de las paredes de la cabina, así la ventana se tornaría transparente. Cuando la mujer nos hubo contado el funcionamiento, nos deseó que disfrutásemos del espectáculo y se marchó cerrando la puerta del cubículo. En ese momento, Gonzalo se sacó del bolsillo la bolsa blanca con la que había salido de casa, que contenía una caja sin abrir, y entonces me explicó que había comprado un artículo más en la tienda de setas.

—Es un regalo —dijo sin dejar de reírse. A mí me contagió la risa.

—¿Qué es?

—Quería usarlo en casa, pero aquí mejor. —Salió del habitáculo mientras yo lo esperaba dentro sin entender nada. Aunque tampoco le di muchas vueltas durante aquel lapso de tiempo, la verdad. Volvió a entrar y me dio un vaso de agua de plástico que, imagino, le pediría al tío de la entrada. Abrió la caja y sacó una cápsula que directamente puso en mi mano.

—¿Qué es? —volví a preguntar yo.

—Son pastillas naturales. —Por suerte sí lo eran, porque en ese momento tampoco estaba yo como para ponerme a leer el prospecto de nada y asegurarme—. Es para que tengas un orgasmo de la hostia.

Yo me reí y me las tomé sin pensármelo demasiado. Gonzalo rebuscó entre las monedas de su bolsillo y, sin contar bien qué es lo que depositaba en la ranura, fue echando céntimos hasta que el cristal se tornó transparente. De pronto, vimos que el lugar era un espacio circular que tenía en medio una especie de escenario con una luz muy tenue hacia el que miraban todas las cabinas situadas alrededor. En el centro, había una mujer sentada sobre una tarima con el sujetador todavía puesto mientras un hombre le besaba los pechos y le masturbaba fuerte con las manos. Ella gemía. Todos la escuchábamos.

Gonzalo y yo nos quedamos mirando. Ella nos miraba de reojo, pero el cristal era pequeño y solo alcanzaba a ver hasta nuestros hombros. Nosotros empezamos a perdernos entre el efecto de las drogas, la excitación del lugar y, en mi caso, aquella pastilla que me había tomado.

Sin saber si era solo yo o el ambiente en general, noté que no podía aguantar mucho más sin que Gonzalo me tocase, sin tocarle yo... Él estaba a mi espalda en aquel lugar sin espacio; yo puse las manos tras de mí. Él se acercó. Sentí cómo se estaba empalmando. Colé mi mano derecha por su pantalón, dentro de sus calzoncillos, y empecé a tocarle para provocarle y que él hiciera lo mismo conmigo. Desabroché un poco su bragueta, para tener mayor margen de movimiento, metí mi otra mano y empecé a tocarle los testículos con una, mientras con la otra lo masturbaba; al principio despacio, pero cada vez más rápido. Gonzalo dejó caer su cabeza sobre mi hombro, tenía la respiración completamente acelerada, el pulso también, y su piel estaba cada vez más caliente. Me chupé los dedos para lubricar su masturbación mientras no dejaba de tocarle con la otra mano los testículos y volví a meterla para seguir; él cerró los ojos y gimió de placer. Me cogió fuerte de las caderas, apretándome con brusquedad contra su cuerpo y me abrió rápido los pantalones mientras me mordía el cuello y el lóbulo de la oreja. Yo estaba excitadísima, fuera de mí por completo.

Metió una de sus manos por mis braguitas, lo hizo con cuidado al principio, pero yo quería más y alcancé a pedírselo en el único hilo suave de voz que fui capaz de articular. Él metió la otra mano por mi camiseta, luego por dentro de mi sujetador y empezó a jugar con uno de mis pezones. Cada vez estaba más mojada, no aguantaba. Resoplé fuerte, aún no me había metido los dedos, seguía jugando por fuera, tocándome el clítoris, yo creía que estaba a punto de correrme solo con eso. Él tomó aire con fuerza y cuando lo soltó me apretó el pecho, me mordió el cuello e introdujo sin ninguna delicadeza sus dedos dentro de mí. Yo gemí de placer, y lo habría hecho más fuerte aún de haber estado en otro lugar, pero intenté contenerme mínimamente. Él se excitó más y me metió otro dedo al comprobar lo mojada que estaba. Empezó a moverlos de dentro hacia fuera rápido; me los sacó y me frotó con toda la mano rápido por fuera, para volver a estimular mi clítoris. Eso me encantaba. Me ponía un montón. Apreté los dientes para no hacer ruido y me incliné hacia delante, casi a punto de caerme invadida por la sensación.

Yo seguía tocándolo, con mucho menos ímpetu que al principio. Era incapaz de concentrarme en nada con todo lo que estaba sintiendo. Me bajó algo más los pantalones y las braguitas, él hizo lo mismo y apretó su pene contra mí, intentando metérmela en esa postura. Yo me incliné hacia delante ligeramente, tratando de que no se notase mucho, él me embistió y yo seguí tocándome. Nuestro cristal se opacó en aquel momento y Gonzalo aprovechó que nadie nos veía en ese instante para metérmela con fuerza mientras me tapaba la boca para que nadie me escuchase gritar. La cuarta vez que arremetió contra mí me corrí como en la vida; solté un gemido que seguramente se escuchó bastante más que cualquier cosa que estuviera pasando en el espectáculo en aquel momento; me agaché y se la chupé mientras yo me seguía tocando. Quería más. Quería volver a llegar así. Le di un beso y saqué unas monedas de mi bolsillo para volverlas a depositar y que nos dejasen estar ahí un rato más. No habíamos acabado. Por un momento, juraría que tanto los que estaban protagonizando el show como las personas que estaban en los otros cubículos nos miraban a nosotros intuyendo qué pasaba en el espacio restante de nuestra cabina que ellos no podían ver.

Gonzalo se puso frente a mí y me acorraló contra la pared mientras me besaba. Seguí masturbándolo. Ya había averiguado por la expresión de su cara que no quería que dejase de hacerlo. Miré hacia el espectáculo sin ser del todo consciente de qué veía o qué estaban haciendo. Gonzalo tenía su mirada clavada en mí mientras seguía tocándome fuerte y me decía que aún podía correrme mucho más; yo, literalmente, sentía que iba a estallar del placer, que no iba a ser capaz de aguantar aquel nivel de satisfacción. Me besó y, ajeno al lugar en el que estábamos, bajó muy rápido y me lubricó con la lengua. El cristal volvió a ponerse negro. Busqué en mi chaqueta otra moneda, sin ser capaz siquiera de encontrar los bolsillos a la primera y, mucho menos, de atinar en la ranura en la que tenía que depositar los dos euros que creí haber encontrado. Gonzalo se levantó y volvió a repetir su maniobra anterior, movió la palma de su mano tocándome por fuera y me metió con fuerza los dedos; jadeé y él hizo algunos movimientos secos y fuertes, sacando totalmente sus dedos y metiéndolos de nuevo mientras con la otra mano me agarraba de la cintura. La cuarta vez que lo hizo volví a correrme y, aunque parecía imposible, tenía razón, podía hacerme llegar mucho más.

Al salir de ahí, sin saber ni importarnos si alguien había llegado a vernos, volvimos a casa todavía extasiados, parando para seguir besándonos por el camino. En cuanto entramos a nuestro estudio, apartamos a toda velocidad todo lo que habíamos dejado sobre la alfombra del salón. Gonzalo me quitó la ropa interior, que estaba empapada, y volvimos a hacerlo hasta que él se corrió encima de mí, después de haberme hecho llegar no sé decir siquiera cuántas veces. De verdad. No sé cuántas.

Resurrección

Me desperté en la cama a las nueve de la mañana, sin saber bien cómo llegamos hasta ella la noche anterior. Ninguno de los dos habíamos alcanzado a vestirnos y estábamos así, tumbados, abrazados sin nada que interfiriese entre el contacto de nuestras pieles.

Empecé a recomponer en mi cabeza lo ocurrido, ordenando las escenas como si estuviese tratando de recordar una película de la que yo había sido una mera espectadora. El desorden de la casa me confirmó, sin embargo, que habíamos protagonizado aquella historia cuyos capítulos me iban llegando a la mente. La habitación todavía olía a sexo. La escasa luz que entraba por la ventana desde el patio interior me permitía ver el reguero de prendas que llegaban hasta nuestro cuarto desde el salón comedor. Miré hacia el baño, la puerta estaba abierta y algunas de las anillas que sostenían la cortina de la ducha estaban descolgadas. Seguro que las desenganché yo cuando me agarré a ellas mientras hacía fuerza para quitar la alfombrilla antideslizante con la que habíamos estado alucinando.

Gonzalo seguía durmiendo a mis espaldas, abrazándome. Noté cómo empezaba a despertarse, pero esperé en silencio para no interrumpir su sueño; porque, aunque no tenía ni idea de cuántas horas habíamos llegado a dormir —ya que era incapaz de poner una duración aproximada a toda aquella aventurilla—, era más que comprensible que siguiera exhausto. De un momento para otro, emitió una especie de gruñido, como si se quejase al darse cuenta de que era de día. Me apretó fuerte entre sus brazos y dejó caer un beso dulce en mi espalda. Yo me giré, hundí la cabeza en su pecho y enlacé sus piernas con las mías.

—¿Estás despierta?

—No.

—Tonta —dijo divertido—. Paula... Se nos fue la pinza, ¿eh? —Y se rio.

—Totalmente —contesté yo carcajeándome. Aún no me reconocía en algunas de las cosas que no solo había vivido, sino que había propiciado.

—Yo creo que en algún punto la gente de los cristales del show solo metía monedas para seguir mirándonos a nosotros.

—Un poco más y dejamos a los del medio en el paro. —Gonzalo soltó una risa.

—Estás loca, ¡me la chupaste delante de todos!

—¡Tú hiciste lo mismo! Además, fue cuando el cristal se quedó en negro y, total, la ventana era como de diez centímetros. Nos veían solo las caras.

—¿Te imaginas que era una ventana completa pero nuestra mente la distorsionó?

—Pues menudo espectáculo, sí. Qué mal, ¿eh?... O sea, qué bien, pero... ¡qué mal!

—Bueno, tachamos dos cosas de la lista en un fin de semana: viaje fuera de España, *check*. Hacerlo en algún sitio que nos dé vergüenza recordar, *check*.

—Protagonizar un vídeo porno sin querer porque tu cabina no es como tú crees, *check*.

—Hostia, ¿te imaginas? —Los dos nos echamos a reír.

—Yo, por si acaso, no voy a volver para comprobarlo. Prefiero vivir tranquila en mi ignorancia.

—Estoy contigo.

Gonzalo se quedó mirando al techo, dejando que le fueran llegando a él también algunos recuerdos de la noche anterior y soltó una carcajada que me contagió. Volvió a girarse hacia mí y me envolvió entre sus brazos en silencio. De repente, empecé a pensar en qué pasaría si me fuera con él a Australia. Dejé que aquel pensamiento poco realista invadiese mi cabeza y se hiciera más grande. Por un momento, imaginé que el reportaje de Dyn Scott me daba el reconocimiento suficiente como para que me llegaran ofertas de trabajo de diferentes revistas del mundo. De entre todas aquellas ofertas, con un nivel de responsabilidad y un salario mucho mayor que el que tenía entonces, yo decidiría aceptar una en Australia, porque, total, mi inglés era bueno y tenía las habilidades necesarias como para ser redactora en ambos idiomas. Mi imaginación siguió. A Gonzalo le iría tan bien en su trabajo que en poco más de un año, ya habríamos reunido el dinero suficiente entre los dos como para comprarnos un apartamento cerca del mar y poder dejar por fin el minúsculo estudio del centro en el que habríamos vivido durante los primeros meses. Mi imaginación siguió. El nuevo apartamento sería agradable, pero nada ostentoso. Nos despertaríamos pronto para desayunar con tranquilidad contemplando el amanecer en Melbourne y, al llegar del trabajo, haríamos cualquier cosa juntos que nos hiciera reír. Nos reiríamos muchísimo siempre. Él sería la pareja perfecta, igual que estos días, solo que todos los días: atento, inteligente, divertido y espontáneo. Y en algún momento, de alguna forma supercreativa que aún no era siquiera capaz de imaginar, me pediría que nos casásemos, solo que no haríamos boda porque esas celebraciones no serían para nosotros, así que planearíamos un viaje a Japón de dos semanas y ya. A los dos años tendríamos a nuestro prim...

—¿En qué piensas? —me interrumpió él.

—¿Eh? En nada. En qué íbamos a hacer hoy —y me pregunté si él también habría dejado volar de aquella manera sus pensamientos.

Cuando conseguimos salir de la cama y volver a poner en su lugar todas las cosas que habíamos dejado tiradas por el salón, nos arreglamos y decidimos hacer la ruta más típica y turística posible para irnos al menos con la sensación de haber hecho algo más en

Amsterdam que atropellar mujeres, probar alucinógenos y protagonizar una escena porno. La verdad es que, visto así, parecía aquello un viaje salvaje a Las Vegas o algún nivel especial del GTA.

Volvimos a caminar de nuevo por el canal de Singel, esta vez para llegar hasta el mercado de las flores. Un lugar precioso con pequeños puestecitos en forma de invernadero que se iban sucediendo a lo largo del mismo y que albergaban mil colores y olores distintos. Pensé en comprarme algunos bulbos de tulipanes para casa, pero me acordé del cactus muerto que aún tenía en el marco de mi ventana y se me pasó. Durante nuestro paseo, estuve torturando un poco a Gonzalo para que me hiciera la foto perfecta para subir a Instagram mientras yo me hacía la despistada. La sesión fue: yo tocando tulipán, yo moviendo el pelo mientras tocaba tulipán, yo oliendo tulipán y soltando tulipán porque la mujer del puestecito no quería que los tocasen, mujer del puestecito enfadada, yo caminando de espaldas y puestecitos a la derecha, flor en primer plano que me daba Gonzalo y yo riéndome en movimiento por detrás. Esa última fue la elegida. Justo cuando Gonzalo empezaba a plantearse si dejarme ahí tirada.

Más tarde paramos a tomarnos un café en una terraza para disfrutar de los inusuales diecisiete grados en marzo y del sol de la ciudad esa mañana.

—¿Lo estás pasando bien? —me preguntó mientras el camarero nos servía dos *latte macchiato* y dejaba la cuenta sobre la mesa.

—No mucho, pero me han dicho que hoy ya no quedaban vuelos de vuelta a Madrid, así que... —Puse cara de decepción bromeando.

—Eres idiota —dijo entre risas. Y se quedó mirándome pensativo—. La verdad es que nunca me lo había pasado tan bien con alguien. Las otras tías con las que he estado siempre han sido muy...

—¿Muy qué?

—No sé. No podía hablar de tantas cosas con ellas y tampoco sentía que llegase a tener tanta complicidad.

—Joder. ¿Y entonces qué hacíais? ¿Follar y ya?

—Pues... —Asintió con resignación.

—Vaya... ¿Y no te has planteado que igual has podido ser tú? —pregunté curiosa.

—¿En qué sentido?

—Sí, que igual no te abriste con ellas y por eso ellas tampoco pudieron hacerlo contigo, y te han parecido más planas en su forma de ser por eso. A mí me ha pasado alguna vez con algún chico, que lo sentía tan hermético que era incapaz de ser yo misma. Y seguro que en esa situación la otra persona también podía pensar de mí que no era divertida ni que podíamos hablar de nada. Pero a veces es más bien... el ambiente que se crea entre los dos, que no da de sí.

—Sí. Puede ser. A veces me guardo muchas cosas para mí y es posible que cueste... ubicarme. Contigo no me ha pasado. Pero sí. A veces soy un poco hermético. De hecho, bueno, mi familia jamás ha conocido a ninguna chica con la que yo haya estado. Igual han llegado a saber que quedaba con alguien, pero a partir de ahí, nada.

—Ya... Bueno, llevar a alguien a casa siempre es un paso grande.

—Sí —dijo Gonzalo. Y sacó su móvil para abrir Google Maps—. ¿Qué? ¿Seguimos? —preguntó y le pegó un último sorbo al café. Yo hice lo mismo y dejé sobre el platito con la cuenta cinco euros.

Nuestro plan era recorrer prácticamente toda la ciudad en un día haciendo todas las visitas culturales que el tiempo nos permitiese. Casi como en una especie de penitencia que nos impusimos a nosotros mismos para redimir nuestros pecados. En realidad, lo estábamos pasando de la hostia. Fuimos a la plaza Dam. Estaban haciendo varios *free tours* para turistas. Nosotros, que no nos habíamos apuntado a ninguno ni tampoco teníamos intención de seguir la ruta, decidimos arrimarnos con disimulo a un hombre que hacía de guía y vestía —por algún motivo desconocido— como Charles Chaplin. Contó que la plaza Dam se construyó como una presa para contener las aguas del río Amstel. Explicó también que la palabra «*Dam*» significaba presa en holandés y que fue a raíz de aquella construcción cuando la ciudad empezó a llamarse Amster-Dam (por el nombre del río y la necesidad de la presa construida). Aquella plaza, sin embargo, había crecido poco a poco hasta convertirse en el emblemático lugar que era y albergar todo lo que hoy tenía a su alrededor: el Palacio Real, el Monumento Nacional, la Iglesia Nueva y un sinfín de cosas que fui incapaz de recordar un minuto más tarde.

Hay que decir que era bastante sencillo recorrer las zonas principales de la ciudad sin necesidad de coger ningún tipo de transporte. No obstante, lo que sí era necesario coger era un buen calzado si, como nosotros, pensabas recorrerte todos los sitios turísticos de Amsterdam en menos de doce horas. En realidad, yo era más de disfrutar las ciudades con calma, viendo lo que diera tiempo sin sentir ningún tipo de remordimiento al perderme lo demás. Pero en aquel viaje, no sé qué nos pasaba, que teníamos la necesidad de vivirlo todo al máximo.

A eso de las doce fuimos al museo Casa de Rembrandt, a unos diez minutos andando de la plaza. Me fascinó por completo. Era la casa en la que había vivido el pintor antes de arruinarse y tener que marcharse de allí. Por fuera, era un edificio de ladrillo que llamaba la atención por la puerta verde de la entrada y los marcos de colores de sus ventanas. El espacio interior había sido reconstruido y todo estaba dispuesto como si el artista aún habitase aquel lugar. Parecía casi como colarse en la casa de alguien que fuera a aparecer en cualquier momento. A lo largo del recorrido, algunos cuadros del artista y de sus alumnos decoraban las paredes. Una de las habitaciones que más me gustó fue su estudio, con todas aquellas pinturas desparramadas sobre la mesa y un cuadro aún sin acabar. Me lo imaginé recogiendo todas sus cosas para dejar aquel sitio vacío cuando tuvo que irse. Quién le iba a decir que trescientos años después un grupo de inversores colocaría de nuevo todas sus pertenencias minuciosamente tratando de recrear la vida del pintor. Y que cien años después de eso, la gente aún seguiría acudiendo morbosa para conocer algún entresijo de su vida; entre ellos, Gonzalo y yo. Me pregunté si en algún futuro alguien sentiría algún tipo de morbo por conocer algo de mí. No lo creía. Pero nunca se sabe.

Rematamos el paseo cultural como dos buenos turistas, yendo al museo Van Gogh. El museo se dividía en dos edificios y recogía las obras del artista y de otros contemporáneos. Tras una cola infinita, que por un momento pensamos que empezaba en Amsterdam y acababa en la frontera con Alemania, pudimos entrar. Una guía que esperaba en el *hall* nos indicó que el lugar albergaba doscientas obras del artista, más de quinientos dibujos y algunas de las cartas que escribió. Yo pensé en cómo le dio tiempo a hacer tanto en vida y si a nosotros nos daría la nuestra para acabar de verlo todo con detenimiento...

Mientras tratábamos de descifrar algunas de las cartas con ayuda de Google Translator, se nos acercó un hombre muy simpático de unos setenta años que nos había escuchado hablar español. Él era holandés, pero había vivido en Málaga de pequeño con su familia por un tiempo. A partir de ahí, y por iniciativa propia, se encargó de traducirnos algunas de las postales que Van Gogh le había hecho llegar a su hermano y se convirtió en nuestro guía particular durante el resto del recorrido. Nos contó que su mujer había fallecido hacía un par de años y que ella adoraba las pinturas de Van Gogh. Desde aquello, el hombre acudía todos los sábados al museo porque decía que le hacía sentir feliz y cerca de ella. Se había convertido para él en un ritual tan sagrado como quien va a misa los domingos. Sonreí al pensar aquello.

—Prométeme que cuando vayas de museo con otros no te lo pasarás tan bien como conmigo —bromeó Gonzalo cuando estábamos acabando el recorrido.

—Y tú prométeme que no te llevarás a otras a ver a Van Gogh. Los girasoles ahora son nuestros. Búscales a ellas otras flores.

—Prometido —dijo sonriendo. Y me dio un beso.

El museo cerró sus puertas a las seis y la ciudad empezó a oscurecer. Nosotros fuimos a la plaza Leidseplein a cenar, un lugar encantador con pequeñas lucecitas —que llenaban de romanticismo el ambiente—, música que hacían sonar los artistas callejeros y, aquella noche, nosotros dos bailando sin tener ni idea de ningún paso mientras elegíamos restaurante al compás de la *Primavera* de Vivaldi. «Bailar cuando escuchemos que alguien toca en la calle», *check.*

«Oceans»

Nuestro último día había llegado. Al menos, en Amsterdam. Aún nos quedaba un poquito más de Madrid. Yo estaba tumbada en la cama mientras Gonzalo se duchaba. Desde la habitación se escuchaba el agua de la ducha correr y por encima de aquel sonido, «Oceans», de Seafret. La canción, que hablaba de un amor que se había distanciado, decía en alguna parte algo así como que los protagonistas de aquella historia escondían sus emociones bajo la superficie, pero, en realidad, entre ellos dos parecía que hubiera océanos de por medio. Una vez leí que cuando tu vida estaba en armonía, cantabas las canciones sin más, pero cuando te rompían el corazón, empezabas a entender las letras. Quizá era un presagio.

Me encantaba estar ahí con Gonzalo. Seguramente, estaba viviendo una de esas historias que recordaría con setenta años y me harían sonreír mientras me preguntaba qué estaría haciendo entonces aquel chico que... o qué habría pasado si... Qué fugaces eran las personas en nuestras vidas y qué poco conscientes éramos de ello. Cualquiera me habría dicho que no tenía sentido construir emociones con alguien que iba a marcharse, hacer un viaje con él, o no poner siquiera resistencia ante la innegable realidad de estar enganchándome a una persona a la que sabía que iba a tener que decir adiós. Pero, en realidad, me importaba bastante poco todo aquello. Total, los finales felices eran mentira, porque cualquier historia feliz que tuviera un final tendría, sin lugar a duda, bastante más de tristeza que de alegría. Las historias felices tenían finales tristísimos y yo había decidido hacía años que quería las mejores historias, así que estaba preparada para lo que pudiera venir detrás.

Hice mi equipaje en un segundo, no habíamos comprado nada y había ido devolviendo cada día a mi diminuta maleta las escasas prendas que traje. Gonzalo tardó aún menos que yo en recoger, al no tener la necesidad de encajar el secador, la plancha, el neceser con el maquillaje y unas botas de plataforma entre el resto de la ropa. Con eso se me convalidaba el Tetris y el método Marie Kondo por lo menos.

Después de organizar esa parte, fuimos a visitar la casa de Anne Frank; Gonzalo tenía muchas ganas de ir, aunque yo sabía que me iba a afectar bastante y habría preferido cerrar los días en Amsterdam de otra forma. De cualquier manera, acabamos yendo y, como ya esperaba, aguanté unos diez minutos sin llorar y el resto fue un sinfín de lágrimas que me iban brotando solas y que creo que hicieron que Gonzalo se replantease si ese plan había sido buena idea. Tengo que añadir que, igual que yo, dos mujeres más, una chica de Colombia y otra francesa, me siguieron en el coro de llantos que acompañó a la guía durante toda la visita. Por suerte, el malestar de aquella mañana se me pasó cuando, mientras comíamos en el aeropuerto, ambos recordamos el vídeo de Gonzalo aplastando los tulipanes de Oosterpark. Volvimos a verlo como unas diez veces. Qué milagro haber capturado con mi teléfono aquella maravilla.

—Paula... —dijo él muy bajito apoyado sobre mi hombro mientras volábamos—. Ven...

—¿Adónde? —Aunque en realidad lo había entendido perfectamente.

—Ven a Australia... —«Ojalá», pensé.

—Ojalá —dije.

—¿Sabes? Me lo he estado imaginando.

—¿Sí? ¿Qué te has imaginado? —Porque yo todo. Y le di un beso en la frente mientras acariciaba su pelo con las manos. De repente, lo sentí indefenso. Sincero y desarmado.

—Que encontrabas trabajo en Australia y que te venías a vivir conmigo... Lo he empezado a pensar esta mañana, pero he querido dejar de imaginármelo para no hacerme ilusiones.

—Seguro que esto se lo dices a todas... —Intenté quitarle hierro al asunto.

—No. Hacía mucho tiempo que no me gustaba nadie tanto... —Se quedó en silencio—. Qué putada.

—Sí.

—Ni te lo planteas, ¿no? —siguió insistiendo.

—Gonzalo... Ojalá, en serio. Pero me parece muy idealista plantearnos nada de eso.

—Ya... —En realidad, él también era consciente.

—Imagínate que por lo que sea se alinean los planetas y tengo la oportunidad de ir, por lo que sea. Igual estás con alguien, igual ya no quieres saber más de mí.

—O igual tú conoces a alguien en Madrid. Yo voy a trabajar y estaré muy ocupado. Si en España ya salgo tarde, imagínate manejándome en un idioma que ni es el mío...

—No creo que pase eso.

—¿No crees que vayas a conocer a nadie cuando yo me vaya? ¿Nunca más? —dijo él haciéndome reflexionar sobre la evidente realidad.

—Alguna vez, sí, pero a corto plazo, no. Me gustas mucho. No sé...

—Tú a mí también. —Volvimos a guardar silencio—. Pero ¿vendrás a verme al menos? En mayo es mi cumpleaños, por cierto.

—Te enviaré un repelente de arañas australianas como regalo. Y otro de tías australianas. —Me reí.

—Me conformo con que vengas...

—Me encantaría hacerlo, la verdad. Pero puede cambiar todo tanto... No sé. Es recorrer medio mundo. ¿Y si para cuando vaya ya no sientes nada? A veces esas cosas pasan. —Él suspiró y me dio un beso.

—Te prometo que no. Yo me conozco. —«Las promesas del corazón no cuentan», pensé. Pero le di un beso y dije:

—Ya veremos. Intentaré ir en vacaciones. —Traté de creerme mis palabras, pero sentía que aquello era un escenario imposible. Gonzalo me abrazó y me dio un beso. Él también hizo su mejor esfuerzo por creerse aquello.

No, Marcos

Llegué a casa a las seis y media de la tarde. En Madrid estaba lloviendo y hacía bastante más frío que en Amsterdam. Aquel año la temperatura estaba siendo impredecible. Igual que mis relaciones.

Fui directa a mi habitación. Como siempre, Celia estaba encerrada en la suya y, bueno, en el fondo tampoco esperaba que fuera a salir para saludarme eufórica ni que me esperase con globos en la entrada. Al principio tampoco escuché a Marcos, por lo que di por hecho que estaría fuera.

Empecé a deshacer la maleta. Lo coloqué todo en el cesto de la ropa sucia para poner una lavadora más tarde, guardé el abrigo que traía puesto de nuevo en el perchero y los dos pares de botas que había cogido en el armario. Luego fui al baño que compartía con Celia para dejar mi estuche de maquillaje y, cuando cruzaba el pasillo para llegar, me detuve al escuchar un ruido raro. Era como el sonido de una respiración muy fuerte, una de esas que suenan incluso algo desgarradoras. Me paré en seco para averiguar qué estaba pasando. Al segundo siguiente, sonó un gemido y, al compás de este, un cabezal golpeando fuerte contra la pared. Una vez... Y otra... Y otra. Venía de la habitación de Marcos. Una de dos: o se estaba haciendo la paja de su vida o estaba superando oficialmente a Rafa. Si era lo segundo, me lo contaría más tarde. Si era lo primero, claramente, no. Me pregunté si alguna vez mis compañeros me habrían escuchado tocándome. Suponía que no.

Me puse a hacer otras cosas para distraerme y no pasarme de cotilla violando la intimidad del pobre Marcos. Fui a merendar algo, estaba muerta de hambre. Llevé mi portátil al salón y me puse a buscar cualquier cosa poco transcendental en un portal pirata que te obligaba a ver vídeos de vibradores y de cómo hacer dinero en dos semanas. Tanto pagar Netflix y HBO para nada. *Two Night Stand* fue la película elegida. Iba sobre una tía que se tiraba a uno y, al parecer, se pillaban los dos. Todo muy bonito.

Tras un rato viendo mi vida reflejada en una de esas comedias románticas de domingo, la habitación de Marcos se abrió. Escuché unos pasos que se dirigían hacia el baño, luego sonó el agua del grifo corriendo y, a continuación, la cisterna. Todos los sonidos posteriores al sexo. Pretendí estar concentrada en la película. Daba por hecho que de un momento a otro aparecerían en el salón. Pensé que si el tipo misterioso ya había acabado, tendría que irse a casa. Me empecé a imaginar al ligue de Marcos. ¿Cómo sería el tío con el que Marcos olvidase a Rafa? Yo apostaba por alguien extranjero que estuviera de paso por Madrid. Quizá alemán. Marcos sabía algo de alemán. Pero los ruidos que había escuchado no sonaban a alguien de fuera. ¿Cómo sonaría un alemán? ¿Sonaba la gente diferente al hacerlo en cada país? Qué poco internacionales habían sido mis polvos. A mis veintitrés ya debería saber eso. Vergüenza me tendría que dar. Bueno... Aún tenía tiempo de averiguar cómo sonaba el sexo fuera. Porque de la parejita del show de Amsterdam poco más podría decir, además de que eran un chico y una chica... En fin, sí. El polvo de Marcos. Estaba a punto de saber si había acertado. Pero, joder, el tío no salía. ¿Acaso estarían hablando? Igual a Marcos le gustaba el chaval. Miré mi teléfono, me había llegado un wasap de Gonzalo: «Ya estoy en casa, me ha encantado cada día contigo». Le respondí que yo también y le envié dos corazoncitos. Amar en tiempos de WhatsApp... Me llegó otro mensaje, esta vez del grupo Líos de tías, a cuyo título Andrea había añadido el icono de una berenjena y unas gotitas saltando. Muy gráfica.

—Chicas, ¡¡solo me quedan dos días de clamidia!! —puso Elena.

—No te preocupes, tía, el miércoles lo celebramos y la vuelves a coger —contestó Andrea al segundo.

—Jajaja, yo ya estoy en Madrid. ¡Qué mierda de tiempo! La ciudad llora mi vuelta...

—Eeeh, ¿qué tal allí? ¿Muchooo...? —Elena acompañó el mensaje con el icono de un plátano.

—Jajaja, la verdad es que sí. Mirad esto, por cierto. No lo podéis pasar o Gonzalo me mata. —Les envié el famoso vídeo.

—JAJAJAJA. Me descojono, nano. —Andrea a veces usaba la palabra «nano» aleatoriamente en cualquier frase para burlarse de mis raíces valencianas—. ¿Ese es Gonzalo? Qué mono, ¿no? Me lo imaginaba menos en forma y más bajito —añadió.

—Jajaja, ¿por qué, tía?

—Ni idea. Jajaja.

—¿Cuándo conoceremos al atropellador de mujeres? —preguntó Elena. En ese momento caí en que les había contado el viernes que me iba de viaje, pero no les dije que el catalizador de aquello fuera que Gonzalo se iba a vivir a Australia.

—Pues... Tendrá que ser pronto, porque se va a vivir a Australia...

—¿QUÉ? —puso Andrea al segundo.

—¿EN PLAN PARA SIEMPRE?

—Pues no sé si para siempre, pero de momento parece que no es algo temporal. No como nuestra relación, jaja. —Intenté bromear para quitarle hierro al asunto, aunque más bien sonó como si no tuviera sentimientos o fuera gilipollas.

Andrea hizo una videollamada de WhatsApp a tres bandas. Sí, aquello necesitaba una explicación mayor que la de aquel mensaje mal tirado. Pero, antes de cogerlo, empecé a escuchar cómo Marcos y su «alguien» se acercaban hacia el salón por el pasillo. Colgué y les escribí:

—Mañana quedamos, Marcos tiene nuevo ligue. Quiero enterarme.

—¡¡¡Paula!!! Mucha información a medias, zorra —añadió Andrea.

—Mañana sin falta. ¡Qué felicidad! Solo me quedará un día de clamidia. ¡Qué rápido pasan las ITS! —bromeó Elena.

Me recosté un poco más en el sofá, como intentando aparentar estar totalmente tranquila y concentrada en la película que estaba viendo. Incluso emití algún bostezo para que escuchasen mientras llegaban lo cansada que estaba. Seguro que así pensaban que no estaba para nada pendiente de ellos. Qué cotilla, por Dios. Marcos abrió la puerta del salón, que estaba de espaldas a mí; yo no me giré, metida en mi papel de espectadora entretenida. Marcos y su chico misterioso anduvieron en silencio y cuando me sobrepasaron, lo vi.

—Hola, Paula —¡¡¡dijo Rafa!!! ¿¿¿Rafa??? Él no, Marcos. Él NO. Si te había roto el corazón. Si era un idiota. Si te había puesto los cuernos por una *app*. Que no un desliz. Que no se había enamorado de otro siquiera. Una *app*. De ligues. Teniendo novio. De varios años. Disimulé mi cara de asombro y de puto asco hacia Rafa.

—Rafa, ¿qué tal? —Intenté no mirar a Marcos porque, si no, me iba a ser imposible mantener la compostura. Traté de sostenerle la mirada a Rafa sin sonreír. Ya me estaba costando demasiado que mi cara de sorpresa no manifestara la poca gracia que me hacía aquello como para tener que preocuparme encima por simular una sonrisa que pareciese natural. A ver, que yo tampoco era nadie para decirle a Marcos qué hacer. Desde luego, no iba a hacerlo. Pero me daba rabia que aquel gilipollas lo hubiera tratado así y que encima ahora volviera a casa como si nada para tirarse a mi amigo...

—Bueno, Rafa ya se iba —dijo Marcos tratando de hacer que aquel momento incómodo durase lo menos posible.

—Sí, nos vemos —contestó Rafa. Y salió de casa después de que Marcos le diera un beso rápido en la boca. Yo fingí no haberlos visto por el rabillo del ojo.

Marcos cerró la puerta, se giró hacia mí y sonrió con culpabilidad y picardía. Yo dejé de disimular desencajando mi cara con una expresión de asombro. Marcos se sentó en el sofá conmigo y se metió también dentro de la manta mientras yo esperaba a que abriese la boca y lo soltase todo.

—Bueno, ¿qué estamos viendo? —dijo como si nada.

—¡¿Qué estamos viendo?! ¡¿Qué acabo de ver yo?! —Le empujé riéndome.

—Paula... No... He caído —dijo él haciendo una mueca triste intentando a la vez no reírse. Y se echó en el sofá como derrotado.

—Marcos, no... Pero ¿estáis juntos?, ¿habéis vuelto?

—No lo sé, Paula. Es que empezamos a hablar el otro día. Me preguntó por WhatsApp cómo estaba, yo empecé contestándole tajante, él empezó a pedirme perdón... «No quiero perderte...», «Siento haberte hecho esto...», «Tengo un problema...», «Voy a cambiar...». Bla, bla, bla.

—Y tú te lo tragaste.

—Buf... No lo sé. En el fondo, no. Yo qué sé. Igual me apetecía acostarme con él... ¿Crees que puede ser solo eso?

—No creo. Te habría gustado que dijera todo eso de verdad. Seguramente, en el fondo sabías que su arrepentimiento tenía mucho de mentira. Porque una cosa es que algo pase una vez y otra es... Bueno, ¿llegó a aclararte algo de lo que te hizo?

—No. Al principio me negó que hubiera hecho nada...

—Pero si ya había quedado claro que sí —interrumpí yo consternada.

—Ya, pero bueno... Me lo negó, luego me lo reconoció, me pidió perdón, me empezó a decir lo que te he dicho y que era el hombre de su vida, que entendía que necesitase un tiempo, pero que él me iba a esperar y que iba a tratar de ser mejor por mí...

—Regalándote los oídos, vamos. —Marcos se tapó la cara con un cojín, como dándose cuenta de que, en efecto, aquello no tenía sentido alguno.

—La he liado... —dijo tras el cojín.

—A ver, sí... Pero no pasa nada... ¡Si es que te dejo solo dos días y mira lo que pasa! —dije bromeando—. De verdad, no te preocupes. Pero te veía tan seguro... No me esperaba para nada verte con Rafa. De hecho, estaba haciendo mis apuestas mentales de cómo podía ser el tío con el que te estabas acostando.

—¿¡Nos has escuchado!?

—Claro, ¿qué te crees, que soy sorda?

—Ya, tío... Es que encima Rafa me lo hace tan bien...

—Bueno, piensas eso porque es el último con quien lo has hecho, pero no te preocupes. Aparecerá un pene mucho mejor y más fiel.

—Un pene fiel... Solo te pido eso... —Suspiró y miró al cielo mientras juntaba las manos como si rezase.

—Y yo otro que no se vaya a Australia... Señor, haznos llegar dos penes que no nos den disgustos... —Lo acompañé en aquella plegaria mientras me reía.

—Amén.

Por mucho que Marcos la hubiera cagado, ya no se podía hacer nada más que tratar de reírnos de aquello. Yo no era muy de acostarme con mis ex, pero, oye, cada uno lleva las rupturas como quiere o como puede. Así que dejamos de lado el tema y acabamos de ver la peli. Luego nos pusimos la tercera temporada de *Sexo en Nueva York*, pedimos una pizza para compartir y sacamos una botella de vino blanco para celebrar que nuestras vidas sentimentales pendían de un hilo. Los domingos y las penas saben mejor con un sauvignon.

Catarsis

La luz empezaba a invadir la habitación; la noche anterior me di cuenta de que no había bajado la persiana cuando ya estaba acostada, así que decidí dejarla de aquella manera por pereza.

Me levanté de la cama y miré el marco de Ikea sobre mi mesa con la lista de Gonzalo dentro, saqué el papel y con un bolígrafo negro fui tachando: hacer un viaje fuera de España, acostarnos en un sitio que nos dé vergüenza recordar, otra exposición juntos, bailar cuando escuchemos que alguien toca en la calle. Quedaban treinta y cinco.

Sentada frente al escritorio encendí mi portátil y entré en Spotify. Cree una nueva lista privada: «Música para escribir». Añadí «Primavera» de Ludovico Einaudi, me puse los cascos y abrí el Word, que ya había titulado como *Catarsis*, donde estaban todos los textos que había escrito últimamente. Empecé a anotar:

CUANDO ME DIGAS ADIÓS

Cuando me digas adiós, intenta hacer que esta vez no duela. Cuéntame alguna mentira, como la de que pensarás en mí o que será difícil conseguir que otra ocupe mi lugar más tarde. Dime que cuando te vayas, habré dejado el listón tan alto que te sabrá incluso mal por la que venga después intentando igualar esa complicidad tan nuestra. Hazme creer que seré de esos recuerdos que rondarán tu cabeza haciéndote sonreír cuando menos te lo esperes.

Cuando te vayas, hazme otro favor e inventa también que no será por mucho tiempo. Dime que en cuanto quiera darme cuenta, estarás de vuelta y que, en esa vuelta tuya, también querrás volver a mí. Dime que te vas, pero que no será tan lejos, porque cualquier distancia es cerca cuando no quieres perder a quien espera al otro lado.

Cuando me digas adiós, dime que solo te vas en busca de más líneas que añadir a esa lista tuya, la de todas las cosas que nos quedan por vivir, todas esas que el tiempo no nos dejó tachar la primera vez. Hazme creer que, a diferencia de los otros planes a largo plazo, estos sí se cumplirán; quiero pensar que no se quedarán a medias, que serán algo más que los puntos suspensivos que pondrán el fin a nuestra historia.

Cuando me digas adiós, no olvides llevarte contigo lo que hoy sientes por mí; seguro que encuentras algún huequecito en tu equipaje para meter al menos un resquicio de ese cariño que un día me tuviste. Y si decides no llevarte nada de eso, tú hazme pensar que sí para que no me duela, porque por muy estúpida que parezca, ya no te quiero imaginar sin esa parte de mí contigo.

Guardé el documento y, con el corazón un poquito más encogido que antes, me arreglé para ir al trabajo.

Estaba pensando algunas de las preguntas y el posible esquema que seguiríamos Dyn y yo durante su entrevista. Ya había hablado con Mireia —la periodista a quien Lorena pensó encargarle el trabajo completo— para pedirle el favor de que me revisase aquel borrador una vez que lo tuviese finalizado. Ella, por supuesto, contestó con amabilidad que sí y estuvo rondando toda la mañana por mi sitio para ir viendo cómo avanzaba con ello.

Miré el calendario de *Vogue* que había sobre mi escritorio mientras meditaba sobre los temas que podían ser de mayor interés y reparé en el día en el que estábamos ya. Lunes, 11 de marzo. Cogí un subrayador morado de mi portalápices y marqué el día 1 de abril. A Gonzalo solo le quedaban dos lunes en España. Rodeé también el lunes 18, cuando llegaba Dyn. En el fondo, las dos cosas me aterrorizaban.

Traté de volver a sumirme en la redacción del artículo, pero sonó el teléfono para interrumpir mis pensamientos.

—¿Lorena otra vez? —dijo Ale mirándome. Al parecer, le había cogido el gustillo a eso de tenerme paseando por el pasillo de su despacho a mi escritorio cada día.

—Sí... —Ale resopló y abrió los ojos como diciendo: «Qué coñazo de tía». Yo asentí y descolgué la llamada.

—Paula, a mi despacho —dijo Lorena, y me colgó. Un amor de mujer. Desde luego.

Mira que era capaz de hacerme sufrir en aquellos diez segundos de recorrido que separaban su puesto del mío. Esas cuatro palabras eran suficientes para que mi cabeza se pusiera a maquinar todos los motivos por los que pudiera despedirme al llegar a su mesa o, con suerte, solo echarme la bronca de mi vida. ¿Qué sería esta vez? Mis pensamientos más realistas me decían que podía tratarse de una errata en algún artículo, esta vez una de verdad. Seguramente, se habría pasado todo el fin de semana buscando algún error ortográfico que pudiera echarme en cara para hacerme pensar que esa batalla la había ganado ella. Mi parte menos racional, sin embargo, apostaba por otro tipo de cosas, desde que se había vuelto a pensar lo de la entrevista y que la iba a realizar Mireia al final; hasta que la cabina en la que Gonzalo y yo habíamos follado era transparente por completo, alguien nos había grabado, el vídeo ya circulaba por las redes y ella había decidido despedirme por falta de... Bueno, por falta de todo. De repente, esa idea empezó a parecerme menos loca y más factible. «Al menos podría dedicarme al porno», pensé de broma para rebajar mi tensión.

—Paula, sí. —Como siempre, siguió hablándome sin apartar la mirada de la pantalla cuando entré a su despacho. Empezaba a preguntarme para qué me pedía que fuera a verla en vez de llamarme por Skype; puede que así me prestara más atención—. ¿Qué haces el jueves?

—¿El jueves? Eh... Venir aquí.

—Muy bien, eso ya lo suponía. Me refería a más tarde. —¿Por

qué tenía la sensación de que cada pregunta de Lorena era una trampa para dejarme mal? Me la imaginé de repente en su despacho haciéndose frasecitas que pudieran dejarnos al resto por idiotas.

—No tengo nada pensado, ¿por?

—Viene Grace Athens, de Vogue UK. Viene a un evento que organizamos para recaudar dinero para varias asociaciones de mujeres y me ha preguntado hoy por ti. Sabe que vas a hacerle la entrevista a Dyn... —Hizo una pausa y entornó sus ojos, como leyendo algo muy importante en su ordenador. Luego retomó sus palabras—. Al parecer, somos la primera edición que va a conseguir entrevistarlo.

—Ah...

—Quiere que vengas al evento porque quiere hablar contigo. Me imagino que te pedirá que le pongas en contacto con él de alguna forma sutil.

—Ah, claro. Me invento alguna excusa para que... estrechen lazos.

—Genial. Entonces, ¿te queda claro? ¿El jueves estarás en el evento? Tengo que ponerte en lista.

—Sí, sí. ¿Voy sola? ¿Cómo tengo que ir vestida?

—Luego te envío toda la información. Ven acompañada. Queremos que también aparezcan hombres en las fotos. Que se note que *Vogue* es una revista heterogénea y que aquí todos apoyamos el movimiento feminista, blablablá... —El último blablablá sonaba a que ella lo apoyaba un montón.

—Vale, perfecto.

—Bien. Pues ya te voy diciendo. Cierra la puerta por fuera. —Qué forma más ingeniosa de decirme que saliera de allí. Lorena tenía su puntito.

Me saqué el móvil del bolsillo nada más salir del despacho de Lorena. «Gonzalo, este jueves tachamos de la lista ir a una cena de gala. De nada. Y sí, soy la mejor. Deja de pensarlo cada cinco segundos y concéntrate en la maldita campaña que estés haciendo.» A los diez minutos me contestó: «Al fin haces algo por esta relación. Esta noche me paso por tu casa y me cuentas. P. D.: Siento mucho que tengas que verme en traje y enamorarte aún más. De verdad que me sabe fatal por ti. Un besito».

Aquella tarde quedé con las chicas en el bar de la clamidia. Así lo habíamos bautizado después del drama que montó Elena pensando que estaba a punto de palmarla.

Llegué la primera, pedí un café con leche y me senté en la misma mesa de la última vez. El lugar tenía potencial para convertirse en el nuevo «sitio de siempre». En realidad, no tenía gran cosa. Era más bien uno de esos bares antiguos de barrio de Madrid. Pero no había mucha gente, era pequeño y tranquilo y los camareros eran bastante amables. Además, que superar una ITS en un sitio es algo que te une mucho a él.

A los cinco minutos aproximadamente, llegaron Elena y Andrea. Elena me saludó frenética agitando la mano desde la entrada. Le quedaba un día de ITS y se notaba. Andrea la miró y se descojonó de ella por su entusiasmo, luego me hizo un gesto para saludarme levantando la cabeza y cuando se acercó me dio un abrazo y varios besos en la mejilla. Andrea tenía esos ataques repentinos de cariño. Yo, como sabía que no eran tan habituales, respondía bien ante ellos. No me molestaban.

—¿Quién ya no tiene casi clamidia? —Elena hizo un movimiento como quitándose flores de los hombros.

—Elena, por favor, que va a escuchar la camarera que venimos con una zorra enferma —dijo Andrea bromeando.

—Sois idiotas. —Me reí—. ¿Qué tal el día? ¿Tu jefe ya no te acosa?

—Sí. Sigue acosándome. —Frunció el ceño por un segundo, pero recuperó rápido la sonrisa de la que no se podía deshacer.

—Deberías acostarte con él y pasarle la clamidia —dijo Andrea—. Estoy bastante segura de que así dejaría de molestarte.

—Sí, si no me diera tanto asco, igual...

—Puedes tomarte tu vagina como un arma de destrucción masiva en este momento —añadí yo aparentando seriedad—. De hecho, si quieres, puedo pasarte una lista de gente que no me cae demasiado bien...

—¡No seáis cabronas! Va, dejemos de bromear con esto —dijo riéndose—, que es muy serio.

—En realidad sí lo es. Voy a hacerme mañana las pruebas, por cierto, que no os lo conté. Estoy cagada. ¿Debería? —dijo Andrea.

—Hummm... Si usas protección y no practicas sexo oral sin condón o solo cuando tienes claro que esa persona es de fiar, no tendrías por qué...

—Pues entonces no tengo por qué. Pero me rayasteis el otro día. Nah, mejor hacérmelas y ya. Ojalá poder pedirles a todos los tíos un certificado de su salud sexual antes de acostarte con ellos. Pero quedaría feo...

—Un poquito, sí. Un poquito... —dije yo.

—Bueno, cuéntanos eso —intervino Elena reconduciendo la conversación al motivo de aquella reunión programada con urgencia.

Les estuve contando todo lo que había ocurrido con Gonzalo la última semana. Que me dijo que se iba a Australia por trabajo y cómo me hundió por un momento. Les conté que me planteé dejar de verlo, que al final decidí dejarme llevar y seguir quedando hasta que se fuera. Les hablé sobre la lista que había hecho, las treinta y nueve cosas que teníamos que tachar este mes. El porqué del viaje a Amsterdam, lo que pasó en Amsterdam —sí, eso también— y todo lo demás.

Las dos estaban sorprendidas por lo rápido que estábamos haciendo las cosas, por otro lado, también era cierto que, con el factor huida de España, todo se convertía en un ahora o nunca. No les conté que me había planteado por un instante viajar a ninguna parte; en el fondo, era una de esas fantasías tan irrealizables que ni siquiera formaba parte de la historia real de las cosas que estaban ocurriendo. Así que no dije nada sobre eso.

A Elena le pareció genial que estuviésemos aprovechando el

tiempo de la manera en la que habíamos decidido hacerlo; Andrea, sin embargo, no estuvo tan de acuerdo. Seguramente, porque me conocía más y sabía que, por muy entusiasmada que estuviese ahora con la idea de hacer todo aquello con Gonzalo, aquello tenía un final y yo iba a pasarlo mal. También es cierto que, por el mismo motivo, como me conocía más, sabía que yo era una persona que no se hundía con facilidad, por lo que decidió acabar la conversación con: «Yo no sé si podría llevarlo como tú lo estás haciendo, pero tú sabes cómo llevar tus cosas». En realidad, yo no sabía si era alguien que sabía cómo lidiar con los problemas o si andaba siempre tan ocupada que no tenía tiempo de pensar en ellos. Por un momento me planteé incluso si las dos cosas eran lo mismo.

Más tarde, sobre las nueve de la noche, Gonzalo se acercó a mi casa y le conté todo sobre el evento al que tenía que asistir conmigo. Para mí, cualquier traje o vestido de cóctel en algún tono pastel; para él, traje oscuro y zapatos negros. Al parecer, la revista había invitado también a algunas *influencers* del mundo de la moda al evento, pero no me molesté en decirle ninguno de los nombres al leer en su actitud la falta de interés en aquel asunto.

Aquella noche nos pedimos una pizza de *pepperoni* y vimos *Her* juntos; algo más que tachábamos de la lista. Gonzalo se quedó a dormir conmigo y yo le cedí un cepillo de dientes de los dos que tenía sin abrir, el de color verde oscuro, que decidimos dejar en el vaso de madera del lavamanos del baño. Y así, sin darme cuenta, se hizo con un trocito más de mi espacio.

Desenlace

DOLERÁ

Te irás como otros, solo que esta vez dolerá de otra forma.

Dolerá esperar volverte a ver. Dolerá saber que en la distancia todavía nos pensamos, pero no podemos hacer nada; dolerá haber tenido las ganas, pero no el tiempo; dolerá cuando dejes de contestar tan a menudo a pesar de estar en línea. Dolerá que en tus nuevos planes ya no aparezca mi nombre. Dolerá imaginarte con otra. Dolerá echarte de menos y que en tu nuevo mundo cada vez haya menos espacio para el mío. Dolerá cuando quién sabe cómo conozcas a quién sabe quién y los recuerdos que vayáis formando dejen los míos cada vez más lejos, casi como si nada de aquello hubiera pasado nunca. Dolerá porque yo seguiré donde siempre, encontrándome contigo por Madrid, viéndote en todos aquellos sitios a los que fuimos y todos los que nos quedaron. Dolerá tener que darme cuenta de que esa espontaneidad tuya, esa que tanto me gustó de ti, quería decir en realidad que tú eras alguien más del presente y yo, sin embargo, soy de aferrarme a cualquier cosa que me haya hecho sonreír en algún momento. Dolerá pensar que aquel último beso fue el último beso de verdad —si hay algo que nunca avisa cuando se marcha son esos momentos—. Dolerá y ya me duele pensar en todo esto, pero a veces el dolor es la inevitable cicatriz que queda para recordarnos lo mucho que un día quisimos a alguien.

De gala, pero no mucho

El jueves por la tarde aquellos afortunados que íbamos a la Gala por las Mujeres —así la habían llamado— pudimos salir un poco antes del trabajo. El resto, sin embargo, tuvo que currar casi el doble, al haber menos gente en la redacción.

El día anterior le pidieron a Ale que acudiese junto con Marina para definir y hacer las fotos que necesitaríamos para las redes sociales de *Vogue*. Una pésima idea, teniendo en cuenta que no se veían desde la última fiesta que hicimos, pero, claro, eso Lorena no lo sabía.

A mí, como ya era costumbre, Lorena me había provisto de un vestido, para nada sencillo, que luciría aquel día. ¡Ya lo estaba deseando! Cuando me lo dio el miércoles contuve mi entusiasmo para no parecer una pringada que le aplaudía por cada buen gesto que tenía. Aunque, en el fondo, poco me faltó para arrancárselo de las manos, ponérmelo ahí mismo y besarle los pies por aquello. El vestido era largo, ceñido por completo y con escote palabra de honor. Estaba confeccionado con una tela semitransparente con pequeños brillantes por todo el tejido y una abertura en la pierna izquierda. Para no desvelar trágicamente mi ropa interior, Lorena me aconsejó ponerme debajo un *body* sin tirantes del color más parecido posible a mi piel. Yo, además, decidí desde que vi la prenda completar mi look con unas sandalias de tacón color *nude* y un *clutch* del mismo tono con algunos brillantes que tenía en casa y aún no había podido estrenar.

Eran ya las seis de la tarde del jueves. Estaba en mi piso recién salida de la ducha. Había dejado sobre la cama el alucinante vestido que me iba a poner. Al lado, los tacones y una pequeña caja con las joyitas que llevaría: un collar con unas diminutas piedras de plata y unos pendientes con tres brillantes que juntos imitaban la forma de un corazón. Estaba todo colocado como si fuera a rendirle algún tipo de culto sagrado a aquella prenda; bueno, en realidad, era prácticamente así. Me puse un sujetador sin tirantes con algo de relleno para realzar o dar la impresión al menos de que tenía algo de pecho. Me acababa de colocar la ropa interior y el *body* cuando Gonzalo llamó al timbre de mi casa. Yo fui corriendo para abrirle la puerta y esperarlo con el pelo aún sin secar y aquel *body*, que daba más bien la sensación de que seguía desnuda.

—Pero bueno... ¿Era ese tipo de fiesta y no me he enterado? —bromeó al verme así.

Estaba guapísimo con traje. La chaqueta resaltaba su definida espalda y la camisa, a pesar de no ser ceñida, insinuaba su torso. Lo miré embobada y calculé inevitablemente en mi cabeza si daba tiempo a dejarnos llevar y llegar puntuales a la gala.

Sonreí y le di un beso. Él me cogió por la cintura y volvió a besarme, esta vez más tiempo mientras me agarraba del pelo todavía mojado con las dos manos. Al parecer, no era la única que estaba calculando si tendríamos tiempo de hacer algo más antes de salir de casa.

—¿Así sin más? —dije yo.

—Sí —contestó él. Y dejó bajar una de sus manos por mi espalda.

Gonzalo me empezó a besar en el cuello. Yo lo apreté hacia mí y sin querer jadeé. Él esbozó una pequeña sonrisa al darse cuenta de la rápida reacción que había provocado en mí. No le hizo falta hacer mucho para que yo tuviese ganas de todo. A mí tampoco. Fuimos a la habitación sigilosos para no llamar la atención de Celia, que estaba en el piso en aquel momento. Mientras, él no me quitaba las manos de encima y yo intentaba escaquearme de aquellas caricias subidas de tono que me habían encendido en menos de dos segundos.

Entramos en mi cuarto. Cerré la puerta y los dos nos desatamos del todo. Como si el resto de la casa estuviera a kilómetros de nosotros y nadie pudiera escucharnos tras las paredes de mi habitación. Gonzalo se quitó la chaqueta y la dejó hábilmente sobre mi mesa, yo le fui desabrochando los botones de la camisa y él la colocó sobre mi escritorio. Seguí desvistiéndolo sin decir nada. Le desabroché el pantalón y bajé mientras lo miraba. Él apoyó su espalda contra la pared, cerrando los ojos al intuir lo que seguía después. Volví a ponerme de pie por un segundo para darle un beso mientras lo masturbaba poco a poco, él intentó tocarme, pero estaba fuera de sí, así que bajé y seguí con la boca.

—Dios, para ya, por favor.

Me dijo tapándose la cara con las manos. Yo lo miré y me cogió para besarme; quité todo lo que había sobre la cama y él me tiró encima. Me quitó el *body* y el sujetador y empezó a lamerme los pezones con delicadeza, luego me corrió el tanga hacia un lado y bajó para hacerme sexo oral; al principio solo con la lengua, luego siguió metiéndome los dedos y cuando yo me agarraba ya de las sábanas de la cama y me esforzaba para no gritar, empezó a aumentar el ritmo con el que me masturbaba y volvió a besarme. Cada vez más fuerte. Cada vez mejor. Yo, que no podía más, le pedí a los pocos segundos que me la metiera. Él me cogió de la cintura, indicándome sin articular palabra que quería que me diera la vuelta, y me la metió desde atrás mientras me masturbaba por delante. Intenté no hacer ruido, pero fue imposible. Me cogió del pelo y se agachó hacia mí.

—Tenemos poco tiempo —me dijo entre jadeos.

—Sí —contesté sin aire.

Y siguió metiéndomela, cada vez más rápido y fuerte mientras me mordía el cuello desde atrás. Me corrí enseguida y cuando sintió por la reacción de mi cuerpo y aquel gemido que yo ya había llegado... se dejó ir él también. Joder. Era increíble hacerlo con él.

Después de otra ducha, Ale llegó a mi casa. Me escribió un mensaje esa misma tarde para preguntarme si podía acompañarnos a la gala porque no sabía bien dónde era —a pesar de que venía indicado en el mail y que la empresa pagaba el taxi—. Las tretas de Ale para no ir sola a ninguna parte. Se había recogido el pelo y se había puesto un vestido color crema de seda largo de tirantes con la espalda al descubierto y unas sandalias de tacón doradas. Ale era algo bajita y siempre se quejaba de su peso, pero, la verdad, con aquel conjunto me parecía que estaba espectacular. Aunque yo siempre la veía preciosa.

Cuando todos estuvimos listos, es decir, después de que tuvieran que esperarme un poquito más de la cuenta mientras yo me dejaba el pelo liso a lo Kim Kardashian, llamamos al taxi y fuimos hacia el evento, que estaba a punto de empezar en Platea. El sitio era un antiguo teatro que había sido transformado en un espacio moderno de ocio y gastronomía, pero que conservaba la estructura de lo que fue: un lugar único y espectacular. Para la gala, lo habían decorado todo con globos rosa pastel, paredes de rosas naturales del mismo tono y almendros que habían dispuesto a lo largo de la sala. Hasta Gonzalo se sorprendió al verlo.

Nada más entrar vimos a Marina, que nos esperaba en el *photocall*. Iba cargada con todo el material fotográfico y se había puesto simplemente un vestido rosa muy clarito hasta la rodilla, de cuello alto y media manga. Además, llevaba unas manoletinas metalizadas acabadas en punta que no le quedaban nada mal, a pesar de que yo no era muy fan de ese tipo de zapatos. Cuando nos vio llegar, ella y los otros fotógrafos nos indicaron a Gonzalo y a mí que nos parásemos para hacernos unas cuantas fotos para Digital; Marina sacó rápido un pañuelo de seda color rosa palo de uno de sus maletines y se lo dio a Gonzalo antes de que nos fotografiasen para que se lo colocase en el bolsillo izquierdo del traje, con tal de estar más acorde con mi indumentaria y con la estética general. Nos hicieron a toda prisa varias fotos juntos y luego otras tantas a mí sola. Después, me preguntaron de quién era el vestido. «Yanina Rik», respondí, y entramos a Platea sintiéndonos dos estrellas.

—Todos te miran. Es imposible estar más guapa —me dijo al pasar.

—Bah, miran mi vestido. Si lo llevases tú puesto, también acapararías toda la atención —le dije en broma. Él me dio un beso y se rio.

Ale se quedó con Marina, y Gonzalo y yo fuimos directos a pedir algo en la barra. A los cinco minutos, me escribió un wasap: «Marina está demasiado guapa hoy... Ya verás, voy a hacer alguna gilipollez». A lo que le respondí, sin ningún tipo de confianza en aquellas palabras, que intentase ser fuerte y recordase lo mal que lo pasaba cuando las cosas no salían con Marina según el guion que ella se montaba en su cabeza. Mientras enviaba el mensaje, podía visualizar perfectamente a Ale ocupada imaginando el vestido de boda con el que se casaría con Marina. En el mejor de los casos, aquella noche Ale solo le diría lo mucho que la echaba de menos. En el peor de ellos, Marina también flaquearía y se liaría con ella para luego darle puerta. Como si lo viera.

Estuve presentando a Gonzalo como «el amigo que había accedido a acompañarme»; por nuestra actitud, sin embargo, era evidente que no era así, pero tampoco teníamos ningún título oficial y presentarlo como «el tío de Tinder del que me había colgado, pero que nadie volvería a ver nunca más porque se iba a Australia a vivir en menos de un mes» era un poco largo.

Mientras hablábamos con unos estilistas de la revista, Lorena nos abordó con brusquedad y, moviendo la cabeza hacia un lado de forma seca, me indicó que era hora de cortar el rollo e ir a lo que había venido a hacer, que, en realidad, yo seguía sin saber qué era exactamente. Podía intuir que Grace quería hablar con Dyn Scott, pero tampoco es que yo fuera la *manager* del chico y, si me apuras, ni siquiera su amiga. Solo una tía de una revista que le había caído bien e iba a entrevistarlo. De todas formas, prefería guardarme esa inseguridad para mí misma y, oye, si sonaba la flauta y conseguía poner en contacto a Grace y a Dyn, igual me volvía algo más imprescindible y mi jefa acababa reconociendo mi papel. Aunque, bueno, eso fue lo que pensé la última vez que hice «algo importante» y por poco Lorena me echa de mi propio proyecto para encargárselo a cualquier otra persona. «Muy en plan Steve Jobs», pensé. La muy zorra...

—Grace, ¿qué tal? ¿Cómo estás? —le dije, amable, al verla. Ella me dio uno de esos abrazos sin contacto físico. De los que se quedan en dos palmadas en el aire. Luego miró a Gonzalo.

—Paula. Luces estupenda, estás fantástica. ¡Qué estilo! —dijo casi sin dejar de mirarlo a él. Creo que se sintió un poco acosado.

—Idea mía, el look de Paula, sabía que Yanina Rik era para ella —matizó Lorena intentando anotarse un tanto. Yo sonreí asintiendo.

—Grace, Lorena, este es Gonzalo, un amigo que ha accedido a acompañarme hoy. —Por suerte para los dos, él hablaba bastante bien inglés y podría relacionarse con Grace sin problema.

—Hay que tener buenos amigos, sí. —Grace lo miró de arriba abajo. ¿Era yo o intentaba ligárselo? A ver, que la mujer era guapa, pero podría ser su madre. Su abuela joven, si me apuras—. Y dime, ¿nunca has pensado en ser modelo? Eres el tipo de chico que podría ver sobre una pasarela acaparando los flashes. —Gonzalo me lanzó una mirada que reflejaba entre confusión e incomodidad. Yo me esforcé por contener la risa, confirmando así que la actitud de Grace tenía un puntito extraño.

—La verdad es que no —dijo sonriendo mientras mantenía la compostura—. Soy publicista y hasta ahora estoy muy contento con mi trabajo. Aunque estoy seguro de que vosotras sí acapararíais las luces de una pasarela. —Y esbozó una sonrisa de lado que hizo que Grace se sonrojase.

—Bueno... —dijo Lorena para intentar reconducir la conversación—. Hoy estábamos hablando Paula y yo de lo contentas que estamos por el reportaje de Dyn. Creo que va a quedar muy bien. Paula lo está enfocando de una manera bastante personal, aunque centrándose siempre en la moda, claro. Influencias, historias que lo hayan marcado...

—Sí, además, hemos estado buscando fotógrafos y creo que hemos dado con el perfecto, un tío que usa flashazos, un estilo muy punk, pero que hace unos retratos preciosos. Carlos Allen se llama.

—¿Carlos Allen? —intervino Gonzalo—. Hemos trabajado con él alguna vez para hacer cosas más de moda en la agencia. Es un genio loco, sin duda, pero muy muy bueno.

—Seguro que lo manejáis bien. Paula. Estoy impresionada, te lo digo en serio —dijo Grace, y Lorena esbozó una sonrisa forzada, intentando disimular la molestia que le causaba que los cumplidos no fueran para ella en aquella ocasión—. No llevas nada de tiempo, has conseguido a un diseñador emergente que, créeme, va a sentar precedentes en el mundo de la moda y que huye por completo de los medios... Creo, además, que has sabido leerlo bien y sabes qué enseñar de él en este proyecto, qué es interesante para los demás... Tienes ojo.

—Oh, gracias, Grace, pero en realidad fue Lorena quien lo fichó. Yo solo traté de llegar a él porque sabía que Lorena opinaba de él justo todo lo que dices.

—Lorena es muy buena maestra, sí... Tú también lo serás. —Y me miró sonriendo con cierta malicia.

Nos quedamos hablando un rato. Estuvieron cotilleando sobre la vida de Gonzalo hasta el punto de hacer que me enterase ahí mismo de todo tipo de datos sobre su infancia gracias a la indiscreción de Grace: cuántas mascotas tenía, por qué sus padres lo habían llamado así —por un amigo de su padre que le presentó a su madre—, que de pequeño siempre quiso una casa en un árbol y su tío le construyó una, y así, un sinfín de historias.

De un momento para otro, cuando Lorena ya estaba más cómoda y relajada, es decir, cuando ya llevaba un par de copas encima, Grace me pidió que le acompañara a por otro gin-tonic. Gonzalo se quedó con mi jefa mientras tanto.

—Paula, en realidad quería hablar contigo hoy —me dijo al llegar a la barra.

—Sí, algo me había comentado Lorena. Imagino que estáis interesados en contactar con Dyn también para la revista. No sé cómo lo queréis hacer, pero yo dejaría un pequeño margen entre que sacamos nosotros el reportaje y el vuestro. Que no parezca un «hemos llegado tarde y nos subimos al carro», más bien que suscite otro tipo de interés y las preguntas vayan en otra dirección. —Grace se rio.

—Siempre calculándolo todo. No te creas que acabo de darme cuenta, yo era igual. —Sonreí mientras le pedía una copa a Grace.

—Paula, conozco mucho esta revista. Sé cómo funcionan las ediciones de todo el mundo; es importante hacerlo si quieres seguir prosperando... Vogue España está muy bien, pero tú tienes algo. —Me quedé callada dejándola continuar, sin saber muy bien por dónde iba a salir—. Me han ofrecido un puesto en Estados Unidos y, como es lógico, voy a llevar a gente de mi equipo. Sé cómo trabajas y sé lo que puedes llegar a dar. Sé en qué te vas a convertir porque yo tengo ojo para eso, así que te voy a proponer algo. Tú casi acabas de aterrizar en este mundo; yo dejo la edición del Reino Unido el mes que viene. Quiero que trabajes tu redacción en inglés; no digo poder hacerlo muy bien, digo dominar el idioma por completo. Y si estás interesada, te vienes. Tus condiciones económicas, como es lógico, serían mejores y tus responsabilidades, distintas. No te puedo decir aún qué harías, solo te adelanto que el blog no sería.

Me quedé callada, sin saber bien qué contestar. No llevaba ni un año en la revista y ya me estaban planteando un traslado. Desde luego, era mi sueño... Vogue Nueva York. Pero yo todavía sentía que estaba aprendiendo. ¿No sería demasiado para mí? Si lo hacía catastróficamente mal... ¿Podía hundir mi carrera? Además, ¿qué carrera? Si es que aún estaba empezando. Y lo del inglés... Manejar el inglés escrito a la perfección... A ver, igual no era para tanto, pero ¿en qué momento me ponía yo ahora con eso? Todas las tardes, a practicar y a leer en inglés, supongo. Joder, Estados Unidos. La cuna de Vogue.

—Grace, la verdad... Me dejas de piedra. Es una oportunidad única, me halaga saber que ves eso en mí...

—Yo nunca me equivoco —me interrumpió ella—. No me respondas ahora mismo. Zanjemos el tema y cuando decidas algo me lo dices. —Cogió mi teléfono y apuntó su número—. Pero me lo dices a mí personalmente. Y agradecería que no comentases nada de esto.

—De acuerdo —dije yo, en *shock*.

—Solo tienes que decidir qué quieres hacer. —«Como si fuera fácil», pensé—. No hay entrevistas ni cribas que pasar, porque yo llevo a mi equipo y tú serías parte de él. Una vez que tuviéramos tu respuesta se tramitaría todo. Yo lo gestionaría con Lorena para no condicionar su trato contigo durante el tiempo que te quedase en España.

—Perfecto. —Fue lo único que pude responder mientras toda la información colapsaba mi cabeza.

Cogimos la copa y cuando nos dirigíamos de nuevo hacia Gonzalo y Lorena, un fotógrafo nos paró para capturar a Grace en nuestro evento. Ella le dijo que solo si yo también aparecía en la imagen. Un pequeño recuerdo del día de la traición. Así bauticé el momento.

La conversación con Grace me dejó en blanco durante el resto de la velada. Yo le conté todo aquello a Gonzalo en cuanto pudimos librarnos de la gente. Estábamos de acuerdo en que era una oportunidad única que podría catapultar mi carrera. Pero, de cualquier forma, tenía que meditarlo mucho más. Desde luego, no era algo que fuese a decidir esa misma noche ni, seguramente, aquella semana.

Eran ya las once y media y la gente estaba algo más que contenta. Los fotógrafos habían apagado ya las cámaras ante la preocupante estampa que dejaban algunos. Poco había de glamuroso también en el trajín formado en las puertas de los baños, de donde algunos salían más alterados. No hacía falta ser ningún genio para intuir qué ocurría dentro.

Gonzalo, que tenía que trabajar al día siguiente, me pidió que lo acompañase a la salida para coger un taxi e irse ya a casa. Yo se lo cogí desde la cuenta de la empresa, ya que Lorena me había dicho que cargáramos los gastos de nuestros acompañantes. Me despedí de él y, al volver a entrar a la fiesta, donde yo tampoco duraría mucho más, vi que había un servicio para empleados en un pequeño recoveco situado a la izquierda de la entrada. Evidentemente, yo no lo podía utilizar, pero pasaba de entrar a cualquier otro baño y encontrarme a quién sabe quién haciendo quién sabe qué. Además, necesitaba despejarme un rato. Crucé la puerta sigilosa ignorando el cartel que indicaba que aquel servicio solo era para trabajadores.

Iba a abrir mi bolso para retocarme el maquillaje cuando me di cuenta de que había gente tras una de las puertas que cercaba los dos retretes que había dentro. Guardé silencio para asegurarme y escuché dos gemidos muy fuertes y el sonido de la cerámica del váter golpeando contra la pared.

—Dios, Marina... Para... Para... No... —Y otro gemido. Era la voz de Ale. Recogí mis cosas en silencio para salir del baño, pero escuché unos pasos acercándose al servicio. Pensé rápido que si alguien entraba y me preguntaba qué hacía ahí, Ale escucharía mi voz, así que anduve de puntillas en mis tacones para no hacerlos sonar y me metí en el otro baño, que estaba libre. Cerré la puerta intentando ser lo más silenciosa posible y giré el pestillo haciendo fuerza hacia el lado contrario para que el clic no sonase muy fuerte. En ese instante, entraron dos empleadas dando un portazo y vociferando. Marina y Ale también se callaron.

—¡Qué puto coñazo de fiesta! —dijo una, y se escuchó que abría el grifo.

—Tía, ¿esta gente qué coño se cree? Son todos unos putos maleducados, van desfasadísimos y yo lo siento, porque trabajarán en moda, pero llevan unos modelitos que no me los pongo ni a tiros.

—¡Hostia! La tía con los *leggings* esos de ciclista. —«Dos mil euros cuestan los *leggings* de ciclista», pensé yo. Aunque estaba de acuerdo, un poco fuera de lugar para el tipo de evento—. Esos los ponen en el mercadillo de mi barrio los sábados —dijo alzando la voz mientras se reía.

—¿Y la de la falda con dos trozos de tela largos colgando, qué? —«Ese es bonito», pensé desde mi escondite—. Parece que se los haya pegado ella misma. Feo no, lo siguiente.

—¡Que no te extrañe! Estos van de ricos y no tienen un céntimo. Vi un documental de eso.

—Fijo. —Y las dos salieron del baño mientras seguían maldiciendo.

Las tres nos quedamos durante unos segundos ahí. Escondidas. En silencio. En baños distintos. Y cuando dejamos de escuchar a las chicas porque ya estaban lejos, Ale y Marina salieron. Sin saber que yo aún seguía dentro, claro.

—Menudo repasito os han dado —dijo Marina riéndose—. Bueno y yo a ti también te he dado otro. —«Dios... Qué comentario más cutre», pensé yo.

—Marina, ¿esto significa algo para ti? —preguntó Ale. Yo me eché las manos a la cabeza, como desaprobando aquella jugada. ¡No, Ale, no! ¡No significa nada! ¡No te llama porque no le gustas, no porque esté intentando atraer tu atención desapareciendo aposta de tu vida!

—Ale... Eres importante. —Vaya, eso no me lo esperaba—. Pero tengo otras prioridades. —Eso sí me lo esperaba.

—¿Acostarte con otra gente, quieres decir? —Zasca.

—No preguntes las cosas que no quieres saber, Ale. —Vamos, que sí.

—Es que no entiendo tu actitud, Marina. La verdad. Sabes lo que siento por ti, pero no pones ningún impedimento para evitar que pasen estas cosas. Me haces pensar que quieres algo, pero luego desapareces.

—No, Ale, no. Yo te vengo diciendo desde hace tiempo, muy claro, que no quiero nada. Tú lo sabes. Y sigues diciendo que sí a esto. No soy yo sola. Esto es lo que hay. Si aceptas hacer algo, y nunca te he dicho que quiero algo más contigo, ya es problema tuyo. No te he vendido nada, no es culpa mía que te hayas montado una película tú sola.

—¿Una película yo sola?

—Sí. La de que me gustas para algo más. —Qué zorra.

—O sea, que estás completamente segura de que no sientes nada por mí...

—¿Te lo tengo que decir de más formas? Eres mayorcita. ¿Entiendes qué es follarte a alguien y ya? —Ale se quedó en silencio.

—Me das mucha pena, Marina. Mucha pena.

—¿Que yo doy pena? A ver, ¿por qué? —dijo enfadada. Le había cabreado el comentario.

—Porque te vas a quedar sola. Y ahora te puede dar igual, pero eso es muy triste.

—Pena das tú. Follando por los baños en las fiestas de trabajo pensando que de ahí va a salir una historia de amor. —¡¿Qué?! Tuve que contenerme para no salir y gritarle cuatro cosas. Pobre Ale. No la merecía en absoluto.

—Que te vaya bien, Marina. Yo al menos sé querer y sé que alguien valorará eso. Tú seguirás así de vacía siempre. —Y salió de un portazo para irse a casa. ¡¡¡Vamos!!! Yo no lo habría dicho mejor. Obviando que se la estaba tirando un minuto antes, estaba orgullosa del manejo de la situación por parte de Ale.

—Esta tía es tonta —susurró Marina cuando Ale ya estaba fuera. Y salió del baño, liberándome de mi escondite. Vaya final apoteósico de la noche...

Sorpresa, sorpresa...

Al día siguiente Ale me contó todo lo que había ocurrido con Marina. Eso sí, obviando el hecho de que habían estado follando en el baño segundos antes de aquella discusión, lo que, de alguna forma, cambiaba bastante la historia. Yo, que me sentí algo violenta por saber parte de la verdad que ella decidió omitir, preferí hacer como que no había escuchado nada de aquello y, por vigésima vez, le dije más de lo mismo: que Marina no era para ella. Aquella mañana, después de despotricar sobre Marina, Ale le envió un correo para pedirle las fotos del evento. Ella le respondió tan solo con un enlace para descargarse las imágenes, dejando claro que no tenía nada más que hablar con ella.

—Oye, ahora que lo pienso, Héctor y Dani no vinieron al evento —le dije a Ale en nuestra habitual pausa para el café en la cocina.

—No, están en Estados Unidos. —Qué pesadito todo el mundo con Estados Unidos de repente—. Me lo dijo Marina antes de transformarse en una hija de puta. ¿Cómo puede ser así?

—Bueno... De algunas personas es mejor no esperar nada. —Claro, la historia y los comentarios de Marina parecían aún más crudos si no considerábamos que se habían acostado. Contado como Ale lo había hecho, prácticamente habían entrado a un baño a hablar con tranquilidad y Marina había saltado con una respuesta fuera de lugar que dejaba a Ale como una gilipollas y a ella, como una persona sin sentimientos—. ¿Y cómo es que están en Estados

Unidos? —De repente recordé lo de Grace. Aún no había tomado ninguna decisión. Tampoco se lo había contado a Ale.

—Al parecer, Dani se ha enterado de que estaban contratando gente para la revista *Vogue* de allí; que están haciendo cambios, vaya. Él no quiere trasladarse, pero Héctor sí y Dani movió algunos contactos para que pudieran ir los dos esta semana a trabajar y que conocieran a Héctor.

—Ah... —Por un momento imaginé acabar allí con Héctor. Qué irónico.

—La gente no deja de ir y venir de un lado a otro, ¿eh? Y tú y yo aquí. —Dio un sorbo a su café—. Bueno, a ti al menos te llevaron a lo de Londres... A ver si se estiran conmigo. —Ale se rio y se quedó pensativa.

—Sí... Pero aquí se está bien, ¿no? En España, digo. ¿O tú querrías irte fuera?

—Pues... En mi caso, si me lo ofrecieran, me iría, la verdad. Es muy fácil quedarse estancado en este sector y, además, nadie es imprescindible. Si llevas un tiempo haciendo lo mismo sin que te promocionen, mal, y si te vas fuera, me da la sensación de que al volver te miran con otros ojos.

—¿En qué sentido?

—Piensan que sabes más porque has visto otras cosas.

—Sí... Puede ser...

—Yo estoy preocupada, de hecho. Porque me noto, eso, estancada. Y es lo que te he dicho, eso puede llegar a hacerte prescindible.

—Qué va, Ale... Confían en ti para muchas cosas más allá de tu labor. Estás ayudándoles con la nueva web, cubriste el evento de ayer... —No podía decirle mucho más. He de decir que, al pensarlo en aquel momento, Ale tampoco había hecho mucho más de su estricta labor, desde que yo estaba en la redacción, al menos. También es verdad que llevando las redes era muy buena y yo no la veía para nada como alguien prescindible, pero estábamos en un mundo muy competitivo.

—Estuviste con Grace y con Lorena todo el tiempo ayer, ¿no?

—Sí... Y con Gonzalo. Grace se lo comía con los ojos. Pobrecito. Me dijo luego en broma que se había sentido como un hombre objeto.

—¿Grace? Pero si podría ser su bisabuela.

—A ver, que la mujer tendrá unos cincuenta y muchos, tampoco ciento veinte. Pero sí... Yo creo que pensaría: «Me voy a poner yo a esperar a nadie a mi edad...», y fue a saco. —Ale soltó una carcajada.

—Cuando te haces mayor te empieza a dar todo más igual.

—Total —contesté entre risas.

Me quedé trabajando hasta las nueve de la noche aquel viernes. Tuve que corregir varias preguntas de la entrevista que estaba preparando y repasar el *shooting* para las fotos que saldrían en el reportaje. Además de hacer las correcciones y búsqueda de imágenes para los artículos del blog. Aquella semana estaba siendo demasiado y la semana siguiente, con Dyn, la cosa no iba a ser mucho más calmada.

Gonzalo me había escrito a las tres y media de la tarde para decirme que había salido ya del trabajo, así que decidí ir a su casa para darle una sorpresa y cenar juntos. De camino a su piso, paré en un Goiko y compré dos hamburguesas, las de doble carne con habichuelas y guacamole. Podías notar cómo te subía el colesterol solo con mirarlas, pero, joder, qué buenas estaban....

—¿Quién? —Gonzalo contestó por el telefonillo cuando llamé al timbre.

—¡Sorpresa! Traigo cena.

—¿Paula? —dijo extrañado. Igual no había sido tan buena idea presentarme así de repente.

—Sí. ¿Estabas ocupado?

—Estoy con mi madre... —dijo algo inquieto.

—Ah, perdón. —Joder, qué justo—. No sabía que...

—Yo tampoco. Hoy habéis decidido sorprenderme todos. —Parecía cortado por la situación. Intuí que lo mejor sería irme.

—Vale, bueno, ya nos vemos otro día mejor. —Por un momento los dos nos quedamos pegados al altavoz, callados.

—No, va. Sube.

—No, no. Tranquilo.

—Sí, va. No seas tonta. Sube.

—¿Seguro?

—Sí, sí. Sube. Si no, me enfado.

Entré con la sensación de estar metiendo la pata hasta el fondo. En los escasos diez segundos que tardó el ascensor en llegar al piso de Gonzalo a mi cabeza le dio tiempo a repetir por lo menos cuatrocientas veces que era una mala idea subir cuando su madre había venido a verle. Si me ceñía a la realidad, él y yo llevábamos viéndonos menos de un mes. Nos habíamos ido juntos de viaje, hablábamos cada día, nos veíamos a menudo y ahora... ¿iba a conocer a su madre? ¿Cómo me iba a presentar? ¿Qué iba a decir de mí? ¿Cómo debía comportarme? Era evidente que una simple amiga no iba un viernes por la noche a su casa a llevarle la cena, o sea, que o quedaba como la idiota que estaba colada por él o como la tía a la que se estaba tirando. Además, teniendo en cuenta que en la realidad de Gonzalo no había lugar para ninguna chica, ya que se iba a vivir a Australia en unas semanas, su madre, con más razón, se iba a quedar de piedra al verme aparecer en plan novia. Por otro lado, más allá de la imagen que pudiera causarle a la mujer, estaba a punto de propiciar una de esas situaciones que agobian a los tíos. Aunque es verdad que Gonzalo me había dicho que ella sabía ya de mi existencia... Aun así, no parecía buena idea. De repente le había metido en el compromiso de presentarme a su madre, porque era eso o mandarme a casa con la cena. Seguramente me había hecho subir por cortesía. Igual debería haber insistido más en marcharme...

—Hola. —Gonzalo me dio un beso en la mejilla. Confirmado. Debería haberme ido derechita a mi casa.

—Hola, te he traído esto, pero me acabo de acordar de que tengo cosas que hacer, os dejo esto mejor a los do... —dije apurada.

—¡Gonzalo! ¿Quién es? No sabía que teníamos visita.

La madre de Gonzalo se acercó para saludarme. Era una mujer, a diferencia de su hijo, algo bajita. Tendría unos cincuenta años más o menos, pero se conservaba bien. Llevaba unos vaqueros de campana y una blusa azul de seda larga que se había arremangado, dejando a la vista varias pulseras doradas que adornaban sus muñecas. Tenía el pelo teñido de un rubio muy claro y llevaba uno de esos cortes de madre, pelo no muy largo con un flequillo abierto al frente. Se había perfumado, invadiendo la casa de Gonzalo, con un aroma similar al jazmín y llevaba un maquillaje impecable, sin pasarse con los colores, solo lo justo para parecer algo más joven casi de forma natural.

—Yo tampoco sabía que tenía visita —dijo él mirándonos a las dos en una expresión de resignación.

—Soy Ana, la madre de Gonzalo. —Se acercó y me dio dos besos—. ¿Habíais quedado para cenar? Es que he decidido darle una sorpresa porque, digo, este es capaz de irse a Australia sin pasar antes a verme. Así que ya lo he hecho yo por él, y me quedo hasta el domingo quiera o no quiera.

—Mamá, ya te he dicho que sí que me hace ilusión que estés aquí, solo que deberías haber avisado para que yo me organizase.

—Avisar, avisar... ¿Para ver a mi hijo? —Puso los ojos en blanco—. En fin, tú eres Paula, ¿no? La amiga con la que se fue Gonzalo de viaje. —Genial. Podía sentir el agobio de Gonzalo en aquel instante. No descartaba que saliera corriendo por la puerta de un momento a otro.

—Sí, encantada. Salía ahora de trabajar y me he pasado... Pero le estaba diciendo a Gonzalo que ya me iba, tengo que acabar algunas cosas.

—¿Un viernes a las nueve de la noche? Estos trabajos que tenéis hoy en día yo no los entiendo. Gonzalo no hay día que salga a su hora. No hay día. Trae —dijo. Y me quitó la bolsa de las manos—. Gonzalo, pon la mesa, que Paula cena con nosotros. Yo me hago cualquier cosa... Un arroz o algo, que, por lo visto, mi hijo no tiene mucho más en casa. —Y le echó una mirada de reproche.

La madre de Gonzalo se alejó hacia la cocina y abrió los armarios repasando en voz alta los escasos alimentos que había en cada balda y su respectiva fecha de caducidad. Yo me senté en el sofá de la sala. Mientras, Gonzalo ponía la mesa y pasaba por delante de mí ignorándome completamente. Tenía que buscar una excusa para salir de ahí como fuera. Estaba siendo demasiado incómodo.

Saqué el móvil de mi bolso mientras Gonzalo llenaba la jarra de agua y le escribí a toda prisa un mensaje a Marcos: «Llámame en diez minutos y dime que hay cualquier emergencia en casa. Que sea creíble. Luego te cuento». A los diez segundos me respondió con un icono del dedo pulgar levantado. Subí el volumen de mi teléfono, lo dejé sobre la mesa del salón y volví a sentarme en el sofá. Cogí un libro que tenía Gonzalo sobre no sé qué cosa de creatividad y me dediqué a hojearlo como si estuviese en la consulta del dentista esperando mi turno para ser atendida.

—Bueno, y qué, ¿qué tal el día? —preguntó Gonzalo apoyado sobre la mesa cuando hubo colocado todos los cubiertos, sacado los platos para el postre, servilletas, pan y una retahíla de cosas que no usaríamos. No hacía falta ser muy inteligente para darse cuenta de que estaba nervioso, incómodo y prefería pasarse la noche quitando y poniendo cosas de la mesa antes que hablar conmigo delante de su madre.

—Bien... Muy ocupada con lo de Dyn, tengo también la cabeza en lo que me dijo Grace en la gala...

—¿Lo de irte fuera? Vete —dijo mientras miraba por el rabillo del ojo hacia la cocina. Gracias, Gonzalo. Por tu tacto a la hora de hablar y tus sabios consejos. Era justo la conversación analítica que necesitaba para tomar una decisión.

—Ya... Bueno, no es tan fácil... Da igual, ya lo hablaremos en otro momento. —Y se quedó en silencio mirando hacia donde estaba su madre. Se me estaban haciendo los diez minutos más largos de mi vida—. Oye, perdón por aparecer así. Si hubiese sabido que... No habría...

—Perdón, ¿qué decías? —Volvió a mirarme, como sorprendido por que siguiera hablando.

—Nada, nada.

La madre de Gonzalo se acercó a nosotros diciéndonos que había dejado el arroz haciéndose y que se haría también unas verduras que Gonzalo tenía congeladas y estaban a punto de ponerse malas. Mientras Ana me preguntaba sobre mi trabajo, mi familia —de lo cual no hablé— y me decía lo mucho que adoraba *Vogue*, yo contaba los minutos en mi cabeza para salir de allí. En realidad, ella era totalmente encantadora, una mujer dulce pero con carácter. Me cayó bien, pero, claro, tener que estar hablando con la madre de alguien mientras su hijo está mirando el teléfono y pasando de ti como si no te conociese de nada, resultaba, como poco, incómodo.

A los diez minutos exactos de haberle escrito el mensaje a Marcos, sonó el teléfono. Yo me levanté para cogerlo y me mentalicé para meterme dentro del papel, aunque con las ganas que tenía de irme, no me iba a ser difícil.

—Uy, es mi compañero de piso —dije. ¿Demasiado sobreactuado? Bah, no creo—. ¿Marcos? Dime.

—¿Paula? ¿Estás cerca de casa? Necesito que vengas urgentemente.

—Pero ¿¡qué ha pasado!? —dije en alto para que prestasen atención a la catástrofe que iba a describir a continuación mi compañero de piso. Igual ahí perdí un poco el personaje.

—El vecino de arriba debe de tener una fuga y la casa se está inundando. —La madre de Gonzalo, que estaba lo bastante cerca de mí como para escuchar lo que decía Marcos, se echó las manos al pecho en un gesto de preocupación. Yo también lo hice. Sí... Igual le estábamos poniendo demasiado dramatismo.

—¿Qué dices? Sí, sí. Estoy cerca. Voy para allá. El número del seguro está en la nevera, ve llamando, que ya voy. —Y colgué la llamada. El detallito del número del seguro había estado bien. Le añadía realismo a la mentira.

—¿Qué pasa, Paula? —dijo Ana preocupada. Yo hice como que tenía prisa y empecé a recoger rápido mis cosas del sofá mientras hablaba.

—Nada, nada. Una fuga del vecino de arriba; mi compañero de piso dice que se está filtrando a nuestra casa. Tengo que irme a ver cómo lo solucionamos.

—Sí, sí, claro. ¿Quieres que vayamos contigo? —Ana miró a Gonzalo, que parecía estar petrificado, no por el susto, sino por el hecho de verme interactuando con su madre todavía.

—Te llamo a un Uber si quieres —intervino él.

—No, no. Ya me cojo un Cabi. Lo siento, de verdad —dije ya con todo en la mano—. Comeos las hamburguesas vosotros si queréis.

—No, mujer. —Ana me volvió a dar la bolsa con las dos hamburguesas—. Cenad esto tu compañero de piso y tú, que no creo que os dé tiempo a haceros nada con todo el lío. Qué mala pata... —Por un momento me sentí bastante mal por aquella brusca huida.

—¡Gracias! Dos besos. Encantada. —Me despedí de Ana, le hice un gesto a Gonzalo con la mano y salí corriendo.

Al llegar a la calle di un par de pasos a toda velocidad, por seguir con el *acting* en caso de que me mirasen por el balcón, y cuando doblé la esquina aminoré el ritmo. ¿De verdad había sido Gonzalo así de borde? A ver... Reflexionando sobre la situación, lo más «lógico», aunque hablar de lógica parecía absurdo, no era pensar que le había dejado de gustar de un día para otro y que por eso se había comportado como un capullo... Igual, simplemente, y como es comprensible, le había sobrepasado bastante la situación de que su madre llegase a conocer a la tía de Tinder con la que él estaba quedando. Porque, al fin y al cabo, por muy bonita que yo quisiera pintar nuestra historia, no iba a dejar de ser para él una chica que había conocido en una *app* de ligues con la que iba a quedar, como mucho, dos semanas más y luego igual no volvía a ver en su vida.

Puede que yo juzgase la actitud de Ale con Marina, y la actitud de Ale en general, montándose ella sola historias que iban en contra de la realidad más evidente, pero yo no estaba por encima de aquel comportamiento. En el fondo, aunque sabía que Gonzalo se iba, tenía la sensación, o más bien la esperanza, de que nos reencontraríamos en algún momento, con nuestros futuros ya más encauzados y echándonos de menos, y entonces, retomaríamos todo lo que tuvimos que dejar. Ese pensamiento, ese que no quería admitir, era el que empezó a rondar mi cabeza desde que Gonzalo me dijo que se marchaba. Y seguramente yo, que era tan calculadora, no había aceptado seguir con esta «relación» que ya tenía fecha de caducidad por aprovechar el momento —que era la razón que yo defendía ante los demás y ante mí misma, para no sentirme idiota—, sino por la falsa creencia de que iba a volver a verlo y que lo nuestro no acababa ahí. Menudo batacazo me esperaba...

—¿Qué, se han notado mis dos años de arte dramático como extraescolar? —me dijo Marcos, que estaba sentado en el sofá cuando entré en casa.

—A ver, drama ha tenido el asunto, no te voy a engañar.

—Ha sido demasiado, ¿no? Es que no sabía qué nivel de «tengo que pirarme de aquí» necesitabas, así que le he dado al máximo.

—Ya veo, ya. —Reí—. No te preocupes, ha funcionado, que es lo importante. Por cierto, traigo hamburguesas, aunque estarán ya más frías... —Me senté a su lado en el sofá y dejé la bolsa en la mesita del centro.

—Uy, qué sorpresa. Muchas gracias por el detalle.

—En realidad no eran para ti. Pero bueno, cómetelas.

—Una de cal y otra de arena. Cómo sois las mujeres... —dijo burlándose, y abrió la bolsa para ver de qué eran—. Bueno, cuéntame, ¿por qué mi «llamado de emergensia»?

—Pues, para empezar, la que ahora va a ser tu cena, iba a ser la de Gonzalo. En resumen, he ido a llevarle esto para darle una sorpresa; pero la sorpresa me la he llevado yo porque estaba su madre en casa. Él estaba incómodo, no, lo siguiente y borde, no, lo siguiente... En realidad, creo que no sabía cómo echarme ni yo cómo irme, así que he recurrido al comodín de la llamada.

—Ya... porque, una pregunta, ¿tú qué esperabas al subir?

—A ver... Nada, en realidad, ha sido todo tan rápido que no me ha dado tiempo siquiera a pensar en eso. Me he arrepentido en cuanto me ha abierto la puerta, pero pensaba que igual la situación podía llegar a ser «normal».

—¿Normal en plan... «Mamá, esta es la chica con la que quedo»?

—Pues sí...

—Paula...

—Ya.

—Se va en unas semanas y te estás rayando porque no te ha tratado como una princesa delante de su madre.

—A ver, que no es eso, pero que tampoco hacía falta estar así de seco.

—Es verdad. Pero admite que estás decepcionada porque querías que estuviera superemocionado al presentaros. —Yo hice una mueca y agaché los hombros, dándole la razón.

—A ver, que te entiendo. Es fácil dar consejos, pero mira yo cómo estoy... Tirándome al tío que me ha puesto los cuernos e intentando creerme que en realidad me quiere.

—¿Somos idiotas?

—Solo un poco. Pero cuando quieres a alguien la lógica desparece.

—Y solo entra en juego la estupidez.

—Exacto, *mon amour*.

—Marcos... Hazte hetero y salimos... Ya vivimos juntos y nos aguantamos. Sería tan fácil todo...

—Paula... Ponte rabo y salimos... Ya vivimos juntos y nos aguantamos. Sería tal fácil todo.... —Y los dos soltamos una carcajada.

Ellos y ellas

«Paula, siento mucho lo de ayer. Ya sé que me comporté como un gilipollas, pero mi madre nunca ha conocido a ninguna chica con la que haya estado. No es excusa para estar como estuve, pero quería que lo supieras. No quiero que estemos mal, por favor. Llámame al despertarte.»

Gonzalo me había escrito a las tres de la mañana. Eran ya las diez y media y Marcos y yo estábamos llegando al Cafelito, donde habíamos quedado con Andrea y Elena. El mensaje de Gonzalo seguía sin respuesta. Había decidido escribirle más tarde, para que reflexionase sobre su comportamiento. Así, como adiestrando a un hámster.

Aquel día hacía un tiempo increíble, así que aproveché para prescindir de cualquier abrigo. Me puse un suéter de manga larga color crema, una falda midi ajustada por la cintura de flores rosas con una pequeña abertura en la pierna izquierda y unas Converse blancas. Marcos se puso una sudadera azul marino, unos pantalones de tela marrón oscuro y sus Stan Smith.

—Chicos, escuchad —dijo Elena mirando su teléfono cuando nos sentamos en la mesa—. Estoy leyendo un artículo que dice que en la vida te rompen el corazón dos veces pero que, a la tercera, encuentras al amor de tu vida. ¡Según mis cálculos, el próximo es mi definitivo! —dijo entre risas burlándose del artículo.

—Según los míos, yo ya he encontrado el amor de mi vida dos veces.

—¿Cuatro veces te han roto el corazón? —me preguntó Andrea.

—Sí, ¿qué pasa? ¿Son muchas?

—Hombre, pues...

—Yo solo llevo una y ya estoy jodido. ¿Me queda pasar otra como esta?

—¿Solo una? Joder, qué suerte. A ver si soy yo, que elijo mal. ¿Tú qué, Andrea?

—Hummm... Cuando tenía quince años estuve como tres años detrás de un tío que pasaba de mí y que solo quería acostarse conmigo. Esa fue una...

—¿Con quince años ya conocías a un capullo así? —interrumpió Elena.

—Sí, pero él tenía cuatro más que yo.

—¿Y eso era legal? —pregunté yo.

—¿Qué íbamos a hacer si queríamos follar? ¿Consultarle antes a un juez? —dijo riéndose—. A ver, el caso. Ese, uno, y Raúl, otro. Lo confieso.

—¿Quién es Raúl? —dijo Marcos.

—Uno del que Andrea iba detrás antes de convertirse en la zorra oficial de Tinder.

—Pero él pasaba de ella —remató Elena.

—Gracias, chicas. Gracias por este resumen. —Se rio—. Aunque, vamos, ahora estoy de maravilla. Hoy por la noche caerá Miguel. 28 años. Técnico en banca. —Todos nos reímos. Debo reconocer que, en general, filtrábamos poca información entre nosotras, pero, definitivamente, no había nadie a quien le importase menos la opinión del resto que a Andrea. Ella lo soltaba todo sin más.

—Yo que pretendía que ese fuera mi plan en Tinder y aquí estoy, pillada por alguien que se va en quince días.

—Ya. La más inteligente de los cuatro no eres —contestó Andrea.

—Pero bueno, al menos estáis bien. Lo que tú dijiste, aprovechad el tiempo y ya.

—Ya... Bueno... —Obvié contar el dramón del día anterior. Total, luego hablaría con él y se nos pasaría. Marcos tampoco hizo ningún comentario al respecto, ya que él lo sabía todo—. Tengo otro dilema. —Y le di un sorbo a mi café para hacer una pausa dramática—. La editora jefa de Vogue UK se va a ir a la edición de Estados Unidos, a Nueva York, y me ha preguntado si quiero ser parte del equipo que vaya con ella a trabajar.

Andrea soltó el *muffin* de chocolate que tenía en la mano, que nos acababa de regalar la camarera, y me miró con la boca abierta. Marcos y Elena también se quedaron como petrificados, dejando la taza de café a medio camino entre la mesa y sus bocas.

—¡¿Qué?! —dijo Elena al fin.

—Sí... O sea, aún no sé qué...

—¿Y no me has dicho nada? ¡Vivimos juntos!

—Es que he estado muy ocupa...

—Paula, por Dios, ¿y este bombazo de dónde sale?

—¡Dios, ahora sí que vas a ser Miranda Priestly! —dijo Elena.

—¡A ver, que todavía no he dicho nada! —los interrumpí—. No he dado ninguna contestación y no he contado nada porque tenía mil cosas en la cabeza, la verdad. No sería nada inmediato, en todo caso. ¡Ah! Y por cierto, puede que Héctor también vaya a trabajar allí.

—Hostia...

—Bueno, ¿y algo más? —sentenció Andrea—. ¿Te casas y se te ha olvidado comentárnoslo?

—No, no. De momento no.

—Joder, pero es una oportunidad increíble. ¿Qué piensa tu amiga del trabajo..., Ale?

—Aún no sabe nada. Solo sabe esto Gonzalo, porque vino a la gala y todo pasó ahí, y ahora vosotros.

—Dios... Ahora te irás y tendremos que buscar otra compañera de piso. Como sea como Celia me voy contigo a Nueva York también —dijo Marcos pensativo.

—Lo bueno es que si me voy, tendréis dónde quedaros.

—¿Y cuánto te pagarían?

—No lo sé. A ver, que aún no sé nada... Igual intento preguntar si puedo estar al menos un año más aquí o algo... Es que no me siento preparada.

—Pero si tú sabes inglés.

—Pero no es solo eso, Elena. No sé... Es la edición más importante de *Vogue*... ¿Y si la cago?

—¿Y si lo haces bien?

—¿Y si Gonzalo vuelve y yo ya no estoy? —Andrea me miró seria.

—Paula...

—Que es bromaaa... —En realidad no lo era.

—Joder. Tu jefa a veces es un poco cabrona. La editora esa que dices parece que te valoraría más... No sé. Aunque no quieras trabajar ahí para siempre, te abre todas las puertas.

—Paula, no puedes dejar pasar esto.

—No.

—Un año ahí y luego puedes trabajar donde quieras.

—¡¡¡Donde quieras!!! —gritó Elena. Yo me quedé pensando en lo que me decían mientras ellos seguían bombardeándome con todas las razones por las que debía marcharme.

En realidad, meditando sobre los pros y los contras de irme a Estados Unidos, me di cuenta de que los motivos negativos eran tonterías con tan poco peso como que en España no hay terremotos o que allí seguro que no hacen una buena tortilla de patatas... Igual la decisión era más fácil de lo que pensaba. Era el próximo paso lógico y yo era una persona ambiciosa y trabajadora. Rechazar aquello podría significar no volver a tener nunca una oportunidad de ese tipo. De cualquier forma, preferí dejar aquella reflexión para cuando todo estuviera más calmado en mi cabeza. Es decir, para cuando hubiera pasado la entrevista de Dyn y Gonzalo se hubiera ido... Lo que me recordó que debía llamarle cuando llegase a casa.

—Paula —dijo él al contestar el teléfono.

Eran ya las dos de la tarde y yo me estaba preparando la comida. Igual se me había ido de las manos lo de dejarlo sufrir tanto rato. Habían pasado casi doce horas desde su mensaje. En realidad, ya se me había pasado el enfado hacía bastante rato. Creo que ni siquiera había llegado a enfadarme, pero sí me molestó durante unas horas del día anterior.

—Sí, dime. He leído tu mensaje —dije mientras removía la pasta.

—Te iba a decir si para solucionarlo todo querías comer con nosotros hoy, siento todo lo que pasó ayer. Perdona si te hice sentir mal.

—No, no, tranquilo. Lo entiendo... No te he podido llamar antes porque tenía planes esta mañana. —Planes. Lo dije intentando sonar ambigua e interesante.

—Vale, vale... Te iba a proponer hacer algo esta noche. —Los dos dejamos sin respuesta lo de comer con su madre aquel día. Mejor no volver a meter la pata con aquello.

—¿El qué?

—¿Te parece si salimos de fiesta tus amigas y mis amigos?

—¿Es por la lista?

—Y porque quiero verte. —Vale, eso me ablandó, lo reconozco.

—Bueno... Les pregunto, a ver si pueden. —Aunque sabía que sí porque Andrea había repetido como tres veces en el Cafelito que a ver si salíamos de fiesta pronto.

—Vale, los míos pueden seguro. ¿Vendría Marcos?

—Sí, ¿por?

—Por avisar a un amigo del curro al que le va a gustar fijo.

—Oye, pero ¿y tu madre?

—¿Qué pasa? ¿También quieres que se venga de fiesta?

—No, no, pero ¿qué va a hacer? Digo.

—Yo cenaré con ella y tal. Nosotros solemos salir tarde, en plan a la una en la discoteca Ochoymedio, ¿te parece bien?

—Vale, pues ahora les digo a estos, pero vamos, lo más seguro es que me digan que sí.

—Genial, pues nos vemos ahí. Un besito.

—¡Otro! —le contesté dulce y luego le colgué. Lo de hacerme la fuerte me había durado bastante menos de lo planeado.

Las chicas tardaron cinco segundos en apuntarse al plan de aquella noche. Andrea pospuso su quedada para tirarse a Miguel —el técnico en banca de veintiocho años— para el día siguiente y estuvo toda la tarde pasando modelitos para que le aconsejásemos cuál era el más digno de hacer una buena «putivuelta». Al final ganó un *body* negro con escotazo que se pondría con una falda larga de leopardo, tacones negros y una *biker* negra. Elena, que también se estaba preparando para arrasar, se iba a poner una falda de cuero negra alta, unos botines con tachuelas y un top ceñido de lentejuelas. Yo, a las diez de la noche, todavía no sabía qué ponerme ni tampoco Marcos, así que decidimos venirnos arriba en el piso poniendo cualquier lista de Spotify para salir de fiesta a todo volumen mientras hacíamos la cena y brindábamos con vino blanco.

—¡Chicos! —gritó Celia de repente mientras Marcos y yo estábamos perreando hasta el suelo «Soy un don», de Juan Magan.

—¿Qué pasa, Celia? —le preguntó Marcos haciendo una especie de sentadilla con la copa de vino en la mano.

—¿Vais a salir? —Y bajó el volumen de la música para que la escuchásemos.

—Sí, ¿te apuntas? —A ver... No es que no quisiera, pero tampoco es que en el tiempo que llevábamos viviendo juntos Celia hubiera demostrado ser el alma de la fiesta. Más bien lo contrario. Ya me la veía diciéndole al DJ si podía poner la música más bajita porque le molestaba para bailar.

—Sí os parece bien, sí. Me apetece salir...

—Claro, apúntate —dijo Marcos.

—Vamos con Gonzalo y unos amigos suyos.

—¿Sí? ¡Ay, vale! Gracias, chicos. Pues voy a arreglarme, a ver si tengo algo que me valga. ¿Adónde vamos?

—Ochoymedio.

—No sé qué es. ¿Es de ir arreglado?

—No, o sea, la gente va como quiere; ponte mona, pero tampoco hace falta estar arreglada arreglada —contesté yo, que había decidido sentarme en el suelo en vista de que aquella sentadilla podía hacerse infinita.

—Genial. Voy a ver qué tengo. —Y subió la música otra vez para volver a su cuarto. Marcos y yo nos miramos sin entender muy bien lo que acababa de pasar, pero seguimos bailando como si nada hubiera ocurrido.

Dos botellas y media de vino y mil conjuntos después, escogí un *body* con escote en pico de manga larga metalizado y unos pantalones negros altos acampanados. Marcos se puso una camisa blanca y unos vaqueros ceñidos claros y Celia nos sorprendió a los dos con un vestido verde ajustadísimo, con bastante escote, que resaltaba unas increíbles curvas perfectas que, hasta ahora, Marcos y yo no habíamos ni intuido. Se había hecho un recogido en el pelo y se había puesto unos aros pequeñitos de plata que le sentaban genial. Además, y por primera vez desde que vivíamos con ella, la veíamos maquillada. Y no de cualquier manera; se había delineado los ojos de diez, se había puesto una sombra sutil en el párpado que resaltaba aún más su mirada y hasta se había atrevido con el *contouring*. ¡Parecía otra!

—Coño, Celia —dijo Marcos cuando entró en el salón.

—Me he pasado, ¿no?

—No, no. Estás perfecta. ¡Más que perfecta!

—Pero ¿por qué no vas así siempre? —le dije yo.

—¿Con vestido y tacones?

—No. No sé. Así de... bien —contesté intentando no insultar su otra versión.

—No me gusta arreglarme, no sé. —Marcos y yo nos quedamos contemplándola en silencio intentando relacionar a la persona que teníamos delante con la imagen de la Celia que se paseaba en pijama por casa y pasaba la mayor parte de su tiempo encerrada en su habitación.

Celia, Marcos, Andrea, Elena y yo quedamos dentro para ir pidiendo algo. Media hora más tarde, llegaron Gonzalo y sus amigos. Eran el típico grupo de tíos a los que te quedabas mirando en una discoteca, y aquella noche eran para nosotras.

Gonzalo vino con tres amigos —al no saber, claro, que ahora teníamos la misión de liar a una persona más con alguien—. Matías, a quien Andrea le echó el ojo en cero coma, era un chico alto, normalito en general, pero muy atractivo. Llevaba puestas unas gafas de pasta que le daban bastante estilo y vestía un look muy desenfadado; al parecer, había estudiado Bellas Artes y trabajaba como profesor de universidad. Un bohemio. Luego estaba Arturo, un chico muy guapo y bastante divertido, de esos a los que las chicas acabamos prestando una atención ridícula; tenía los ojos oscuros y el pelo moreno largo, recogido en una de esas coletas tan sexis. Creo que nos dijo que era arquitecto.

En el grupo también estaba Fran, un compañero de trabajo de Gonzalo que, sí, como predijo, le encantó a Marcos desde el primer instante. Era rubio con los ojos verdes, bronceado, fuerte pero no demasiado. Un poco Ken para mi gusto, pero perfecto para el de Marcos. Y, finalmente, Gonzalo, al que yo cada día veía más guapo que nadie; esa noche se puso una camiseta blanca algo ancha, unos vaqueros y las Vans. Muy en plan «no he pensado mucho qué ponerme, pero sigo estando buenísimo». Andrea y Elena me dieron el visto bueno lanzándome una sonrisa en cuanto lo vieron.

La noche arrancó y nosotros nos vinimos arriba oficialmente cuando pusieron «Física o química» de Despistaos. Tomamos esa canción como la excusa perfecta para bailar como idiotas y cantar a grito pelado. Celia, por su parte, nos sorprendió a todos perreando hasta los temas imposibles de perrear. Poco importó que Gonzalo no hubiera traído ningún amigo más, porque todos los tíos estaban embobados con ella. Era bastante gracioso ver al grupo de turno susurrando entre ellos a corta distancia y acercándose poco a poco, haciendo como si sus pasos los llevasen sin pretensión alguna justo hasta el hueco en el que estaba ella. Creo que fue mientras sonaba «Giant», de Calvin Harris, cuando uno de sus pretendientes se coronó y Celia dejó que la besara; un chico con más entradas que pelo y algo bajito, pero, según ella, «majísimo y muy gracioso».

En cuanto al resto, nuestros planes de alcahuetes fueron surtiendo efecto y a medida que el local se iba llenando, nuestros amigos encontraban una razón mejor para estar cada vez más juntos. El tonteo entre Andrea y Matías era cada vez más evidente e incómodo para el resto del grupo. Incómodo en el sentido de tener que aconsejarle a Andrea moverse un poco si pretendía acabar metiéndole la lengua hasta la campanilla estando a solo dos centímetros de mí. Ella, muy de acuerdo con aquello, convenció a Matías, no sé bajo qué pretexto, de moverse hacia otro lado. Lo siguiente que sé es haberlos visto sentados en una especie de reservado besándose como si fueran a acabar quitándose la ropa y a hacerlo ahí mismo. Objetivo cumplido.

Mientras nuestros amigos no se soltaban, acompañé a Gonzalo a por una copa para hablar un rato. En realidad, yo ya no estaba molesta con él, pensándolo bien, ni siquiera tenía sentido estarlo, considerando la particularidad de nuestra situación. De cualquier forma, creo que él todavía se sentía mal por su comportamiento, así que fui con él a la barra para zanjar definitivamente todo aquello. Gonzalo se acercó a mí y me rodeó en un abrazo mientras esperábamos su gin-tonic. Aquel gesto de disculpa ya me valía.

—No estoy enfadada... —le dije sacando el tema.

—Bien, porque no quiero que lo estemos... No volverá a pasar, ¿vale? —Y me robó un beso. Los dos nos sentamos con mi copa en la mano en unos sillones desocupados que había cerca.

—Vale, me fío. Sobre todo porque nos quedan dos semanas juntos. No creo que dé tiempo a que vuelva a pasar, en realidad —bromeé sobre el asunto.

—¿Y si nos quedase más tiempo?

—Pero no nos queda.

—¿Y si nos quedase? —Gonzalo se quedó mirándome en silencio y se puso algo más serio.

—¿Hay algo que no sepa?

—En realidad, sí. ¿Te acuerdas de Nagore? La chica que vino al concierto de Vance Joy.

—Sí...

—Estuvo trabajando en Recursos Humanos en no sé qué Bazaar en Australia. Una revista de moda. Estuvo solo seis meses, fue para aprender inglés y pegarse la fiesta. Más bien para lo segundo...

—¿*Harper's Bazaar*? —lo interrumpí yo.

—Sí, exacto —dijo él como acabando de recordar el nombre de la revista—. Total, que como nos vamos dos de la agencia, ella quería venir también una temporada y le habló a un contacto que tenía. El caso es que le han dicho que están incorporando gente y pensé en ti...

—Pero vamos a ver, Gonzalo...

—Ya, ya lo sé. Que es una locura, que tienes tu trabajo, todo eso. Pero... No sé... ¿Te lo pensarías? Te cogerían seguro.

—¿Seguro por qué? Me estás diciendo que están cogiendo gente, no que me vayan a coger a mí. Además, sabes que estoy con el quebradero de cabeza sobre lo de Estados Unidos y me dices esto ahora. ¿Por qué no intentas tú trabajar en Estados Unidos y rechazas tu oferta de trabajo en Australia?

—Paula, me gustaría que esto no acabase aquí y ya está. No te pongas así, no te estoy diciendo que dejes tu vida por mí. Solo te estoy hablando sobre otra posibilidad que está ahí y que, la verdad, me encantaría que pudiera darse.

—O sea, ayer te estabas agobiando porque tu madre tuvo que conocerme y hoy me estás planteando que busque trabajo en Australia para que vivamos allí juntos. ¿Qué pasa si voy y descubrimos dos días después que no nos soportamos? ¿Habré renunciado a mi trabajo y a una oportunidad como la que me han planteado por ti?

—¿Y qué pasa si sale bien? Si sale todo bien. Tu trabajo allí, mi trabajo allí, nosotros.

—¿Alguna vez te ha salido todo bien?

—Sí. Me ha salido bien abrirme un perfil en una aplicación de mierda para conocer gente con la que pretendía acostarme como mucho y ya está. Te voy a ser sincero. Y me ha pasado que he acabado encontrando a una persona trabajadora, ambiciosa, inteligente, con quien me divierto y con quien encajo en cada cosa nueva que voy descubriendo de ella. ¿Cuántas veces te ha pasado a ti eso? Porque a mí ninguna. ¿Y mi única opción es decirle adiós y punto?

—Sabíamos esto, Gonzalo. Sabíamos que te ibas. Decidimos seguir viéndonos no para complicar las cosas, sino para aprovechar lo poco que nos quedase juntos.

—Paula. Es una excusa y lo sabes tan bien como yo. Ninguno de los dos hemos querido seguir adelante con esto por aprovechar el momento. En el fondo creemos que puede pasar algo más.

Me quedé mirando hacia otro lado en silencio. Otra vez los fantasmas del pasado. Todas las veces que me habían roto el corazón se manifestaban diciéndome que no lo hiciera, que ni siquiera valorase la remota posibilidad de dejar mi futuro para unirme al de nadie. Todas esas voces diciéndome a la vez que el amor no existía, que las conexiones así al final también cortocircuitaban y que de lo único que podía llegar a arrepentirme en la vida sería de haber abandonado mis sueños, porque las personas iban y venían.

—Vas a conocer a otra persona cuando te vayas y yo también. Y lo más seguro es que no me veas nunca más. Nunca. Hablaremos un par de días después de que te marches y luego dejaremos de significar algo para el otro. Cuanto antes lo aceptemos, mejor para los dos. No quiero montarme ninguna historia en la cabeza que luego me suponga una decepción. Estoy bastante harta de pasarlo mal.

Gonzalo no dijo nada ni yo tampoco. A mí se me escapó una lágrima. En el fondo estaba deseando equivocarme. Estaba deseando que él me dijese que eso no era así y que Australia no estaba tan lejos. Que vendría de vez en cuando para verme. O que sí, que venirse conmigo si yo decidía irme no era tan mala idea. Estaba deseando que me abrazase y me dijera que el amor de las películas sí que existía, que no hay muchas personas perfectas en el mundo como yo decía siempre, sino solo una para cada uno y que nosotros la habíamos encontrado y no podíamos dejar escapar aquello.

En realidad estaba deseando que alguien me dijese que todo aquello era tan de verdad y tan único que lo nuestro no iba a acabarse. Pero él no lo dijo. Ni yo tampoco.

—Me voy a casa, ¿vale? No quiero discutir. Solo quería saber si podíamos hacer algo con todo esto. Pero igual tienes razón y no tiene sentido que sigamos alargando esta historia. —Gonzalo se levantó y me dio un beso en la cabeza—. Espero que te vaya todo muy bien, Paula. —Y se marchó. Cuando me aseguré de que se había ido, yo también hice lo mismo.

Llegué a casa a las dos de la madrugada, con los tacones en la mano y sin ningunas ganas de bailar. El piso estaba vacío. Marcos y Celia seguían de fiesta. Me desmaquillé, dejé caer mi ropa en el suelo de la habitación y me metí en la cama. Dos horas más tarde, escuché entrar a Marcos con Fran. Y como no podía coger el sueño dándole vueltas a aquella conversación con Gonzalo, tuve que escucharlos haciéndolo en la habitación de al lado. Poco después llegó Celia, también acompañada. Y ahí estaba yo. Tumbada en la cama mirando al techo arrepintiéndome de mis palabras mientras hasta Celia mojaba.

Como un cuchillo

Me desperté y miré el teléfono. Gonzalo no me había escrito nada. Yo a él tampoco. Las chicas habían hablado por el grupo. Al parecer, habíamos conseguido un pleno juntando a la gente, pero nosotros nos habíamos ido por separado a casa. Qué irónico.

Andrea había pasado toda la noche con Matías hablando y, sorprendentemente, no se acostaron porque se dieron cuenta de que les apetecía más que eso; así que estuvieron en casa de él tan solo conociéndose. Elena se fue sola a dormir, pero con el Instagram de Arturo, un mensaje directo de buenas noches y, tras ese mensaje, otro preguntándole si le apetecía hacer algo la semana siguiente. Celia, como ya había escuchado, llevó al chico de las entradas a la tercera base y Fran y Marcos estuvieron dándole toda la noche. Eso sí, Marcos lo despachó después del sexo y por la mañana en su habitación el único rastro que había de otro hombre era una caja de preservativos abierta sobre la mesita de noche.

Desde la cama miré por la ventana y alcancé a ver que estaba a punto de ponerse a llover. De repente, recordé que al día siguiente venía Dyn y yo aún no había preparado nada que pudiéramos hacer, pero pensar en eso era lo que menos me apetecía en aquel momento. Volví a comprobar mi teléfono. Como esperando recibir alguna llamada o algún mensaje de Gonzalo en el que me dijera que no pasaba nada, que entendía que tuviera miedo, pero que todo seguía igual que antes. Nada. Sabía que tenía que ser yo quien diera el paso, pero a la vez me sentía incapaz de ello. Me metí en su conversación, estaba en línea. Me pregunté si él también estaría mirando si yo estaba conectada y estábamos los dos pendientes a cada lado de la pantalla de quién daba el brazo a torcer para arreglar aquello. Dos minutos después se desconectó y yo también. Abrí mi ordenador, que estaba sobre la mesita de noche, y sin salir de entre las mantas entré en mi *Catarsis,* el documento de Word que se había convertido en mi autoterapia.

COMO SI NADA DE ESTO NUNCA

A veces me siento mujer guerrera y otros días creo que mi armadura es solo un disfraz. A veces estoy dispuesta a liderar batallas y otros días solo quiero quedarme en la cama recostada con mis miedos. A veces soy esa chica valiente decidida a inmolarse por una historia imposible y otros días creo que sufrir por algo que va a desvanecerse solo no merece la pena. A veces me pongo tanto en el lugar del resto que olvido dónde está el mío, y otros días creo que lo mejor es intentar ser egoísta. A veces imagino que esto es para siempre y otros días que no volveré a verte nunca. A veces encuentro mil motivos y otros días los pierdo todos. A veces tengo miedo de seguir encontrándome contigo aun cuando no estés. A veces pienso que nunca fuimos. A veces siento que lo único que llegamos a trazar fueron caminos sin salida en un laberinto muy difuso. A veces creo que lo mejor es no pensarte. No pensarnos. Dejarte ir y volver a encontrarme conmigo. Como si nada de esto nunca.

Estaba releyendo el documento cuando Marcos entró en mi habitación. Estaba lloviendo y las gotitas de lluvia golpeaban los cristales del piso con suavidad; aquella era la banda sonora de esa mañana. Marcos me trajo un café con leche y una magdalena en un platito. Dejó ambas cosas sobre mi mesita de noche y se metió en la cama conmigo.

—Me lo contó ayer Fran.

—¿El qué?

—Gonzalo le escribió preguntándole dónde estaba y le dijo que lo vuestro ya no...

—¿Ya no qué? —De repente me dio un vuelco el corazón. Pensaba que había sido solo una discusión muy desafortunada, pero no sabía que Gonzalo se había tomado aquella conversación como el final de nada. Si ya me sentía mal y como una gilipollas, ahora el doble.

—No sé... —dijo Marcos intentando recular por si había metido la pata con algo—. Bueno, que Fran y yo leímos el mensaje rápido. —Genial, ahora todos lo sabían. Igual Gonzalo también podría haber enviado un mensaje a todos sus contactos a través de una lista de difusión de WhatsApp—. Y entendimos eso, que ya no os queríais seguir viendo.

—¿Que no «nos» o que no «me» quería seguir viendo?

—Bueno, Paula. No te rayes. Que lo entenderíamos mal. Si hubierais dejado de veros, lo sabrías tú mejor que yo.

—Ya, bueno. No estoy tan segura. Hoy no hemos hablado.

—Pero está con su madre, ¿no?

—Sí.

—Pues igual es por eso. No hagas caso de lo que te he dicho, de verdad. Lo entenderíamos mal. Anda, come algo —dijo él mientras me cambiaba el portátil por el café que me había traído. Yo me quedé mirando la taza a punto de llorar y Marcos, que se dio cuenta, cambió de tema sin saber muy bien cómo reaccionar—. Bueno, ¿y qué estabas haciendo?

—Nada, estaba escribiendo.

—¿Para el blog?

—No. A veces escribo cosas que se me ocurren para desahogarme.

—Ah, no lo sabía... Y ¿se pueden leer esas cosas? Seguro que son geniales —trató de animarme de alguna forma.

—Mientras no te rías en mi cara, sí —dije intentando sonar graciosa. Aunque no estaba de muy buen humor.

Marcos se puso el portátil sobre sus piernas y empezó a leerme. Mientras tanto, yo cogí mi teléfono para tratar de leer a Gonzalo. Esa mañana había publicado un *story* con una canción de Izal, «La mujer de verde». Busqué la letra, pero no me reveló mucho, aunque tampoco es que esperase encontrar ningún verso con un «Paula, que mejor te doy puerta».

Mientras Marcos seguía leyendo todos mis textos, yo me sacaba un máster en Acosadora Digital. Sus *stories* me llevaron a sus fotos y, de repente, sin saber muy bien cómo, me vi haciendo *scroll* en su *feed* para ver sus *likes* e intentar adivinar alguna ex. Después de ver que en cada una de sus fotos había un corazoncito o un comentario de Nagore (cosa que hasta el momento no había sido una de mis preocupaciones), me metí en el Instagram de ella, que, por suerte para mí, estaba en abierto. Había llegado oficialmente a ese punto en el que empiezas a notar que estás rayando el acoso, pero no puedes parar de buscar cosas. Me acabé todas las fotos de 2018 en dos minutos, luego las de 2017 y, al llegar a las del 2016, lo vi. Foto con Gonzalo, en una cala de Jávea, besándose. Comentario de hacía seis meses de Nagore mencionándolo, o sea, hacía nada: «Aquí estábamos muy morenos». Y un *like* de Gonzalo sobre aquellas palabras.

Pues igual a Gonzalo se le había pasado comentarme que había estado con ella. De hecho, ahora entendía que la chica quisiera irse a Australia también con Gonzalo y su director creativo. ¿A Gonzalo le gustaría ella? Mi cabeza empezó a imaginarse todas las cosas que hubieran podido suceder entre ellos cuando Marcos me interrumpió:

—Paula. Esto es precioso.

—¿El qué? —contesté sin acordarme siquiera de qué estaba mirando.

—Estos textos. Me encantan. ¿Por qué no los publicas?

—Porque paso de que la gente se ría de lo mucho que se me va la cabeza, por ejemplo —contesté tratando de reírme.

—¿Eres tonta? Tenemos que hacerte un blog.

—No, no, no. —Intenté quitarle el ordenador de las manos, pero él lo apartó de mi alcance y me lanzó una mirada implacable.

—A ver, déjame a mí, que yo sé de esto. Lo llamamos *Catarsis*, como el título de tu Word. No hace falta ni siquiera que digas que eres tú. —Marcos empezó a hacerme el blog y yo lo dejé a lo suyo pensando que en cuanto saliera de la habitación cerraría la página que no sé cómo me estaba programando. Seguramente, me llevaría un par de tutoriales de YouTube enterarme de qué tendría que hacer para desmontar aquel tinglado.

El domingo pasó sin que nada más ocurriese. Gonzalo subió un *story* en Atocha a las cinco. Di por hecho que a partir de ahí ya no estaría con su madre y me quedé toda la tarde pendiente del móvil esperando algún mensaje en el que me preguntara si podíamos quedar para arreglar las cosas o si podía bajar porque estaba en mi portal y había decidido que al final no se iba a ninguna parte. Pero no. Igual, dentro de todo lo que podía ocurrir, este era el mejor final posible.

Si me paraba a pensarlo todo bien, tampoco me veía en ningún aeropuerto llorando la despedida de nadie ni esperando a que los meses pasasen para volvernos a ver. Igual era una locura perseguir a una persona por el mundo. Al fin y al cabo, éramos solo un *match*.

Din don: Don Dyn

Llegué al aeropuerto a las once de la mañana. Empezaba oficialmente mi «semana de vacaciones», lo que en realidad quería decir estar llevando a Dyn por todo Madrid. Me quedé esperando a que su avión aterrizase en una cafetería, al lado de la zona de llegadas. Abrí las notas de mi móvil y empecé a repasar todas las cosas que haríamos aquel día: museo del Traje en Madrid, ir a comer al mercado de San Miguel, llevarlo al Retiro, enseñarle las vistas desde el Ayuntamiento y cenar en La Habanera, un restaurante genial donde tocaban música cubana que estaba cerca del Airbnb que se había cogido él en Velázquez.

Abrí WhatsApp otra vez, la conversación de Gonzalo ya no era de las más recientes que tenía en mi teléfono, como había venido siendo durante el último mes. Me quedé releyendo mensajes antiguos, de cuando me escribía cosas que me gustaba leer y, de repente, desapareció su foto de perfil. Entré para ver su estado. Todavía podía leerlo, con lo cual, sí, me había borrado de sus contactos, pero no me había bloqueado. Qué gilipollas era. Yo. No él. Planteándome estos días si debería hablarle para pedirle perdón por el último comentario que le hice y así arreglarlo todo. Porque todavía creía que podíamos remediar aquello y pasar los últimos días juntos, tachando cosas de la lista que aún no había quitado del marco de mi habitación.

Tenía dos opciones en aquel momento: montarme la película

de siempre y pensar: «No, en realidad sí le gusto, pero está tan pillado de mí que ha preferido borrarme de sus contactos para no caer en la tentación de hablarme», o ver la realidad de una vez por todas y aceptar que no, que los tíos no les dan tantas vueltas a las cosas y que Gonzalo ya no quería saber nada más de mí. Igual hasta le había venido bien la última conversación que tuvimos porque ahora aquellas palabras se habían convertido en la excusa perfecta para desaparecer. ¿Qué estaba pensando? ¿Que un tío que se iba a vivir a la otra punta del mundo iba a estar pasándolo mal y echándome de menos? Las cosas eran más fáciles que eso y yo en el fondo lo sabía. Por un momento me entraron ganas de llorar. Tenía esa sensación de nudo en la garganta, como cuando una situación te angustia físicamente. Pero aquel no era el día para estar así. Aquel no era un día en el que me pudiese permitir mandar nada a la mierda con mi actitud. Era obvio que lo de Gonzalo había salido mal. Lo mejor que podía hacer era intentar que aquello no hiciera que lo de Dyn también se torciese. Así que me tragué mi nudo en la garganta y disfracé mis ganas de llorar con una sonrisa.

A las doce y cuarto, Dyn apareció. Iba vestido con una sudadera ancha rosa chicle con varias caras de ositos a modo de estampado, unos pantalones *joggers* negros con dos rayas rosas a los lados, unas deportivas blancas de plataforma y unas gafas de sol con cristales naranjas. Así, sencillito y nada llamativo.

Dyn se acercó a mí entusiasmado por estar en España y me dio dos besos para saludarme, como dijo él, «a la española». Me estuvo contando al salir del aeropuerto la locura de semana que había tenido, preparando su nueva colección y un desfile atemporal que iba a llevar a cabo en Tokio, su ciudad favorita.

—No sabes las ganas que tenía de estar aquí. Necesitaba escaparme un poco de todo. Dejar de trabajar y pasarlo bien sin más —dijo mientras íbamos en el taxi.

—¿Querías salir de fiesta estos días? He planeado cosas más tranquilas, pero lo que tú me digas.

—Oh, no, no. Planes tranquilos son lo que necesito en este momento.

—Perfecto. Creo que yo también.

—¿Mucho trabajo en la redacción?

—Mucho —contesté exhausta recordando la última semana. También es verdad que cuando una situación te tiene tensa (como en este caso era la responsabilidad que sentía encima por la entrevista), tu energía disminuye a velocidad de vértigo.

—Aún no sé cómo me has convencido para hacer esto —dijo él dibujando una sonrisa en su cara.

—Ni yo. —Reí.

—No, en serio. Siempre damos largas a los periodistas. A mi representante le he dicho siempre que es porque quiero construir una imagen misteriosa de mí mismo de cara al público. Pero, en realidad...

—Odias hablar con los medios —continué yo.

—Sí. Les importa más mostrar lo jugoso que la realidad y el esfuerzo que hay detrás.

—Bueno... No siempre. Pero sí, te entiendo.

—Me alegro de que mi primera entrevista sea contigo. No sé por qué, tengo la sensación de que vas a contar lo que yo querría que la gente supiera de mí.

—Esa es la idea, sí. Además, no te preocupes por nada. Mientras vayamos haciéndolo yo te voy explicando cómo considero que se enfocaría todo y tú me dices si estás de acuerdo, si quieres rectificar algo, quitar, añadir. Lo que sea. Es tu momento. Esto es para que la gente sepa quién eres. Pero quién eres de verdad.

—¿Con mis miedos y todo? Que la gente sepa quién eres a veces puede ser aterrador.

—Sí. Lo es... Pero la verdad siempre llega más y las personas aprenden a perdonar los defectos cuando se habla desde la sinceridad. —Dyn se quedó pensando.

—Sí. Estoy bastante de acuerdo. —Y volteó la cabeza para ver Madrid desde la ventanilla del taxi.

Al llegar a su apartamento lo ayudé a deshacer todas las maletas para que cada una de sus prendas estuvieran perfectamente colgadas en el armario, sin posibilidad de sufrir ni una arruga. La mayoría de las cosas que traía se caracterizaban por tener extravagantes estampados, muchos brillos y telas cómodas. Según él, la moda y cualquier expresión artística solo tenían sentido si por algún motivo te hacían sonreír o bien te dejaban con la boca abierta durante unos segundos. Desde luego, todo aquello lo hacía.

Me puse a recorrer el apartamento mientras él se retocaba el maquillaje. Era un ático precioso cerca de Colón. Con tragaluces impresionantes en el salón comedor, tres habitaciones, un baño enorme con todos los lujos y una terraza con una mesita para desayunar desde la que se veía todo Madrid. «Ver Madrid desde las alturas, *check*», pensé sin querer acordándome de la lista de Gonzalo. Qué mierda es cuando durante el proceso de olvidar a alguien se te cuelan cosas que te recuerdan a él aunque no quieras. También es cierto que cuando no quieres olvidar a una persona haces todo lo posible sin darte cuenta para que todo tenga un matiz suyo...

A pesar del bajón que tenía encima, conseguí ocultar aquello con creces. El día siguió según lo planeado. Yo intenté hacerme pasar por una persona con cierta estabilidad emocional con tal de no dar la nota poniéndome a llorar en un bar o algo así. Y se ve que la cosa funcionó porque Dyn lo estuvo pasando bastante bien. Según él, yo tenía un humor muy inglés. Aunque no sé muy bien cómo era el tipo de humor al que se refería. Lorena, por su parte, estuvo enviándome mensajes sin parar para preguntarme cómo iba todo, dónde estábamos, si él estaba a gusto, si nos enviaba alguna cosa o nos podía recomendar un sitio, etc. Yo, cuando ya estuve un poco hasta las narices de ella, decidí inventarme que tenía poca batería para no estar pendiente cada dos segundos de sus delirios. Ya empezaba a parecer de mala educación estar todo el tiempo pegada al teléfono para hacer un reporte exhaustivo de lo que ocurría.

Cuando acabamos el día, Dyn, que no paraba de repetir lo mucho que le encantaba Madrid, sugirió que parásemos en la terracita de un bar que había cerca de la Puerta de Alcalá. Nos quedamos ahí un rato, tomando dos infusiones mientras mirábamos a la gente pasar. Estábamos tan relajados y el ambiente era tan tranquilo que decidí abrir la grabadora del teléfono y hacerle algunas preguntas de la entrevista ahí mismo. Si quería un artículo lleno de sinceridad, tenía que abordarlo en esos momentos en los que sintiese que él estaba más conectado consigo mismo y no encerrados dentro de una sala de *Vogue*. Así que despejé mi cabeza de cualquier cosa que no fuera aquella conversación y así fue como Dyn me empezó a desvelar los entresijos de su vida en la moda...

Corazoncito

El martes fuimos a cumplir con esa cita de la que Dyn y yo queríamos librarnos lo antes posible: visitar *Vogue*. Lorena, que esperaba que hiciéramos toda la entrevista en la redacción, había preparado un *catering* en una de las salas de reuniones con una cantidad ingente de tortilla de patatas, jamón de bellota, salmorejo, pulpo y, en general, todo un despliegue gastronómico de platos típicos españoles. Aquella mañana mi jefa estuvo especialmente amable. Le faltó besar por donde pasábamos. No dejaba de recalcar delante de todos lo buena redactora que yo era, la suerte que tenía la revista de contar con un perfil como el mío, lo lejos que llegaría y, por supuesto, el ojo exquisito que ella tenía para identificar a los nuevos abanderados de la moda, los nuevos iconos como Dyn. «Yo predije tu exitosa carrera», llegó a afirmar refiriéndose a él. Ahora resultaba que, además de periodista, era vidente.

Mientras trazaba un plan en mi cabeza buscando cualquier excusa para escaparnos de ahí —eso sí, con un táper de tortilla de patatas ya en las manos para huir aprovisionada—, Lorena le ofreció a Dyn algo de comida para amenizar la entrevista, que aún no había empezado. Dyn, que no tenía ninguna intención de quedarse más de diez minutos en la redacción de *Vogue*, aceptó probar el salmorejo afirmando que desconocía totalmente aquel plato.

—Oh, por Dios... El salmorejo. Sí, sí. Debes probarlo. Qué decir de la comida de España, ¿no? Toda deliciosa —dijo Lorena en un inglés con mucho acento español mientras le acercaba un platito y una cuchara—. Lo que vas a probar ahora es un plato típico cordobés. Todas las regiones tienen aquí algo por lo que destacan. Ya verás... —Dyn asintió y probó un poco. Lorena empezaba a parecer algo ridícula con tal nivel de peloteo. Pero no iba a ser yo quien se lo dijera, eso seguro.

Dos segundos después de llevarse la primera cucharada a la boca y en una actuación digna de Óscar, Dyn preguntó si esa «rara sopa fría» —como él la llamó— llevaba tomate y comentó que si era así tenía que irse de inmediato, debido a una peligrosísima alergia que podía provocarle la muerte en cuestión de minutos. Mi jefa, bastante preocupada ante la posibilidad de acabar con la vida del próximo icono de la moda, pidió un taxi para que nos llevase al apartamento de Dyn, donde él tenía su medicación. Yo, que aún desconocía que todo aquello era solo una trama para huir por patas, bajé las escaleras de dos en dos corriendo hacia el taxi mientras Lorena, pálida en la sala de reuniones y rodeada de toneladas de comida, nos gritaba en inglés: *«Run, run!»*.

—Velázquez, 20, señor. ¡¡¡Rápido!!! —le grité al taxista nada más entrar. Como en las películas de Hollywood cuando hay una persecución repentina. Dyn empezó a reírse en cuanto cerró la puerta del taxi. Yo me quedé mirándolo—. ¿Qué pasa...?

—Nada... —contestó. Y todo cobró sentido en mi cabeza. «No puede ser», pensé.

—¿Me estás tomando el pelo? —Y solté una carcajada.

—No... —me dijo mientras seguía riéndose. El taxista debía de estar flipando. Sobre todo por mi forma tan autoritaria de pedirle que nos llevase a la dirección de Dyn. Eso sí, seguro que no se atrevía a darnos ni una vuelta de más, teniendo en cuenta mi actitud. El ataque de risa nos duró hasta que nos bajamos del coche.

Cuando llegamos al apartamento escribí a Lorena para decirle que ya teníamos su medicación y que todo estaba en orden, pero que Dyn prefería tumbarse un rato en casa mientras se recuperaba del ataque de ansiedad que aquello le había generado. Ella nos pidió mil perdones y nos envió un Glovo con la comida que Dyn sí podía comer para que al menos la disfrutásemos en su apartamento. Yo me sentí un poco mal. Pero tampoco mucho.

Abrimos una botella de vino blanco y Dyn me puso «Girls Just Wanna Have Fun» de Cyndi Lauper, la canción que él escuchaba de pequeño para vaciar el armario de sus padres en busca de un conjunto perfecto que combinase prendas tanto masculinas como femeninas. Ahí empezó de alguna forma su pasión por el diseño, me contó.

—Mira —me dijo gritando para hacerse oír entre la música—. Tengo algunas prendas inspiradas en esa época de mi vida. Me flipaba el estilo de Cyndi.

Dyn salió corriendo a su habitación y volvió con un chaleco de cebra y una especie de tutú muy punk con mil tipos de telas en varios colores. Yo lo miraba sentada en la terraza de su ático con mi copa de vino en la mano.

—¿Qué dices? Yo vi esto en una de tus pasarelas. Conque esa era la historia, ¿eh? Tú vaciando el armario de tus padres... —Reí al pensarlo.

—Sí, joder. De hecho, esta colección se iba a llamar *Cyndirela*. Pero me dijeron que era demasiado —matizó él entre carcajadas.

—Sí, igual era pasarse un poquito. —Mientras, sonaba «The Goonies "r" Good Enough» y Dyn imitaba algunos movimientos ridículos de los ochenta.

—¡Pruébatelo! Te lo cojo un poco y te lo regalo todo —dijo dando vueltas sobre sí mismo agitando el chaleco de cebra con el tutú puesto en la cabeza a modo de turbante.

—Espera, espera. —Dejé la copa de vino sobre la mesa y me puse seria—. Si voy a ser Cyndi, vamos a hacerlo bien. —Pedí un Glovo con uno de esos tintes que se van con el lavado para que nos tiñésemos el pelo de color naranja. Dyn empezó a aplaudir de la emoción y fue corriendo a por otra botella de vino y su kit de maquillaje para hacerme una transformación radical.

Cuando quise darme cuenta, tenía los párpados de color azul, llenos de purpurina; un rayo rosa dibujado al lado de la ceja derecha, una cantidad de colorete preocupante en un tono rosa bastante chillón y los labios de un morado muy intenso. Dyn cogió una camisa blanca que tenía, la cortó a modo de *crop top* y me la puso por debajo del chaleco de cebra. Me colocó encima todos los collares que encontró en su equipaje e hizo que me cambiase el pantalón negro de cuero que llevaba puesto por aquel tutú de mil colores, que tuvo que ajustarme ligeramente para que se acoplase a mis caderas. A los cinco minutos de acabar con la primera parte de mi metamorfosis, llegó el Glovo con el tinte y mi pelo dejó de ser rubio para convertirse en un sinsentido de rayas naranjas que parecían perderse en infinitas direcciones.

Yo cogí el espray del tinte y le pinté una teta naranja a Dyn en el pelo para que tampoco fuese menos. Él prometió diseñar y enviarme un suéter con un estampado lleno de tetas naranjas con la forma exacta que yo le había dibujado en la cabeza. He de reconocer, y no sé muy bien por qué, que, a pesar de aquel caótico look, me sentía bastante sexy. Dyn, que estaba de acuerdo, cogió su iPhone para fotografiarme y me hizo unos retratos brutales llenos de color entre mis ojos verdes, la sombra azul, el rayo rosa, mis labios morados y el pelo a trozos rubios y naranjas. Otra copa después y, esta vez con «Karma Chameleon», de Culture Club, sonando, me hizo más fotos de cuerpo entero para capturar el estilismo. Yo posaba con la seguridad de un ángel de Victoria's Secret.

—Oye, Paula. Estás demasiado brutal.

—¿Crees que debería cambiar mi look?

—Una vez leí en el Instagram de una chica una frase tipo: «Cuando no puedo cambiar algo de mi vida, me cambio el pelo».

—Ah, mira... ¿Y parecía feliz?

—No sé. Tenía un flequillo que le tapaba la expresión —bromeó él, yo solté la risa.

—Anda, pásame las fotos. Igual subo alguna.

—¿Te importa si subo yo otra?

—¿Que si me importa? En plan musa, ¿no? Tú adelante. Igual catapultas mi carrera como modelo internacional.

—En cinco minutos te están llamando para que desfiles.

—Sí, para que me vaya desfilando a casa.

—Por ejemplo —contestó mientras me pasaba las fotos.

Dyn editó una de las últimas fotografías y la subió a Instagram: «*New things coming* @voguespain @paulaprz». Yo subí la misma foto y cuando pensaba que estaba totalmente abstraída y distraída de Gonzalo, un corazoncito suyo me revolvió todo aquello por dentro. La primera toma de contacto en dos días. Igual era una especie de mensaje de tregua y ya no estaba enfadado. A lo mejor me echaba de menos. A lo mejor se había dado cuenta de que no hablarnos no merecía la pena y que me quería en su vida de alguna forma. Por otra parte, igual solo estaba cotilleando mi Instagram y le había dado al corazón sin querer. O le había gustado la foto y punto. Fuera como fuese, no era un buen momento para hablar con él, pero sí lo era para seguir con las preguntas de la entrevista. Así que decidí abrir la aplicación de grabadora en mi móvil, entré en mi correo y revisé un mensaje que me había enviado a mí misma con las preguntas pendientes.

Cuatro horas más tarde, le hice un par de fotos a la teta que le había pintado a Dyn en la cabeza y con eso dimos por finalizada la entrevista. Ya tenía todo el material que necesitaba. Solo quedaba la sesión de fotos que le haríamos a Dyn al día siguiente. Los dos estábamos muy contentos con la naturalidad con la que habíamos abordado aquel proyecto.

—Es la primera vez que me siento a gusto con un periodista. Por un momento hasta se me había olvidado que esto se publicaría —me dijo él.

Hablamos de dólares

Tengo una teoría. El grado en el que has olvidado a alguien con quien has tenido una relación se mide por tres cosas:

1. La cantidad de visitas que haces a su perfil en redes sociales.
2. Los temas de conversación que derivan en hablar de él.
3. Cuánto te recreas en detalles de vuestra historia al contarla.

Esta última era algo de lo que me había dado cuenta no hacía mucho. Cuanto más te importa alguien, más tardas en contar lo que hubo entre los dos. Cuando aún queremos a una persona no sabemos cómo resumir lo que pasó, no podemos evitar entrar en detalles y recrearnos en ellos, no somos capaces de diferenciar entre lo que fue o no importante. Sin embargo, cuando empezamos a olvidar, aprendemos a sintetizar, resumimos toda una relación prácticamente en una frase. Es como si hablar sobre aquello ya no mereciese más de diez palabras. Acotamos a nuestros ex en un pequeño margen que se queda en nuestro pasado.

En mi caso, refiriéndome solo al primer punto, estaba a unas mil visitas diarias a su perfil de poder decir que lo había superado. En realidad, ni siquiera tenía del todo claro si había algo que superar, porque aún no estaba segura de si habíamos dejado de hablar para siempre. Y como lo más sencillo era escribirle un maldito mensaje y averiguar qué ocurría entre nosotros, aquel jueves, a las nueve de la mañana, decidí enviarle un «¿podemos hablar?», del que me arrepentí cinco segundos después. Cuando se lo escribí estaba en línea, pero no me contestó. Aunque la cosa se ponía mejor, porque ya eran las seis de la tarde, había subido varios *stories* a Instagram y mi mensaje seguía sin respuesta.

Para no derrumbarme moralmente y no aceptar aún que era una pringada, me había estado montando todo tipo de películas a lo largo del día mientras esperaba una contestación. Las historias eran a cada cual más absurda y yo, en realidad, era del todo consciente de ello: alguien le había robado el móvil a Gonzalo, le habían jaqueado WhatsApp, mil personas más le habían hablado a la vez y no se había dado cuenta de la notificación de mi chat, estaba tan enamorado de mí en el fondo que al ver mi mensaje se había derrumbado y no era capaz de responder, etc.

El tema es que la situación me daba aún más rabia porque, con aquel mensaje, yo me convertía a sus ojos oficialmente en ese ligue que se pilla y pasa a ser un incordio y él, en el tío que no te habla por pesada. Porque, claro, poner las cosas sobre la mesa es siempre un esfuerzo mayor innecesario para muchas personas. Así que ahí estaba yo, en el estudio de fotos mientras Carlos Allen terminaba la sesión de Dyn, con mi portátil abierto, intentando dejar un borrador digno de la entrevista y mirando el móvil todo el tiempo, sintiéndome a cada segundo que pasaba más idiota por haber enviado aquello.

Si me paraba a pensarlo, casi me lo merecía y todo. Tenía que aprender de una vez que la gente era así y que *El diario de Noah* era solo una película que nos había puesto las expectativas de lo que era el amor demasiado altas. Por muy romántico que hubiera podido parecer todo en cierto momento, el éxtasis del principio de una relación no dura indefinidamente y, como yo ya había asumido, el amor era cuestión de comienzos. Lo que no sabía era que aquel comienzo iba a durar treinta días. Al parecer, había conseguido un nuevo récord en mi historial amoroso. Y, encima, dolía más de lo que esperaba, por mucho que intentase convencerme de lo contrario.

Carlos y Dyn terminaron la sesión a las seis y cuarto; Dyn se fue a su apartamento y yo, a una cafetería, para seguir con aquel borrador, que se me estaba atravesando. Quedé con él en acudir a su piso más tarde, en cuanto tuviese una respuesta de Lorena para saber si aquello iba o no por buen camino.

Cuando pensé que mi «casi reportaje» estaba más o menos decente, le envié a Lorena un correo con el archivo adjunto, indicándole, por si acaso, que era solo un borrador y que había añadido notas en el documento matizando todo lo que faltaba —para que no pensase que era una incompetente que creía que aquello ya estaba acabado así—. Esperé su contestación preparada para que me mandase a rehacerlo todo mientras me tomaba un cortado que acababa de traerme el camarero a la mesa.

«Paula, esto tiene muy buena pinta. Grace me pidió que le enviase el borrador para valorar si incluir el mismo artículo en la edición Vogue UK. Le he pasado tu número, te llamará directamente. Gracias.» Aunque parezca extraño, lo que más me sorprendió de aquel correo fue aquel «gracias», que parecía incluso sincero. Aunque igual eran mis ganas, que lo habían leído mal.

Al parecer, era libre por aquel día. Así que le hice una seña al camarero para que me acercase la cuenta y me puse a recoger el despliegue de cosas que había esparcido sobre la mesa de la cafetería. Ese día Dyn y yo íbamos a ir a La Vía Láctea, un sitio debajo de mi casa donde Marcos y yo salíamos de vez en cuando.

El camarero llegó con la cuenta y yo saqué mi monedero para pagar los dos cincuenta que me había costado el café. Era lo malo de tomar algo en un sitio tranquilo del centro, que se pagaba caro. En ese momento, me entró una llamada. Miré la pantalla, aunque por lo que me había dicho Lorena ya me podía imaginar quién era.

—¿Sí?

—¿Paula? ¿Estás ocupada? Soy Grace.

—Pues... Iba a salir con Dyn ahora, pero nada. Podemos hablar tranquilamente. —En realidad tenía algo de prisa. Pero no iba a colgarle.

—Sí. He leído tu borrador. —«¿Tan rápido?», pensé. Lorena debía de habérselo reenviado en cuanto ella misma lo recibió. Qué poco prudente, por otra parte. Si estaba mal, se nos jodía el chiringuito a las dos.

—Sí. Hay varias notas para señalar lo que queda. Está lejos de ser el definitivo. Pero para que vieseis la línea...

—Tranquila —me cortó—. Quiero incluir el reportaje en mi edición. Pero no en la del Reino Unido, sino la de Estados Unidos. Tengo que marcharme la semana que viene. El domingo. Necesito decir ya quiénes vienen conmigo. Si estás en mi equipo, este artículo sale allí.

—Hostia, Grace... —No pude evitar la palabrota.

—¿Has tomado ya una decisión? —Se me cortó el estómago con aquella pregunta.

—La verdad es que no... He estado muy liada con lo de Dyn —y con un tío que pasa de mí— y no he podido meditar sobre...

—Necesito que me confirmes lo antes posible. Tengo que mover muchas cosas.

—Vale, vale... Te digo algo en estos días... Siento no tener ya una respuesta.

—Te incorporarías en abril. Nosotros cubriríamos los gastos de tu estancia durante los dos primeros meses, mientras te ubicas. Y serían 45.000 al año al principio. Luego podría subir. Hablamos de dólares.

—¿Hablamos de lo que me pagaríais? —quise asegurarme.

—Por supuesto.

—Vale, pues... Mañana hablamos —traté de disimular que estaba a punto de darme un síncope ante tal cantidad de dinero.

—Genial. Pasadlo bien. Mañana me das una respuesta, por favor. —Y me colgó.

Vale. Tenía menos de veinticuatro horas para decidir si dejarlo todo e irme a Nueva York a trabajar. Repetía aquello en mi cabeza y todavía me sonaba como si estuviese hablando sobre la vida de otra persona. El sueldo era de miedo, pero seguramente los alquileres allí también lo serían. Igual al final mi calidad de vida no cambiaría mucho con respecto a la que ya tenía, teniendo en cuenta que mi habitación costaba quinientos euros al mes en Madrid y mi sueldo era de mil cien euros.

Por otra parte, Vogue Nueva York a los veintitrés años... Con todas las posibilidades que se me darían allí... Gran parte del contenido que publicábamos en España venía determinado por aquella edición. Podía llegar a estar donde se repartía el bacalao. Tocar techo así de pronto. ¿Y si no daba la talla? Igual todo aquello me quedaba grande; además, eso significaba decirle adiós para siempre a Gonzalo... Adiós a replantearme nada en Australia, adiós a esperar volver a encontrármelo en Madrid... También es verdad que era absurdo tener un pensamiento de aquel tipo cuando ni siquiera me había respondido a un mensaje en el que solo le pedía hablar.

Mi cabeza siguió llenándose de aquellos pensamientos mientras yo me marchaba de la cafetería cuando saltó una notificación en mi teléfono y el corazón se me paró en un segundo. Un wasap de Gonzalo. El que estaba esperando recibir.

«Paula, siento no haberte respondido antes, pero necesito aclararme. No me nace hablar en este momento contigo. Espero que lo entiendas.»

Ahí estaban. Las palabras que no quería escuchar justo en el momento en el que necesitaba escucharlas. Igual era una señal. Uno de esos momentos en los que el universo te incita a que lo mandes todo a tomar por culo para que persigas lo que sí merece la pena. Volví a leer el mensaje, como si por analizarlo otra vez fuera a encontrar algo distinto acorde con las ilusiones que en el fondo aún me estaba haciendo.

Empecé a subir nuestra conversación, repasando todas las cosas que nos habíamos dicho. La primera vez que hablamos por WhatsApp, cuando aún no teníamos ni idea de lo que nos esperaba juntos. Una foto que me había enviado de cuando era pequeño. La primera vez que quedamos. Llamadas perdidas para hacerme saber que había llegado a mi portal. Fotos del concierto de Vance Joy. Fotos del viaje a Amsterdam. Fotos de cualquier cosa que estuviésemos haciendo por separado. Un «te echo de menos». Un «me gustas mucho». Una foto de lo que ya habíamos tachado de nuestra lista. El enlace de un vuelo muy barato a Australia. Un «no quiero saber más de ti» en toda regla...

Borré la conversación. Sabía que, si estaba ahí, la repasaría eternamente. Volví a la pantalla principal de WhatsApp y abrí un chat con el último número que me había llamado. El de Grace.

«Grace. Me voy contigo.» Y, con cuatro palabras, lo cambié todo.

Adiós

ADIÓS A TODO

Adiós a las miradas, los cafés y las noches de película y manta. Adiós a los besos que acababan en sexo, adiós al sexo que significaba algo más. Adiós a intentar trazar dos vidas que convergiesen en el mismo punto. Adiós a creer que nuestro tiempo iba más allá del estricto presente. Adiós a pensar que ibas a ser la excepción. Adiós a esperar algo más de ti, adiós a quedarme esperando a que las cosas pasasen. Adiós a conformarme. Adiós a decirme que no llegaría. Adiós a repasar mi culpa. Adiós a no aceptar que las cosas cambian. Adiós a no aceptar que yo tampoco soy la misma. Adiós a todo lo que me hizo daño, a lo que me dio esperanza y a lo que me dejó indiferente. Bienvenidas sean todas las heridas que aún no me han dolido y cada ilusión que traiga algo nuevo.

El Cafelito

Nos gusta pensar que somos nosotros quienes dirigimos nuestra vida. Que somos quienes llevamos el timón escogiendo un rumbo. Supongo que eso da menos miedo que tener que aceptar que, de repente, y sin esperarlo, puede llegar cualquier ciclón imprevisto que redirija nuestra ruta y nos deje sin previo aviso navegando en océanos desconocidos.

El océano Atlántico, en concreto, era ese nuevo desconocido que me esperaba a mí. Todo, desde que acabé la carrera, había sido un bucle de empezar de nuevo en escenarios que no tenía contemplados. Cuando creía que lo que había en mi horizonte era quedarme en Valencia para pulirme ahí por un tiempo en algún periódico, me llegó la oportunidad de trasladarme a Madrid, gracias a que una profesora tenía contactos en *Vogue*. Y ahí me fui. Sin pensar siquiera que aquello iba a ser un largo plazo en mi vida. Cuando creía que tenía una estabilidad con Óscar, mi pareja, y, sobre todo, cuando él se vino a Madrid pensando que aquello sí formaría parte de mis planes, de repente, y sin avisar, todo se torció y tuve que decirle adiós. Cuando me abrí un perfil en una aplicación para conocer gente sin ánimo más allá de quedar con alguien alguna vez, conocí a Gonzalo y todo dio otro giro, hasta el punto de plantearme, aunque de forma muy remota, si trasladarme al otro lado del mundo por esa persona. Cuando pensaba, o quería pensar, que aquella historia iba a tener algún tipo de continuidad, de repente, meto la pata y él desaparece sin dejarme más que un mensaje pidiéndome espacio. Como si olvidar fuera tan sencillo. Y cuando empezaba a sentirme algo menos forastera en mi nueva ciudad, teniendo ya una especie de rutina, amigos, un trabajo estable... Me tocaba recoger todo aquello para empezar de nuevo en una ciudad a cinco mil kilómetros de distancia. Evidentemente, mis pequeñas decisiones habían tenido mucho que ver con que todo aquello sucediera, pero daba algo de miedo ver a la vez cómo sucedían las cosas siempre. Sin avisar. Sin darte muchas pistas. Sin dejarte tiempo para aclimatarte.

—Paula, ¿ya has hablado con tus amigas o con tu madre? —Marcos irrumpió en mi habitación.

El jueves, después de hablar con Grace, fui directa a casa y me encontré con Marcos, que estaba a punto de salir para quedar con Rafa. Al parecer, habían decidido volver a verse sin ponerle ningún título oficial a todo aquello. «Error» era el título que yo le habría puesto. No me gustaba mucho la idea, pero la decisión era de ellos.

De momento, él era la única persona a la que le había contado que me marchaba. No le dije que el desencadenante de aquella repentina decisión había sido un mensaje que me había enviado Gonzalo. Me sentía algo tonta al pensar que una persona a la que yo parecía no importarle hubiera tenido un papel tan protagonista en algo tan trascendental. Aunque, pensándolo bien, seguramente al final mi decisión habría sido la misma. Solo que me habría costado tomarla un poco más de tiempo.

—Todavía no. He quedado ahora con Andrea y Elena —dije mientras me ponía el colorete mirándome en el espejo de la paleta. Marcos se puso tras de mí y me abrazó.

—Te voy a echar muchísimo de menos, Paula.

Dejé la brocha sobre mi escritorio y lo abracé también. Marcos, sin duda, se había convertido en una de mis personas imprescindibles. Madrid no habría sido lo mismo sin él. A veces parecíamos casi hermanos o novios que no se acostaban. Los días de fiesta juntos cuando nadie más quería salir, mi ruptura con Óscar —en la que estuvo conmigo cada día para que yo no pensase tanto en él—, nuestras noches de series hasta las tantas, su ruptura con Rafa, mi adiós a Gonzalo, los desayunos por Malasaña, reírnos durante horas de cualquier cosa. Incluso le había llegado a contar alguno de mis dramas familiares, cosa con la que yo no me abría mucho. O nada.

—Prométeme que vendrás a verme si no me echan el primer mes.

—¿Cómo te van a echar? Eres increíble, Paula. Te lo digo de corazón. Y por supuesto iré a verte. ¿Qué son ocho horas de vuelo?

—Es verdad. No son nada. —Y se me escapó una lágrima.

Marcos me soltó y me secó la lágrima con un «no llores, tampoco soy tan mal huésped»; yo me reí con ese comentario.

—¿Y sabes algo de...? —dijo él peinándome el pelo.

—No. No hemos hablado. No sé nada más de él desde que me dijo eso el jueves, hace dos días.

—¿Tan grave fue la discusión, Paula?

—Yo pensaba que no... Pero bueno... Supongo que no lo conocía tanto, al fin y al cabo.

—Ya, bueno...

Seguí arreglándome mientras Marcos tomaba medidas de mi habitación bromeando sobre el gimnasio que se iba a montar en mi cuarto hasta que viniera la próxima persona. Había quedado con las chicas en El Cafelito para desayunar aquel sábado. Hacía ya unos días que no íbamos. Las dos se habían visto aquella semana con los amigos de Gonzalo, así que les tocaría ponerme al corriente de aquello y, seguramente, me preguntarían por nosotros. Aunque puede que en aquel momento ellas supieran más de nuestra relación que yo misma.

Me puse unos vaqueros acampanados grises, unas deportivas y un suéter beis con una camisa blanca debajo. Cogí mi gabardina y me despedí de Marcos. Como siempre, llegaba un poco justa, pero mis amigas ya estaban más que acostumbradas a ese defecto mío.

Muchas veces parece que el mundo conspira contra ti cuando estás intentando olvidar a alguien. Y eso parecía estar pasando justo en aquel momento, porque nada más salir del metro para llegar al Cafelito vi una lona enorme que cubría un edificio entero con la campaña de Vodafone de Gonzalo que estaba escrita tras la lista de cosas que aún nos quedaban por hacer. Esa que, por cierto, aún no había quitado del marco de mi habitación.

«¡Joder! ¿En serio?», dije cabreada en voz alta al ver la gráfica. Una mujer que estaba saliendo del metro a la vez que yo se me quedó mirando y miró luego el cartel como intentando entender qué era lo que me disgustaba de aquella imagen. Si la familia abrazándose o la oferta para contratar un paquete con Netflix por cuarenta euros al mes. «Me han roto el corazón, señora. Solo eso», pensé.

—Paula, pero bueno... ¡Qué guapa! Hacía mucho que no te veía por aquí —me dijo Carol, la camarera del Cafelito en cuanto crucé la puerta.

—Sí... Hemos estado algo liadas —le contesté amable.

—¿Cosas de chicos? —Me lanzó una mirada pícara y me dio un codazo. Típico comentario que te hacen cuando no te tienen que hacer. Aunque en realidad me hizo gracia.

—Un poco todo —contesté sonriendo sin darle mayor importancia—. ¿Están Elena y Andrea?

—Sí, en una mesa del fondo. ¿Qué te sirvo?

—Un café con leche y dos tostadas con aceite y sal, porfi.

—¿Y una magdalena de chocolate de regalo?

—Si insistes... —dije sonriendo. Y fui a la mesa de mis amigas. Andrea estaba absorta en su teléfono móvil contestando algún mensaje a toda velocidad y Elena estaba reclinada en la silla pegando un sorbo a su café mientras esta la ignoraba. Cuando me vio llegar le cambió la cara. «Al fin alguien que me va a hacer caso», imagino que pensó.

—¡¡¡Paula!!! —Y le pegó un golpecito a Andrea en el hombro para llamar su atención.

—Voy —dijo ella. Escribió algo más y dejó el móvil sobre la mesa. Yo dejé mis cosas frente a ellas, me quité el abrigo y esperé mi desayuno.

—¿Qué tal? ¿Cómo vais?

—Que te lo cuente esta —dijo Elena resignada y pegó otro sorbo de su taza. Andrea sonrió.

—¿Yo, el qué? —E hizo fuerza con los labios para contener la sonrisa.

—Lleva toda la semana pegada al teléfono hablando con Matías. El amigo ese de Gonzalo.

—Pero ¿habéis vuelto a quedar?

—¡¡¡Sííí!!! —dijo moviendo los brazos hacia arriba.

—Jooder... Perdona, ¿estamos hablando con la misma Andrea que hace una semana era la soltera de oro en Tinder? —pregunté. Andrea se rio.

—Pues en toda esta semana no me he metido en Tinder, para que lo sepas. —La miré incrédula.

—Cuenta, a ver, ¿qué está pasando exactamente?

—Pues Matías y yo quedamos el lunes... Otra vez, no pasó nada; de hecho, me planteé si era gay.

—Pero ¿no os liasteis de fiesta?

—Sí, pero no follamos. Igual fui la tapadera. Total, que seguimos hablando mucho durante la semana, el miércoles nos vimos, fuimos a cenar a un sitio cerca del Palacio Real... Él vive cerca... Subimos a su casa... Fue superbonito... Me quedé a dormir... Abrazaaados... —Yo miré a Elena flipando. Ella, que tenía pinta de haber escuchado la historia veinte veces ni se inmutó.

—Estoy flipando.

—Yo también. Pero bueno, no quiero hacerme ilusiones. —En ese momento saltó un mensaje en el móvil de Andrea y ella se sonrojó al mirarlo.

—¡Nooo! Ninguna ilusión —bromeé ante su reacción—. ¿Entonces Tinder ya nada?

—A ver, mi usuario se va a quedar ahí por un tiempo por si acaso... Que igual esto no sale y tengo que volver a satisfacer mis necesidades físicas con desconocidos.

En ese momento Carol llegó para dejar sobre la mesa mi desayuno y se fue enseguida, fingiendo no haber escuchado nada. Aunque en realidad a Andrea le daba igual. Se lo habría contado ella misma si le hubiese preguntado. Yo me reí.

—Pero ¿estáis en plan...? ¿En qué plan estáis?

—No sé. A ver, creo que nos gustamos. Algo así como lo tuyo con Gonzalo, pero menos intenso.

—Bueno, si es que existe algo menos intenso que no tener ningún tipo de conversación con alguien...

—¿De verdad? —dijo Elena.

No les había contado mucho aquella semana sobre cómo estábamos. Lo último que sabían era que habíamos discutido el sábado, pero no había tenido tiempo ni ganas de comentar nada más.

—Pensaba que estabais otra vez como antes...

—Pues no. ¿No te ha contado nada su amigo?

—No... La verdad es que ellos tampoco han hablado mucho esta semana, creo. O bueno... En realidad no lo sé, pero no me ha dicho nada del tema. Hemos hablado alguna vez de vosotros dos, pero creo que ninguno de los dos sabíamos nada de esta otra... fase.

—Ya, en fin... ¿Y tú con su otro amigo qué tal? —pregunté mirando a Elena—. Eh... Arturo, ¿no?

—Pues, tía, quedamos al final este lunes también, al salir del trabajo, pero es que ni siquiera conté nada por el grupo porque no hubo *feeling* para nada. Supermajo, me cayó genial, muy mono, pero no sé... No...

—Ya, a veces pasa.

Era muy consciente de la falta de entusiasmo que estaba mostrando sin querer aquel día ante las historias de mis amigas. Tenía tantas cosas en la cabeza que incluso parecía que lo de Andrea me molestase. En realidad, me alegraba por ella, pero estaba tan preocupada por todo lo demás que tampoco me salía dar saltos de alegría, como habría ocurrido en otro momento.

—Pero bueno, cuéntanos más de lo de Gonzalo.

—Pues, en resumen... A ver, la noche que salimos, no sé por qué, empezamos un poco a hablar de nosotros. Él me dijo que estaban cogiendo a gente en una revista de Australia donde una amiga suya tenía contactos y, vale, creo que se me fue la pinza o no sé qué me pasó... Me dio rabia que me propusiese algo tan surrealista que además implicase que yo lo dejase todo para perseguirlo a él. No sé, ya sé que es exagerado, pero fue como que mi cabeza dijo: «Dios. Vamos a parar ya. Bajemos a la tierra con todo esto». Y le dije, en resumen, que lo nuestro era imposible, que los dos lo sabíamos y que dejásemos de maquillar la realidad. No con esas palabras, pero esa era la idea.

—Joder...

—Ya. Total, que no hemos cruzado palabra en toda la semana. El jueves le pregunté si podíamos hablar. Me dijo que no le nacía hacerlo. Y fin.

—Joder, a ver...

—Igual te has pasado un poco, Paula —dijo Andrea sin rodeos—. Pero tampoco es como para no querer arreglarlo si la otra persona te gusta. Creo yo, vamos.

—También es verdad que, al fin y al cabo, él ya casi se va, ¿no?

—Sí, en una semana.

—Ya, pues tampoco es que... la cosa hubiera sido muy diferente.

—¿Y lo de Dyn, bien? —preguntó Andrea robando un trocito de mi magdalena.

—Sí. Lo pasó genial aquí y eso. Pude disimular que estaba echa una mierda por lo de Gonzalo, menos mal. Nada, las fotos salieron guay y ayer salí a las nueve de la noche dejando la entrevista acabada. Mi jefa está supercontenta. Hasta yo estoy sorprendida de su actitud conmigo.

—Bueno, pues brindemos con café por tu futuro aumento. Que ya me lo huelo hasta yo. ¡¡¡Adiós al sueldo de mierda por no tener tanta experiencia!!! —Elena alzó su taza y Andrea la siguió, yo acerqué la mía sin mucho esmero. Pensando en lo que les tenía que contar a continuación.

—Vale, y tengo algo más que deciros...

Los ojos se me pusieron vidriosos otra vez. Yo sonreí para no hacer un drama de aquello, pero estaba un poco rota por todo lo que estaba pasando. Andrea y Elena guardaron silencio por un instante.

—Dime que Gonzalo no tenía clamidia —soltó Elena con preocupación, recordando su experiencia. Aquello me hizo gracia.

—No, no —dije entre lágrimas y risas—. Al final sí que me voy a Estados Unidos. Me marcho el mes que viene. Yo tampoco pensaba que tuviera que ser algo tan inmediato...

—Tía, ¿qué dices? —Andrea me miró ojiplática, sujetando todavía su taza de café en el aire.

—¡Paula, por Dios! Pero si es una noticia increíble. ¡Joder, enhorabuena!

—Estoy alucinando, qué rápido, por favor. Jopé, estaba claro que tenías que decir que sí a eso, pero... pensaba que no era ya mismo. ¡Tenemos una amiga que es la hostia!

—Ya, yo tampoco pensaba que era ya de ya. Porque me dijeron lo del inglés, pero creo que esta entrevista lo ha cambiado todo. Yo qué sé... —dije pensativa.

—Pero, jopé, Paula. Es una noticia feliz. ¿Qué pasa? ¡Celébralo!

Andrea se quedó mirándome. Supongo que era normal que no entendiese que mi actitud al contar aquello fuera tan plana y poco entusiasta. Debería haber estado extasiada. Pero estaba pensando en Gonzalo.

—Ya, ya lo sé. —Sonreí—. Es que ha sido todo tan rápido que no he podido asimilarlo todavía.

—Paula, no es por eso.... —Guardó silencio por un instante—. Él se iba a ir igualmente. Disfruta de tu momento. —Desde luego, Andrea me leía los pensamientos. Yo agaché la cabeza y rompí a llorar en silencio.

—Paula, no... —Elena me abrazó.

—Ya, ya lo sé. Si es genial, de verdad. Parezco una desagradecida y no. Valoro un montón esto, pero se me va a quedar la espinita de él...

—Paula, era imposible. Era muy difícil. De verdad. Además, hace dos meses ni siquiera te habías planteado estar con nadie otra vez. No sabías que él existía y estabas perfectamente. No dependemos de nadie aunque a veces pensemos que sí.

—Ya, joder. Qué mierda. —Me sequé las lágrimas—. ¿Podemos deshacer este mes? —bromeé.

—No seas tonta. Seguro que algo bueno te ha aportado, aunque ahora no lo veas. A veces no sale por lo que sea. No es el fin del mundo.

—Ya, ya lo sé. Bueno, da igual.

—¿Y lo sabe ya tu jefa?

—No, Grace se va a encargar de eso. El lunes llamará a Lorena.

—¿Se cabreará?

—Supongo. Pero ya no es mi problema —dije riéndome—. En el fondo me sabe mal.

—¿Lo sabe tu madre? —preguntó Andrea.

—No —contesté tajante.

—Bueno, todo a su momento. Y tía, jopé. Alégrate, de verdad. No sabes lo que has conseguido en tan poco tiempo. Te admiro, en serio. Que un chico no condicione este momento, que va a ser una etapa increíble en tu vida.

—Ya nos estoy viendo en Nueva York cuando te visitemos. ¡¡¡Podríamos ir este verano!!!

—Podéis venir siempre. De hecho, me enfadaré como no lo hagáis. —Y mostré una pequeña sonrisa al imaginarnos allí juntas.

El Cafelito había sido testigo oficial de mi primera semana en Madrid, en la que llegaba perdida a Lavapiés, y de aquellos últimos días, en los que me marchaba con una sensación parecida por razones distintas. Andrea y Elena tenían razón. Era un momento feliz de mi vida. Empezaba algo nuevo y tenía suerte de estar rodeada de personas que se alegraban por mí, pero que sentían tristeza por tener que decirme adiós. Ese, en realidad, es el tipo de amor más sincero que se puede encontrar.

Mamá

Con mis amigas al tanto de mi decisión solo me quedaba informar a una persona sobre mi marcha: mi madre. Llegaba, por obligación, el momento de hablar con ella. Ese que parecía tan lejano y debería haber estado más lejos aún.

La historia con mi familia de sencilla tenía poco. Durante mi infancia, mis padres se soportaron la mayor parte del tiempo, hasta que decidieron dejar de hacerlo. Aquello no supuso ningún trauma insuperable para mí porque tampoco estaba muy acostumbrada a tener a mi padre cerca, que fue quien se marchó. Él mismo se definía como alguien no muy familiar, incluso afirmó en alguna ocasión que, si pudiera retroceder en el tiempo, jamás habría tenido hijos. Los comentarios de ese tipo nunca me tomaron por sorpresa. Su desapego era habitual. No sabía cómo se llamaban mis amigos del colegio, el nombre de mis profesores, a qué curso iba o qué quería estudiar de mayor, a pesar de que yo lo repetía casi cada día: «Voy a ser periodista», decía siempre. Recuerdo que a veces les robaba la cámara de vídeo y me la llevaba a mi habitación fingiendo que entrevistaba a mis peluches sobre temas como la vida en la tienda de juguetes antes de que yo los rescatase, qué hacían en mi habitación cuando yo estaba en el colegio o cómo llevaban el tema de no tener agujero para hacer pis. Esta última cuestión era un asunto muy recurrente.

El caso es que en mi casa cada uno vivíamos en nuestro mundo.

No tengo muchos recuerdos familiares, sí felices, pero no familiares. Tampoco tengo muchos recuerdos tristes. Siempre pensé que lo normal era eso, estar cada uno ocupado con sus cosas.

Mi familia vivió siempre de una herencia. Un dinero finito que bien gestionado podría haber durado algo más, pero no fue el caso. Mi padre decidió gastarlo todo en ocio y regalos caros para sus amigos. Yo, que era consciente de su mala gestión, me puse a trabajar a los dieciséis sabiendo que si quería un futuro, aquello iba a depender solo de mí. Al final, y en resumidas cuentas, él acabó marchándose, cortando también el contacto con nosotras. Eso ocurrió antes de que yo empezase la universidad; mi madre tuvo que empezar a trabajar como recepcionista en un bufete de abogados de un amigo suyo. Un trabajo bien pagado que le proporcionaba una estabilidad económica, pero que ella decidió tomarse como un castigo.

Entre la inestabilidad de mi casa y con la excusa de buscar un sitio más cercano a la universidad, decidí mudarme a un piso compartido para estudiantes, donde estuve viviendo con dos chicas más, Roser y Aida. En realidad, fue una buena época. Por primera vez me sentí en paz en mi propia casa. Ellas eran muy buenas chicas, además. Las tres trabajábamos y nos poníamos horarios de estudio más o menos estrictos en épocas de exámenes. Estudiar juntas lo hacía todo más ameno siempre. Aquella tranquilidad solo se perturbaba cuando mi madre me llamaba para pedirme dinero. Al principio se lo daba, pero, con el tiempo, fue algo que reconsideré. Primero, porque yo tenía que pagarme un cuarto, la universidad y hacerme cargo de todos mis gastos con sueldos de mierda, cosa que era ya casi imposible. Segundo, porque ella ganaba el triple, vivía en un piso ya pagado y no tenía que hacerse cargo de nadie en ningún aspecto. Comentarle aquella decisión me costó que me dejase de hablar a partir de aquel momento. Solo volvimos a hablar cuando le tuve que avisar de que me marchaba a Madrid por trabajo. Eso sí, después de hacerle, por lo menos, veinte llamadas. Según ella, era una egoísta traidora que solo pensaba en mis intereses.

A pesar de todo, mi realidad particular no hacía que me sintiera mal sobre mí misma. Y si no le hablaba a la gente sobre aquello era porque prefería concentrarme en lo positivo de mi vida y no tener que justificar verdades difíciles de entender. Además, mis circunstancias hicieron que me sintiese siempre orgullosa de haber podido salir adelante sin la ayuda de nadie. Me consideraba afortunada cada vez que pensaba en los resultados que poco a poco iban dando mis esfuerzos y también me creía con suerte por todas las personas que se habían cruzado en mi vida, ayudándome a que esos esfuerzos recogieran aún más frutos. Mi familia era bastante caótica, sí. Pero yo siempre fui consciente de que eso no iba a ser un impedimento a la hora de conseguir mis objetivos. Ningún punto de partida, por malo que sea, puede definir el futuro de nadie. Eso lo tenía claro.

Esa mañana le había escrito un mensaje a mi madre: «Mamá, tengo que decirte algo importante. Por favor, cógemelo». Dos horas después, marqué su número. Un tono... Otro... Igual tenía suerte, no me lo cogía y podía dejarle un mensaje simplemente. Otro tono más...

—Paula, ¿qué quieres?

—Mamá. —Soltó una pequeña risa con desdén.

—El hijo pródigo, ¿eh? ¿Qué, te has cansado de tu aventurita en Madrid o ya te han echado? Sabía que te acabarías volviendo, si te soy sincera.

—Ya... No, no voy a volver. Te llamaba por eso.

—¿Para decirme que no vas a volver? —dijo en un tono de indiferencia.

—Me está yendo bien, mamá. Me voy a Estados Unidos a seguir trabajando.

Mi madre se quedó callada durante unos segundos. Aquel silencio me sirvió para recuperar las ganas de comerme el mundo que por unos días había perdido. Fue como si su falta de confianza en mí me sirviera como combustible para hacer algo todavía más grande.

—Pues que vaya bien..., ¿no?

—Sí, imagino que irá bien.

—¿Qué vas, a la aventura?

—No, me han ofrecido un puesto.

—Vaya. Y pensar que la última vez que hablamos te cabreaste porque yo necesitaba dinero. Ahora te va a sobrar. Espero que la vida te enseñe a ser menos avariciosa y aprendas a compartirlo. En eso saliste a tu padre.

—Mamá... —Dios, era justo el tipo de conversación que me esperaba—. Bueno, déjalo. No tiene sentido explicarte nada.

—Ya, porque tú eres la única que entiende las cosas, ¿no? Tú eres la que sabe cómo va la vida.

—No. No tengo ni idea en realidad. Pero estoy intentando averiguarlo y agradecería que te alegrases por mí; imagino que es pedir mucho.

Las dos nos quedamos sin decir nada y retomé la palabra:

—Solo quería que supieras que ya no voy a estar aquí.

—Ah... Que alguna vez has estado...

—Mamá, por Dios... Bueno, da igual. Ojalá algún día entiendas que soy yo la hija. Quien tenía que estar eras tú. No pude hacer más. Yo no he hecho nada malo.

—Ya, y ahora imagino que con tu nuevo sueldo tampoco podrás hacer nada, ¿no? ¿Quieres que me crea que puedes ir a Nueva York a vivir, pero no ayudar a tu madre?

—Mamá... —Aquello era surrealista—. A mí nadie me ha ayudado ni lo he pedido nunca.

—¿Ah, no? ¿Quién te llevaba al colegio de pequeña? ¿Quién te compraba la ropa?

—Dios, es que eso... Eso es lo que hace un padre cuando su hijo es pequeño.

—¿Y un hijo nunca hace nada por sus padres?

—Bueno, mira, da igual. Sabía que esta conversación no tenía que pasar. Solo te llamo para que lo sepas. Espero que te vaya todo bien. Un beso, mamá. Mucha suerte. —Y me colgó el teléfono sin darme tiempo a más. Al menos ya estaba todo dicho.

Más catarsis

OLVIDAR

Olvidar. El verbo que en veintitrés años aún no había aprendido a conjugar en ninguno de sus tiempos. Nadie en mi vida había sido fugaz, más o menos importante, sí. Pero no fugaz. El dolor de muchos aún lo sentía al pensarlos, la alegría de otros irrumpía en mí de nuevo al recordar cualquier momento feliz, la carcajada que solté con cualquier broma me invadía otra vez al repasar aquel momento en mi cabeza. Todo, cualquier cosa, quedaba en mí para siempre. Todo, cualquier persona, me había dejado algún tipo de huella infinita que no podía borrar.

Que me enseñen a olvidar, porque es algo que yo no he podido aprender aún. Que me enseñen a volver a mirar a los ojos con indiferencia a las personas que un día quise y me dijeron adiós, porque yo no sé hacerlo. Que me enseñen a fabricar un corazón hueco de sentimientos listo para vivir nuevas historias sin secuelas. Que me enseñen a marcharme sin dejar la puerta abierta por si algún día quien se hubo marchado decide volver.

Gonzalo

«Paula, han pasado varios días y, la verdad, estoy mal. No me gusta estar así contigo. Quería tomarme un tiempo para ver esto con perspectiva y poder tomar una decisión que no fuera precipitada, pero no sé... Estoy casi seguro de que nunca he sentido algo así por nadie. Nunca he creído que encajase tanto con ninguna persona. Creo que lo nuestro necesita más tiempo para saber si puede llegar a funcionar. Yo quiero que funcione. He decidido quedarme seis meses más y retrasar el viaje. Le voy a decir a mi jefe mañana que tengo unos asuntos personales que no puedo descuidar, no creo que haya problema. Igual con ese tiempo extra podemos trazar un plan mejor.»

Aquel era el mensaje que me daba los buenos días el domingo. Una pequeña broma de la vida que quería reírse hasta el final con toda esta historia. Nada más leerlo le dije a Gonzalo si podía pasar por mi casa para hablar de aquello en persona. Quería poder decirle que me iba en seis días de alguna forma que no fuera a través de un mensaje. Nos merecíamos algo más. Él me contestó que llegaba en media hora.

Me puse a pensar en la pregunta que me hizo Gonzalo la primera vez que quedamos. Si creía en el destino. La respuesta, al menos hoy, era que sí. Si aquel mensaje hubiera llegado unos días antes, ese mismo jueves para ser concretos, en vez del otro que me envió para pedirme espacio, seguramente habría tomado ese bonus de seis meses y le habría dicho a Grace si podíamos posponer mi marcha a Nueva York. Sin embargo, no fue así, y lo que yo pensaba que era un adiós por parte de Gonzalo me hizo tomar la repentina decisión de despedirme de todo sin pensarlo. No sé por qué, sentía que aquello era lo que tenía que pasar. En el fondo creía que las cosas habían salido bien, que tal vez mi sitio en aquel momento estaba aprovechando esa oportunidad que a lo mejor no podía esperarme seis meses, como me proponía Gonzalo, y tal vez el sitio de Gonzalo estaba también fuera y su realidad tampoco podía esperarlo a él. Si hubiera recibido ese mensaje antes, ninguno de los dos habríamos tomado nuevos rumbos de forma inmediata. Y quizá aquel futuro tenía que darse ya y nos iba a traer cosas maravillosas que no se habrían dado de haberlo pospuesto todo.

Igual lo nuestro podía esperar, si era verdad que sentíamos lo que pensábamos. O igual era algo que no tenía que suceder jamás y el mundo estaba poniendo sus planes de por medio para que nos diésemos cuenta de que en realidad nuestra historia no iba a ninguna parte. Desde luego, era algo difícil de aceptar. Sobre todo porque al leer aquello lo que más me apetecía era ponerlo todo en pausa y vivir con Gonzalo todo lo que teníamos pendiente.

El telefonillo sonó. Abrí la puerta y esperé en el pasillo a que subiese, como siempre. Probablemente, por última vez.

—¿Te puedo dar un beso? —dijo al verme.

Me acerqué a él y se lo di yo. Él me abrazó en silencio. Me había estado imaginando ese momento toda la semana. Había estado imaginando también una escena parecida para cuando Gonzalo volviera de Australia, en un mes, dos, varios o años. Lo que no me había imaginado era que nuestro reencuentro tendría lugar para que yo le dijera adiós.

—Siento lo que dije, Gonzalo.

—Yo también siento no haberte hablado estos días. Me dolió lo que pasó y quería aclararme...

—No te preocupes... —Tragué saliva para contenerme—. Vamos a mi cuarto, porfa. Que están mis compañeros.

A veces conoces personas que están durante años en tu vida y pasan sin dejar mucho rastro, y luego están esas, esas que en segundos pueden arrasar con todo. Conexiones tan especiales que hacen que todo lo demás cortocircuite. Esta era una de esas.

—Gonzalo —dije mirándolo con tristeza al cerrar la puerta—, esto parece una broma pesada, pero me voy al final la semana que viene. En seis días. Le dije que sí a Grace. Ella me preguntó cuán pronto podría irme y yo le dije que enseguida. —No le conté que la decisión la tomé al leer su mensaje. Era algo que no cambiaba nada y que podría dolerle. Yo tampoco hubiera querido saberlo.

Él miró hacia la ventana. Luego miró la lista con las cosas que aún teníamos que hacer que estaba sobre mi escritorio y se quedó pensando. Tenía los ojos vidriosos, yo también quería llorar.

—Parece que esto es imposible. Cada vez pasa algo. —Yo no pude contener las lágrimas.

—Ya lo sé. No sé ya si es una prueba o si tenemos que aceptar que esto no va a salir.

—Pues mira, ojalá fuera lo primero. ¿Ha tenido algo que ver el mensaje que te envié con tu decisión?

—No, no. Hablé antes con Grace. Me dio poco tiempo. No te preocupes. No hubiera cambiado nada.

—Vale, porque habría estado pensándolo hasta poder volver a verte.

—¿Crees que eso va a pasar?

—No te quiero prometer nada. No quiero decirte que sí y luego no poder hacer todas las cosas que querría que pasasen contigo. —Se rio de forma irónica y miró la lista, yo también me fijé en ella. Nos quedaban la mitad de las cosas por cumplir, si no más.

—Pero aún podemos cumplirla. Pueden ser...

—Las cosas que vivamos en otro sitio, ¿no? Porque parece que este ya no es el nuestro.

—Sí. Parece que este ya no lo es. —Miré mi habitación—. En una semana todo esto estará vacío. Ya no vamos a dormir más en esta cama. Ya no nos vamos a despertar más mañanas aquí juntos. Ni vamos a tachar nada más de este papel, por lo menos en Madrid.

—Prométeme que no te vas a enamorar allí —dijo sonriendo para no llorar.

—Prométeme tú lo mismo. O bueno, prométeme algo realista y, si lo haces, si te enamoras, no me lo cuentes. Pero sigue hablándome. Cuéntame qué haces aunque nos separen catorce horas y yo esté... no sé, durmiendo cuando sea tu hora de comer.

—Te lo prometo. Ven.

Y los dos nos tumbamos en la cama abrazados mientras pensábamos en todo aquello.

—Paula. Tenemos suerte. Vamos a mirarlo así.

—¿Sí? ¿Por qué?

—Hay gente que vive ochenta años y nunca se enamora de verdad. Pero nosotros nos hemos conocido.

—¿Sabes? Igual es solo lo que me quiero creer. Pero siento que sí volveremos a vernos. —Él me apretó fuerte contra su pecho.

—Yo también lo siento. El mundo no es tan grande cuando quieres ver a alguien. Tú concéntrate en hacerlo bien allí. Tenemos los dos una oportunidad increíble. Vivamos eso y en algún momento, en Nueva York, en Melbourne, en Madrid o donde sea volveremos a tenernos.

—¿Es pronto si te digo que te quiero?

—Prontísimo, pero nadie nos escucha y yo también lo pienso.

El último lunes

Era mi último lunes en la oficina. Quién me habría dicho una semana atrás que ir cada mañana a la redacción en Castellana número 9 era una rutina que tenía los días contados. Gonzalo se había quedado la noche anterior a dormir conmigo, y mi cama y yo nos habíamos quedado oliendo un poquito a él. La verdad, estaba nerviosa. No sabía si Grace habría llamado ya a Lorena para decirle que me iba. Me había comentado que hablaría con ella a primera hora para explicárselo todo y luego me llamaría a mí para darme toda la información sobre mi viaje. Porque yo, además de que me iba el sábado y que viviría en un piso compartido los primeros meses con una tal Gemma de su equipo de Londres, poco más sabía.

—Paula, ¿entonces quién va a escribir tus *posts* la semana que viene? —me preguntó Ale, a la que le había contado todo nada más llegar. Se había alegrado y medio entristecido. Al fin y al cabo, aunque habíamos llegado a ser amigas, nuestra relación no había trascendido mucho más allá del trabajo. Aunque eso, por supuesto, no implicaba que no nos tuviésemos cariño o que no fuésemos a echarnos de menos. Ambas nos habíamos convertido en una especie de confidente para la otra a tiempo parcial. Un apoyo necesario a jornada completa que sabíamos que íbamos a encontrar cada día al otro lado de la mesa para hacerlo todo más llevadero.

—No lo sé, aún no tengo ni idea. Igual alguna becaria...

—Alguna becaria a la que no estén pagando. De verdad, así no sé cómo creen que la gente se va a esforzar.

—Pues al menos a la que vaya a hacer lo mío tendrán que pagarle.

—Bueno, si no, cargarán al resto de las redactoras con más faena.

—Ya, bueno... Nada nuevo, en realidad.

Ale asintió con resignación y me preguntó si la acompañaba a por un café para quejarnos un poquito más con la excusa de necesitar una bebida energética. En ese momento, sonó el teléfono.

—¿Sí?

—Paula, a mi despacho.

Me levanté de la mesa para ir a la oficina de mi jefa. Seguramente, aquella era la última vez que hiciera aquel recorrido, y no por eso me daba menos miedo. No obstante, las historias que invadían mi cabeza esta vez durante aquel trayecto de veinte metros parecían del todo inverosímiles ante la realidad de que Grace ya estaba gestionando mi contrato y que yo no tendría que ver más a Lorena. Aunque claro, ¿y si no...?

—Siéntate —dijo Lorena al escucharme entrar sin apartar la mirada del ordenador. Yo cerré la puerta y le hice caso—. Bueno, ¿qué? —retomó la palabra. Y, como por arte de magia, despegó la vista de la pantalla para mirarme a los ojos por primera vez.

—Pues... —Sonreí—. Bueno, Grace ya te habrá contado.

—Sí.

—Que... me voy con ella y su equipo.

Lorena abrió un cajón de su mesa en silencio y sacó una edición antigua de *Vogue*. Recorrió las páginas con sus dedos rápidamente como si supiera justo dónde quería llegar. Dejó de hojear, abrió la revista y le dio la vuelta sobre la mesa para que yo pudiera leerla.

—En mi época no había blog —dijo señalando el titular del artículo que estábamos viendo—. Pero también me costó lo mío llegar a publicar en la edición impresa. —Sonrió. No le había visto hacerlo hasta entonces. De verdad, jamás—. «El encanto del estilo americano», se titulaba este artículo. Analizaba los looks de las actrices de Hollywood de los noventa. Yo por entonces tenía veinticuatro años. Uno más que tú ahora. Tenía la ilusión de que al escribir aquello igual conseguía llamar la atención de los editores de *Vogue* en Estados Unidos algún día...

—¿Y lo conseguiste?

—Lo conseguí. Pero cuando ocurrió, después de ese y más artículos, me ofrecieron más dinero aquí y decidí quedarme.

—¿Y te arrepientes? —No me creía que le estuviera haciendo aquella pregunta. Pero la notaba sincera.

—Unos días sí, otros no. —Lorena cerró la revista y volvió a guardarla en el cajón—. No hay nada que tengas que explicarme, Paula. Crecer está bien. Es lo que tienes que hacer. Si no fueras ambiciosa, no te habría contratado nunca. Además, no creas que no me olía que esto podía ocurrir después de todo el interés que ha mostrado Grace por ti últimamente. Lo mismo, yo sabía que te marcharías antes que tú misma.

—Puede ser... —Sonreí al pensarlo. Qué irónico.

—Solo un consejo, Paula. No mires atrás nunca. Por nada ni por nadie.

Lorena se levantó y me dio un abrazo. De repente, dejó de ser la persona fría y autoritaria que se paseaba por la oficina mirándonos con aires de superioridad cada día y noté en ella cierto cariño y orgullo. Joder, en realidad también la iba a echar de menos. Me había enseñado y moldeado mucho desde que entré. Si no fuera por ella, por la primera oportunidad de ir a Londres, todo lo demás no hubiera ocurrido nunca. O al menos no tan pronto ni de aquella manera. Eso seguro.

—Lorena, los *posts* de la semana que viene...

—Paula. ¿Qué te acabo de decir? La semana que viene te centrarás en lo que estés haciendo la semana que viene y punto. —Lorena se separó de mí—. Venga, ahora vuelve a lo tuyo.

En las nubes

Yo no me veía yendo a ningún aeropuerto para despedirme de nadie y Gonzalo tampoco, así que no lo hizo. Supongo que nuestro amor no era de esos en los que él viene corriendo antes de que salga el avión y se salta todos los controles aéreos para convencer a la chica en el último minuto de que no lo haga. Para decirle con un ramo de flores y expectante ante el resto de los pasajeros que el amor está por encima de todo y que por eso ella debe abandonar su futuro. Supongo que nuestra historia había sido más de dejar una lista incompleta que yo me llevaba en la maleta junto con las ganas, pero sin la certeza de poder volver a vernos. El amor no es perfecto. El «felices para siempre» es cosa de los cuentos, pero haber sido felices, al margen de cualquier adverbio de tiempo que acompañe ese sentimiento, es suficiente a veces para saber que todo ha merecido la pena.

El día anterior, no obstante, nos despedimos. Nos despedimos todos. Las chicas, Julia, Marcos, Celia, los amigos de Gonzalo, Gonzalo, Ale y algunos amigos más del trabajo que decidieron venir a casa para sorprenderme mientras yo vaciaba mi escritorio, recogía todo lo que había en mi armario y desnudaba los marcos y las paredes de cualquier foto que los hubiera vestido antes. Nos reímos y lloramos juntos. Fue como cuando se cierra una función y todos los actores se despiden ante el público esperando haberlo hecho lo mejor posible, sabiendo que cualquier próxima función, aunque se diera sobre el mismo escenario y con los mismos personajes, jamás volvería a ser igual.

Mientras atravesaba las nubes que aquel día ensombrecían el Atlántico me iban invadiendo todo tipo de sentimientos. Nervios, incertidumbre, ganas, pero, por encima de todos ellos, felicidad. La felicidad que Madrid me había regalado al hacer que me encontrase con todas las personas que dejaba ahí. La tristeza de dejarlos y la impaciencia de volver a verlos.

Metí la mano en el bolsillo delantero de la mochila que llevaba conmigo en el avión para coger mi móvil y ver las fotos de la noche anterior con todos ellos. Y, de repente, vi un papel doblado en blanco que yo no había metido dentro. Lo desplegué.

> Si te digo adiós, prefiero hacerlo en papel y por escrito, así igual duro más que cualquier recuerdo que nuestras mentes decidan apagar o transformar sin querer o a conciencia. Gracias por este flash de felicidad. Es todo lo que te puedo decir. Gracias por no renunciar a ser nosotros mismos ni a expresar lo que sentíamos a pesar de saber que íbamos contra reloj. Ojalá pudiéramos multiplicar por mil cada día vivido para repetirlos infinitamente y ojalá los recordemos todos siempre como algo bonito.
>
> No voy a desearte que te vaya bien, porque tengo la seguridad de que va a ser así. Eres una mujer capaz, valiente, inteligente, pero, sobre todo, buena. Lo que sí espero que pase es poder compartir contigo aunque sea algún momento más. Como ya te dije, medio mundo es cerca cuando al otro lado hay alguien que quieres. Y sí, es pronto para decir eso último, pero nadie más nos lee.
>
> No te olvides mucho de mí, nos vemos pronto.
>
> GONZALO

Agradecimientos

La lista de personas y circunstancias por las que me siento agradecida es casi infinita. Empecemos por el principio, por establecer un orden, que no una jerarquía.

Gracias a mi madre y a mi hermana Amparo; este libro es para ellas, por no haber perdido nunca la esperanza ni la fuerza y seguir luchando cada día juntas a contracorriente a pesar de todo y de todos.

Gracias a mis tíos y primos de Colombia, que nos han ayudado y cuidado siempre. En especial, gracias a mi tía María Eugenia y a mi tío Luís, mis segundos padres.

A mi editora Aranzazu y a todas las personas que confiaron en la novela de una chica de veintitrés años que escribió algo poniendo todo su corazón, pero sin certeza de nada.

A Juanjo, por compartir su increíble talento para diseñar esta portada.

Gracias a mi amiga Ana y a Nico, los dos primeros lectores de este libro.

A las personas de McCann que hicieron que creyese en mí y me empujaron a escoger Madrid, sobre todo a Ana Gañán y a María.

Y, sabiendo que estas palabras van a permanecer, no puedo dejar de dar las gracias a mis amigos. Siempre he creído que mi mayor suerte es haberme encontrado con todas las personas que tengo a mi lado. Así que gracias a Pablo, Carlos, Júlia, Ángela, Majo, Roser,

Marta, Quique, Gemma y Aida, por respaldarme, hacerme ver, quererme, aconsejarme, escucharme y estar a mi lado siempre.

Y, por último, gracias a las adversidades que se me han presentado, por no dejarme más opción que intentar lo extraordinario y conseguir mis imposibles.